이 책에 쏟아진 찬사들

"최고다. 윌의 독특한 목소리를 들은 독자들은 자존감이 어떻게 형성되는지 그리고 또 파괴되는지 생각해 볼 수밖에 없다."

미 도서관 협회 북리스트(ALA Booklist) 추천 리뷰

"줄리 머피는 돌리 파튼의 열혈 팬덤, 첫사랑, 친구와의 다툼, 미인대회 돌발 참가, 여성 연대, 자존감 확립이라는 요소들을 모두 중요하게 다루면서도 한데 묶어 조화롭고 재치 있으며 깊은 울림을 주는 이야기를 창조했다."

「퍼블리셔스 위클리」 추천 리뷰

"이 책에 홀딱 빠져 버렸다. 심하게 재미있고, 가슴 아플 정도로 현실적이며, 사랑하고 응원하고픈 등장인물이 잔뜩 나온다. 『덤플링』은 정말 최고의 책이다."

케이티 코터그노, 작가

"『덤플링』은 자기 외모에 조금이라도 주눅 들어 본 적이 있는 사람이라면 반드시 읽어 봐야 할 책이다."

존 코리 웨일리, 작가

★ 「뉴욕 타임스」 베스트셀러 1위 ★

★ 미 도서관 협회 청소년부 최고의 소설 선정 ★

★ 미 도서관 협회 '책 안 읽는 독자들'을 위한 추천 도서 10권 선정 ★

★ 「인디스 초이스」 최고의 청소년 도서 수상 ★

★ 「로맨틱 타임스」 선정 '올해 최고의 책'과 '최고의 동시대 청소년 소설' 수상 ★

★ 뉴욕 공공도서관 선정 올해 최고의 책 ★

★ 시카고 공공도서관 선정 올해 최고의 책 ★

덤플링

뚱뚱하고 덩치 큰 여자애들에게 바칩니다.

DUMPLIN'

덤플링

뚱뚱해! 당당해! 궁금해!

줄리 머피 지음
심연희 옮김

살림

네가 누구인지 알아내.
그리고 맘먹고 그 모습이 되어 봐.

— 돌리 파튼

1

○

내 인생의 제일 좋은 것들은 다 돌리 파튼 노래와 함께 시작했다. 엘렌 드라이버와 맺은 우정 역시 그렇다.

우리의 우정은 돌리 파튼의 1967년 데뷔 앨범 「Hello, I'm Dolly」에 수록된 'Dumb Blonde'을 통해 맺어졌다. 내가 초등학교 1학년 입학을 앞둔 여름날이었다. 돌리의 열혈 팬이라는 공통점이 있던 우리 루시 이모와 드라이버 부인은 거실에서 달콤한 차를 홀짝거리곤 했다. 그러면 엘렌과 나는 소파에 앉아 서로 어쩔 줄 모르는 어색함에 휩싸여 TV 만화를 봤다. 그런데 그날 오후, 드라이버 부인의 카세트에서 그 노래가 흘러나왔던 것이다. 엘렌이 발로 박자를 맞추는 동안 나는 노래를 흥얼댔고, 우리는 돌리의 그 유명한 후렴 부분에 들어가기도 전에 방 안을 빙글빙글 돌면서 가슴이 터져라 노래를 따라 불렀다. 고맙게도 우리가 돌리는 물론 서로를 좋아하게 된 마음은 그 한 곡으로 끝나지 않았다.

나는 엘렌의 남친이 타는 지프 앞에서 그 애들을 기다렸다. 햇볕이 어찌나 따갑게 내리쬐던지, 자꾸 학교 주차장의 뜨거운 아스팔트 쪽으로 밀려날 수밖에 없었다. 나는 애써 움츠리지 않으려 했다. 학교에서 나가려는 자동차들을 이리저리 피해 다니며 입구를 빠져나오는 엘렌을 지켜봤다.

엘렌, 일명 '엘'은 나랑은 정반대다. 큰 키에 금발 그리고 상당한 백치미가 엿보이는 외모는 로맨틱 코미디 영화에서나 찾아볼 법하다. 엘렌은 언제나 자신만만하고 거침없이 당당했다.

엘렌의 남친인 팀은 아직 보이지 않았다. 하지만 분명 수업 동안 못 봤던 게임 영상을 찾아 보느라 핸드폰에 코를 처박고 몇 발자국 뒤에서 엘렌을 따라오고 있겠지.

팀을 처음 봤을 때의 첫인상은 걔가 엘렌보다 적어도 7센티미터는 작다는 거였다. 하지만 엘렌은 전혀 신경 쓰지 않았다. 내가 한 번 둘의 키 차이에 대해서 말하자, 엘렌은 미소를 짓더니 뺨부터 목덜미까지 빨갛게 물들이면서 이렇게 말했다.

"그래서 더 귀엽지 않니?"

이윽고 엘렌이 숨을 가쁘게 몰아쉬며 내 앞에서 간신히 멈췄다.

"너 오늘 밤에 일해?"

나는 목을 가다듬고 대답했다.

"응."

"아직 늦지 않았어. 쇼핑몰에 여름 아르바이트 자리가 있을 거야, 윌. 나랑 같이 일하자."

엘렌은 지프에 기대며 나를 팔꿈치로 쿡 찔렀다. 하지만 나는 고개를 저었다.

"난 하피스에서 일하는 게 좋아."

그때, 거대한 트럭이 굉장한 속력으로 우리 앞을 휙 스치며 출구로 돌진했다.

"팀!"

엘렌이 소리치자, 팀은 우리에게 다가오던 걸음을 멈추고 손을 흔들었다. 동시에 트럭이 그 애의 코앞을 스쳐 지나갔다. 몇 센티미터만 더 갔다면 걔는 길에 납작하게 깔려 죽었을 거다.

"아, 정말!"

엘렌은 겨우 내게만 들릴 정도로 탄식했다.

아무리 봐도 얘네는 서로 참 잘 만났다.

"알려 줘서 고마워."

팀이 저 너머에서 소리쳤다.

아마 외계인이 침공해서 세상이 아수라장이 돼도, 팀은 아마 "대박"이라고만 말할 거다.

주차장을 건너온 팀은 드디어 핸드폰을 뒷주머니에 넣고 엘렌에게 키스했다. 그건 징그럽게 입을 벌려 대는 키스는 아니었다. 말하자면 '안녕 우리 자기, 넘넘 보고 싶었어. 넌 처음 봤을 때나 지금이나 어쩜 그리 예쁘니'라는 뜻의 키스였다.

나도 모르게 슬며시 한숨이 나왔다. 키스하는 사람들을 안 보고 살 수 있다면, 내 인생은 적어도 2퍼센트는 더 만족스러울 텐데.

엘렌과 팀을 질투하는 게 아니다. 나와 절친인 엘렌을 팀에게 빼앗겼다고 생각하지도 않고, 내가 팀을 좋아하는 것도 아니다. 하지만 애네 사이가 부러웠다. 나도 반갑게 키스하며 인사할 사람을 갖고 싶단 말이야.

나는 눈을 가늘게 뜨고 애들 너머로 저 멀리 축구장을 둘러싼 길을 바라봤다.

"저 여자애들 저기서 뭐 하는 거야?"

트랙 위로 여자애 몇 명이 분홍색 반바지와 탱크톱을 입고 빠르게 걷는 중이었다. 엘렌이 설명했다.

"미인대회 트레이닝캠프가 열리잖아. 여름 내내 있대. 나 일하는 데서도 저기 들어간 애 있어."

나는 너무나 귀찮은 나머지 눈을 흘길 마음도 나지 않았다. 클로버시티는 이렇다 할 게 없는 곳이다. 몇 년에 한 번씩 우리 학교 미식축구 팀이 플레이오프에 진출할 정도는 되고, 아주 가끔가다 이곳 출신 누군가가 이 동네를 뜬 다음 뭔가 눈에 띌 만한 일을 하기도 한다. 하지만 이 조그마한 동네가 지도에 표시될 수 있는 이유는 이곳이 바로 텍사스에서 가장 오래된 미인대회가 열리는 고장이기 때문이다. 그 이름하여 '미스 틴 블루 보닛 미인대회'로, 1930년대부터 시작돼 점점 규모가 커지면서 해마다 우스워지고만 있는 대회다. 내가 이걸 어떻게 아냐고? 지난 15년간 우리 엄마가 이 대회 조직위원회를 이끌고 있기 때문이지.

엘렌은 팀의 앞주머니에 손을 쓱 넣어 차 키를 꺼낸 다음 나를 끌어당겨 어깨동무를 했다.

"그럼 일 열심히 해. 기름 뒤집어쓰지 말고. 알았지?"

엘렌은 운전석 문을 연 다음 반대편에 있던 팀을 불렀다.

"팀, 윌한테 인사하고 가자."

팀이 고개를 잠깐 들었다. 그러자 엘렌이 사랑해 마지않는 그 애특유의 미소가 보였다.

"윌."

팀은 종일 핸드폰에 고개를 처박고 있지만, 그래도 입을 열고 말할 때는 달라진다. 뭐, 그 모습 때문에 엘렌 같은 여자애들이 붙어있는 거겠지.

"오늘도 즐거운 하루 보내."

팀이 허리를 숙여 인사했다.

엘렌은 눈을 흘기면서 핸들을 잡더니 입에서 갓 씹은 풍선껌을불어 풍선을 터뜨렸다.

나는 잘 가라고 손을 흔들어 인사하고 내 차로 다가갔다. 둘이 탄차가 내 앞을 확 스치면서 엘렌은 다시 작별 인사를 외쳤다. 차 스피커에서는 돌리 파튼의 노래 'Why'd You Come in Here Lookin' Like That'이 마구 울려 댔다.

차 키를 찾으려 책가방을 뒤지던 나는 밀리 미챌척이 인도를 뒤뚱뒤뚱 걸어서 주차장으로 들어오는 모습을 봤다.

그러자 앞으로 벌어질 일이 빤히 보였다. 그 애의 미니밴 옆에는 패트릭 토머스가 기대서 있었다. 그 새끼는 천하에 다시없을 찌질한 놈이다. 그놈은 남에게 아주 찰떡같이 달라붙는 별명을 지어주는 데 천부적인 재능이 있었다. 물론 그런 별명 중에는 멋진 것도 있었지만, 대개는 '히잉히힝히이힝해나' 같은 별명이었다. 그 별명이 붙은 해나라는 여자애는 입을 벌리기만 하면…… 음, 뻐드렁니가 무척 많이 보여 말처럼 보였다. 패트릭은 머리 하나는 아주 잘 굴렸다. 인정해.

밀리를 보면 내가 참 미안하다. 나는 이제껏 살아오면서 밀리를 볼 때마다 '그래도 내가 쟤보다는 낫지'라고 생각해 왔으니까. 내가 뚱뚱한 편이라면, 밀리는 나보다 더 심했다. 지퍼와 단추가 달린 바지 중에서는 쟤한테 맞는 게 없는지라, 밀리는 항상 고무줄 바지를 입고 다녀야 했다. 눈은 심하게 모여 있고 코는 그 끝에 톡 튀어나와 있는 얼굴이었다. 상의로는 강아지와 새끼 고양이 무늬 셔츠를 입고 다녔다. 진짜로 그런 무늬가 있더라.

패트릭은 운전석 문을 막고 있었다. 그놈과 어울려 다니는 친구놈들은 벌써 돼지가 꽥꽥대는 소리를 내 댔다. 밀리는 몇 주 전에 운전을 시작했는데, 걔는 그 미니밴을 마치 쉐보레 스포츠카처럼 엄청나게 몰았다.

밀리는 이제 모퉁이를 돌 참이었다. 그러면 저 썩을 놈들이 밴에 모여 있는 모습이 보이겠지. 나는 그 전에 소리쳤다.

"밀리! 잠깐 와 봐!"

그러자 밀리는 책가방 끈을 당기고는 이쪽으로 돌아서서 곧장 내게로 왔다. 분홍색 광대가 한껏 승천한 것처럼 웃자, 그 볼살이 눈꺼풀을 칠 것만 같았다.

"안녕, 윌!"

나도 미소를 지었다.

"안녕."

하지만 얘가 내 앞에 서자, 무슨 말을 해야 할지 알 수가 없었다.

"운전면허 딴 거 축하해."

내 말에 그 애는 다시 미소를 지었다.

"아, 고마워. 네가 알아주니 좋네."

밀리의 어깨 너머로 패트릭 토머스가 보였다. 그놈은 코를 손가락으로 밀어 돼지 코를 만들었다.

밀리는 엄마가 설정한 자동차 라디오 채널을 전부 바꾼 일이며 처음으로 주유를 한 일화 등을 떠들었고, 나는 가만히 듣고 있었다. 패트릭은 이제 나를 주목했다. 쟤 눈에 띄지 않으면 얼마나 좋을까. 하지만 아무리 숨으려 해도, 쟤는 나를 알아볼 수밖에 없었다. 내 덩치가 코끼리만 한데 어쩌겠는가.

패트릭과 그 패거리가 결국 포기하고 떠날 때까지 밀리는 몇 분 동안 더 떠들었다. 그 애는 손을 마구 휘저으며 뒤에 있는 자기 밴을 가리켰다.

"그러니까, 운전면허 학원에서는 주유하는 법을 안 가르쳐 주잖아. 그래서 정말……"

나는 말을 끊었다.

"있잖아, 미안한데, 나는 지금 일하러 가야겠어. 늦었거든."

밀리는 고개를 끄덕였다.

"어쨌든 면허 딴 거, 축하해."

나는 차로 향하는 밀리를 바라봤다. 밀리는 백미러와 사이드미러를 전부 조정하고는 그 자리에서 거의 빈 주차장 한가운데로 후진했다.

나는 하피스 햄버거&핫도그 레스토랑 뒤에 주차하고 드라이브스루 길을 가로질러 화물 전용 입구에 설치된 벨을 눌렀다. 하지만 아무도 대답하지 않아서, 다시 벨을 눌렀다. 텍사스의 뜨거운 태양의 열기가 정수리를 마구 내리쳤다.

입구에서 기다리고 있는데, 낚시 모자를 쓰고 더러운 러닝셔츠 차림의 징그럽게 생긴 남자가 드라이브스루로 진입했다. 그는 자기만의 괴상한 메뉴를 주문기에 읊었다. 자기 버거에 정확하게 피클을 몇 개 얹어 달라는 거였다. 스피커에서 주문한 음식의 금액이 흘러나왔다. 남자는 오렌지빛이 들어간 선글라스를 슬쩍 내리고 나를 쳐다보더니 이렇게 말했다.

"어이, 엉덩이가 포동포동하니 좋은데."

나는 홱 돌아서서 허벅지를 빠듯하게 채운 원피스 치맛단을 잡았다. 그리고 초인종을 네 번 마구 내리쳤다. 마음이 불편한 나머지 속이 뒤틀렸다.

일하는 데 원피스를 입고 올 필요는 없었다. 바지를 입어도 된다. 하지만 폴리에스터 재질 바지의 고무 밴드는 내 허리에 맞지 않왔다. 그건 내 잘못이 아니라 바지 잘못이다. 내 커다란 엉덩이 때문에 골치 아프다고 생각하고 싶지 않으니까. 솔직히 말해서, 내가 1642년에 살았다면 아이를 쑴풍쑴풍 낳을 만한 나의 평퍼짐한 엉덩이는 몇 마리의 소만큼이나 가치 있었을걸.

문이 빼꼼 열리더니 보의 목소리가 들려왔다.

"초인종 세 차례나 누르는 소리 들었어."

갑자기 뼈가 따끔거리는 느낌이다. 문이 좀 더 열려서 들어갈 수 있게 되자 보의 모습이 보였다. 햇볕에 그은 얼굴, 오후가 돼 수염이 점점이 돋아난 턱과 뺨이 보였다. 이건 자유의 상징이다. 보가 다니는 고급 사립 천주교 미션스쿨은 복장 규정이 아주 엄했으니까. 하지만 그 학교는 이번 주에 일찍 학기를 마쳤다.

드라이브스루에서 주문을 마친 차가 내 뒤에서 엄청 큰 엔진 소리를 냈다. 나는 재빨리 안으로 들어갔다. 어둑한 곳에 들어가자 잠시 눈앞이 어두워졌다.

"늦어서 미안해, 보."

'보'라는 이름의 소리가 내 가슴에서 콩닥콩닥 울렸다. 마음에 든다. 더는 짧아질 수 없는 그 이름이 좋다. 이런 이름은 '그래, 당연하지'라고 말해 주는 것만 같으니까.

내 속에서 확 타오른 열기가 위로 올라와 볼까지 물들였다. 나는 손가락으로 턱선을 쓰다듬었다. 발밑은 단단한 콘크리트가 분명한데, 지금은 모래 늪처럼 흐물거리는 것만 같아.

사실을 털어놓겠다. 나는 보와 처음 만난 순간부터 얘한테 사정

없이 반해 버렸다. 꾸민 티가 나지 않는 보의 갈색 머리는 정수리에서 아주 보기 좋게 곱슬곱슬 헝클어져 있다. 빨간색과 흰색 줄무늬 유니폼을 입은 모습이 우스꽝스럽기는 하다. 마치 곰한테 발레복을 입혀 놓은 것 같거든. 폴리에스터 재질의 소매가 근육질 팔에 꽉 낀 모습을 보면 이런 생각이 든다. 어쩌면 쟤 이두박근이랑 내 엉덩이는 공통점이 많겠구나. 물론 내 엉덩이는 팔굽혀펴기 같은 건 못 하겠지만. 상의 속옷 목덜미 부분 위로 가느다란 은색 체인이 빼꼼 보인다. 보의 입술은 염색한 것처럼 빨갛다. 항상 빨간색 막대사탕을 입에 물고 있기 때문이다.

보가 한쪽 팔을 내 쪽으로 뻗었다. 꼭 나를 안을 것만 같다.

나는 숨을 혁 들이켰다.

보의 한쪽 팔은 내 옆을 지나 화물 전용 문의 걸쇠를 잠갔고, 그제야 나는 다시 숨을 내쉬었다.

"론 아저씨는 오늘 아파서 못 와. 그래서 나랑 너랑 마커스랑 리디아만 있어. 리디아는 오늘 두 타임을 뛰게 된 것 같아. 그러니까, 알겠지? 리디아 건드리지 마."

"고마워. 넌 학교 끝난 거지?"

"응. 이제 수업 없어."

"네가 '학교에 안 가' 대신 '수업 없어'라고 말하는 거 좋네. 꼭 대학생 같잖아. 하루에 몇 번만 수업 들어가고 공강 시간에는 소파에서 자는 대학생 말이야. 그러니까……."

이런, 나 지금 무슨 말을 하는 거야?

"나 사물함에 갔다 올게."

보는 입을 꾹 다물었다. 그 입술이 꼭 미소를 짓는 것만 같다.

"그래."

휴게실로 들어가서 사물함에 파우치백을 넣었다.

내가 뭐 엄청나게 말을 잘하는 건 아니다. 하지만 보 라는 앞에 서기만 하면 마치 입에서 폭포수처럼 말이 마구 튀어나왔다. 하는 말마다 토하듯 주르륵 흘러내리는 것만 같아서, 너무 징그러웠다.

우리가 처음 만났을 때, 보는 아직 신입이었다. 나는 손을 내밀고 자기소개를 했었다.

"내 이름은 월로딘이야. 캐셔로 일해. 난 돌리 파튼 엄청 좋아하고, 이 구역의 뚱녀야."

얘는 나한테 뭐라고 대답할까, 나는 기다렸다. 하지만 보는 아무 말도 하지 않았다.

"그러니까, 음, 이렇게 자기소개를 하지 말걸 그랬네. 난……."

"보."

그 애의 목소리는 딱딱했지만, 입에는 미소가 피어올랐다.

"내 이름은 보야."

그 애가 손을 잡았다. 순간 머릿속에 내가 경험하지도 않았던 잔상이 확 지나갔다. 우리가 영화관에서 손을 잡는 모습. 같이 길을 걷고 있는 모습. 같이 차를 타고 있는 모습.

이윽고 보는 내 손을 놨다.

그날 밤, 나는 우리의 첫 만남을 계속해서 머릿속에 떠올렸다. 그리고 깨달았다. 내가 나를 뚱녀라고 소개했을 때, 보는 조금도 당황하지 않았어.

그 점이 마음에 들었다.

뚱뚱하다는 말을 들으면 사람들은 불편해한다. 하지만 누구라도 나를 만난다면, 맨 처음에 보는 건 내 몸이다. 내 몸은 뚱뚱하니까. 애는 가슴이 크고, 쟤는 머릿결이 좋고, 또 저 애는 무릎이 튀어나왔구나, 하는 특징이 눈에 들어오는 것과 비슷하다. 물론 그런 점들은 괜찮다. 하지만 나를 가장 잘 설명하는 말, 뚱뚱하다는 말을 들으면 사람들은 입을 꾹 다물고 얼굴이 빨개진다.

하지만 어쩌겠는가. 이게 나인걸. 나는 뚱뚱하다. 이건 욕이 아니다. 쪽팔린 말도 아니다. 최소한 내 입으로 말할 때는 아무렇지도 않다. 그래서 난 언제나 생각한다. 내가 뚱뚱하다 말하지 못할 이유가 뭐가 있어?

2

○

카운터 아래를 닦고 있었다. 그때 남자애 둘과 여자애 하나가 가게로 들어왔다. 너무 안 닦여서 나는 그만 칠까지 벗겨 버릴 뻔했다.

"주문하시겠어요?"

나는 올려다보지도 않고 물었다.

"보! 홀리 크로스 불도그 팀의 스타팅 포인트가드!"

오른쪽에 선 남자애가 입에다 손나팔을 대고는 아나운서 같은 목소리로 소리쳤다.

하지만 보는 곧바로 나타나지 않았다. 그러자 남자애 둘 다 계속해서 보의 이름을 마구 소리쳐 댔다.

"보! 보! 보!"

둘 사이에 서 있던 여자애는 눈을 흘겼다. 우리 직원인 마커스도 고함을 쳤다.

"보! 여기 와서 네 친구들 좀 조용히 시켜!"

보는 바지 뒷주머니에 모자를 구겨 넣으면서 앞으로 나오더니 떡 벌어진 가슴팍 위로 팔짱을 꼈다.

"안녕, 콜린. 앰버, 로리도."

보가 여자애에게는 고개를 까닥하며 인사했다. 그리고 우리 뒤에 있는 카운터에 등을 기댔다. 일부러 친구들과 떨어져 선 것 같았다.

"이 동네는 대체 왜 왔어?"

"현장학습이라서."

콜린이 대답했다. 보는 목을 가다듬었지만 아무 말도 하지 않았다. 그들 사이에 긴장감이 팽팽했다.

로리인가 하는 남자애는 카운터 위의 메뉴판을 들여다보더니 나에게 말했다.

"나는 핫도그 두 개 줘. 머스터드소스랑 다진 피클만 넣어서."

"어, 그래."

나는 그 애의 주문을 포스기에 치면서 애써 걔들 쪽을 보지 않으려고 했다. 그런데 앰버라는 여자애가 말했다.

"우리 진짜 오랜만이다."

어떻게 이럴 수가 있지? 홀리 크로스 고등학교에는 한 학년이 30명밖에 안 되나?

콜린은 앰버의 어깨에 팔을 걸쳤다.

"네가 체육관에 안 보여서 그리웠다고. 요즘 뭐 하고 지내?"

"이것저것."

보가 무심하게 대답했다. 나는 그 애들에게 물었다.

"음료수도 마실 거니?"

"어."

로리가 말하며 내 얼굴에 50달러 지폐를 내밀었다. 나는 포스기 앞에 테이프로 붙여 놓은 자그마한 손 글씨 안내문을 가리켰다.

"여기서는 20달러 이상의 지폐는 안 받아."

콜린이 말했다.

"보, 나는 카드밖에 없는데. 네가 로리 좀 도와줘. 쟤한테 잘 말해서 거스름돈 달라 하면 안 돼?"

그 순간, 엄청난 침묵이 확 내려앉았다.

"나는 지갑이 없거든."

콜린이 히죽 웃었다.

앰버는 눈을 흘기는 데 아주 놀라운 재주가 있는 여자애였다. 그 애는 주머니에서 10달러를 꺼내 카운터에 내놨다.

나는 거스름돈을 주면서 로리에게 말했다.

"주문한 거 바로 나올 거야."

콜린은 내게 고갯짓을 했다.

"너 이름 뭐야?"

내가 이름을 말하려던 순간.

"윌로딘. 애 이름은 윌로딘이야. 그럼 나는 일하러 들어간다."

보가 먼저 말하더니 이내 주방으로 들어갔다. 친구들은 이리 좀 와 보라며 보를 불러 댔지만, 그 애는 돌아서지 않았다.

앰버가 말을 걸었다.

"너 수염 멋있어. 잘 어울려."

하지만 보는 이미 사라진 후였다. 앰버가 나를 뚫어져라 바라봤지만, 나는 그저 어깨를 으쓱였다.

집에 도착한 나는 뒤로 돌아가 미닫이 유리문으로 슬쩍 들어갔다. 현관문은 몇 년째 열리지 않았다. 엄마는 항상 말했다. 저거 사람 불러서 고쳐야 한다고. 하지만 루시 이모는 생각이 달랐다. 이모도 항상 말했다. 문이 저러니까 현관에 누가 올 때마다 내다보지 않아도 되니 얼마나 좋냐고. 나는 이모 의견에 찬성하는 쪽이었다.

엄마는 여전히 조무사복 차림으로 식탁에 앉아 있었다. 금발을 높이 틀어 올린 헤어스타일을 한 채로 휴대용 TV로 뉴스를 보는 중이었다. 내가 아주 어렸을 때부터 엄마는 그곳에서 TV를 봤다. 루시 이모가 언제나 거실 소파에 앉아서 지냈기 때문이다. 그런데 엄마는 루시 이모의 장례식을 치른 지 여섯 달이 다 돼 가는 지금도 주방에서 휴대용 TV를 본다.

엄마는 뉴스 앵커를 보면서 고개를 젓다가 날 봤다.

"만두(Dumplin')야, 왔구나. 저녁은 냉장고에서 꺼내 먹어."

나는 파우치백을 식탁에 내려놓고 냉장고에서 비닐 씌운 접시를 꺼냈다. 방학하기 며칠 전부터 미인대회 준비 기간이 시작된다. 그 말은 엄마가 지금 다이어트 중이라는 거다. 그리고 엄마가 다이어트를 할 때는 모든 사람이 다 같이 다이어트를 하게 된다. 그 말은 저녁 식사가 그릴드 치킨 샐러드라는 뜻이다.

난 그릴드 치킨 샐러드가 정말 싫다. 하지만 더 이상한 걸 먹을 수도 있으니, 이걸로 참아야겠지.

엄마는 혀를 쯧, 찼다.

"너, 이마에 뭐가 났네. 너 일하면서 기름진 음식을 집어 먹는 건 아니겠지?"

"나 햄버거나 핫도그 별로 안 좋아하는 거 알잖아."

나는 한숨을 쉬지 않았다. 실은 한숨을 쉬고 싶었지만, 엄마가 들을 테니 참았다. TV 소리가 아무리 커도 엄마는 한숨 소리를 귀신같이 들을 수 있다. 앞으로 2년만 참으면 나는 다른 도시에 있는 대학에 가게 될 거다. 어디 한 수백 킬로미터 떨어진 곳이겠지. 하지만 거기서도 분명 우리 엄마는 내 한숨 소리를 듣고 집에 앉아 전화로 이렇게 말할 거다.

"만두야, 내가 너 한숨 쉬는 거 싫어하는 거 알면서도 자꾸만 이럴 거니? 불평하며 한숨 쉬는 아가씨만큼 매력 없는 건 없단 말이야."

내가 보기에 엄마의 이런 생각은 아주 잘못됐다.

자리에 앉아 샐러드를 먹기 시작했다. 일부러 샐러드드레싱을 접시에 마구 뿌려 가면서. 하나님은 이 세상을 7일간 창조하신 다음, 제8일째 되는 날에 참 좋은 걸 또 만드셨으니, 그게 바로 기름지고 고소한 랜치드레싱이다.

엄마는 다리를 꼰 채로 발가락을 세우면서 발톱이 잘 깎였는지 검사했다.

"일은 잘하고 왔니?"

"괜찮았어. 그런데 드라이브스루에서 어떤 아저씨가 나한테 치근덕댔어. 엉덩이가 포동포동하다며."

그러자 엄마가 말했다.

"어머, 그랬구나. 음, 그래도 네가 생각하기에 따라서는 말이야, 예뻐서 한 말일 수 있어."

"엄마, 무슨 소리야. 싫다고. 징그러워."

엄마는 TV 채널을 휙휙 넘기더니 이내 껐다.

"애, 엄마 말 잘 들어. 나이 먹으면 남자들이 점점 널 안 봐 주게 된다고. 아무리 예쁘게 가꿔도 다 소용없단 말이야."

이런 식의 대화는 하고 싶지 않았다.

"론 아저씨는 아파서 오늘 결근했어."

그러자 엄마는 웃었다.

"어머, 아프지 말아야 할 텐데. 너도 알지. 론은 고등학생 때 이 엄마한테 홀딱 반했었단다."

내가 거기서 일한 후로, 최소한 일주일에 한 번씩 엄마는 이 이야기를 했다. 하지만 그곳에 처음 지원했을 때가 추수감사절 휴가였는데, 그때 루시 이모가 해 준 말은 달랐다. 론 아저씨가 엄마를 좋아한 게 아니라 그 반대는 아니었을까, 하고 이모는 항상 의심했다는 거다. 하지만 엄마의 말마따나 이 마을 남자들은 죄다 엄마에게 호감을 품고 있기는 했단다.

"모두 클로버시티의 미스 틴 블루 보닛에게 어떻게든 다가오려고 했어."

어느 날 밤 와인 몇 잔을 마시고 난 엄마가 혀가 꼬인 채로 한 말이다.

그 미인대회는 우리 엄마가 이뤄 낸 단 하나의 위대한 업적이다. 엄마는 아직도 그때 입은 드레스를 입을 수 있다. 앞으로도 그렇단 사실을 누구나 잊을 수 없게 만들 거다. 그래서 엄마는 미인대회의 조직위원장이자 공식 주최자가 됐고, 자신을 사랑하는 모든 팬들을 위한 연례 팬미팅처럼 그 드레스에다 자신을 마구 욱여넣는다.

순간 루시 이모의 고양이, 라이엇의 무게가 발 위에 느껴졌다. 발가락으로 톡톡 쳐 주자 고양이는 골골송을 불렀다.

"방과 후에 보니까 여자애들이 떼로 몰려서 미인대회 트레이닝 캠프에 참가한 것 같더라."

엄마는 씩 웃었다.

"그렇겠지. 경쟁은 매년 치열해지고 있어."

"엄마는 오늘 어땠어? 요양원은 괜찮았어?"

"아, 알잖아. 언제나 똑같지 뭐."

엄마는 수표책을 넘기면서 관자놀이를 꾹꾹 눌렀다.

"오늘 유니스가 세상을 떠나셨어."

"헐. 어떡해. 엄마 마음이 안 좋았겠다."

1년에 한 번씩 엄마의 삶은 신데렐라처럼 화려하게 변신한다. 그게 바로 엄마가 기대했던 삶이다. 하지만 그때를 뺀 나머지 시간에는 부에나 비스타 랜치 요양원에서 조무사로 일한다. 매일 처방전을 쓰고 노인들에게 식사를 주며 엉덩이를 닦는 특이한 일을 하는 거다. 유니스는 엄마가 제일 좋아하던 할머니였다. 그분은 엄마를 자기 언니라고 생각해서 엄마가 도와주려 허리를 숙일 때마다 귓가에 어린 시절 비밀을 속삭이곤 하셨단다.

엄마는 고개를 저으며 말했다.

"점심 먹고 디저트로 암브로시아*를 드신 후에 눈을 감으셨어. 난 의자에 잠시 그분을 앉혀 놨단다. 낮잠을 주무시는 줄 알았거든."

이윽고 엄마는 일어서서 내 머리에 입 맞췄다.

"난 자야겠다, 만두야."

"잘 자."

엄마의 방문이 닫히는 소리를 확인하고서 저녁밥을 쓰레기통에 버리고 그 위에 무가지를 덮었다. 그러고는 프레츨을 한 주먹 쥐고 탄산음료를 갖고서 위층으로 올라갔다. 루시 이모의 방문은 닫혀 있었다. 그 앞에서 잠시 머뭇거리며 문손잡이를 손가락으로 살짝 잡아 봤지만, 이내 발길을 돌렸다.

---

* Ambrosia: 얼린 오렌지, 바나나, 코코넛을 섞어서 만든 후식.

3

○

"올여름에 팀이랑 섹스할까 싶어."

엘렌은 앞에 놓인 점심밥에서 큐브 치즈를 골라 입에 넣으며 말했다. 애가 금요일마다 팀이랑 섹스할지 말지 '심사숙고'해 온 지 벌써 1년이나 됐다. 매주 주말이 되기 전마다 우리는 엘렌과 팀이 마침내 하게 될 경우의 좋은 점과 나쁜 점이 무엇인지 심각하게 토론한다. 정말이라니까.

"그거 좀 이상한데."

나는 고개도 돌리지 않고 노트만 바라보며 대꾸했다. 난 나쁜 친구는 아니다. 하지만 이런 이야기는 정말 수십 번도 더 했다. 게다가 오늘은 수업 마지막 날인데 난 봐야 할 시험이 하나 남았다. 그래서 벼락치기 중이건만, 엘렌은 기말고사가 다 끝난 상황이었다.

설탕 입힌 피칸을 입에 가득 우물거리며 엘렌이 물었다.

"뭐가 이상한데?"

"나한테 퀴즈 내 줘."

나는 입에 포도를 몇 알 넣고서 요점 정리한 노트를 내밀었다. 그건 통치제도를 정리해 놓은 표였다.

"섹스는 결혼식 같은 게 아니야. 그러니까 '오, 나 여름 분위기가 좋아! 여름에 할래. 그러면 제일 좋아하는 계절에 어울리는 란제리를 제대로 갖춰 입을 수 있잖아!' 뭐 이런 게 아니라고. 네가 섹스하고 싶으면 하는 거지, 계절이 무슨 상관이야."

그러자 엘렌은 눈을 흘겼다.

"하지만 여름은 과도기 같은 거니까. 방학 끝나고 진짜 여자가 되어서 개학을 맞는 게 좋잖아."

그 애의 태도는 한껏 과장됐다. 그래서 나도 눈을 흘겼다. 나는 의미 없는 말만 해 대는 게 싫다. 엘렌이 정말로 하려는 의지가 있다면, 얼마든지 탁자 위로 몸을 굽혀 머리를 맞대고 시시콜콜한 것까지 뭐든 상의해 줄 거다. 하지만 얘는 끝까지 시도하려 들지를 않는다. 그러면서 왜 이렇게 섹스의 가능성에 대해 이야기하는 건지 이해가 안 된다.

내가 넘어가지 않자 엘렌은 결국 요점 정리 노트를 슬쩍 봤다.

"통치체제의 3요소가 뭐야."

"입법, 행정, 사법."

나도 대꾸는 해 주기로 했다.

"그리고 말인데, 섹스를 한다고 해서 진정한 여자가 되는 건 아니야. 그거 너무 소름 끼치는 클리셰 아니니? 섹스하고 싶으면 해. 하지만 거기다가 온갖 의미를 부여하지는 말라고. 그러다 실망할 수도 있는데 왜 쓸데없는 생각을 미리 하는 거야?"

그러자 엘렌은 어깨를 축 늘어뜨리고 눈썹을 찌푸렸다.

"국회 상원의원과 하원의원 몇 명?"

"435명이랑 100명."

"맞았어. 아니 틀렸어. 너 거꾸로 기억하고 있어."

"알았어."

나는 다시 숫자를 숨죽여 외우고는 말했다.

"그리고 무슨 계절에 섹스하냐가 뭐가 중요해. 이때다 싶으면 하는 거지, 안 그래? 그러니까 내 말은 이거야. 겨울도 좋잖아. '어머, 어떡해. 너무 춥다. 그러니 우리 뜨겁게 체온을 나눌까?' 이런 것도 가능하니까."

엘렌은 웃었다.

"그래, 맞아. 일리가 있네."

솔직히 나는 일리 있고 싶지 않다. 엘렌이 나보다 먼저 섹스하지 않았으면 좋겠다. 이기적인 생각일 수도 있겠지만, 나는 안 해 본 걸 하려는 애를 어떻게 대해야 할지 정말 알 수가 없다. 이러다 엘렌의 친구 자격을 잃을까 봐 무섭기도 하고. 그러니까, 섹스는 좀 심각한 일이란 말이다. 그리고 내가 한 번도 안 해 본 걸로 어떻게 엘렌에게 조언을 할 수가 있겠냐고.

엘렌에게 기다려야 한다고 말하고 싶다. 그런데 얘랑 팀은 1년 반 가까이 사귀었고, 엘렌은 팀 이야기를 할 때마다 아직도 얼굴이 빨개진다. 사랑의 크기를 측정하는 법은 모르지만, 얘를 보면 이만

하면 해도 괜찮은 것 같기도 하다. 난 엘렌한테 좀 기다렸다 섹스하라고 말할 수가 없다. 나는 못 했는데 너만 하냐는 이유로 막을 수는 없잖아.

다시 요점 정리를 훑어보고 있는데, 밀리가 식판 가득 음식을 들고서 우리 테이블 옆을 지나갔다. 바로 뒤에서는 걔의 절친 아만다 럼바드가 따라왔다. 밀리와 아만다가 같이 다니는 건 기본적으로 어마어마한 목표물이 움직이고 있는 거다. 딱 봐도 '우리 좀 놀려주세요'라고 써 붙인 식이다.

아만다는 다리 길이가 달라서 두꺼운 교정 신발을 신고 다니는데, 그 모습이 프랑켄슈타인 같다. (사실 이건 패트릭 토머스가 한 말이다.) 교정 신발을 신지 않았던 어린 시절에는 절뚝이면서 걸었다. 그러면 걸을 때마다 걔 엉덩이가 위로 실룩거렸다. 걔는 별 신경 쓰지 않았지만, 사람들이 쳐다보는 건 어쩔 수가 없었다. 그 점을 생각하면 패트릭이 붙인 별명은 정말 같잖다. 그리고 프랑켄슈타인은 소설 속 박사의 이름이지, 괴물의 이름이 아니란 말이야.

밀리가 손을 흔들었다. 나는 걔가 우리 옆을 지나갈 때 재빨리 손을 들었다 놨다.

그러자 엘렌이 슬쩍 웃었다.

"쟤랑 친구 됐어?"

나는 어깨를 으쓱였다.

"가끔 밀리가 안됐다는 생각이 들어."

"내가 보기에 쟤는 기분 좋게 살고 있는데 왜."

우리는 점심을 마저 먹었다. 엘렌은 나에게 퀴즈를 몇 개 더 내 줬다.

"어느 한 기관에 권력이 집중되지 못하도록 존재하는 원칙은?"

"견제와 균형."

"있지, 어젯밤에 일은 잘했어? 그 사립학교 다닌다는 남자애는 잘 있고?"

나는 노트 스프링의 풀어진 부분에 손가락을 넣고 돌돌 감았다.

"일은 잘했어."

그리고 내 급식을 슬쩍 내려다봤다.

"걔도 잘 있어."

보한테 거지 같은 친구들이 찾아왔다는 이야기나 걔 앞머리 잘 랐다는 이야기를 엘렌에게 하고 싶었다. 하지만 말하다 보면 분명 히 내가 너무 바보 같다는 걸 다 들켜 버릴 거다. 보의 이야기를 하 면 분명 난 손톱을 깎아서 단지에 넣고 침대 밑에 보관하는 변태 같 아질 텐데. 어젯밤 걔가 내 옆을 계속 돌아다니는 바람에 나는 시재 정산을 세 번이나 다시 했다.

"나 스위트 16에서 일하는 거 다 좋기는 하지만, 네가 부러워. 넌 남자애들이랑 같이 일하잖아."

엘렌은 반쯤 먹은 당근을 비닐 팩에 넣고 지퍼를 닫았다.

"우리가 같은 곳에서 아르바이트를 못 하게 되다니, 아직도 실감 이 안 나."

내가 하피스에서 근무하는 바람에 우리의 방과 후 아르바이트 계획은 모두 망가졌다. 그리고 엘렌은 그 사실을 내게 계속해서 들먹일 건가 보다. 하지만 얘는 내가 왜 그랬는지 빠릿빠릿하게 알아채지 못했다. 내가 입을 수도 없는 옷을 파는 가게에서 일한다는 게 정말 싫었다. 하지만 엘렌이 그걸 알아서 깨닫지 못한다면, 굳이 내 입으로 설명할 필요는 없겠지.

"너는 왜 남자애들이랑 같이 일하고 싶어 해? 방금 네 입으로 팀이랑 하고 싶다는 말까지 했으면서."

그러자 엘렌은 어깨를 으쓱였다.

"재밌잖아."

우리는 점심 식사를 끝냈다. 그리고 난 마지막 시험을 쳤다. 드디어 끝이다. 10학년이 끝났다. 주차장은 온통 꽥꽥대는 환호성과 타이어들이 끼익거리는 소리로 가득했다. 하지만 나는 아무런 느낌이 없었다. 뭔가 나아졌다는 느낌 말이다. 꼼짝도 못 한 채로, 앞으로 닥쳐올 인생을 기다리고만 있다.

4

○

10학년의 마지막 날을 마치고 집에 돌아왔다. 엄마 차는 진입로에 있었다. 주차장에 차를 주차한 다음 사이드브레이크를 당기고는 머리 받침대에 머리를 기댔다. 난 내 차가 참 좋다. 졸린*이라고 이름도 붙였다. 졸린은 1998년형 체리색 폰티악 그랑프리로, 루시 이모가 나에게 물려준 거다.

안으로 들어가자 위층에 있는 루시 이모의 방에서 부스럭거리는 소리가 났다. 거기 가 보자 허공에서 실룩이는 엄마의 청록색 엉덩이가 보였다. 엄마가 입은 청록색 옷은 전 남친이 6년 전에 선물한 명품 트레이닝복이다. 엄마는 그 옷을 '집에서 입는 옷'이라고 부른다. 어쨌든 그 트레이닝복은 미스 틴 블루 보닛이 돼 받은 왕관 다음으로 소중한 엄마의 전리품이다.

"나 왔어."

---

* Jolene: 돌리 파튼이 1974년에 발표한 앨범명이자 타이틀곡.

나는 말하다 말고 경악했다.

"여기서 대체 뭐 하는 거야?"

엄마는 똑바로 서서 숨을 내쉬고 이마에서 머리칼을 쓸어 넘겼다. 얼굴은 열이 올라 빨개지고 앞머리는 동글동글하게 말린 채였다.

"장례업체에서 우리가 주문한 유골함을 수령했대. 시작이 반이라잖아. 그래서 집에 오면 정리를 대대적으로 시작하려고 결심했단다."

나는 복도에 책가방을 내려놓고 방 안으로 들어갔다.

"대대적으로 뭘 시작한다고?"

엄마는 침대에 털썩 앉았다. 침대 옆으로는 예쁜 실로 장식된 옷걸이에 걸린 이모의 홈드레스가 펼쳐진 채로 무더기를 이루었다.

"뭐겠니, 루시 물건 치워야지. 세상에나. 언니는 정말 필요도 없는 걸 숨겨 두고 살았지 뭐니. 저 서랍은 열리지도 않을 지경이란다. 네 할머니 면사포를 드디어 찾아냈어. 오랫동안 어디 갔나 찾았는데 여기 있었네."

나는 입술을 실룩여 웃었다.

"그랬어?"

할머니가 돌아가시기 직전, 엄마는 할머니 웨딩드레스가 자기 거라고 주장했다. 그건 루시 이모한테 절대로 맞지 않았기에, 그걸 두고 싸움이 일어나지는 않았다. 하지만 면사포는 아니었다. 그건 이모도 쓸 수 있는 거였으니까. 그래서 두 분은 몇 달 동안 싸웠고 결국 루시 이모는 지쳐 버린 나머지 포기했었다. 그런데 몇 년 흐르고 나서, 면사포가 온데간데없어졌던 거다.

이모에게 항상 똑같은 말을 하고 또 하는 건 우리 엄마였지만, 이번에는 어쩐지 루시 이모가 엄마 입을 틀어막은 것 같단 기분이 들었다.

물론 언제나 이런 건 아니었다. 두 분 사이가 항상 나쁜 건 아니었으니까. 하지만 금요일 밤 집에 왔더니 두 자매가 소파에 사이좋게 앉아 좋아히는 옛날 영화를 보며 깔깔대는 모습을 봤던 깃보다는, 대판 싸웠던 순간이 기억 속에 두드러지게 남는 법이니까.

"그래서 이 물건들을 다 어떡할 건데?"

"음, 기부할까 해. 덩치 큰 여자들이 맞는 옷을 찾기가 얼마나 어려운지 너도 알지. 그러니까 이 옷을 기부하면 누군가 아주 고맙게 입을 거야."

"나도 이모 옷 좀 갖고 있으면 안 돼? 입을 건 아니고, 그냥 간직하려고."

"어머, 만두야. 이런 펑퍼짐한 원피스가 뭐가 좋다고 그러니. 그리고 서랍 속에 든 건 전부 속옷이랑 슬립이랑 신문 스크랩뿐이야."

루시 이모가 세상을 떠났다는 걸 난 극복해야 한다. 벌써 여섯 달이나 됐다. 그런데도 계속 이모가 보고 싶다. 라이엇과 소파에 앉아 있거나 주방에서 십자말풀이를 하는 이모를 보고 싶단 말이다. 하지만 이모는 없다. 떠나 버렸다. 게다가 우리는 루시 이모의 사진마저 하나도 없다. 이모는 자기의 몸뚱이를 사진의 형태로 후세에 남기고 싶어 하지 않았다.

그래서 나는 무섭다. 내가 루시 이모의 목소리를 못 듣고, 그 모습을 못 본다면 영영 잊어버릴 것만 같아서.

38세의 나이에, 몸무게 225킬로그램으로 루시 이모는 세상을 떠났다. 소파에 앉아서 TV쇼를 보다가 심각한 심장마비에 걸려 홀로 죽었다. 아무도 이모가 가는 모습을 보지 못했다. 하지만 따지고 보면, 이 집 바깥의 그 누구도 루시 이모가 살아가는 모습을 본 적이 없다. 그리고 지금 이곳에서 이모를 기억하는 사람은 없다. 이모가 바라는 모습으로 기억하는 사람이 없다는 뜻이다. 엄마는 루시 이모를 생각할 때마다 그저 어떻게 죽었는지만을 떠올릴 뿐이니까.

엄마가 이모 방을 순회 전시회의 전시품처럼 조각조각 낼 걸 생각하니, 고통의 메아리가 다시금 새롭게 느껴져 버리고 만다.

엄마는 협탁 서랍장을 열고서 그 안에 든 종이를 여러 무더기로 분류하기 시작했다. 엄마가 머릿속으로 무슨 생각을 하는지 다 보였다. 이건 두고, 저건 버리고, 이건 좀 생각해 보자. 훗날 나는 저 셋 중 어느 쪽으로 분류될까.

"그냥 안 하면 안 돼? 여긴 이모 방이잖아."

내 물음에 엄마는 믿을 수 없다는 기색으로 날 돌아봤다.

"만두야. 그냥 놔두면 먼지밖에 더 끼겠니? 게다가 곧 있으면 미인대회가 열리잖아. 나는 여름 내내 할 일이 많을 거야. 여기에서 의상을 만들고 물품을 제작하면 온 집 안이 개판이 될 일도 없고."

"여기를 재봉실로 쓰겠다고?"

내 입으로 하는 말이지만 너무 짜증 났다.

"루시 이모의 방을 재봉실로 바꾸고 싶다는 거야?"

엄마는 뭐라 말하려 했지만, 그 이야기를 듣기도 전에 나는 나와 버렸다.

하피스에서 보는 이어폰을 낀 채로 고기를 굽는 일을 한다. 나는 옆으로 지나가면서 그 애에게 손을 들어 인사했다.

"여름방학 잘 보내, 윌로딘."

보는 좀 큰 소리로 말했다. 그 애의 입술은 끈적하고 새빨갰다. 어떤 맛일지 너무 궁금해.

보와의 키스라. 생각만으로도 당황해 버렸다. 흐물흐물 녹아내려서 주방 바닥 하수구로 쓸려 가 버리고만 싶다.

앞으로 가니 마커스는 이미 계산대 앞에 자리 잡았다. 나는 말을 걸었다.

"오늘은 나보다 일찍 왔네."

"티파니가 일찍 태워다 줬어. 걘 연습이 있거든."

마커스와 나는 언제나 서로의 삶에 엑스트라가 돼 주는 사이다. 마커스는 나보다 한 살 많고, 우리는 어렸을 때 학교에 같이 다녔다. 나와 걔의 사이는 뭐랄까, 제일 친한 친구의 사촌 오빠 정도면 맞을 거다. 그러니까 얼굴과 이름만 아는 정도다. 내가 하피스에서 일하게 됐을 때, 그래도 알아볼 수 있는 사람이 있어서 좋았다. 지금 우리는 친해졌다. 마커스는 소프트볼 팀 주장 티파니와 올해 초부터 사귀었는데, 불과 몇 주만에 둘의 삶은 마치 흡착판처럼 꼭 달라붙어 버렸다.

"기말고사 잘 봤어?"

마커스의 질문에 나는 어깨를 으쓱이고는 뒤를 돌아봤다. 보가 적외선등 뒤에서 우리를 지켜보고 있었다. 그 앤 눈길을 돌리지 않았다. 나는 속이 죄어든 채로 대답했다.

"보기야 봤지. 그러니 어떻게든 점수야 받겠지. 너는?"

"잘 봤어. 티파니랑 공부했거든. 걔는 올여름에 대학에 갈 거야."

고등학교를 졸업하면 뭘 할 건지 지금부터 생각해야 한다는 걸 잘 안다. 하지만 대학에 간다는 게 상상이 안 되는데, 상상할 수도 없는 걸 어떻게 계획할 수 있는지 알 수가 없다.

"넌 어떡할 거야? 너도 학교를 알아보고 있니?"

그러자 마커스는 모자챙을 옆으로 슥 밀고는 생각에 잠긴 표정으로 고개를 끄덕였다.

"그렇지, 뭐."

순간 가게 현관 종이 앞뒤로 울려 대며 학교를 마치고 온 애들이 줄지어 들어왔다. 그 애들이 메뉴를 고르는 동안, 마커스는 사람들 뒤의 창문을 멀거니 바라보고는 말했다.

"내 여친이 이 동네를 뜬다잖아. 그러니 나도 같이 가야겠지."

클로버시티는 머무는 곳이 아니라 떠나는 곳이다. 사람들은 사랑 때문에 이곳에 끌려들어 오고, 또 사랑 때문에 이곳에서 떠나간다. 이 동네에서 정말로 성공해서 떠나는 사람은 소수다. 나머지는 술 마시고 아이를 낳고, 교회에 가는 삶을 산다. 망하지 않고 그럭저럭 살아가기. 이곳의 삶이란 딱 그 정도다.

　　　　°　　　°　　　°

　금요일과 토요일에는 늦게까지 가게를 열기 때문에, 내가 집에 도착할 때쯤이면 엄마는 벌써 자고 있다. 집 안 불을 다 끈 다음 뒷문을 잠근 나는, 살금살금 위층으로 올라가서 엄마가 정말로 자는지 한 번 더 확인했다. 엄마 방문 너머로 가벼이 코 고는 소리가 들려오자, 슬그머니 루시 이모의 방으로 들어갔다. 그리고 나무 바닥에서 삐그덕 소리가 나지 않게 조심하면서, 엄마가 쌓아 놓은 무더기를 살펴보기 시작했다.

　거기에는 결국 쓰레기가 된 엄청난 양의 신문 기사 스크랩 무더기가 있었다. 기사에 나온 인물과 장소를 이모가 왜 모았는지 난 앞으로 이해할 수 없겠지. 어째서 이모는 도서관을 방문할 요리책 저자의 신문 기사를 오려 뒀을까? 참 사소한 것이었지만 더 이상 루시 이모에게 직접 물어볼 수 없다는 사실이 너무 싫었다.

　이모의 장례식은 최악이었다. 특별한 이유가 있어서는 아니다. 클로버시티의 인구 절반이 장례식에 왔다. 사람들이 그때 전혀 할 일이 없었던 걸까? 내가 생각하기로, 사람들은 모두 루시 이모가 관 속에 접혀 들어간 모습을 보며 '저렇게 되지 말아야겠다' 싶은 이야깃거리를 만들 마음에 온 거다. 하지만 더욱 슬픈 사실이 뭐였냐면, 우리 집은 이모를 위해서 넉넉한 크기의 비싼 관을 살 여유가 없었다는 거다. 엄마는 언니를 위해 '제대로 된 장례식'을 치러 주지 못해 완전히 멘탈이 붕괴된 상태로, 하릴없이 루시 이모를 화장시켰다.

　하지만 내가 기억하고 싶은 건 이모의 장례식이 아니다. 그보다는 내가 3학년 때 이모가 날 데리고 댄스 교실에 처음 갔던 일 같은 걸 기억하고 싶다. 그때 입었던 레오타드는 볼록 튀어나온 뱃살 위로 팽팽하게 뻗었고, 아무리 애를 써 봐도 허벅지를 죄어 댔다. 나는 너무 뚱뚱했다. 게다가 키도 너무 컸다. 댄스 교실에 들어가려고 기다리고 있던 다른 여자애들과 다른 모습이었다.

내가 차에서 내리려 하질 않자, 루시 이모는 뒷좌석으로 와서 나랑 함께 앉았다.

"윌."

이모의 목소리는 따뜻한 꿀처럼 부드러웠다. 이모는 흩어진 머리카락을 귀 뒤로 넘겨 주면서 홈드레스 앞주머니에 있던 휴지를 나에게 건넸다.

"나는 인생을 너무 많이 허비했어. 사람들이 뭐라 말할까, 어떻게 생각할까, 너무 많이 생각하며 보냈지. 그래서 가끔은 슈퍼마켓이나 우체국도 가지 못했어. 물론 그건 사소한 것이었지. 하지만 때로는 정말 특별한 일인데도 결국은 하지 못하게 될 때도 있었어. 다른 사람이 날 어떻게 생각할까 너무 무서워서 결국 난 안 될 거라고 포기했기 때문이야. 하지만 넌 그런 말 같지도 않은 시선에 신경 쓸 필요 없단다. 나는 그 시간을 죄다 낭비했지만 너는 그럴 필요 없다고. 일단 저 안에 갔는데 이건 아닌 것 같다는 결론이 나면 다시는 가지 않아도 좋아. 하지만 지금 너한텐 어쨌든 기회가 있는 거야. 무슨 말인지 알겠어?"

나는 가을 동안에만 댄스 교실에 다녔다. 하지만 지금 그게 요점은 아니다.

루시 이모의 양말 서랍장 안에는 카세트테이프가 든 작은 상자가 있었다. 그건 모두 돌리 파튼의 앨범이었다. 그중 아무거나 꺼내 협탁 위에 있는 카세트에 넣었다. 그리고 이모의 침대에 누워 음량을 아주 작게 설정해 놓고 들었다. 노랫소리는 마치 속삭임 같았다. 루시 이모는 그 무엇보다도 돌리를 좋아했다. 엘렌과 나도 그건 마찬가지다.

드라이버 부인은 아마도 텍사스 지역에서 가장 잘 알려진 돌리 파튼 임퍼스네이터*다. 그분은 몸집도 작고 목소리도 돌리와 비슷하다. 몇 년 전까지만 해도 루시 이모가 이 지역 돌리 파튼 팬클럽의 부회장이었기 때문에 두 분은 정기적으로 만났다. 그러니 나와 엘렌의 우정 역시 우리가 태어나기 전부터, 말하자면 돌리가 아직도 테네시에 사는 가난한 무명인이었을 때부터 운명적으로 이어졌다는 것 역시 믿지 않을 수 없는 사실이다. 내게 엘렌의 존재란 루시 이모가 항상 주려고 했던 선물이나 다름없다.

우리가 끌렸던 건 돌리의 외모만이 아니었다. 돌리에게는 특유의 태도가 있다. 자신의 모습을 사람들이 얼마나 우습게 생각하는지 알면서도, 스스로에 대한 자부심이 있었기 때문에 자신을 전혀 바꾸지 않았다. 우리에게 그녀는…… 천하무적이었다.

---

* impersonator: 유명인을 닮은 '이미테이션 모델'을 뜻함.

5

○

이제는 여름방학이 와도 어렸을 때 같은 감흥은 없다. 엘렌과 내가 초등학생이었을 때, 루시 이모는 우리를 데리고 애벌랜치 스노콘스 아이스크림 가게에 데리고 가곤 했다. 우리는 천장에 달린 선풍기가 돌아가는 어둑한 거실에 앉아 손에 시럽을 뚝뚝 흘려 댔고, 루시 이모는 TV 채널을 이리저리 돌려 대다가 결국 우리 엄마라면 절대 애들한테 보여 주지 않을 지저분한 토크쇼를 보곤 했다.

하지만 여름방학 첫 주는 특별할 게 없이 지나갔다. 월요일 아침, 일어나 보니 핸드폰이 마구 깜빡거리고 있었다.

엘렌 수영하러 가자. 어서. 여름이야. 더워 미쳐.

엘렌 당장.

엘렌 빨리.

걔 문자를 보니 어쩔 수 없이 미소가 나왔다. 엘렌은 담장 없는 연립주택에 살고 있는데 거기에는 관리가 잘 안 된 공용 풀장이 하나 있었다. 하지만 여름이 되면 그곳은 오아시스가 된다.

뚱뚱한 여자애들이 수영장 같은 데는 치를 떤다는 건 안다. 하지만 난 수영이 좋다. 물론 난 아무것도 모르는 멍청이는 아니다. 사람들이 다 쳐다보는 것도 잘 아니까. 하지만 내가 더워서 열 좀 식히겠다는데 뭐 어쩌라고. 따져 보면 무슨 문제라도 있어? 내 허벅지가 거대하고 올록볼록하기로서니, 그래서 사람들한테 사과라도 해야 한다는 거야?

엘렌의 집 앞으로 차를 끌고 들어가자, 걔는 비키니 차림에 허리에 타월을 감은 채로 베란다에 앉아 있었다.

우리는 플립플롭을 보도에 탁탁 끌면서 세 블록 떨어진 수영장에 갔다. 아직 아침 10시밖에 되지 않았는데도 우리는 온몸이 땀으로 젖었다. (우리 엄마 표현으로는 반들거렸다고 하겠지만.)

줄을 서서 기다리며 엘렌이 말했다.

"세상에. 여기 사람 열나 많네."

엘렌은 배 위로 팔짱을 꼈다. 나는 걔 팔에 팔짱을 끼며 말했다.

"자, 가자."

사람이 너무 많아서 우리는 선베드를 하나밖에 빌릴 수가 없었다. 엘렌은 타월을 허리에서 풀고는 수영장으로 달려갔다. 나는 드레스를 머리 위로 벗어 던지고 신발을 휙 벗은 다음 발끝으로 빠르게 걸었다.

엘렌이 어깨까지 몸을 푹 담그자. 내 허리에 물결이 감겨 왔다. 그러자 서늘한 기운에 눈이 스르르 돌아갔다. 아, 이제 여름이 왔구나.

우리는 불가사리처럼 물 위에 대자로 둥둥 떴다. 그러니까 어릴 적 생각이 났다. 그땐 물안경을 쓰고 잠수해서 서로에게 비밀을 막 소리쳤었지. 하지만 우리 사이에 비밀 따위는 없었기 때문에, 하는 말들은 대부분 우리가 이미 알고 있는 내용이었다. 엘렌은 이렇게 소리치곤 했었다.

"체이스 앤더슨 짱 귀여워!"

난 이렇게 고함쳤다.

"나 엄마 지갑에서 10달러 훔쳤어!"

몸에 힘을 빼고 그저 둥둥 떠 있다 보니 어느새 어깨가 수영장 벽에 부딪혔다. 내 위로 누군가의 그림자가 드리워졌다. 눈을 가늘게 뜨자, 어떤 꼬마가 수영장 가장자리에 웅크리고 앉았다. 그 애는 뭐라 말을 했다.

물에서 일어서자 소음이 확 몰려들었다. 귀에서 피가 나겠다 싶을 정도로 시끄러운 소리에 뇌가 얼어붙을 지경이었다. 나는 잠깐 눈을 꾹 감았다. 머릿속이 오그라든 느낌이었다.

"뭐라고?"

빨간 수영복을 입은 소년의 몸에서 물이 뚝뚝 떨어졌다. 그 애 발 밑으로 동그랗게 웅덩이가 생겼다.

"누나가 죽은 줄 알았어요. 온몸이 빨개졌다고요."

꼬마는 일어서더니 아무런 몸짓도 없이 휙 가 버렸다.

나는 볼을 만졌다. 손가락에서 뚝뚝 떨어지는 물이 볼에 닿자, 마치 갈라지고 마른 땅에 내린 빗줄기처럼 느껴졌다. 대체 얼마나 물에 둥둥 떠 있었던 건지 모르겠네. 엘렌을 찾아보자, 걔가 선베드에 앉아서 어떤 여자애랑 남자애와 이야기하는 게 보였다. 수영장의 얕은 쪽으로 천천히 움직이면서 걔들이 어서 가기를 바랐지만, 몇 분 어슬렁거리며 기다려 봐도 그것들은 갈 생각을 하지 않았다.

마음을 단단히 먹고 수영장에서 벌떡 튀어나왔다. 엘렌은 선베드 발치에 앉았고, 여자애는 다른 끝에 앉아 있었다. 내가 한 번도 본 적 없는 애였다. 걔 뒤에는 남자애가 앉았는데, 마치 여자애가 운전하는 오토바이 뒤에 앉은 것처럼 찰싹 달라붙은 채였다.

"안녕."

내 말에 잠시 정적이 흘렀다. 엘렌은 아무 말도 하지 않았고, 여자애는 날 쳐다보는 표정이 마치 '무슨 일이니? 뭐 용건이라도 있니? 없으면 그만 가' 하고 말하는 것 같았다.

마침내 엘렌이 날 돌아보며 말했다.

"얘들아, 얘는 내 절친인 윌이야."

그리고 소개가 이어졌다.

"얘는 캘리야. 그리고 얘는 캘리 남자친구인데…….."

엘렌은 잠시 말을 끌더니 손가락을 딱 튕겼다.

"얘는 브라이스야."

캘리가 말하자 브라이스는 뒤에서 고개를 끄덕였다. 걔는 〈스타 트렉〉 캐릭터나 쓸 법한 앞이 안 보일 정도의 까만 선글라스를 썼다. 손으로는 캘리의 어깨를 만지작거리는 걸 보아하니 얘네는 항상 서로 주물럭거리는 커플인가 보다.

"만나서 반가워."

내가 성의 없이 중얼거리자 엘렌이 나를 노려봤다.

내가 새로운 사람 만나는 걸 싫어한다는 건 아니다. 그렇지만 새로운 사람 만나는 걸 대개는 좋아하지 않는다. 나의 그런 점을 엘렌은 제일 못마땅해할 수도 있겠지. 내가 기억하기로, 걔는 완벽한 우리 둘만의 사이에 언제나 제3자를 끌어들이려고 했었으니까. 그래서 내가 아주 불평불만 가득한 애가 되는 건지도 모르겠지만, 어쨌든 나는 또 다른 절친이 필요하지 않단 말이다. 게다가 내가 무슨 자동차 사고라도 낸 듯이 날 노려보기만 하는 특히 쟤 같은 여자애는 더더욱 필요 없다고.

엘렌이 자기 옆에 앉으라고 몸을 움츠려 자리를 내줬지만, 나는 앉지 않았다.

"있잖아, 캘리도 미인대회에 나가거든."

브라이스는 캘리의 어깨를 꽉 잡았다. 캘리는 높은 소리로 깔깔댔다.

"그래. 우리 언니가 몇 년 전에 순위에 들었거든. 말하자면 우리 집안 유전자가 미인인 거지."

"좋겠네."

내 목소리는 굵고 퉁명스럽게 나왔다. 불퉁대며 대답할 의도는 없었지만.

엘렌은 억지 미소를 지었다.

"캘리는 미인대회 트레이닝캠프에 나가고 있어. 우리가 지난주 방과 후에 봤던 거 말이야."

대체 얘는 나더러 무슨 대답을 하라고 이런 말을 꺼내는 걸까. 지금 대화는 전체적으로 **폭망**이라는 신호를 마구 보내고 있는 거 안 보이나.

엘렌이 말을 이었다.

"음, 캘리. 윌네 엄마가 미인대회 조직위원장이시거든."

미식축구 선수들은 남부에서 신처럼 떠받들어진다. 치어리더들도 못지않은 대접을 받는다. 하지만 이 동네에서는 미인대회 우승자야말로 여왕처럼 군림한다. 안타깝게도, 클로버시티가 가장 사랑하는 미인대회 여왕님의 딸이지만 뚱뚱이로 사는 나는 그 혜택을 그다지 보지 못하고 있다.

캘리는 손 그늘로 햇빛을 가리며 나를 올려다봤다.

"잠깐, 정말로 네가 그분 딸이라고?"

"그래."

내가 엄마한테서 뭘 하나 꼭 바꿀 수 있다면, 엄마에게서 미인대회를 없애 버리고 싶다. 솔직히 말해서, 그 한 가지 연례행사를 내 인생에서 지운다면 내 삶은 전부 도미노처럼 와르르 쓰러져 버릴 테지만 말이다. 그만큼 내 삶은 지긋지긋할 만큼 미인대회와 떼려야 뗄 수가 없다.

캘리는 웃었다.

"하지만 넌 참가하지 않을 거잖아?"

나는 잠깐 참았다. 2초. 3초. 4초. 하지만 엘렌은 아무 말도 하지 않았다.

"내가 못 나갈 건 또 뭐야?"

분명히 말하지만 나는 그런 타락한 인기투표 대회에는 절대로 참가하지 않을 거다. 하지만 그래도 그렇지. 이 멍청한 애는 대체 무슨 생각으로 이런 말을 하는 거야?

"넌 그런 데 참가하는 여자애는 아닌 것 같아서. 음, 나쁜 뜻으로 한 말은 아니야."

나는 갑자기 내 수영복이 얼마나 작은지 다시금 깨달았다. 수영복 가랑이는 내 엉덩이를 마구 파고들고 있고, 어깨끈은 어깨 살에 파묻혔다. 불안감이 덩굴손처럼 온몸을 마구 타고 올라왔다.

캘리가 말을 이었다.

"어쨌든 베카 코터가 아주 유력한 경쟁자가 될 거야. 걔는 진짜 미국 여자애의 특징을 다 갖췄잖아."

여기서 빨리 나가야겠다는 생각이 내 발을 잡아당겼다.

게다가, 캘리는 지금 내 드레스를 비치 타월처럼 깔고 앉아 있다. 소중한 피부가 뜨거운 플라스틱에 닿으면 안 되니까.

나는 엘렌에게 고개를 돌렸다.

"나 너희 집 화장실 좀 쓸게."

나는 플립플롭을 발에 꽂고 나서 눈에 보이는 타월을 아무거나 집어 들고 최대한 빨리 걸어 그 자리를 떴다.

"내가 뭐 잘못했니?"

뒤에서 캘리의 목소리가 들렸다. 그 어조는 딱 '쟤 왜 저래?'라는 식이었다.

"여기도 화장실 있잖아!"

사람들 너머로 엘렌의 목소리가 들렸다.

타월은 간신히 허리에 둘러졌다. 상관없어. 난 계속 걸었다.

남자애들이 탄 차가 내 옆을 지나가며 경적을 울려 댔다.

"야, 이 개새끼들아!"

엘렌이 내 뒤를 따라오며 소리쳤다.

나는 돌아섰다. 엘렌은 비키니 차림으로 내 원피스와 가방을 옆구리에 끼고 잰걸음으로 인도를 걸어왔다.

"여기까지 너 따라오느라 힘들었다고!"

엘렌의 말에 나도 뭐라 대꾸하려 했지만, 생각해 보니 지금 난 얘한테 화가 난 상태다. 그래서 그냥 걸었다. 물론 우리는 싸운 게 아니다. 절친끼리도 서로 싸우곤 한다는 걸 알지만 엘렌과 나는 절대로 싸움 같은 건 하지 않는다. 한두 번은 TV쇼 내용이나 '돌리의 어떤 콘셉트가 최고인가?' 하는 주제로 실없는 말다툼을 하곤 하지만, 진짜로 싸운 적은 없다. 그래도 나는 얘가 날 수영장에 버려두고 캘리인가 뭔가 하는 애랑 몸을 말리고 있었다는 사실에 너무 화가 났다. 그런데 엘렌은 아무 말도 없잖아.

어쩌면 내가 일을 너무 크게 만들고 있는 건지도 모른다. 이건 나만 신경 쓰는 그런 일인지도 모른다. 마치 여드름이 났는데, 다른 사람들이 날 볼 때 여드름만 볼 거라고 생각하는 것처럼 말이다.

하지만 캘리가 나를 위아래로 훑어보던 그 눈길이란. 마치 내가 무슨 혐오스러운 존재가 된 것 같았다. 사실은 이렇다. 나는 처음에 불편했기 때문에 화가 났다. 내가 대체 왜 불편해야 해? 수영장에 들어가고 싶다고 해서, 수영복을 입고 있다고 해서 불편함을 느껴야 할 이유가 뭐야? 어째서 난 누가 볼세라 얼른 물속에 들어갔다가 또 얼른 나와야 하지? 내 허벅지가 얼마나 잔인하게 살이 쪘는지 아무도 보지 말아야 할 이유가 뭐야?

"월! 기다리라니까! 아 진짜."

나는 굳이 걸음을 멈추지 않고 말했다.

"나 집에 갈래."

"아까 대체 왜 그랬는지 말해 줄 수 없어? 너 완전 사이코 같았다고. 왜 그랬어?"

나는 멈춰 섰다. 이제 엘렌의 집에 다 왔기 때문이다. 이제 달리 갈 곳도 없으니 말을 안 할 수가 없었다.

엘렌에게 고함쳤다.

"왜 그랬냐고? 넌 날 혼자 물속에 두고 가 버렸잖아. 날 버리고 간 건 너였으면서. 그리고 그 말라빠진 년은 또 누구야?"

이 말을 내뱉자마자 후회했다. 나는 평생 살면서 누군가의 몸을 비하하는 말을 한 적이 없다. 내 몸으로 살아오면서 깨달은 게 있다면 바로 이것이다. 내 몸이 아닌 다른 사람 몸에 대해 이러쿵저러쿵 비평하면 안 된다. 뚱뚱하든, 말랐든, 키가 작든 크든 그건 중요한 게 아니니까.

하지만 엘렌은 이렇게만 말했다.

"너 되게 편안해 보였단 말이야! 그래서 물속에 두고 온 건데 내가 왜 못된 년이 돼야 하는데? 넌 열여덟 살이잖아. 어린애가 아니라고. 그런데 혼자 물속에 두고 왔다고 해서 나한테 화를 내니?"

난 엘렌과 팀이 싸우는 걸 많이 봤고, 그래서 말싸움이 엘렌의 특기라는 걸 잘 알았다. 얘는 상황을 단순화시켜서 결국 상대방을 바보로 만들어 버리는 재주가 있다. 그러니까 내 편이라면 딱 좋지만, 적으로 돌려서는 안 되는 애다.

나는 고개를 저었다. 말을 하고 싶지 않아서였다. 나를 지켜 줄 안전한 방어막인 엘렌 없이 남겨져서 화가 났다는 걸 굳이 말할 마음은 없었다. 그 자리에서 내 편을 왜 안 들었냐고 소리치고 싶진 않았다.

엘렌이 말했다.

"그 '말라빠진 년'은 나랑 같이 일하는 애야. 너한테 걔랑 친하게 지내라고는 안 할게. 그래도 최소한 친절하게 대할 순 있었잖아."

나는 손을 내저었다.

"아, 됐어. 다 끝났잖아. 말싸움하지 말자."

엘렌은 내 가방과 원피스를 내 차 트렁크에 올려놨다.

"알았어."

나는 원피스를 뒤집어쓴 다음 허리에 감았던 타월을 풀어 엘렌에게 주고 파우치백에서 차 키를 찾았다.

"나중에 전화할게."

그리고 운전석으로 가려는데, 엘렌은 그 자리를 떠나지 않았다.

"잠깐만. 안으로 좀 들어와."

나는 콧김을 흥 내뿜었다.

"아, 한숨 좀 그만 쉬고. 네가 도와줘야 할 일이 있다고."

나는 엘렌의 방 바닥에 다리를 꼬고 앉았다.

"나 제이크 안아 볼래."

엘렌은 방문을 잠그고 곧바로 옷장에 다가갔다.

"지금은 안 돼. 허물 벗는 중이라."

제정신이 박힌 사람이라면 으레 그렇겠지만, 나 역시 아주 당연하게 뱀을 무서워했다. 그런데 우리가 열세 살이었을 때 엘렌의 부모님은 잠시 별거를 했었다. 그리고 엘렌은 완전 미쳐 버렸다. 드라이버 씨는 딸애를 달래기 위해서 반려동물을 하나 사 주겠다고 약속했다. 하지만 자기 딸이 설마 뱀을 사 달라고 요구할 줄은 몰랐던 거다.

엘렌이 처음 제이크를 데려왔을 때, 그 뱀은 연필보다 조금 더 긴 알비노 콘 스네이크일 뿐이었다. 그렇지만 나는 그때 얘네 집에 가지 않겠다고 고집을 부렸다. 뱀이랑 같은 집에 있다고 생각만 해도 무서웠으니까. 하지만 엘렌이 열네 살 생일이 됐을 때는 안 갈 수가 없었다. 루시 이모는 나를 반려동물 가게에 데리고 가서 뱀을 보고 심지어 손을 대 보게도 했다. 내가 아주 쫄아 버리자, 이모는 대신 뱀을 만졌다. 이모의 손이 덜덜 떨리는 걸 봤지만, 그래도 이모가 손대는 걸 보자 안심이 됐다.

이제는 영화를 보면서 몇 시간이고 앉아 제이크가 우리의 손 사이를 바느질하듯 구불구불 넘나들어도 아무렇지 않다.

엘렌은 옷장 깊숙한 곳에서 스위트 16 로고가 찍힌 쇼핑백을 꺼냈다.

"이것 좀 같이 골라 줘."

엘렌이 침대 위에 레이스 달린 브래지어랑 팬티 세트를 늘어놓는 동안 나는 빌딕 일어있다.

"팀을 위해서야. 예쁘게 보이고 싶거든."

엘렌은 매트리스 끝에 털썩 앉았다. 나는 새끼손가락으로 다 비치는 보라색 팬티를 집어 들었다.

"이거 너네 가게에서 다 산 거야?"

"캘리가 고르는 거 도와줬어. 하지만 네가 하나 딱 짚어 줘. 그럼 나머지는 반품할 거야."

"아하."

혹시 이게 엘렌의 첫 경험이라는 걸 캘리한테도 말했냐고 묻고 싶었다. 우리는 속옷 더미를 마구 헤집었다. 분홍색, 흰색, 검은색, 빨간색, 심지어 초록색도 있었다. 물론 캘리한테 말했겠지. 내가 너무 예민하게 반응한다는 거 나도 안다. 엘렌이 팀과 자기의 섹스 이야기를 나한테만 말해야 하는 것도 아니니까. 하지만 어쩐지 배신감이 들었다.

나는 말했다.

"좋아. 흰색은 탈락. 너는 경험이 없고, 그건 좋은 거지. 아, 경험이 있다고 해서 나쁘다는 건 아니야. 하지만 내 말의 요지는 이거야. 뭔가 더럽혀지면 안 되는 것처럼 보일 필요는 없잖아. 그러니까, 네가 하는 건 결국 더럽혀지는 거니까. 맞지?"

"그래."

엘렌은 하얀 브래지어와 팬티 세트를 치우며 단호하게 말했다.

"음, 그러면 뭔가 제대로 된 란제리를 구할 걸 그랬나?"

나는 고개를 저었다.

"그건 너무 직진이야. 팀한테 너무 큰 부담을 주지 않으면서도 '난 이제 섹스할 준비됐어'라고 말해야지."

"너 없었으면 난 죽었을 거야. 정말로 확 삶을 끝냈을 거라고."

내 얼굴에 슬그머니 미소가 피어올랐다.

"검은색은 너무 위압적이야. 물론 끝내주게 섹시하긴 하지만 이건 나중을 위해 남겨 둬."

엘렌은 그걸 협탁 맨 아래 서랍에 넣었다.

"난 초록색을 좋아하긴 하지만, 지금은 맞지 않아."

나는 계속해서 누드톤, 빨간색, 보라색, 파란색을 탈락시켰다.

"이게 좋네."

나는 나머지 속옷 세트를 침대에서 확 밀어냈다. 남은 건 은은한 담갈색 줄무늬 속옷 세트였다.

"이 세트 느낌이 좋아. '여름날의 순결한 처녀지만 곧 아닐 거예요'라고 말한달까."

엘렌은 내 팔을 찰싹 치고는 속옷을 집어 들었다. 그 세트는 가장자리에 레이스가 달리고 진주로 포인트를 줬다. 엘렌은 가슴에 속

옷을 꼭 안고서 내 옆 바닥에 스르르 앉았다. 나도 돌아서서 바닥에 푹 주저앉았다.

엘렌이 내 어깨에 머리를 기댔다. 수영장에 갔다 온 다음에 나는 냄새가 너무 좋다. 염소 소독약과 땀이 섞인 냄새는 마치 여름의 향기 같다.

엘렌이 말했다.

"오늘 밤. 오늘 밤에 할 거야."

6

○

엘렌의 집에서 나온 나는 완전히 맥이 빠졌다. 이 상태로 밤새 패스트푸드 주문을 받아야 한다는 사실에 앞이 막막했다.

하피스의 모자를 힘없이 머리에 걸치고 포니테일을 뒷부분으로 끄집어낸 다음 계산대 앞에 섰다.

그때 마커스가 조리대 뒤에서 날 불렀다.

"어이, 안녕, 월. 오늘은 얼굴이 좀 탔네. 선탠했어?"

"그런 것도 같아."

"오늘은 좀 늦게 왔네."

나는 혹시 잔돈을 바꾸기 위해 은행에 갔다 와야 하는 건 아닌지 보려고 동전 묶음을 확인했다.

"야, 나는 미인대회 순위를 두고 토토를 조직할까 생각 중이야. 혹시 때가 되면 나한테 내부 정보를 좀 주지 않을래?"

나는 고개를 저으면서 포스기를 쾅 닫았다. 그러자 마커스가 물었다.

"뭐야? 너 나랑 말도 안 할 거야? 저 뒤에 선 과묵한 덩치 성격이 너한테 옮았냐?"

과묵한 덩치라는 건 마커스가 보에게 멋대로 붙인 별명이다.

나는 한숨을 한 번 쉬고 계산대 아래에서 포장용 봉지 수량을 확인했다.

"나 오늘 힘들었어. 그러니까 가만 좀 둬."

너 혹시 생리 중이냐며 마커스가 중얼거린 순간, 놀랍게도 주방에 있던 보가 불쑥 말했다.

"오늘 하루 힘들었다고 하면 그런 줄 알고 가만있으면 안 돼? 피곤하다는 애한테 왜 자꾸 다른 이유를 갖다 붙이는 거야?"

사무실에 있던 론 아저씨가 낮게 휘파람을 불어 경고했다.

마커스는 그저 웃었다.

"어유, 젠장."

보가 계속 말했다.

"윌이 기분 안 좋은 건 너 때문인지도 몰라. 네 얼굴을 쳐다봐서."

보는 주방 창문으로 나를 보고 윙크했다. 나는 고개를 확 돌리고서 몰래 웃었다.

나는 손님을 앞에 두고 손을 바쁘게 놀렸다. 틈틈이 냅킨과 조미료도 채웠다. 보는 음악을 듣고 있었지만, 이어폰은 한쪽만 낀 채였다. 마커스는 밤새 핸드폰을 붙잡고 있었다. 보아하니 티파니랑 문자로 싸우는 모양이다.

베카 코터가 긴 금발과 탄탄한 몸매를 뽐내며 엄청난 수의 친구를 몰고 들어왔다. 애네는 감자튀김과 청량음료를 시켜 놓고 여기서 밤을 샐 작정인가 보다. 캘리의 말이 맞았다. 베카는 미인대회에 나갈 것이고, 나가면 우승할 거다. 걔는 미워할 수 없을 정도로 아주 예쁜 애였다. 게다가 착하고 나름 재능도 있었다. 뭐, 곤봉 던지기도 재능으로 친다면 말이다.

보는 홀 청소 당번이었다. 걔가 무선 진공청소기로 바닥을 치우는 동안, 베카는 재빨리 테이블 근처에 떨어져 있던 쓰레기를 주웠다. 그리고 보에게 뭐라 말했다. 무슨 말인지는 들리지 않았다. 하지만 보는 미소를 지었고, 그걸 본 순간 돌덩이가 목에 콱 막히는 기분을 피할 수가 없었다. 누군가에게 반한다는 말이 왜 좋은 뜻인지 모르겠다. 그건 차라리 저주 같은 건 아닐까.

현관의 종이 다시 울리더니, 이번에는 밀리가 친구인 아만다를 데리고 들어왔다. 아만다는 교정 신발을 신고 있었다. 밀리는 오늘 연노란색 티셔츠와 반바지 세트 차림이었다. 티셔츠 목깃에 하트 모양 보석이 붙은 디자인이었다. 힘들게 살지 않으려면 제발 놀림당할 옷 좀 입지 말라고 진심으로 말해 주고 싶다. 싸가지 없게 들리지 않으면서도 내 진심을 쟤한테 전할 방법이 어떻게 좀 없을까.

밀리의 이마는 땀투성이였지만 그 미소만은 그저 당당했다.

"어, 안녕, 월! 너 여기서 일하는 줄 몰랐네."

아만다도 아주 감탄스럽다는 듯 고개를 끄덕였다. 걔는 축구용 반바지 위에다 걔 남동생이 리틀 축구단 유니폼을 입은 사진을 실크스크린으로 프린트한 티셔츠를 입었다. 결승전에 오른 꼬마들 팀

경기에 부모님들이 입고 갈 법한 옷이었다.

"여기 있으면 공짜 음식 맘대로 먹으니 좋겠다."

아만다는 이렇게 말하더니 홀에 서 있던 보 쪽으로 엄지손가락을 척 올렸다.

"보기에 나쁘지 않은 애도 있고."

닌 웃지 않으려고 애쓰며 고개를 저었다.

"어, 그래. 여기서 일하면 좋지."

걔들은 음식을 포장 주문했다. 아만다는 주방으로 돌아가는 보를 다시 보려고 조금 더 근처를 서성였다.

나는 마커스와 보 다음으로 쉬는 시간을 가졌다. 립밤을 찾으려고 내 사물함을 열었을 때, 그 안에 든 빨간 막대사탕이 보였다. 이건 슈퍼마켓 계산대 앞에 꽂혀 있는 예쁘장한 간식 아니던가. 잠시 슬며시 웃고 난 다음 그걸 주머니에 넣었다. 혹시나 보가 보고 있을지 모른다는 생각에 애써 태연한 척하기는 했지만.

내가 어렸을 적, 우리는 신발 상자를 꾸미며 그걸 밸런타인데이 우편함으로 사용했다. 그걸 학교 책상 위에다 하루 종일 놓아두는 식이었다. 나는 상자를 확인할 때마다 누가 날 지켜보는 게 정말 싫었다. 내가 밸런타인데이 카드를 못 받았을까 봐 겁나서 그런 건 아니었다. 모든 애들은 서로 카드를 주고받았으니까. 그게 의무였다. 하지만 나는 언제나 의리로 주는 카드 이상의 것을 원했다. '널 몰래좋아하는 아이가'라고 적힌 특별한 카드를 받는 여자애가 되고 싶었던 거다.

이건 신발 상자 속의 메시지는 아닐지 모른다. 그래도 내 가슴은 봄을 맞은 듯이 설렜다.

사탕 포장을 풀면서 이걸 엘렌한테 말할까 생각했지만 결국 폰을 뒤집었다. 무슨 말을 할지 모르겠으니까. 그저 의자에 털썩 앉아서 사탕을 음미했다. 걔는 어쩌면 지금 섹스 중일지도 몰라. 이제 엄연한 유경험자가 될 거고 나는 그게 무슨 뜻인지도 모르게 되겠지.

혹시 엘렌은 내가 떠난 후에 캘리에게 말했을까. 분명히 그랬을 거다. 캘리라면 엘렌에게 뭐라 말해 줄 게 있을 테니까. 사탕을 다 먹고 막대기와 포장지를 쓰레기통에 버렸다. 그리고 핸드폰을 브래지어에 꽂은 다음 주방으로 가는데 글쎄 가슴에서 폰이 울리는 게 아닌가. 홀로 나가기 전에 멈춰 서서 핸드폰을 확인했다.

엘렌   좀 떨려. 나중에 전화할게.

엘렌   그러니까 하고 나서.

나   넌 아주 섹시한 아기 고양이가 될 거야. 냐오오오옹.

엘렌   역시 네가 최고야. 이따가 너네 집에 가서 잘지도 몰라. 그때 이야기할 수 있으면 하자. 쪽

끈적한 입술 위로 희미한 미소가 떠올랐다. 내가 얼른 브래지어 속에 핸드폰을 꽂아 넣고 고개를 든 순간, 보가 날 뚫어져라 쳐다보고 있는 게 아닌가. 좋아하는 남자애를 앞에 두고 가슴에다 물건을 쑤셔 넣다니, 이 얼마나 민망한 상황인지 곧 깨달았지만 이미 때는 늦었다.

이제껏 살면서 날 쳐다보는 눈길을 언제나 받아 왔다. 그리고 누

구를 쳐다보다가 들키면, 본능적으로 눈길을 돌려야 한다는 걸 알만큼 자랐다. 하지만 보는 계속 날 봤다. 부끄러울 거 하나 없다는 듯이 말이다.

볼이 빨갛게 물들었다. 나는 손등으로 입술을 훔치고는 홀로 나가서 가게 문을 닫을 준비를 했다.

론 아저씨는 마커스가 야간 근무를 몇 분 일찍 마치도록 허락해 줬다. 티파니가 밖에서 기다리고 있는데 뭣 때문인지 화가 났기 때문이다. 아저씨는 사무실에 앉아서 야간 서류업무를 마무리했다. 그동안 보는 주방 바닥을 걸레질하고 나는 조리대를 닦았다.

"조심해. 방금 네 뒤 바닥 닦았으니까."

보의 말에 나는 미끄러지지 않도록 조심하며 가볍게 발을 디뎠다. 그리고 커다란 주방용 싱크대에서 손에 묻은 기름기를 닦았다.

내 일은 다 끝났지만, 보가 바닥을 닦는 동안 계속 뭔가 할 일을 찾았다. 보가 걸레를 담가 둘 수 있게 개수대에 물을 채웠다. 이렇게 하면 리디아가 좋아한다.

"너희 둘도 이제 집에 가. 나중에 보자."

론 아저씨가 소리쳤다. 나는 얼른 사물함으로 가서 물건을 챙겼다. 마치 보가 날 두고 떠나는 게 무서운 사람인 것처럼. 그 애를 따라 뒷문으로 갔고, 걔가 날 위해 문을 잡아 줘서 난 그 애 팔 아래를 지나 밖으로 나갔다. 남자애 팔인데도 이상한 냄새가 하나도 나지 않았다. 밤새도록 햄버거를 뒤집어 구운 애인데, 어떻게 패스트푸드점 냄새가 안 날 수가 있지?

우리는 말없이 차를 대 놓은 곳으로 향했다. 그러다 그 애 손이 우연히 내 손을 스쳤다. 혹시 걔가 내 손을 잡아서 우리 손가락이 서로 얽히면 어떤 기분이 들까?

이윽고 나는 차 앞에 서서 후드 너머를 바라보며 말했다.

"사탕 고마워."

보는 돌아보지 않았다. 다만 하늘을 향해 머리를 살짝 치켜들었을 뿐이다.

"잘 자, 월로딘."

7

○

　내가 묻지도 않았건만, 엘렌은 어떻게 순결을 잃었는지 유혈이 낭자할 정도로 세세하게 말해 줬다. 걔들은 팀의 방에서 했다. 그날 팀의 엄마는 할머니를 방문하러 다른 도시로 갔고, 경찰관인 아빠는 야간 근무 중이었기 때문이다.

　우리는 불을 끄고 내 침대에서 얼굴을 맞대고 누웠다. 나는 물었다.

　"어떤 느낌이었어? 아니, 그러니까 내 말은, 섹스하면 어떤 기분이 들어?"

　엘렌은 잠시 눈을 감았다.

　"어떤 기분이냐면…… 뭔가 자신감이 생겼어. 음, 내 인생에 대한 자신감이랄까?"

　그러곤 눈을 뜨고 말을 이었다.

　"그리고 사랑받는 느낌이지. 하지만 좀 우습기도 해."

　"그게 무슨 말이야?"

　"우리는 어른이 하는 일을 했잖아. 섹스는 어른의 행위라고. 그

○

래도 우리는 그대로였어. 여전히 웃고 농담하고 그랬어. 섹스하면 뭔가 아주 새로운 인간이 될 거라고 기대했었는데, 알고 보니 난 변한 게 없었어. 예전의 평범한 나 그대로지만, 다시는 되돌릴 수 없는 결정을 한 것도 나였으니까."

나는 고개를 끄덕였다. 그것도 아주 열정적으로 끄덕였다. 간단히 말해, 이해했기 때문이다.

엘렌은 손가락 끝으로 내 볼을 어루만졌다. 그리고 처음으로 나는, 아주 드물게도 얼굴에 눈물이 흘러내리고 있다는 걸 깨달았다. 엘렌은 이마를 내 이마에 맞댔고 우리는 누가 먼저인지도 모르게 잠들었다.

우리 집이 미인대회 준비 물품으로 점점 차오르고 있기는 했지만, 그다음 몇 주간은 꽤 괜찮았다. 나는 주로 론 아저씨와 같이 일했지만, 가끔은 리디아랑 일할 때도 있었다. 월요일과 수요일은 언제나 널널하게 근무한다. 하지만 금요일과 토요일은 이러다 죽겠다 싶을 만큼 바쁘다. 엄마는 우리 가게가 자정까지 여는 걸 싫어하지만, 이건 내가 싫다고 바꿀 수 있는 게 아니다.

어느 금요일 밤이었다. 가게 문을 닫으려는 참인데, 론 아저씨가 비닐 포장된 컵을 산더미처럼 들고 식당으로 들어왔다.

"새 컵이 왔어."

아저씨는 이렇게 말하며 카운터에 컵들을 놨다.

"지금 있는 컵에 무슨 문제라도 있어요?"

론 아저씨는 포장 비닐을 찢고는 빨간 컵을 내게 내밀었다. 컵에 찍힌 우리 가게 로고 아래로, 이탤릭체 글씨가 보였다. *클로버시티의 미스 틴 블루 보닛 미인대회 공식 후원사.* 가끔 나는 이 대회가 꼭 크리스마스 같다고 생각한다. 계속해서 조금씩 일찍 크리스마스를 축하하다 보면 결국 1년 내내 크리스마스 시즌이 돼 버리는 것처럼 말이다.

"네 엄마가 이끄는 조직위원회의 여자 한 분이 왔다 갔어. 뭐, 우리 엄마가 77년도 우승자이기도 하고. 그래서 클로버시티의 왕관 보석에 들어갈 돈을 보탤 기회를 피해 갈 수 없게 됐다."

나는 온몸이 찡그려지는 기분이었다.

"그러면 우리는 멀쩡한 컵을 다 갖다 버리고 이걸 써야 한단 말이에요?"

론 아저씨는 그저 어깨를 으쓱였다.

"나가기 전에 컵 홀더에 이거 채워 놓을 수 있지?"

한 해의 절반은 이 미인대회 때문에 참 끔찍하게 미쳐 돌아가는데, 난 그 사실을 항상 까먹는다. 이 대회는 내 삶에 몰려들어 숨 쉴 공간 하나 남겨 두지 않는다.

우리는 가게 문을 닫았다. 보와 내가 미처 차에 타기도 전에, 마커스와 론 아저씨는 각자 자신들의 차에 타고 주차장을 후진해서 빠져나갔다.

나는 차 문을 직접 열었다. 자동으로 문이 열리는 멋진 차 키 같은 것은 없으니까. 그런데 그때 보가 말을 걸었다.

"오늘 밤 유성이 떨어질 거야. 작은 거지만."

조수석에 가방을 던지며 물었다.

"어떻게 알았어?"

"우리 새엄마가 알려 줬어. 별이랑 점성학에 관심이 많거든."

나는 점성학에 대해 아는 게 정말 없다. 우리 엄마가 다니는 교회에서 그걸 마녀들의 짓거리라고 부른다는 것만 안다. 나는 무심코 내 차 문을 닫고 말았다.

"나 한 번도 유성우를 본 적이 없어."

보는 자기 트럭의 화물칸을 머릿짓으로 가리켰다. 주차장의 불빛이 깜빡이더니 꺼졌다.

"그럼 같이 기다렸다 보자."

숨을 들이켰다. 어쩐지 삶에서 뭔가 새로운 게 시작되는 느낌이 이럴까.

"저 뒤에 뭐 깔고 앉을 거 있어?"

보는 라디오를 켜고서 홀리 크로스 고등학교 글자가 새겨진 재 킷을 트럭 운전석에서 꺼냈다.

"이거 써."

내가 트럭에 오르는 동안 보는 눈을 감았다. 그게 어찌나 멋지던 지. 걔가 정말로 눈을 감고 있는 거였기를 바랐다. 폴리에스터 원피스를 입고 포대 자루 적재하듯 트럭 위로 올라가는 내 모습이란, 그다지 볼만한 게 못 됐으니까. 그 애는 손을 내밀었고, 나는 부끄러운 줄도 모르고 순순히 도와 달라 손을 내밀었다.

그 애의 손가락에 굳은살이 박혀 있어서 좀 놀랐다. 내 손과는 대조를 이루는 게 마음에 들어. 일단 손을 잡으니까 놓고 싶지 않았다.

보는 몸을 일으키면서 살짝 움찔거렸다.

"어디 아파?"

"무릎이 안 좋아서."

그 애는 내 옆에 앉으면서 언제나 그렇듯이 다리를 쭉 폈다.

"무슨 문제가 있어? 다쳤어? 아니면 예전부터 이랬던 거야?"

"둘 다 어느 정도."

"정말 괜찮은 거 맞아?"

보는 주먹을 대고 기침을 했다.

"응."

거리의 마지막 가로등이 깜빡이다 꺼졌다. 우리는 도시의 테두리 안에서 살아가는 건지도 모르지만, 매일 밤 이렇게 마을의 모든 문이 닫힐 때마다 실은 얼마나 고립돼 사는지 생생하게 다가온다. 우리는 고속도로도 없고 주요 국도도 끼고 있지 않기 때문에 이런 곳은 여기 오려는 의지가 있는 사람만 찾아올 수 있다.

보는 핸드폰 시계를 슬쩍 봤다.

"유성이 보일 만큼 어두워야 할 텐데."

나는 별자리를 쉽게 알아볼 수 있었다.

"너희 새엄마가 점성술을 좋아하신다고 했지?"

보는 손마디로 턱을 문지르며 말했다.

"어."

"너희 부모님은 이혼하셨니?"

그 앤 고개를 저었지만 더는 말이 없었다.

"저기, 물어봐서 미안해. 내가 좀 매너가 없지. 뽁뽁이 상자 속에 들어간 고양이처럼 시끄럽게 굴고. 골칫덩이야."

"아니야, 그런 거. 너한테 말해도 상관없어. 그러니까 미안해하지 마, 알았지? 난 그냥 말수가 적어서 그래. 적응하는 데 좀 시간이 걸려."

운전석 뒤쪽 유리창에 머리를 대고는 발목을 꼬았다.

"그렇구나. 나는 정반대야. 온 세상이 내 중심으로 돌아야만 제대로 도는 것 같다는 식으로 말을 해 대거든."

그러자 보가 웃었다.

"난 네 말을 듣는 게 좋아. 어쩐지 스톡홀름 증후군 같거든. 처음에는 좀 무섭지만, 나중에는 편안해지기까지 해. 그러니까, 이 세상이 내일 끝장나더라도 내가 일하러 가게에 오면 네가 의무처럼 계속 이야기하고 있을 것 같아서."

"미안한데, 스톡홀름 증후군이라는 그 말 있잖아, 내가 인질범 같다는 걸 돌려서 말하는 거니?"

"너 되게 눈치 빠르구나."

그 애의 팔을 찰싹 쳤다. 하지만 보는 나를 치지 않고 오히려 내 손을 잡았다. 우리 뒤로 라디오에서 'Creepin' In'이 지지직거리며 흘러나왔다. 노라 존스와 돌리 파튼의 노래다. 이 작은 마을은 온통 어두웠지만, 내 눈과 이어진 보의 눈빛은 느낄 수 있었다.

"이제 시작이야."

그 애는 이렇게 속삭이고는 마침내 내 손을 놨다.

떨리는 한숨이 나왔다. 숨을 참고 있는 줄도 몰랐다.

그 애가 다시 속삭였다.

"이건 작은 유성이야. 별로 대단하게 보이지 않아서 아쉽네."

하지만 난 완전히 빠져든 상태였다. 하늘 위로 이런히 뻗은 빛줄기는 멍처럼 흔적을 남기고 사라졌다. 난 고개를 저었다.

"아냐. 나 이런 거 처음 봤어. 그러니까 나한테는 무척 특별한 거라고. 그렇지?"

우리는 둘 다 더 높이 고개를 들고 하늘을 바라봤다. 그렇게 몇 분이 지나자 보가 말했다.

"내가 처음으로 봤던 유성은 무척 컸어. 그게 영원히 사라지지 않기를 바랐었지."

"음, 항상 좋은 것만 보고 살 수는 없잖아. 금방 질려 버릴걸."

보는 고개를 끄덕였다. 우리는 오랫동안 앉아 있었다. 라디오에서 흘러나오는 좋은 노래를 차마 꺼 버릴 수가 없는 것처럼.

"저 유성을 보고 있는 건 이 세상에 우리밖에 없는 것 같지 않니?"

잠시 후 나는 입을 열었다. 이 순간의 분위기를 망칠까 봐 겁이 났지만.

"모르겠어."

보의 목소리는 아득하게 낮았다.

"우리 엄마는 돌아가셨어. 5년 전에. 내 마음으로는 엄마가 어디 있든, 그 하늘에도 유성우가 내린다고 생각하고 싶어."

말끝마다 날것의 감정이 묻어 나왔다. 나는 빈약한 이해심이나마 모두 모아서 보의 마음이 어떤지 간절하게 이해하고 싶었다.

나는 아무 대답도 못 한 채로 잠자코 기다렸다. 보가 덜떨어진 생각이라면서 자기를 부정하거나, 분위기를 처지게 만들어 미안하다고 말할 거라 생각했으니까. 나라면 그렇게 말했을 거다. 하지만 보는 아무런 사과를 하지 않았다. 그래서 마음에 들었다. 아무것도 미안할 게 없다는 보의 솔직함이 좋았다. 엄마가 돌아가셔서 힘들었겠다고, 아니면 나도 비슷한 마음으로 우리 루시 이모가 그립다고 말하고 싶었다. 하지만 난 이렇게 말했을 뿐이다.

"하늘이 끔찍하게 크지 않다면, 분명히 이곳과 그곳은 이어져 있을 거야."

8

○

다음 날 아침이 되자, 엄마는 나한테 몇 시에 집에 왔냐고 물었다. 나는 거짓말을 했다. 평소보다 가게가 아주 정신없었다고. 그러는 동안 어제 보의 트럭 화물칸에서 둘이 앉아 있던 생각에 입술을 마구 실룩였다.

엘렌에게 전화해서 전부 다 세세하게 말해야겠지. 하지만 아직 비밀을 밝히고 싶진 않다. 허물어질 위험이 없는 나만의 자그마한 세계 안에 그 기억을 간직하고 싶었으니까.

토요일 밤에 몰려드는 손님들은 아주 잔인했다. 특히 10시 반부터 11시 반 사이는 죽음이었다. 이제 닫을 준비를 하려는데 막바지 손님들이 들이닥쳤다.

론 아저씨가 뒤에서 음식 정리를 거드는 동안 나는 주문을 받았다. 마커스는 드라이브스루에서 야간 근무 중이다. 북슬북슬한 마커스의 머리에 헤드셋이 간신히 끼어 있었다. 마커스가 드라이브스루 주문을 받으면서 짬짬이 내게 급히 달려와 쟁반에 음식을 같이 놓아 줬지만, 아직도 줄은 언제나처럼 밀려 있었다.

주문을 받는 동안 굳이 계산대에서 고개를 들지 않는데, 누군가의 목소리가 들려왔다.

"어머, 세상에. 엘렌이 너 여기서 일한다고 말해 줬는데 이제야 생각나네."

목소리의 주인이 누구인지 알아듣는 순간 어깨가 축 처졌다.

캘리가 카운터 너머로 몸을 숙이며 말했다.

"이런 말 해서 미안한데, 그 유니폼 진짜 최악이다."

"하피스입니다. 주문하시겠어요?"

난 이렇게만 말했다.

걔 남친인 캠든인가 브랜든인가 하는 애는 캘리에게 지갑을 던지며 말했다.

"나 화장실 좀 갔다 올게."

걔들은 그러면서 키스했다. 아니, 대체 왜 이래? 화장실 변기에 빠져 죽을지도 모르니까 키스는 하고 가겠다는 거야? 캘리는 다시 날 보더니 안타깝다는 듯 말했다.

"자, 우리는 1번 세트에 음료는 닥터 페퍼로 줘. 토마토는 빼고 구운 양파는 추가할게. 감자튀김은 꼬마 해시 브라운으로 바꿔 줘. 그렇게도 된다면 말이야. 그리고 햄버거도 하나 주문할게. 치즈는 빼고. 거기다가 사이드는 감자튀김 작은 걸로."

캘리는 음흉한 미소를 지었다.

"대회 때문에 다이어트 중이지만 오늘은 그냥 먹으려고. 남자애들이랑 같이 다니면 어쩔 수가 없어."

"10달러 74센트야."

"이런 거 물어봐서 이상할지도 모르지만, 혹시 언제 시간 될 때 나랑 엘-벨이랑 너희 집에 가도 될까? 그러니까 너희 어머니에게 물어보고 싶어서 그래. 우승하셨던 해 이야기도 듣고 싶고. 음, 그냥 편하게 생각해."

난 얘가 누군지도 모르는데 얘는 내 인생에 자꾸 끼어들려고 한다. 마치 모든 게 다 자기 맘대로 할 수 있는 것처럼.

"나 요즘 정말 바쁘거든."

나는 무표정하게 대답했다.

캘리는 눈을 가늘게 뜨고 날 잠시 바라보다가 이내 미소를 지으며 남친의 지갑에서 20달러 지폐를 꺼냈다.

"아 씨. 근데 너도 그거 듣고 깜짝 놀랐지?"

걔는 목소리를 낮춰 말을 이었다.

"엘렌이 너한테도 말했겠지? 팀한테 입으로 해 주다가 망한 거."

"뭐?"

물론 안다. 엘렌이 나한테 안 한 이야기를 캘리에게 하고 있단 사실을. 얼굴에서 놀란 표정을 지웠다.

"아, 그래. 완전 돌아 버릴 일이지. 참, 주문한 건 금방 나올 거야."

너무 화가 났다. 이럴 줄 알았어. 섹스 때문에 나와 엘렌 사이에 금이 갈 줄 알았다고. 하지만 무엇보다도 지금 나는 스스로가 너무 덜떨어진 것만 같았다.

론 아저씨가 주방에서 나와 말했다.

"여러분, 이제 문 닫을 겁니다. 음식을 싸 갈 게 아니라면 주문을 취소하세요."

캘리의 음식을 봉지에 싸서 건넸다. 걔 남친이 마침 화장실에서 나왔다.

우리는 현관문을 닫고 포스기를 닫았다. 난 주방에 가서 쓰레기봉투를 집었다.

"내가 이거 뒤에 두고 올게."

그러자 보가 말했다.

"잠깐만 기다려. 도와줄게."

마커스가 드라이브스루 간판 등을 끌 동안 보는 일을 다 마치고 나를 따라 뒷문으로 나왔다. 우리는 물이 뚝뚝 떨어지는 쓰레기봉투를 여러 개 들고 있었다. 문이 우리 뒤에서 쾅 닫히려고 하자, 보가 발로 돌을 차 문틈에 끼워 넣었다. 그리고 자기 쓰레기봉투를 내려놓고 내 봉투를 받아 들더니 머리 위로 휙 던져 쓰레기 컨테이너에 넣었다. 그런 다음 자기 것도 던졌다.

"고마워."

나는 이렇게 말하고 안으로 들어가려 했다.

"잠깐만."

보가 손가락으로 내 팔꿈치를 쓸었다. 순간 숨이 헉 들이켜졌다.

"어젯밤에. 너랑 있어서 좋았어."

"알아. 음, 그러니까 나도 좋았어."

나는 문손잡이를 잡으려고 했다.

"윌로던."

그 목소리에 깜짝 놀랐다. 보가 너무 가까이 다가왔다. 땀에 젖은 그 애의 피부 향기가 난다.

나는 뭐라 말하려고 입을 벌렸다. 하지만 그 애는 내게 몸을 숙였다. 잠시 후 하려던 말은 그만 사라져 버렸다. 그 애 입술이 내 입술에 닿았으니까. 그 애 혀가 내 입에 들어왔다. 내 혀는 그 애 혀에게 어떤 대답을 줬던가. 생각할 겨를 따윈 없었다. 지금 혀가 뭘 하고 있는지도 몰랐다. 그저 팔을 늘어뜨린 채로 주먹을 꼭 쥐었을 뿐이다. 그 애의 입술에서는 합성 체리향 맛과 치약 맛이 났다. 입술이 떨어져 나갈 때까지 보와 키스하고 싶었다.

이윽고 그 애가 물러섰다.

나의 첫 키스. 영원히 지속될 그 키스는 너무 빨리 끝났다.

자정의 공기는 뜨겁고도 건조했다. 하지만 나는 팔로 몸을 감쌀 수밖에 없었다. 뭐라 말이 나오기를 기다렸다. 그 애든, 나든. 하지만 서로 아무 말이 없었다. 내가 받은 충격은 그 애 표정에서 그대로 드러났다. 나는 아랫입술을 엄지손가락으로 훔치고는 안으로 들어갔다. 그 앤 나를 따라오지 않았다.

가게 마감 업무는 끝이 없었다. 홀은 엉망이었고 주방도 마찬가지였다. 하지만 보와의 첫 키스에 정신이 팔린 나는 아무것도 알아차리지 못했다. 나의 첫 키스 장소가 하피스 버거&핫도그 가게라니. 그것도 하루 묵은 쓰레기가 가득 찬 컨테이너 옆이라니.

그럼에도 그 키스는 완벽했다. 교통사고라도 당한 것처럼 온몸의 뼈가 아렸다. 어디 잘못된 곳은 하나도 없건만, 아직도 온몸에 그 충격이 느껴졌다.

야간 근무가 끝나자 나는 차를 타고 론 아저씨가 문을 잠그기도 전에 그곳에서 빠져나와 버렸다.

신호에 걸려 차를 세웠다. 그제야 나는 손을 들어 위아래로 얼굴을 훑었다. 그리고 오늘 밤 일어났던 일을 전부 곰곰이 따져 보려고 했는데.

순간 자동차 경적이 울렸다. 눈을 들어 신호등을 봤지만 여전히 빨간불이었다. 오른편에서 누가 아스라이 소리치는 게 들렸다.

옆 차선에 보가 있었다. 그 애는 팔을 휘저으면서 내 차창을 가리켰다. 이 길은 얘네 집 가는 쪽이 아닌데. 얘는 동쪽으로, 나는 서쪽으로 가야 한다.

내가 차창을 내리자 그 애가 말하기 시작했다.

"미안해. 너한테 그러는 게 아니었는데. 난 그냥……."

그러는 거라니. 키스 말이구나. 머릿속이 가득 찼다.

보가 슬쩍 위를 올려다봤다. 그 애는 교차로 신호가 노란불로 바뀌는 걸 알아챘군.

"날 따라와. 부탁이야."

나는 시계를 힐끗 쳐다봤다. 벌써 새벽 1시 35분이다.

그 애 뒤차가 경적을 울렸다.

"제발 부탁이야."

보의 차가 움직이더니 내 앞 차선으로 들어왔다.

지금은 한밤중이다. 안 지 얼마 되지 않은 애를 따라 어두운 길을 가면 안 된다. 그 애가 날 죽일 수도 있잖아. 그러면 내가 뚱뚱하든 말든, 쓰레기 컨테이너 옆에서 첫 키스를 했든 말든 상관없어진다. 난 완전히 끝장일 테니까.

이윽고 갈림길이 나왔다. 나는 우회전을 해야 했겠지만, 핸들을 왼쪽으로 틀어 잘 모르는 애를 따라 어두운 길로 가기 시작했다. 우리 위의 하늘이 깊은 잠에 빠져만 있는 시각이었다.

9

○

우리가 마침내 도착한 곳은 마을 끝에 있는 옛 초등학교였다. 그곳은 몇 년 전에 불이 난 이후 버려진 건물이었다.

이거 아무리 봐도 조짐이 안 좋은데. 머릿속에 있어야 할 자기방어 알람 기능이 없어졌나 보다. 이거 딱 봐도 범죄예방 드라마에서 본보기로 나올 법한 곳이잖아.

우리는 차를 댔다. 나는 그 애가 먼저 내릴 때까지 기다렸다. 만약 엘렌이 여기 같이 있었더라면, 어디서 타이어 렌치를 쥐든지 시거잭을 달구라고 했을 테지만 안타깝게도 엘렌은 없다. 나는 앞 좌석을 뒤져서 무기가 될 만한 걸 찾았지만 있는 거라곤 텅 빈 땅콩버터통과 32달러, 몇 주 전에 집에 갖고 들어가려다가 잊은 광고 전단지밖에 없었다. 잠시 손에 열쇠를 쥐고 무게를 가늠해 봤다.

아, 그러면 되겠다! 나는 열쇠고리에 달린 열쇠 세 개(차 키, 집 키, 엘렌네 집 키)를 들고 세 개의 열쇠 끝이 손가락 사이로 삐죽삐죽 나오도록 주먹을 쥐었다. 〈모리쇼〉의 호신술 특집에서 이 방법

○

을 봤었다. TV를 많이 보면 목숨을 구할 수 있다니까.

스스로가 우습지만, 어쩌라고.

보는 낡은 트럭 후드에 기대서 있었다. 트럭 옆면에 글자의 흔적이 보였다. 누군가 사업용으로 쓰던 차를 보가 중고로 산 것 같았다.

"근데 여기 좀 으스스하다."

나는 열쇠를 쥐지 않은 손으로 학교 건물을 가리키며 말했다. 이곳은 온통 그을린 데다 가운데 부분이 완전히 사라져 있었지만, 아직 학교의 구조는 분명히 남아 있었다. 드러난 건물 뼈대는 비바람에 사정없이 황폐해진 채였다. 여기서 보니 운동장의 윤곽이 보였다. 사방은 온통 어두웠고, 불빛이라고는 하늘의 달뿐이었다. 이 커다란 구역에 가로등이라고는 단 한 개밖에 없었다. 게다가 이곳은 그 빛조차 닿지 않았다.

"미안해."

보는 유니폼을 벗은 채였다. 트럭 안 좌석에 걸쳐져 있는 유니폼이 보였다. 그래서 지금 보는 반팔 속옷 차림이었다. 언제나 유니폼 아래로 삐죽 나와 눈에 띄던 체인에는 수호성인 펜던트가 달려 있었다.

"나는 이곳에 다녔어. 불타기 전에는. 이 동네에서 늦은 밤에 와도 될 만한 곳은 여기밖에 없었거든."

"아."

나는 보의 엄마에게 무슨 일이 있었는지, 제일 좋아하는 선생님이 누구였는지, 초등학교 때는 스쿨버스를 타고 다녔는지 아니면 아침에 부모님이 매일 태워 주셨는지 묻고 싶었다. 하지만 그러지 않았다. 묻고 싶었는데. 정말로. 진짜로.

그 앤 웃기 시작했다. 그 웃음은 조용하게 키득거리는 수준이 아니었다. 너무 웃다가 숨이 모자랐다.

"너 만반의 준비를 했구나."

보가 내 주먹을 가리키며 말했다.

나는 호신용 무기를 장착한 손을 들어 올렸다.

"음, 네가 날 폐허가 된 초등학교로 데려왔잖아. 아무리 봐도 '난 널 죽여서 시체에다 인형 놀이를 하고 싶다'라는 생각이 들어서."

그러자 그 애는 잠시 웃음을 가라앉히고는 말했다.

"그래. 그럴 만해. 잘했어."

원피스 주머니에 열쇠를 넣고서 땅 위의 자갈을 발로 툭 쳤다.

"그냥 나 죽이지만 말아 줘."

보는 잠시 슬그머니 미소를 짓더니 말했다.

"너한테 그렇게 키스하지 말았어야 했는데. 묻지도 않았으니까."

"그래서. 대체. 왜. 했어?"

말이 마디마다 뚝뚝 끊어져서 나왔다. 마치 빈 양동이에 뚝뚝 떨어지는 물방울처럼.

"넌 어렸을 때 굉장히 기분 좋게 살았던 적이 있지? 선생님도 좋고, 친구들이랑도 잘 지내고, 학교에서도 별문제 없이 말이야. 그런데 갑자기 그럴 때가 있잖아. 뭐가 이상한지 뻔히 알면서도 그만둘 수 없는 상황이 생겨 버리는 거. 뭔지 알지?"

보는 어리둥절한 내 표정을 봤다.

"그러니까…… 선생님한테 엄마라고 부르는 것 같은 일."

나는 경악한 표정을 감출 수가 없었다.

"잠깐만. 뭐라고? 미안한데, 너 지금 나한테 키스한 게 선생님한테 엄마라고 부른 일이랑 맞먹는다는 거야?"

보는 두 손으로 머리를 쓸어 올리며 못마땅한 신음을 냈다.

"아니. 어, 말하자면 그런데. 지금 내 말뜻은 내가 그런 반응을 보였다는 게 아니야. 그만큼 어쩔 수 없는 일이었다는 거야."

"그래서 지금은 쪽팔린다는 거야?"

"그런 게 아니라고!"

보는 자기가 뱉은 말을 없애겠다는 듯이 손을 확 저어 댔다.

"이건 어쩔 수 없이 벌어졌단 느낌이라는 걸 꼭 말하고 싶었어. 내가 쪽팔린 게 있다면, 네 반응이 어떤지 알아차릴 새도 없이 했다는 게 쪽팔려. 난 그냥 키스했잖아. 혹시 나랑 키스하고 싶지 않았다면 미안해."

"괜찮아."

난 이렇게 말했다. 평소에 보는 이렇게 말을 많이 하는 애가 아니라서 지금 조금 얼떨떨해진 상태였기 때문이다.

그러자 보가 한 발짝 앞으로 다가왔다.

"괜찮다는 게 무슨 뜻이야? '앞으로는 그러지 마'라는 거야, 아니면…… 키스가 괜찮았다는 거야?"

나는 그저 어깨를 으쓱였다. 어깨 말고 나머지 몸은 얼어붙어 버렸으니까.

보가 또 한 발짝 다가왔다. 잠시 사방이 조용해졌다. 싫다면 한 발짝 물러서서 앞으로 벌어질 일이 뭐든 막아야 할 것이다. 하지만 자제력이 스르르 사라져만 갔다.

"실은 그때 너도 나한테 같이 키스한 거라고 생각하거든."

두 볼에 열이 확 올랐다. 들켰구나.

"나쁘지 않았어. 그냥, 뭐랄까, 폭발적인 건 아니었지만."

나는 거짓말을 했다.

"그러면, 다소 평범했다는 거야?"

나는 입술을 꾹 깨물어서 입 속으로 말았다. 세 발짝 앞으로 다가 가서 그 애와의 거리를 좁혔다.

보는 트럭에 팔꿈치를 기대고서 고개를 뒤로 젖혔다.

나도 고개를 들었다. 우리는 잠시 같은 하늘을 바라봤다. 그러다 내가 겨우 입을 열었다.

"그래서 넌 충동적으로 나한테 키스했어?"

나도 모르게 보와 함께 있는 시간이 편해지면서, 온몸을 감싸고 있던 긴장감도 풀어졌다.

"왜 그랬어?"

그래도 여전히 웡웡대는 느낌은 있었다. 아드레날린이 주는 묘 한 떨림이었다.

순간, 우리 머리 위로 빗방울이 뚝뚝 떨어졌다. 공기는 순식간에 후덥지근해졌다. 보는 하늘을 슬쩍 올려다봤다. 어떻게든 이 비를 그쳐 볼 방법을 찾아내겠다는 것처럼.

"트럭 안으로 들어가자."

보가 조수석을 열어 줬다. 그리고 내가 안으로 들어가는 동안 차 앞을 빙 돌아서 운전석에 올라탔다.

차에 타자마자 세차게 비가 내리치기 시작했다. 성난 빗방울이 앞 유리창을 마구 때려 댔다. 빗소리가 너무 시끄러워서 보는 소리친다 싶을 정도로 목소리를 키워야 했다.

"키스가 얼마나 좋았어? 1부터 10까지 단계를 나눈다면 몇이야?"

"그냥 넘어가 줄 수는 없는 거구나. 응?"

"내가 좀 자기중심적이라서."

나는 용기를 느꼈다. 나는 용감한 애다.

"그럼 재도전해 보든가. 둘 중에 더 나은 쪽으로 대답해 줄게."

보는 목을 가다듬었다. 내 시선은 온통 그 애 쪽으로 쏠렸다.

"음, 보통은 첫 번째 시도에서 곧바로 결과를 내는 편을 좋아하지만, 네가 원한다면야 기꺼이."

보가 핸들에서 급히 손을 떼고는 나에게 다가왔다. 그리고 두 손으로 내 뺨을 부드럽게 감쌌다. 고개를 살며시 숙이자 그 애의 입술이 내 입술과 맞닿을 정도가 됐다.

"정말 해도 되지?"

나조차도 놀랍게, 난 대답하지 않았다. 나는 그 애에게 키스했다. 보 라슨과 키스했다고. 그 애의 입술이 내 입술 위에서 벌어지자, 난 그 생각마저 그만뒀다. 이제껏 살면서 처음으로, 이거다 싶었다.

묻지도 따지지도 마. 바로 이거라고.

보는 두 손으로 내 뺨을 꽉 잡고서 날 더 가까이 끌어당겼다.

지금 내 기분을 엘렌은 10분의 1이라도 팀에게 느꼈을까. 그렇다면 왜 진작 팀과 섹스하지 않고 오랫동안 기다렸을까. 보의 입술이 내 입술 위에서 움직이는 이 순간, 우리 둘 말고는 아무 생각도 들지 않는데.

그 애의 손이 내 목덜미를 쓸고 어깨까지 내려왔다. 그 손길에 감각이 온몸으로 물결쳤다. 흥분과 공포, 기쁨까지 모든 게 동시에 몰아쳤다. 하지만 보의 손가락이 내 등을 타고 내려와 허리에 다다르자, 나는 숨을 헉 들이켰다. 등에 칼이 꽂힌 기분이다. 내 머릿속이 몸을 배신하다니. 현실을 봐. 얘가 날 만지고 있잖아. 내 등살이랑 축 늘어진 허리 살을 만지고 있다고. 그 사실에 나는 입에 재갈을 물고 싶었다. 어느새 머릿속으로는 보가 만졌을지도 모르는 여자애들과 나를 비교해 대는 중이었다. 걔들은 매끄러운 등 선과 날씬한 허리선이 있었겠지.

"미안해."

보의 숨결은 뜨겁고 가빴다.

"아냐. 그러지 마. 미안해하지 마."

나는 그런 여자애가 아니다. 몇 시간이고 거울을 들여다보면서 어떻게 하면 더 예뻐 보일까 이것저것 궁리하는 애가 아니란 말이다. 보의 손길에 움츠러들다니, 이런 내 모습을 이해할 수가 없어서 그만 당황했다.

보는 고개를 저었다.

"아니, 그러니까 내 말은, 난 생각지도 못한 일이라 그래. 난 지금 아무와도 사귈 수가 없어."

진짜 웃긴 건 뭔지 아는가. 얘가 이 말을 하기 전까지 나는 우리가 사귈 수 있을 거란 생각을 꿈에도 한 적이 없다는 거다.

"아."

내 입에서 한숨 같은 한 마디 말이 나왔다.

"난 지금 힘든 일이 너무 많아. 그래서 아무와도 사귈 수가 없어. 적어도 당분간 그래서는 안 돼."

나는 고개를 끄덕였다.

다른 여자애가 나한테 와서 남자애한테 이런 말을 들었다고 고민을 털어놓는다면, 난 분명 걔한테 마음을 주지 말라고 했을 거다. 더는 가까이 가지 말라고. 이런 말을 하다니 등신 같은 놈 아닌가. 하지만 보를 그렇게 생각할 수는 없었다. 생각해 보면 섹스의 역사상 모든 여자가 이런 식으로 갖고 놀다 버려져 왔겠다 싶기도 했다. 원래 남의 일로 보면 볼 것도 없는 상황인데도 막상 내 일로 닥치면 다르게 느껴지니까.

나는 트럭 문을 열었다.

"집에 가야겠어."

빗방울이 차 안으로 들이쳤다.

"늦었네."

그뿐이었다. 걔가 한 말이 그것뿐이라니.

"그럼 가게에서 보자."

정확히 2.5초 만에 빗줄기가 내 옷을 죄다 적셨다. 나는 자존심을 이 자리에 버려두고 떠났다. 차에 올라타서 빠른 속도로 주차장을 빠져나왔다. 집으로 가는 길 내내 라디오 볼륨을 크게 높이고 내 속에서 요동치는 것들이 잠잠해지기를 바랐다. 루시 이모, 엄마, 엘렌, 보. 이 네 사람의 자그마한 버전이 내 안에서 사는 것 같았다. 다들 계속해서 질세라 목소리를 높이고 있다. 하지만 나한테 제일 있어야 할 유일한 목소리, 바로 나 자신의 목소리는 그 안에 없었다.

10

。

오늘은 수영하러 가기에도 공식적으로 너무 더웠다. 엘렌도 나가지 못할 정도였다. 우리는 지금 낮 시간 토크쇼를 보는 중이다. 화면에는 어렸을 때 헤어져서 서로 남매인지도 모른 채 만나 사랑에 빠진 금단의 커플 이야기가 나왔다. 그동안 제이크는 우리 둘의 손 사이를 들락날락거렸다.

"저거 다 거짓말이야."

내 말에 엘렌은 고개를 저었다.

"아니, 아니야. 쟤들은 이상할지 몰라도 하는 말은 다 진짜인 거 같은데. 뭐 하러 거짓말을 하겠어?"

"음, 저 사람들 징그러우니까. 그런데 자기들도 그렇다는 걸 알잖아. 사이를 들키고 나니까 뭔가 둘러댈 말이 필요했던 게 분명해."

엘렌이 콧방귀를 뀌었다.

"세상에. 너 진짜 세상을 비딱하게 보는구나. 사람들이 죄다 비열한 의도를 갖고 살지는 않잖아. 좀 믿어 주면 어디 덧나니?"

제이크가 내 손목을 칭칭 감았다. 허물을 갓 벗은 뱀의 비늘은 매끄러웠다.

"내가 항상 비딱한 건 아니야. 하지만 저 남매가 참말을 할 확률은 실제로 없단 말이야. 팀이 네 남동생이 될 수도 있다는 말이랑 뭐가 다르냐고."

엘렌은 토크쇼에 너무 열중한 나머지 대답하지 않았다.

지금이야말로 보랑 있었던 일을 애한테 말할 좋은 기회가 아닐까. 그날 밤 내가 집에 왔을 때 엄마는 벌써 자고 있었다. 하지만 엄마는 내가 2시 넘어 들어오는 소리를 들었다며, 또 이렇게 늦게 온다면 가게 사장에게 전화할 거라고 했다. "다 큰 숙녀가 돌아다닐 만한 시간이 아니다"라고 덧붙여 말했다. 내가 일 마치고 바로 들어왔을 거라고 한 치의 의심도 없이 생각하다니 나는 좀 얼이 빠지기도 했다. "나 으슥한 주차장에서 남자애랑 서로 껴안고 더듬었단 말이야"라고 소리 지르고 싶었다. 하지만 그렇게 말해 봤자 믿지 않을 게 뻔했다. 나도 못 믿겠는걸. 그 자리에 있던 당사자인데도.

그래서 나는 엘렌에게 어떻게 말을 꺼내야 할지 알 수 없었다. 첫 키스만 한 게 아니라 선을 넘기 직전까지 가 버렸다고. 게다가 내가 보를 좋아하고 있었다는 걸 지금껏 말하지 않았다는 것부터 엘렌은 화를 낼 게 뻔했다. 보와 내가 어젯밤 일을 비밀에 부치자고 말한 건 아니었지만, 어쨌든 비밀로 해야 한다는 마음도 들었다.

참 멍청하지. 엘렌은 나와 정반대로 생각하겠지만, 난 어젯밤 일이 너무나 이해가 안 간다. 이게 솔직한 느낌이다. 여자애들이 뚫어

저라 눈길을 주는 완전 섹시한 남자애가 나한테 키스하다니. 그것
도 진짜 키스를 하다니. 숨이 멎을 것만 같은 키스였다. 내 절친한
테도 어떻게 말해야 할지 모를 정도였다. 어젯밤 일을 말한다면, 결
국 또 그 밤이 어떻게 끝났는지도 말해야겠지. 다시는 이런 일 없을
거라고 보와 약속했다고, 걔 손이 내 몸을 더듬는단 생각이 들어서
너무 창피했다고까지 다 말해야겠지.

아무것도 말하고 싶지 않았다. 바보 같지만, 엘렌에게 보에 대한
좋은 인상을 남겨 두고 싶었다. 어젯밤은 비록 그렇게 끝났지만, 내
마음속 한구석에서는 보와 나는 어쩌면 아직도 가능성이 있다는 희
망이 남아 있었기 때문일지도 모른다.

하지만 무슨 가능성? 걔가 내 남자친구가 되고 내가 걔 여자친구
가 될 가능성 말이야? 생각만 해도 우스워졌다. 남들 보는 앞에서
손을 잡고 다니면 어떤 기분일지 상상조차 되지 않는걸.

물론 나는 스스로가 가치 없다고 느끼지는 않는다. 나는 해피엔
딩을 누릴 자격이 있다. 하지만 나에게 보는 다시없을 멋진 상대인
데, 혹시 보에게 나는 그저 판단 착오에 불과하다면 어떡하지?

이럴 때 루시 이모가 있었으면 얼마나 좋을까.

토크쇼가 끝나고 자막이 올라가기 시작했다. 엘렌은 뺨에 흐르
는 눈물을 닦았다.

"세상에. 정말 어쩜 좋니. 너무 슬퍼. 저 둘은 너무나 사랑해서 어
쩔 수가 없었던 거야. 그런데 이 사회는 절대 이해해 주지 않겠지."

"너 지금 생리 중이라 감정 기복이 심하구나?"

"가끔가다 너 진짜 재수 없는 거 알지?"

엘렌은 제이크를 잡고 일어섰다.

"애 넣어 두고 올게. 점심 먹고 갈래?"

나는 미소를 지었다.

"집에 가야겠어. 엄마가 오기 전에 루시 이모 물건을 좀 봐야 하거든. 몇 주 전부터 엄마가 이모 방을 치우기 시작해서."

엘렌을 따라 방으로 들어가서 걔가 제이크를 우리에 넣는 모습을 지켜봤다. 제이크는 적외선등 아래에 똬리를 틀었다. 비늘 위에 어른거리는 불빛의 상태를 즐기고 있구나.

잠시 후 엘렌이 말했다.

"윌, 있잖아."

"어."

"우리 어렸을 때, 루시 이모가 벌 모양 브로치를 달고 다녔었잖아. 기억나? 우리를 데리러 학교에 왔을 때 겨울 코트에 달고 왔던 브로치 말이야."

입이 바짝 말라 왔다. 난 고개를 끄덕였다. 이모는 겨울 코트 옷깃에 그 브로치를 달았었다. 그때 이모는 몸무게 최대치를 찍기 전이었지만, 그래도 꽤 뚱뚱했었다. 칙칙한 검은색 코트는 누가 봐도 패션 감각은 전혀 고려하지 않고 오로지 효용성만을 위해서 산 것이었다. 뚱뚱한 사람은 예쁜 옷을 포기하고 살아야 하니까. 하지만 그 브로치는 먹구름을 뚫고 나온 햇살같이 빛났다. 루시 이모는 우리를 '벌'같이 예쁜이들이라고 부르며 월요일마다 코코아를 사 줬다. 사람이 많은 금요일에 나가면 이목을 심하게 끌기 때문이었다.

그땐 재밌었지. 한때 난 내가 월요일이라면 엘렌은 금요일 같은 애라고 생각했었다. 하지만 월요일이든 금요일이든 24시간이라는 건 똑같다. 다만 이름이 다를 뿐이다.

"혹시 그 브로치 보면 있잖아, 네가 갖고 싶은 게 아니라면 내가 간직해도 괜찮을까? 뭐, 내가 당연히 가져야 한다는 생각은 아니지만, 난 그 브로치가 항상 마음에 들었거든."

"그래. 그거 있나 꼭 찾아 볼게."

루시 이모가 죽은 후로, 이모를 기억하는 건 나뿐이라고 여겼다. 그래서 내가 비틀거릴 때마다 최악의 모습으로 이모를 실망시키고 있다고 생각했다. 하지만 나만 루시 이모가 소중한 게 아니었다는 걸 깨닫자, 고통스러운 안도감이 느껴졌다.

11

○

'나는 보 라슨에게 키스 안 할 거야. 나는 보 라슨 생각 안 할 거야. 나는 보 라슨에게 키스하지 않을 거라고. 보 라슨 생각 안 할 거라니까.'

머릿속으로 계속해서 이 말들을 주문처럼 되풀이했다. 혼자 있을 때는 심지어 큰 소리로 말하기도 했다.

월요일 오후 근무를 하러 가기 몇 시간 전, 엄마는 나에게 약국에 들러 처방약을 받아 달라고 부탁했다. 엄마가 퇴근할 무렵에는 이미 약국이 닫을까 봐 너무 걱정됐기 때문이다.

시내에 있는 루터&선즈 약국에 차를 몰고 갔다. 주차장에 자리가 없어서 대신 올 댓 샤인즈 가게 앞에 주차해야 했다. 그곳은 클로버시티만큼이나 오래된 보석 가게로, 텍사스에서 유일하게 미스 블루 보닛 왕관을 판매하는 보석상이다.

차 문을 잠그는 동안에도 벌써 열기가 어깨를 내리눌렀다.

"제길."

나는 나지막이 중얼거렸다. 내가 차를 댄 주차장 앞에는 시멘트를 가득 담은 양동이 위로 고객 전용 주차장이라는 팻말이 하나 꽂혀 있었다.

주변을 다시 살펴봤지만 주차할 곳은 없었다. 그래서 가게 안으로 뛰어 들어갔다.

민지 낀 유리 장식장 뒤로 삐걱거리는 나무 걸상에 앉은 사람은 도나 러프킨 아주머니였다. 러프킨가는 가문에 대한 자부심이 대단했다. 보수적인 전통에 따라 유부녀는 성을 바꿔야 하는데도 러프킨가 여자들은 남편의 성을 따르지 않을 정도였다. 물론 도나 아주머니는 결혼하지 않았지만.

도나 아주머니는 살집이 있고 탄탄한 체구다. 입고 있는 카고 반바지는 가장자리가 너덜너덜했고, 정원용 클록스*는 그야말로 흙일을 하다 왔다는 냄새를 풍겼다. 그 모습은 어딜 봐도 미인대회의 왕관을 파는 보석상 주인이라고는 할 수 없었다. 물론 여기서는 다른 것도 팔지만, 이 가게를 동네의 랜드마크로 널리 알려 주는 건 바로 그 왕관이었다.

"월로딘 딕슨이구나. 널 마지막으로 본 게……."

도나 아주머니는 날 보고 인사를 하다가 말을 잇지 못했다.

"루시 이모의 장례식이었죠."

내가 대신 말을 맺어 줬다. 아주머니는 고개를 끄덕였지만 애써

---

* clogs: 앞이 둥글게 막힌 슬리퍼형 신발.

웃으려고 하지 않았다. 그 점이 참 고마웠다. 아마 아주머니는 이런 내 마음을 모르겠지.

"엄마 심부름 왔니? 방금 새 왕관들을 들여놓은 참이란다."

"아뇨. 그게 아니라요. 저 밖에 주차할 데가 마땅치 않더라고요. 혹시 괜찮으시다면 여기에 잠깐 차 대도 될까요? 약국에 갔다가 금방 올게요."

도나 아주머니는 손을 내저으며 허락했다.

"어휴. 저 밖에 팻말을 세워 놔 봤자 좋은 게 하나도 없구나."

"고맙습니다."

나는 이렇게 말하며 나가려고 문을 잡았다.

"너 한번 볼래?"

"뭘요?"

아주머니는 씩 웃었다.

"뭐겠어. 왕관 말이야."

이제는 별것 아닌 것처럼 보일지도 모르지만, 큐빅 지르코니아로 만든 미인대회 왕관은 건너편에 있는 은행보다도 더 안전하게 지켜지고 있다. 내가 제아무리 미인대회를 무시한다고 해도, 거기다 대고 됐다고 딱 잘라 말할 만한 건 아니었다.

도나 아주머니는 가게 문을 잠갔다. 나는 그녀를 따라 커튼이 쳐진 창고로 들어갔다. 그렇게 사무실을 두 개 지나서 들어간 곳에는 줄지어 쌓여 있는 모양의 상자형 금고가 나왔다. 아주머니는 그중 하나를 열었다. 각 상자에는 텍사스주 전역에 걸친 마을 이름들이 쓰여 있었다. 우리 마을의 이름인 **클로버시티**는 한가운데 있는 세 개의 상자에 각각 쓰여 있었다.

"잠깐만요. 왜 왕관이 세 개나 돼요?"

도나 아주머니는 손가락을 펴 가며 설명했다.

"첫 번째 왕관이 진품이야. 가끔 저걸 시청에 전시하지. 두 번째 왕관은 올해의 우승자에게 수여하는 왕관이야. 세 번째 왕관은 혹시나 두 번째 왕관을 잃어버렸을 경우를 대비한 거고."

아주머니는 세 개의 상자를 모두 꺼내 책상에 줄지어 놨다. 올해의 우승자에게 주는 왕관과 분실 대비용 왕관은 똑같이 생겼다. 하지만 진품은…… 뭐랄까. 이건 할머니의 보석 상자 안에서나 찾아볼 수 있을 물건이었다. 모조 다이아몬드들은 불투명해졌고 금속 부분은 세월이 흘러 변색됐다. 하지만 여전히 위풍당당한 분위기가 있었다. 새것처럼 반짝반짝 빛나거나 튀지 않은 게 오히려 마음에 들었다. 진품에는 역시 존재감이 있는 법이다.

진품 왕관을 바라보는 내 표정을 도나 아주머니도 알아챘다.

"나도 그게 제일 좋아."

그 순간만큼은 뭐 하러 미인대회를 여는지 이해할 수 있었다. 어째서 엄마가 인생의 절반을 거기에 바쳐 가며 일하는지, 이 도시의 여자애들이 어째서 별빛 가득한 하늘 아래서 드레스를 입고 스포트라이트 받기를 꿈꾸는지도 역시 이해가 됐다.

"이거 써 본 적 있으세요?"

내가 묻자 도나 아주머니는 얼굴에 살짝 홍조를 띠었다.

"너한테만 말하는 거지만, 가끔 써 보곤 해."

아주머니는 진품 왕관 상자에 조심스럽게 손을 뻗으며 말했다.

"너도 써 봐."

"진심이세요?"

이거 까딱하다가는 내가 진품 왕관을 깨뜨려 버리는 사람이 될지도 모르겠는데.

도나 아주머니는 나를 똑바로 쳐다봤다.

"넌 내가 진심이 아닌 말을 입 밖에 낼 사람처럼 보이니?"

나는 고개를 저었다.

아주머니는 나를 뒷문에 달린 거울 앞에 세웠다. 내가 숨죽이고 있는 동안, 그녀는 내 머리 위에 왕관을 씌웠다. 이건 진짜 다이아몬드도 아니다. 그저 모조 장신구일 뿐이라는 걸 안다. 하지만 왕관의 무게는 일종의 책임감처럼 느껴질 수밖에 없었다. 루시 이모나 엘렌이나 아니면 엄마라도 여기서 내 모습을 봐 줬으면 좋겠다고 생각했다. 비록 빨간색과 흰색 줄무늬 하피스 햄버거집 유니폼을 입은 차림이지만, 클로버시티의 소중한 왕관을 쓰고 있는 나의 모습을.

"솔직히 말하면 말이야, 너희 엄마도 이 왕관은 써 보지 못했을 거야. 그러니 아무에게도 말하지 않는 게 좋겠다."

나는 초롱초롱한 눈빛을 다해 알겠다고 표시했다. 왕관을 쓰고 있어서 고개를 끄덕이는 것도 너무 무서웠다.

"왜 저한테 왕관을 써 보라고 하신 거예요?"

내가 묻자, 도나 아주머니는 어깨를 으쓱였다.

"미인대회 우승자만 왕관을 써 보라는 법은 없으니까, 라고 생각하렴."

'나는 보 라슨에게 키스 안 할 거야. 보 라슨 생각 안 할 거야.'

오늘 마커스는 아파서 빠졌다. 오늘 밤이 얼마나 어색할지 미리 낌새라도 맡은 게 아닌가 싶다.

왕관의 찬란한 존재감도 이젠 사라졌다. 우리는 지금 바빠 죽을 지경이었다. 보마저 가끔 주방에서 나와 계산대에서 일하는 나를 도와야 할 정도였다. 내가 듣기로 저녁 내내 보에 입에 달린 말이라고는 "드시고 가세요? 아님 포장이세요?"와 "~달러입니다"뿐이었다.

그러다 가끔 우리의 손이 서로 닿거나 몸이 서로 부딪치기도 했다. 그럴 때마다 혈관을 타고 전기가 찌릿 흘렀다. 하지만 보가 손님이랑 피클 때문에 말다툼을 벌이자, 론 아저씨는 보에게 주방으로 돌아가라고 말했다.

야간 근무가 끝날 무렵, 론 아저씨는 우리를 모두 집에 일찍 보내면서 남은 일은 내일 아침에 와서 자신이 하겠다고 했다. 나는 그 제안을 반대해야 했을 거다. 남부 아가씨는 누군가 청소를 대신 해 주겠다고 말할 때마다 반드시 거절하고 직접 청소해야 하는 법이라고 엄마가 나에게 가르쳤기 때문이다. 하지만 나는 집에 빨리 가고 싶은 마음이 너무 간절했다.

그래서 빨리 나갈 준비를 하고 보가 나오기 전에 먼저 가게를 뜨고 싶었지만, 내가 움직일 때마다 보는 내 뒤를 바짝 따라왔다.

여기를 그만두고 새 아르바이트를 찾아야겠어.

나는 차 문손잡이를 잡았다. 이제 집으로 가면 자유다.

"윌로딘."

그만 돌아서고 말았다.

보가 어찌나 내 쪽으로 빨리 다가왔던지 나도 움직이고 있는 게 아닌가 싶었다.

우리의 코끝이 스쳤다. 그 애 입술이 내 입술 앞에서 멈췄다. 내 마음속은 아직도 보가 여기 왔다는 인식을 하지 못했다. 지금은 온통 감정에 사로잡혀 있을 뿐이다. 스스로 생각하던 나의 모든 모습을 다시 봐야 할 것만 같다. 나는 신중하고 자존심도 센 존재인데. 지금은 신중함이고 자존심이고 다 사라지고 눈에 콩깍지가 씐 것만 같다.

'나는 보 라슨에게 키스할 거야. 나는 보 라슨 생각할 거야.'

난생처음으로 스스로의 존재가 너무 작게 느껴졌다. 그저 작게만 느껴져. 하지만 오그라든 꽃 같다는 느낌은 아니었다. 이 느낌은 말하자면, 나에게 힘을 줬다.

"너랑 키스하고 싶어."

보가 한 마디 한 마디 말할 때마다 그 애 입술이 내게 스쳤다.

나는 말을 잃어버렸다. 대신 손가락으로 그 애 머리카락을 느끼면서 그 입술을 내 입술로 끌어당겼다.

두 달 후

○

12

○

발끝으로 서서 맨 꼭대기 선반에 손을 뻗고 있는데, 갑자기 앞치마가 헐거워졌다. 허리에 묶어 놓은 매듭이 스르르 풀렸다. 오른쪽으로 고개를 돌렸다가 다시 왼쪽을 바라봤다. 보가 씩 웃고 있다.

날 보며 윙크하네.

보는 내 하루에서 가장 좋은 부분이자 가장 최악의 부분이 됐다.

손목시계를 보자 오후 6시 2분이었다. 이제 쉬는 시간이구나. 선반에 마지막 빵 봉지를 밀어 넣었다. 아무렇게나 밀어 넣었으니 안 봐도 찌그러졌을 거다. 어쨌든 나는 보를 따라갔다. 내 마음이 뭐라 하든 신경도 쓰지 않고 그저 발이 이끄는 대로 향했다. 내 뒤로 하피스 햄버거집의 소음이 아스라이 사라졌다. 누군가 고함치며 주문을 읊었다. 손님들이 불평해 댄다. 마커스는 휘파람을 불고 있다. 고기가 지글지글 익어 간다. 그러다 모든 소리가 순간 탁 끊어졌다.

올여름 초만 해도 나는 이런 걸 하나도 몰랐다. 지금처럼, 뒤쪽 상자에 쌓여 있던 쓰레기봉투를 잡고서 뒷문을 발로 차서 여는 이

○

순간 같은 건 몰랐다고.

물이 뚝뚝 떨어지는 봉투를 쓰레기 컨테이너 옆에 내려놓기도 전에 보 라슨이 나를 쇠문으로 밀치더니 그 애의 입술이 나를 건드렸다. 손이 닿지 않았던 짧은 순간. 입술만 스치던 그 찰나.

다음으로 댐에서 물이 쏟아져 내리듯 보의 손이 내 몸을 휘저으면 이 순간은 사라진다. 그다음 기억은 물렁물렁한 내 몸에 닿는 그 애의 손길이 정말 불편하다는 것뿐이다.

그 느낌이 닥칠 때면, 마치 타이머를 달아 놓은 듯 정신이 확 돌아왔다. 매 순간순간이 마치 전에 해 본 것처럼 느껴졌다. 우리 사이가 진행될수록 나는 엄청난 에너지를 들이며 얘가 다음에 또 뭘 할지 예측해 댔기 때문이다. 그래서 이제 얘가 뭘 할지 안다. 나를 점점 뚜껑이 달린 쓰레기 컨테이너 쪽으로 조금씩 밀면서 내 허리에 손을 대는 이유는 날 그 위에 들어서 앉히고 싶기 때문이다. 그러면 나는 언제나 뒤로 손을 뻗어서 팔에 힘을 주고 몸을 들어 올린다. 혹시라도 얘가 날 들어 올리다가 떨어뜨릴지도 모른다고 생각할 때마다 온몸이 움츠러드니까. 그 애의 손가락이 내 가슴을 쓸고 내려가 배에 닿을 때면 숨을 헉 들이켠다. 물론 바보 같은 짓이긴 하다. 그래 봤자 보기에는 별 차이가 없는데, 지금이라고 달라질 게 뭐겠는가.

그럴 때마다 나는 원래 나였던 사람이 아니라 그저 그림자인 것만 같다. 원래의 나. 우리 루시 이모가 그렇게 커 주길 바라던 당당했던 나는 사라지고, 껍데기만 남는 순간.

하지만 보가 내 이름을 말할 때마다 놀라곤 한다. "월로딘." 그 애가 들려주는 내 이름 한 글자 한 글자마다 온몸에 전율이 일었다.

매일 밤 론 아저씨가 집에 가라고 하면 우리는 좀 떨어져서 각자의 차로 간다. 그리고 빨간 네온사인이 빛나는 하피스 밖으로 나가 어둠 속으로 슬그머니 들어가면, 보는 내 손가락을 슬며시 쓸면서 운전석 문으로 걸어간다.

"따라와."

나는 굳이 고개를 끄덕이지 않는다. 따라갈 테니까. 개도 그걸 알고 있다.

개가 차의 시동을 걸고, 나도 내 차 시동을 건다. 우리 사이는 롤러코스터 같다. 브레이크가 듣지 않고 트랙에는 불이 붙었지만, 나는 이 놀이 기구에서 내릴 수가 없다.

13

○

나는 보에 대해 많이 알게 됐다. 그렇지만 걔는 여전히 수수께 끼 같았다. 예를 들면 그 빨간 막대사탕을 왜 먹는지는 안다. 어렸을 때 보가 화나는 일이 생길 때마다, 그 애 엄마는 빨간 막대사탕을 주면서 이렇게 말했다고 했다. "이 사탕을 다 빨아 먹고 나서도 여전히 화가 난다면, 그땐 마음껏 소리 지르고 발로 차고 울어도 좋아." 하지만 걔가 차고 다니는 목걸이는 여전히 알 수가 없었다. 보는 목걸이가 삐져나올 때마다 셔츠 안쪽으로 슬쩍 밀어 넣는다. 내가 그 목걸이는 뭐냐고 묻자, 걔는 그저 어깨를 으쓱이고는 홀리 크로스 고등학교에서 받은 성인 펜던트라고만 대답했다.

옛 초등학교 건물은 이제 '우리 장소'로 불러도 될 만한 곳이 됐다. 여기에 처음 왔었을 때의 나는 참 꼴사나웠다. 하지만 반이나 불타 버린 옛 학교 건물은 이제 우리만의 성지다.

나는 보의 차 옆에 주차하고 나서 차 키를 뽑는 동시에 문을 열었다. 보는 손을 뻗어서 차 문을 열고 날 맞이했다.

○

나는 그 애 트럭에 올라탔다.

보는 내 코끝에 키스했다. 그리고 의자 아래로 손을 뻗더니 사용감이 있는 구겨진 선물용 빨간 쇼핑백을 들어 대시보드에 턱 놨다.

"생일 축하해."

내 생일은 사흘 전이었다. 가게의 그 누구에게도 생일이라 말하지 않았다. 사람들에게 알리기 싫어서는 아니지만, 생일이라고 사람들에게 (그러니까 보에게) 말한다면 뭔가 해 달라는 압박으로 받아들여질 것 같아서였다. 나랑 보는 그런 사이가 아니니까. 서로가 이어진 것도 아니니, 당연히 책임도 없다.

"어떻게 알았어?"

그 애는 어깨를 으쓱였다.

"론 아저씨가 너한테 생일 축하한다고 말해서."

"열어 봐도 돼?"

보가 대답했다.

"아니. 나한테 허락받지 마. 이건 네 선물이야. 이제 그건 네 맘대로 해도 된다고."

나는 눈을 살짝 흘기면서 대시보드에서 가방을 휙 들어 올렸다. 긴장감에 속이 울렁거렸다. 무릎 위로 가방의 무게가 느껴졌다. 자그마한 쇼핑백에 온 여름의 시간이 들어 있다.

보는 목을 가다듬었다.

"안에 포장재를 좀 넣었어야 했는데, 마땅한 게 없었어."

그 눈빛이 내 피부를 뜨겁게 달궜다. 나는 눈을 감고 가방 속에서 아무거나 꺼냈다.

"매직 8볼*이야."

나는 슬그머니 웃었다. 바보 같은 기분이 든다.

"음, 이제 결정을 못 내릴 일은 없겠네."

"다른 것도 꺼내 봐."

보가 말했다. 나는 시키는 대로 했다. 금속 슬링키**, 슬라임, 짠맛 캐러멜 사탕이었다.

그 애가 슬라임으로 풍선을 만들어 부는 동안 나는 금속 슬링키를 엘렌의 뱀 제이크를 갖고 놀 듯 양손으로 이리저리 만졌다.

"고마워. 나한테 이렇게 선물할 필요는 진짜 없었는데."

보는 어깨를 으쓱이고는 우리 사이에 놓인 물건들을 훑어봤다.

"하나 빠진 게 있어."

보가 쇼핑백 안에 손을 넣었다.

"눈 감아 봐."

나는 눈을 감았다.

뺨에 손이 스치더니 내 코 위로 안경이 놓였다. 안경다리가 머리카락에 걸렸지만, 보는 조심스러운 손길로 안경을 귓가에 걸어 줬다.

"됐어. 눈 떠 봐."

보가 내 쪽으로 룸미러를 꺾었다. 환한 빨간색 하트 모양 선글라

---

*   Magic 8 Ball: 운세를 보거나 조언을 구할 때 쓰는 장난감.
** Slinky: 용수철 장난감.

스를 쓴 내 모습이 보였다. 선글라스 알이 어두운색이라서 내 모습을 알아보는 데 시간이 좀 걸렸다. 나는 선글라스 다리 사이에 낀 머리카락을 정리했다.

이 선글라스는 웃기라고 만든 거였다. 그건 나도 안다. 하지만 난 지금 이걸 쓴 모습이 너무 좋았다. 이건 변화무쌍한 거야. 거울 속의 나는 한 번도 본 적 없는 여자애였다.

"이거 진짜 좋다."

이렇게 말하고 난 순간 너무 바보 같단 생각이 들었다. 이건 싸구려 장난감 안경이었다. 애는 이걸 아무 생각 없이 산 게 분명했을 텐데.

보는 몸을 내 쪽으로 기울여 입을 맞췄다. 그 애의 무게를 느끼자 온몸이 흐물흐물해졌다.

"이제 집에 가."

그 애는 키스하며 속삭였다.

나는 고개를 끄덕였다. 하지만 우리는 계속 키스했다.

학교 주차장에서 보와 아주 오랫동안 머물렀다. 하지만 집에 가보면 다행스럽게도 엄마는 이미 문을 닫고 자고 있었다. 나는 여름 내내 평소보다 늦게까지 '일해야' 하는 이유를 이것저것 만들어 냈다. 엄마는 그런 이유를 별로 납득하지 않았지만, 나를 한 번도 의심하지는 않았다. 게다가 엄마는 배너를 만들고 새로운 심사위원들 면접을 보고 미인대회 스폰서를 찾느라 바빴다. 이 말이 무슨 뜻이냐면, 몇 달 동안 나한테 엄마 노릇을 전혀 하지 않았다는 거다.

루시 이모의 방문은 닫혀 있다. 지난 두 달 동안 아무도 그 문을 열지 않았다. 지나가면서 문손잡이를 슬쩍 잡아 봤지만 열지는 않았다. 엄마가 그 방을 청소하기 시작한 그날, 그래서 우리가 말싸움을 벌였던 그날 이후로 엄마는 청소를 잊어버린 것처럼 그곳을 내버려 뒀다. 나는 다시는 방에 대한 말을 꺼내지 않았다. 혹시나 엄마가 다시 팔을 걷어붙이면 어쩌나 무서웠기 때문이다.

잠이 들려는 찰나, 핸드폰이 울렸다.

엘렌　너 어쩜 이러니

'제길.'

들켰군. 물론 엘렌이라고 나한테 비밀을 전부 털어놓지 않는 건 분명하다. 엘렌이 하는 말을 들을 때마다 그날 밤 하피스에서 '입으로 해 주다가 망했다더라'고 캘리가 했던 말이 계속 생각난다. 물론 그건 별것 아닌 일이고, 멀리 보면 진짜 아무것도 아니겠지. 하지만 혹시 엘렌은 나한테 이것 말고 더 숨기는 게 있는 건 아닐까? 어쨌든 지금 나는 말해 봤자 이해 못 할 미경험 친구니까.

엘렌　너 진짜 실망이야. 일 끝나고 팀네 집에 오기로 했잖아.

아, 하나님 예수님 감사합니다. 들킨 게 아니었군. 나는 팀네 집에서 열리는 파티를 완전히 까먹고 있었다. 하지만 괜찮다. 나와 보 사이를 들켰더라면 엘렌은 이것보다 엄청 더 심각해졌을 테니까.

핸드폰이 다시 울렸다.

엘렌　여기서 **대박 사건** 터졌다고. 너도 직접 봤어야 했어

나는 벌렁 돌아누워서 미안하다고, 내일 아침에 만나서 이야기
하자고 문자를 보낸 후 다음 메시지를 확인했다.

보　　잘 자

나는 한숨을 쉬었다. 한숨 쉬지 말라는 말 따위는 싹 잊은 채로.

14

○

초인종 소리에 잠이 깼다.

침대에서 일어나기 전에 먼저 핸드폰을 확인했다.

엘렌 나 밖이야 문 열어

낡은 운동복 반바지를 주워 입고 뒷문을 열러 아래층으로 내려 갔다. 엘렌은 얼굴을 유리에 대고 입으로 방귀 소리를 내고 있었다.

올해 여름은 온통 이상했다. 우리는 새로운 땅에 들어간 것 같았다. 우리는 항상 반대로 살아왔다. 루시 이모가 언제나 이야기하기를, 제일 좋은 친구는 아무것도 공통점이 없는 동시에 모든 것에 공통점이 있다고 했다. "너희는 같은 이야기의 다른 버전인 거야"라고 말했었지. 그런데 이 두 달을 지내는 동안, 우리가 다른 방향으로 끌려가고 있다는 느낌이 들었다. 그리고 그걸 알아차린 건 나뿐인 것 같다.

나는 문을 밀어 열었다. 엘렌은 밀려가는 잠깐 동안에도 문에서 얼굴을 떼지 않았다. 비틀거리며 안으로 들어온 엘렌은 식탁 의자

○

에 앉았다.

"으아아아. 월, 나 너무 더워서 녹아 버리는 중이었어."

전자레인지 위에 있는 시계를 확인했다.

"아직 이른 아침이잖아."

나는 투덜거리며 의자에 털썩 주저앉았다. 어제 사립학교 출신
보와 새벽 2시까지 있었다는 말은 굳이 하지 않았다.

"오늘 내 주급 날이야. 주급은 일찍 받을수록 좋다고."

엘렌은 일어서서 찬장을 여기저기 열더니 간식이 있나 찾아 보
기 시작했다.

"그리고 지금 11시야. 이른 아침이 아니라고. 네가 이렇게 늦잠
을 잔다는 걸 알면 너희 어머니는 깜짝 놀라 옷에 지리실걸."

"그러거나 말거나."

나는 탁자에 팔을 올려놓고 그 위에 털썩 머리를 얹었다.

"넌 되게 기분 좋아 보인다. 왜 그렇게 신났어?"

"모르겠어. 살아 있는 느낌이야. 내 인생은 그럭저럭 괜찮아. 일
주일만 더 있으면 학기가 시작하고."

엘렌은 찬장을 쾅 닫고서 빙글 돌아섰다.

"어쩌면 내가 더는 섹스에 서투르지 않아서일지도 모르지?"

"섹스는 하면 할수록 모자란 거 아니었어?"

하지만 막상 그것을 생각하면 솔직히 너무나 무섭다.

"너도 언젠가는 알게 될 거야."

엘렌은 고개를 획 젖혔다. 하지만 나는 속으로 생각했다.

'아니. 나는 평생 미경험자일걸. 처녀막이여 영원하라.'

"나갈 준비해. 돈 받으러 가야지!"

"식료품 저장고에 과자가 좀 있어. 45분만 기다려 줘."

이렇게 말하고 위층으로 올라갔다. 내 등 뒤로 엘렌이 소리쳤다.

"기다리는 동안 쓰레기 같은 TV 프로그램이라도 보고 있어 줄게. 다행인 줄 알아!"

나는 재빨리 샤워한 다음 머리를 말리고 동그랗게 묶어 올렸다. 그리고 옷장을 쓱 살펴봤다. 그 안에는 입으면 너무 더울 옷밖에 없었다. 그래서 운동복 반바지에다 엄마가 미인대회에서 받아 온 오래된 티셔츠를 입기로 했다.

아래층으로 달려 내려가며 말했다.

"다 됐어. 근데 라이엇 사료를 챙겨 줘야……."

"내가 벌써 줬어."

엘렌이 대답했다. 나는 주방 쪽을 돌아봤다. 엘렌은 반쯤 먹다 남은 과자를 치우고 있었다.

"우리 엄마는 내가 그걸 다 먹었다고 생각할 거야."

내 말에 엘렌은 아무 대꾸도 하지 않았지만, 굳이 그럴 필요도 없었다.

"너희 어머니는 남자랑 섹스를 좀 해야겠어."

라이엇이 주방 조리대로 폴짝 뛰어올랐다. 엘렌은 고양이의 귀 뒤를 제대로 긁어 주느라 정신이 없었다.

"나 엄마 차 몰고 왔는데, 오면서 연기 마시느라 죽는 줄 알았어.

네 차 타고 가도 될까?"

"응. 그래."

엘렌은 나를 따라 뒷문으로 나왔다. 나는 문을 잠그면서 물었다.

"그런데 우리 엄마가 섹스하는 거랑 과자랑 무슨 상관이야?"

엘렌은 그저 어깨를 으쓱이고는 문손잡이를 잡으며 내가 차 문을 열기를 기다렸다. 걔는 섹스한 후로 자기가 무슨 성의학 교육의 대가 닥터 루스인 줄 안다. 섹스하는 걸로 모든 문제를 해결할 수 있다고 믿는 거다. 정말 미칠 것 같다. 내가 경험이 없긴 하지만, 바보는 아니라고.

나는 차 문을 열고 핸들 앞에 자리 잡았다. 퀴퀴한 열기가 온몸을 감싸자 우리 입에서는 자동적으로 짜증 섞인 새된 소리가 나왔다.

엘렌이 말했다.

"아, 진짜. 창문 좀 열자. 빨리 창문 손잡이 돌려."

스위트 16이라는 가게 이름을 볼 때마다 난 말도 안 된다고 생각했다. 여기서 파는 옷 사이즈를 보면 12세 이상은 입을 수 없을 것 같으니까. 언젠가 엘렌한테 이런 말을 했지만, 걔는 못 들은 척했다.

엘렌과 함께 스위트 16에 처음 들어왔을 때, 얼마나 불편했는지 모른다. 하지만 그걸 티 내는 머저리가 되지 않으려고 엄청나게 노력했었다. 하지만 매주 화요일 급여를 받아 오는 엘렌을 기다리게 되자, 이제는 자신 있게 말할 수 있다. 이곳에 대한 과학적인 의견을 형성하기에 충분한 증거를 수집했기 때문이다.

나의 과학적 의견은 이렇다. '이 장소는 시궁창이다. 여기서 일하는 여자애들은 비열한 깡패들이다. 걔들은 내가 불쌍하기 때문에 마음씨 착한 엘렌이 데리고 다녀 준다고 생각한다.'

스위트 16의 벽은 거울과 마네킹으로 뒤덮여 있다. 마네킹들은 죄다 잘록한 골반에 청바지를 낮게 걸치고 위에는 '난 숙제 같은 거 하기엔 너무 예뻐'라는 문구가 박힌 자그마한 티셔츠를 뒤집어쓰고 있다. 엘렌을 따라 옷이 빡빡하게 걸린 행거 사이를 지나갔다. 내 엉덩이로 이놈의 가게를 뒤엎어 버리지 않게 조심하면서.

"엘-벨!"

캘리가 꽥 소리를 질렀다. 나는 애를 내 원수로 딱 정했다.

"모모. 엘렌 돈 받으러 왔어요!"

엘렌은 입술 한쪽에 손나팔을 만들어 뒤로 소리쳤다.

캘리는 계산대 아래에 있는 상자에서 깨끗한 흰 봉투를 꺼내 엘렌에게 줬다.

"안녕, 월로!"

그러더니 내 쪽으로 몸을 숙이며 말했다.

"세상에. 미인대회 트레이닝캠프는 정말 대단해. 나 배에 식스팩이 생길 정도라니까. 하지만 너무 근육질이 되고 싶지는 않아. 징그럽잖아."

"내 이름은 월로딘이야."

나는 퉁명스레 대답했지만 걔는 내 말을 듣지 않았다. 가게 매니저인 모건이 휴게실에서 사뿐사뿐 걸어 나왔기 때문이다. 모건의 모습은 '대학 가기엔 너무 나이가 많지만 그래도 시집가서 애 낳고 살기엔 너무 젊어요'라고 쓰어 있다. 그녀는 키가 크고 호리호리했다. 나중에 엘렌이 나이가 들면 저런 모습이 되겠지.

"어머나 세상에. 지금 가게에 엄청 귀여운 재고품들이 잔뜩 있어. 나 여기에 뼈를 묻어야겠어. 정말이지 내 월급은 저 옷들 때문에 다 털렸단다. 누가 돈 닳으면 한번 볼래?"

엘렌은 웃었다. 그걸 보자 기분이 안 좋았다. 저게 뭐 그리 웃긴 말이라는 거야?

"엘. 뒤로 와서 옷 좀 입어 봐."

그녀는 나만 쓸 수 있다고 생각했던 엘렌의 닉네임을 나의 가장 친한 친구에게 쓰며 말했다.

엘렌은 돌아서서 나를 슬쩍 바라봤다.

나는 언짢은 기분을 참고 고개를 끄덕였다.

엘렌은 손을 맞잡고 말했다.

"네, 근데 서둘러야 해요!"

그러고는 다시 나에게로 돌아섰다.

"빨리 끝낼게. 어쨌든 나한테는 하나도 안 맞을 거야."

나는 입을 꾹 다물고 미소를 지었다. 그리고 엘렌을 따라 가게 뒤로 들어가려는데, 모건이 눈썹을 치켜뜨는 바람에 그 자리에서 굳어 버렸다.

"미안."

그녀는 입술을 실룩이다가 억지로 웃었다. 진짜 미안하지는 않을 때 짓는 그런 웃음이었다.

"여기는 직원 전용이란다."

"너 여기 있어도 괜찮아?"

엘렌이 나와 눈을 마주치며 물었다.

"어. 빨리하고 나와."

엘렌은 모건을 따라 뒤로 잽싸게 들어갔다. 캘리는 카운터 뒤에 떡하니 서서 스피커에서 흘러나오는 신나는 음악에 맞춰 엉덩이를 실룩댔다. 판매현황 보고서라도 열심히 읽는 척하면서 말이다.

행거 사이에서 한껏 움츠린 채로 생각했다. 이곳은 토요일이 되면 얼마나 끔찍하게 변할까? 음악이 하이퍼 테크노 비트로 변하자 캘리가 볼륨을 높였다. 나는 그게 탈의실로 몰래 숨어들 신호라고 여겼다. 탈의실은 커튼으로 구분해 놓은 공간으로, 그 안에는 작은 의자가 있었다. 거울은 바깥으로 나가서 봐야 했다. 그건 진짜 짜증 날 텐데. 옷이 어울리는지 보고 싶을 때마다 탈의실 밖으로 나가야 하잖아.

커튼 반대편에서 옷걸이가 금속에 긁히는 소리가 났다.

"엘 친구는 어디 갔어?"

모건이 묻자 캘리가 대답했다.

"모르겠어요. 나가는 건 못 봤는데요. 하지만 그 덩치가 설마 눈에 안 보이겠어요?"

"어우, 그런 말 하면 못써."

모건이 말했다. 말 내용은 상냥하고 착했으나, 그 어조는 분명 비웃고 있었다.

"엘-벨은 뭔가 찾았어요?"

"휴게실에서 원피스 입어 보고 있어."

옷걸이가 금속에 끼익대는 소리가 계속 들렸다.

"엘은 참 착하지 않니. 저런 애랑 같이 다녀 주다니. 걔는 강아지처럼 엘을 따라다니기만 해. 이젠 자기 인생 자기가 알아서 살 줄도 알아야 하는데. 안됐어."

그 말을 듣는 순간 참을 수가 없었다. 온몸이 분노로 확 긴장했다. 나는 커튼을 확 젖히다가 그만 천에 걸려 넘어지고 말았다.

스위트 16 바깥에 있는 벤치까지 가는 동안 두 사람의 시선이 나를 계속 따라왔다. 나는 벤치에 몸을 웅크리고 앉았다. 그러니 그들이 더 이상은 보이지 않았다.

내 몸에 지퍼가 달려 있어서 이 모습을 벗어 버릴 수 있었다면 난 기꺼이 그랬을 거다.

쇼핑몰 진열장에는 죄다 홈커밍과 미인대회 시즌 정장 들로 가득했다. 스위트 16의 맞은편 가게 프릴스에는 반짝반짝 빛나는 연푸른색 드레스가 보였다. 진열장 위에는 구두약으로 이렇게 쓰여 있었다. 클로버시티의 미스 틴 블루 보닛은 단 한 명입니다. 그 자리에 도전하세요. 우리의 독특한 드레스를 보고 가세요!

내가 이 미인대회를 얼마나 경멸하는지, 솔직히 나조차도 이런 내가 싫긴 하다. 하지만 지금은 온 동네에 무슨 전염병이라도 도는 것 같다.

"안녕."

고개를 돌리자 보가 내 뒤 벤치에 앉아 있었다.

"여기서 뭐 해?"

내 말투는 꼭 비난 같았다.

"새엄마랑 동생이랑 쇼핑 왔어."

걔는 스위트 16 옆에 있는 신발 가게를 가리켰다.

"네가 벤치에 앉아 있는 걸 봤어. 내 동생은 45분째 농구화를 고르고 있지."

보는 웃으면서 고개를 푹 숙였다.

"그런데 윌로딘, 너는 여기서 뭐 해?"

그 애를 만지고 싶었다. 팔을 뻗어 그 애 얼굴에 인사처럼 키스하고 싶었다. 하지만 그러지 않았다. 지금 우리는 하피스 가게의 어두운 뒤편에서 붙어 있는 것도 아니고, 그 애 트럭 운전석에서 안고 있는 것도 아니니까. 그 누구도 입 밖으로 확실하게 말하지는 않았지만, 우리 사이는 비밀이었다.

"친구 기다리고 있어. 걔 급료 받는 날이라서."

"엘렌 말이야?"

고개를 끄덕였다. 나는 보에게 엘렌 이야기를 했었다. 하지만 우리 사이는 과거형이었다. 엘렌과 나 사이에 생긴 이상한 거리감을 어떻게 설명해야 할지 몰랐기 때문이다. 차라리 루시 이모의 이야기를 하듯 엘렌 이야기를 하는 편이 쉬웠다. 마치 엘렌과 나는 보를 만나기 전에 이미 끝나 버린 사이인 것처럼.

나는 보가 예전에 있던 농구대회 티셔츠를 입고 농구화를 신은 걸 알아봤다.

"유니폼 입은 것만 보다가 다른 옷 입은 거 보니까 이상하다. 못 알아볼 뻔했어."

"아. 하지만 난 널 알아봤는데."

그 애는 벤치에 다리를 길게 뻗었다. 아, 저 다리. 맨다리도 처음 보네.

"네 친구는 어디서 일하는데?"

나는 스위트 16을 가리켰다.

그러자 보는 입을 딱 벌렸다. 애가 이 말에 어떻게 반응하냐에 따라 나는 애를 판단할 거고, 그 선입견은 영원히 지속될 거다. 그런데 갑자기 어떤 목소리가 불쑥 들려와 보의 말을 막았다.

"보."

그 애를 부른 사람은 키가 크고 마른 여자로, 빛나는 밤갈색 머리카락이 길게 나부끼는 분이었다. 엄마라고 하기에는 너무 젊었지만, 누나라고 하기에는 너무 나이가 많아 보였다.

보는 어깨 너머로 슬쩍 뒤돌아보고는 다시 나를 보며 속삭였다.

"우리 새엄마야."

나는 얼굴이 싹 굳어 버렸다. 우리의 실제 세계가 충돌하는 순간을 언제나 두려워했으니까.

보의 새엄마 뒤로는 남동생이 있었다. 그 애는 보만큼 키가 컸지만 둥근 얼굴형을 보니 적어도 한 살은 어려 보였다.

"시간이 이렇게 된 줄 몰랐어. 오래 기다렸지? 새미는 1시에 농구하러 가야 해. 이제 빨리 출발하자."

그녀는 이렇게 말하다가 반대편 벤치에 앉은 나를 봤다.

"얘는 누구니?"

"안녕하세요."

나는 일어서서 손을 내밀었다. 나는 남부 출신이다. 그러니 우리 엄마가 나에 대해서 뭐라 말하든 간에, 나는 분명히 예의범절을 갖춘 사람이다.

"얘는 윌로딘이야."

보는 이렇게 말했다. 봐, 나의 이름을 줄여서 말하지 않고 다 발음하네.

"우리, 같은 레스토랑에서 일해."

"윌로딘이라. 발음하기 좀 힘들게 긴 이름이네?"

나는 설핏 웃었다. 어쨌든 고맙다고 말하려고는 했다. 뭐가 고마운지는 나도 모르겠지만. 그때 엘렌이 내 옆에서 불쑥 나타나서 말했다.

"힘드시면 윌이라고 불러도 돼요."

나는 마른침을 삼키고 고개를 끄덕였다.

보의 새엄마는 고개를 옆으로 돌리고는 눈을 떼지 못했다. 마치 너무나 사랑스러운 걸 본 그런 표정으로 말이다.

"넌 누구니?"

"얘는 엘렌이에요. 제 친한 친구지요."

나는 대신 대답을 한 다음 숨을 크게 들이쉬고 말했다.

"엘렌, 얘는 보야. 같은 레스토랑에서 일하고 있어."

보는 엘렌에게 짧게 손을 흔들었다. 하지만 엘렌은 보의 팔을 잡고 말했다.

"만나서 반가워."

그러자 보의 새엄마가 미소를 지었다.

"보, 너무 데면데면하게 구는 거 아니니?"

엘렌은 분명히 팀을 사랑하고 있다. 그럼에도 질투심이 내 등을 타고 스멀스멀 올라와 몸을 마비시켰다. 여름을 지내 오며 나는 보와의 사이를 어째서 엘렌에게 이야기할 수 없는지 수도 없는 이유를 대 왔다. 하지만 내가 아무리 현실을 회피하며 그럴듯한 구실을 붙인다 해도, 나는 이미 알고 있었다. 엘렌에게 말하지 않았던 이유는 그 편이 훨씬 나았기 때문이다. 솔직히 말해서, 상황은 언제든 나빠질 수 있었으니까.

"너희 모두 클로버시티 고등학교 다니니?"

우리는 함께 고개를 끄덕였다.

"그럼 보가 전학 가는 첫날에도 아는 얼굴이 있겠구나! 잘됐어!"

"지금 뭐라고 하셨어요?"

나는 불쑥 물었다. 그래, 보와 나 사이는 참 여러 가지로 잘못됐다. 그래도 그나마 잘된 게 있다면, 일할 때 말고는 우리 세계가 서로 겹칠 일이 없다는 거다. 적어도 그렇기만 하다면, 나는 평범한 남자애랑 서로 더듬어 대는 평범한 여자애인 척할 수 있으니까.

"그래. 보와 새미는 올해 홀리 크로스에 다니지 않을 거야."

그녀는 살짝 눈살을 찌푸렸다.

"잘된 것일 테지. 변화란 좋은 거니까. 안 그러니, 얘들아?"

하지만 둘 다 대답하지 않았다. 보가 입술을 꾹 다문 걸 보고서 나는 알아차렸다. 얘는 여름 내내 이 사실을 알면서도 나한테 말을 안 했구나.

보는 새엄마에게 말했다.

"로레인. 우리 가야 하잖아요. 샘은 연습이 있으니까."

그 애는 허리를 굽혀 가방을 들었다. 그 애 새엄마가 앞장서서 엉덩이를 살랑살랑 흔들며 멀어져 갔다. 그게 끝이었다. 이쪽을 보거나 어깨를 으쓱이지도 않았다. 나에게 나중에 다 설명하겠다는 의사표시 하나 없었다.

발끝에서부터 시작된 분노가 순식간에 뺨까지 끓어올랐다.

엘렌은 옆에서 꺄악 소리쳤다.

"와 대박! 쟤 네가 말한 것보다 훨씬 잘생겼어!"

"가자."

나는 홱 돌아서서 주차장으로 돌진했다.

"쟤 있잖아, 침대 머리맡에 붙여 놓는 브로마이드 모델 같지 않니? 턱수염까지 섹시해! 안 그래?"

나도 안다. 당연히 안다. 하지만 지금 그건 중요하지 않다. 이제 다 끝이니까. 나의 망상이었던 우리의 방과 후 로맨스는 수증기처럼 증발하고 있다.

이제 앞으로 새 학기를 어떻게 살아남아야 할까 머릿속으로 그려 봤다. 우리는 같은 곳에서 아르바이트를 하지만, 진짜 삶은 집에다 두고 왔었다. 아무도 묻지 않는 관계는 우리 둘만 알고 있다. 하지만 전학을 온다는 사실을 보가 나에게 말하지 않은 데는 이유가 있다. 이유가 당연히 있어야 한다. 만약 이유가 없다 하더라도, 그 애와 나는 이제 끝이다. 나는 이 아픈 마음의 상처를 현실까지 끌고 들어올 수 없기 때문이다.

나는 웃음거리가 되지 않을 거다. 사람들이 보면서 놀라 수군대는 커플이 되고 싶지 않다. 분명히 날 보고 그러겠지. "쟤 어떻게 저 남자애랑 사귀는 거야?"

15

○

여름 내내 집에서 자유롭게 저녁 시간을 보냈다. 내 방에 틀어박혀 노트북을 켜 놓고 선반에 떡 버티고 있는 여름방학 독서목록과 함께 말이다. 하지만 오늘 밤 엄마는 나를 단단히 붙잡아 놓고 자기랑 같이 TV를 보게 만들었다. 그러면서 미인대회의 오프닝 댄스 때 쓸 소품을 만들었다.

나는 소파에 앉아 무릎에 베개를 받치고 노트북을 놨다. 내 자리는 루시 이모가 항상 앉던 자리의 반대편이다. 엄마는 벽난로 중앙에 놓여 있던 미인대회 우승자 왕관 유리 케이스를 치우고 그 자리에 루시 이모의 골분이 든 유골함을 놨다. 그건 별일 아닐지 몰라도, 나로서는 의미 있는 일이었다. 우리 엄마가 그래도 미인대회보다 더 중요하게 생각하는 게 있다는 걸 다시금 깨달았으니까.

엄마는 유산지를 이용해 데님 테이블보에 여러 문양을 다림질했다. 그건 분명히 미인대회의 점심 식사를 위한 식탁보가 될 거다.

"있지, 내가 요전 날 저 프로그램 특집광고를 봤거든."

엄마는 채널을 이리저리 돌리다가 결국 MTV에 고정했다.

카메라는 어떤 소녀의 뒷모습을 잡았다. 눈 덮인 마을 길을 걸어가는 소녀는 몸집이 크고 청바지 위로 뱃살이 늘어진 모습이었다. 저게 무슨 내용이 될지 곧바로 알아차렸다.

TV나 영화에 뚱뚱한 여자애가 나오는 게 싫다. 왜냐하면 이 세상의 시선이 카메라에 뚱뚱한 사람을 담아도 괜찮을 때는 단 두 경우일 뿐이기 때문이다. 뚱보들은 스스로의 모습을 비참하게 여기는 모습 아니면 주인공의 유쾌한 절친으로밖에 등장하지 않는다. 음, 그리고 나는 그 두 가지 경우에 다 해당하지 않는다고.

그 애가 아주 정상적인 인간의 행동을 하는 장면, 그러니까 걷거나 먹는 장면 위로 내레이션이 흘렀다.

"코네티컷주 브리지포트에 살고 있는 프리실라는 열여덟 살입니다. 꽃다운 나이지요. 하지만 열여덟 살 프리실라가 꽃다운 삶을 사는 것은 아닙니다. 평생 놀림과 조롱만 당해 온 프리실라는 지금 삶의 무게를 달고 살아가는 중입니다. 그녀는 아직 모르고 있지만, 우리 MTV는 프리실라의 간청을 들었습니다."

카메라는 그 애의 엉덩이를 클로즈업했다. 아래쪽으로 갈수록 엉덩이가 펑퍼짐해지는 게 어떻게 봐도 바지를 먹을 수밖에 없는 체형이었다. 이윽고 화면이 보라색으로 바뀌더니 이 프로그램의 제목이 거부 도장처럼 쾅 찍혔다. 나를 바꿔 줘: 뚱뚱한 몸이 너무 싫어.

엄마를 슬쩍 바라봤다. 하지만 엄마는 자기 일을 하느라 여념이 없었다. 나는 일어나서 방에 올라가 틀어박히고 싶었지만, 한편으로는 불쌍한 프리실라의 운명이 어떻게 변할지 알고 싶은 마음도 있었기에 그냥 있기로 했다. 어쩌면 프리실라의 삶은 나보다 더 심각할지도 모르잖아. 그러니 저 불쌍한 애보다는 내가 그래도 낫다는 안도감을 느끼며 방에 올라갈 수 있을지 누가 알아.

이런 프로그램을 보는 게 엄마와 나에게 처음 있는 일은 아니다. 엄마는 내가 열세 살이 되기도 전부터 셀 수 없을 정도로 당시 유행하는 다이어트를 시켰다. 그 때문에 엄마와 루시 이모는 항상 감정적으로 의견 충돌이 있었다. 내가 잠들었다고 생각할 시간이 되면, 두 분이 아래층에서 서로 말다툼하는 소리를 듣곤 했었다.

"걔는 아직 어려."

루시 이모가 이렇게 말하면 엄마는 되받아쳤다.

"난 애가 건강해졌으면 좋겠어. 언니도 내가 어렸을 때 어땠는지 분명히 이해하잖아? 내 바람은 단 하나야. 그저 애가 커 가면서……."

"나처럼 되지 않으면 좋겠다고? 그냥 솔직히 말해, 로지. 너는 네 아이가 뚱뚱한 언니처럼 되지 않기를 바라는 거잖아. 그렇지 않아도 쟤는 매일 날 보면서 살고 있어. 내 존재만 봐도 이렇게 살면 안 된다는 걸 얼마든지 깨달을 거라고."

"우리가 어렸을 때 어떻게 살았었는지 알잖아. 다 기억하면서."

엄마는 고등학교 이전에 어떻게 살았는지 한 번도 말한 적이 없었다. 그때 엄마는 뚱뚱했었다고 한다. 바로 나처럼. 엄마는 그 모습을 자랑스러워하지 않았다. 9학년 여름방학 때, 엄마는 어렸을 적 찐 살을 허물처럼 벗어 버렸다. 하지만 그 당시 11학년이었던 루시 이모는 엄마처럼 살을 빼지는 못했다. 내가 중학생이 됐을 때, 이모의 다이어트는 결국 끝났다. 그때 무슨 다이어트를 했는지 기억이 나지 않지만, 어쨌든 이모는 하긴 했었다.

TV 속에서 프리실라는 몸집이 작고 성질이 불같은 여자에게 기습 공격을 받았다. 그 여자는 후에 개 트레이너로 밝혀졌다. 프로그램에 참가하겠다고 자신이 먼저 등록했으면서도, 프리실라는 아주 겁에 질린 나머지 화장실 칸막이를 잠그고는 그 안에서 바보처럼 울었다. 결국 트레이너가 들어와서 부드럽게 달래며 궁극적으로는 격려의 말을 해 주는 장면이 이어졌다. 솔직히 말하자면 그걸 보며 좀 흥분했다. 하지만 무엇 때문에 흥분했는지는 알 수가 없었다.

엄마의 눈이 그렁그렁해졌다는 건 보지 않아도 알 수가 있었다. '소중한 네 인생이잖아. 날씬해질 기회를 놓치지 말란 말이야'라고 외쳐 대는 순간은 이런 식의 살 빼기 프로그램에서 엄마가 제일 좋아하는 부분이다.

나는 집중하지 않고 슬렁슬렁 TV를 봤지만, 학교 운동장에서 아침 운동을 하는 동안 트레이너가 너무 심하게 몰아붙인 나머지 프리실라가 관중석에다 마구 토하는 장면을 안 볼 수는 없었다. 게다가 그 시간에 마침 등장한 남학생 축구팀은 그 모습을 옆에서 지켜보기까지 했다.

그 후 프리실라의 트레이너는 장소를 동네 체육관으로 바꿨다. 하지만 그 애는 안으로 들어가기를 거부했다. 트레이너는 화가 나서 걔를 온갖 별명으로 불러 댔다. 프리실라는 흐느끼면서 말했다.

"나는 정말 외로울 것 같단 말이에요. 건물 안에 들어가면 그 안은 온통 나와는 다른 모습의 사람들만 가득할 거라고요. 그때 어떤 느낌인지 모르세요? 나는 건강해지고 싶어요. 하지만 행복해지고도 싶단 말이에요."

결국 프리실라는 6킬로그램을 뺐다. 트레이너는 마지막 몸무게를 재고 나서 박수를 쳐 줬지만, 그 눈빛에는 분명히 실망이 그득했다. 언제나 그렇듯 마지막 자막이 나오기 시작하면서, 6개월 후 프리실라는 여전히 건강한 생활 방식을 고수하고 있으며 몸무게를 빼는 건 평생 해야 할 거라는 사실을 결론으로 보여 줬다.

만약 엘렌이 여기 있었다면 우리는 이게 얼마나 웃기는 프로그램인지 말했을 텐데. 어떻게 이걸 심심풀이 오락 프로로 여길 수 있냐 말이야.

"어쩜, 감동적이지 않니."

엄마가 넌지시 말했지만 난 엄마가 원하는 대답을 하지 않았다.

"내 방에 올라갈게. 일은 다 끝났어?"

엄마는 리모컨을 쥐고서 채널을 저녁 뉴스로 바꿨다.

"아니, 아니야. 내일 미인대회 조직위원회 회의 전에 할 일이 산더미란다."

"난 자러 갈게."

"잘 자, 만두야."

위층에 올라간 나는 루시 이모의 방문 앞에 오랫동안 서 있다가 내 방으로 들어갔다. 핸드폰 충전기를 빼고 확인했지만 보에게서 온 문자는 없었다. 침대에 털썩 앉아서 개가 준 매직 8볼을 두 손으로 잡았다. 너무 많은 질문이 넘쳐 나서 한 가지만 물어볼 수는 없었지만, 어쨌든 공을 세 번 흔든 다음 답을 알아봤다. 별로 좋아 보이지 않음.

순간 핸드폰이 울렸다.

엘렌   나 방금 일 끝났어. 넌 괜찮아? 아까 쇼핑몰에서 좀 이상하던데.

나는 거짓말을 하기로 했다. 지금 와서 진실을 말하기에는 이제 껏 너무 많은 거짓말을 했지.

나   괜찮아. 그냥 미인대회 때문에 집이 엉망이라서. 가슴 위로! 엉덩이

빼고! 아 개짜증.

엘렌   징그러워. 내가 놀러 갈까?

나   난 좀 자고 싶어.

엘렌   그래. 근데 팀이 마사지 오일 가지고 옴. 이거 걍 쓰레기인가?

나는 잠시 대답을 생각했다.

나   쓰레기는 아님. 근데 그거 혹시 달콤달콤 솜사탕 향기 나면 쓰레기

맞음. 니들 다 극혐. 잘 자.

16

○

어제는 분노가 펄떡펄떡 뛰었다면, 지금은 그저 슬프고 좌절감이 들 뿐이다. 보가 나한테 해명해야 한다고 우길 이유를 찾지 못했다.

쓰레기 컨테이너 뒤에서나 버려진 학교 건물 주차장에서 키스하는 게 무슨 의미가 있겠나. 물론 웃기는 선물도 한 봉지 받기는 했지만, 결국 남들이 모르는 어두운 데서만 이루어진 키스가 우리 사이의 전부인 게 현실이다. 그러니 내가 걔한테 뭐라도 됐다고 생각하는 건 참 멍청한 거다.

이게 아르바이트 가려고 운전하며 스스로 내린 결론이다.

나는 사물함에 소지품을 넣고서 최대한 빨리 주방을 지나갔다. 그리고 최대한 빠르고 효율적으로 주문을 받았다. 손님을 올려다보지도 않았다. 보는 적외선등 아래에서 샌드위치를 만들거나 필요도 없는 스티커가 붙은 포장지로 샌드위치를 싸면서 내 머리 높이에 난 구멍으로 이쪽을 바라봤다. 평소 같았다면 나는 그 구멍 사이를 보며 미소를 지었을 거다. 하지만 나는 부지런히 일만 했다. 눈

○

을 가늘게 뜨고, 다른 건 다 봐도 보는 절대로 보지 않았다.

난 우리 사이의 변화를 눈에 보일 정도로 느낄 수 있었다. 하지만 마커스와 론 아저씨는 우리를 변함없이 대했다. 그들에게는 이 장소에서 아무것도 이상한 게 보이지 않았기 때문이다. 나의 짧은 여름날은 오롯이 나만의 세상에서 흘러갔고, 내가 유일한 목격자였다. 비밀이 거짓말이 되면 다 이렇게 되는 거지, 이렇게 생각할 뿐.

바쁜 저녁 주문이 한차례 끝나자 주방 전체가 난장판이 됐다. 끝장을 본 푸드 파이트를 치르기라도 한 것 같았다. 론 아저씨가 조미료 코너에 물건을 채울 사람이 필요하다고 해서, 나는 기쁘게 그 일에 나섰다.

창고에 들어간 다음 문이 닫히기를 기다렸는데, 문은 닫히지 않았다. 그 이유도 난 알고 있었다.

"안녕."

보의 말에도 나는 돌아서지 않았다.

선반을 돌아다니며 홀로 가져갈 조미료를 쌓기 시작했다.

"내 말 좀 들어 줘. 너한테 말하려고 했어."

보가 말했다. 그 애가 몇 발짝 다가왔고, 내 목에 그 애의 숨결이 닿았다. 그 애는 손으로 내 손을 감쌌다. 방금까지 주방에서 비닐장갑을 끼고 있던 그 애 손은 말라 있었다. 그럼에도 불구하고 그 애는 나를 온통 빨아들였다.

"다만 말이 나오지 않았을 뿐이야."

그 애는 내 목덜미에 얼굴을 묻었다. 보의 코가 미처 묶이지 않고 삐져나온 머리카락 사이를 파고들었다.

"화내지 마."

"나, 나는 지금 말할 수가 없어."

어떻게 보에게 말해야 하는지도 알 수가 없었다. 우리 입술이 겹치지 않는 상황에서는 더더욱 말이다.

보가 내 목에 키스했다. 부드러운 귀 아래 살결에 입술이 닿았다.

"제발, 그만해."

나는 손을 홱 빼 들고 냅킨 상자와 조리도구, 양념통 박스를 가슴에 꼭 잡은 다음 보 옆을 휙 지나갔다.

"윌로딘."

내 이름을 되찾아 오고 싶었다. 우리가 처음으로 키스했던 그 순간, 저 애가 내 이름을 가져다가 자기 것으로 만들어 버린 그 순간을 지우고 싶었다.

"부탁이야."

그 목소리는 너무 조용했다. 시작도 하지 않은 싸움에서 이미 졌다는 걸 받아들인 것만 같았다.

야간 근무가 끝나갈 무렵, 나는 소금과 후추 통을 다시 채우기 시작했다. 그때 현관 종이 딸랑 울렸다. 마커스가 주문을 받게 놔뒀다. 그런데 마커스가 보를 불렀다.

"어이, 보. 네 친구들이 왔어."

나는 뒤로 슬쩍 돌아 콜린을 흘깃거렸다. 초여름에 보를 찾아왔

136

던 그 애였다.

"여긴 뭐 하러 왔어?"

보가 물었다. 기진맥진해 보였고 눈 밑에 다크서클을 달고 있었다. 콜린은 씩 웃었다.

"옛 친구가 뭐 하나 궁금해서 왔어. 네가 없으니까 홀리 크로스도 예전 같지 않을 거야."

"너흰 어떻게든 될 거야."

보는 짧게 대꾸했다.

"말이 나왔으니 말인데, 앰버가 안부 전해 달래. 걔는 잘 지내고 있어. 너랑 좀 떨어져 있던 게 잘된 일이었어."

여기까지 말하고 콜린은 어깨를 으쓱이더니 덧붙였다.

"사귀다 잠시 한눈팔 수도 있지. 뭐 어때."

"잘 지낸다니 좋네."

보는 이를 악물고 말했다.

"언제 한번 밤에 농구장에 들러. 옆에서 보면서 놀 수는 있을 거 아냐."

손끝이 왜 그런지 간지러웠다. 아래를 내려다보자 테이블에 소금을 온통 쏟아 버린 참이었다.

"제길."

그러자 두 애들이 다 나를 돌아봤다. 콜린은 미소를 지었다.

"아, 너 그때 봤었지. 이름이 뭐였더라?"

내가 입을 열어 대답하려던 순간이었다.

"윌. 쟤 이름은 윌이야."

보가 말했다.

윌로딘이 아닌 이름으로 날 부르는 보의 목소리에 너무나 마음이 아팠다. 나는 소금과 후추를 그대로 카운터에 남겨 두고 주방으로 들어가 쓰레기봉투를 잡았다. 발자국 소리가 나를 따라왔다.

"나랑 이야기 좀 해."

보가 말했다. 나는 대답 없이 뒷문을 열었다. 커다란 쓰레기 컨테이너에 다가서서 컨테이너 뚜껑을 열려고 했다. 한 번, 두 번, 세 번 모두 실패했다. 그러자 보는 내 위로 성큼 다가오더니 한 번에 뚜껑을 열었다.

"우리 이야기를 해야 하잖아."

그 애는 내가 꽉 쥐고 있던 쓰레기봉투를 가져다가 컨테이너에 던져 넣었다.

나는 땀이 솟은 손바닥을 허벅지에 문질렀다.

"무슨 이야기를? 그 여자애가 누군지 이야기할까? 응? 아니면 내가 너한테 뭐였는지? 여친이랑 잠시 헤어지고 홧김에 키스한 여자라고 이야기하려고?"

보는 한 발짝 내게 다가왔지만 나 역시 한 발짝 뒤로 물러서 거리를 유지했다. 약한 모습을 조금도 보여 주지 않을 작정이다.

"너한테 홧김에 그런 건 아니야. 알았어? 그런 게 아니었다고. 지금도 아니야. 그게 뭐냐면."

보의 목소리가 갑자기 확 낮아졌다.

"우리 사이가 서로 소통하면서 시작했던 건 아니니까."

"그래도 넌 나한테 홀리 크로스 고등학교에 다니지 않게 됐다는 말은 했어야 했어."

그 애는 족히 1분간 말이 없었다. 나는 그 침묵이 수긍의 표시라고 여겼다.

"왜 나한테 말 안 했어, 보? 왜? 내가 눈치채지 못하기를 바랐어?"

"아니야, 그런 게……."

나는 한숨을 쉬었다.

"이젠 상관없어. 대체 우리가 뭣 때문에 말싸움을 하지? 우리는 쓰레기 컨테이너 뒤에서나 학교 주차장에서 잠시 더듬었을 뿐이야. 그런 사이일 뿐인데 싸우고 뭐고 할 필요는 없지."

그러자 그 애가 나에게 손을 대었던 순간마다 내 안에 차올랐던 느낌이 전부 무가치해지기 시작했다. 마치 나는 충분히 좋은 여자가 아니었다는 듯. 충분히 예쁘지 않았다는 듯. 충분히 날씬하지가 않아서였다는 듯 말이다.

"난 네가 오해를 받고 있다고 생각했었어. 사람들이 널 이해 못해서 그런 거라고. 근데 내가 틀렸네. 너는 진짜 싸가지 없는 새끼야, 보 라슨."

나는 한 걸음 뒤로 물러섰다. 이 여름 동안 우리 사이를 팽팽히 당기던 선이 헐거워졌다. 엘렌에게 이걸 다 털어놓을 수 있다면 얼마나 좋을까.

"난 이제 네 비밀이 되고 싶지 않아."

17

○

개학 첫날이 돼서야 겨우 시간표를 훑어봤다.

지금은 2교시 수업 전에 엘렌을 기다리고 있다. 이번 학기에 걔랑 나랑 같이 듣는 유일한 수업이다. 두 번째 시작종이 울려서 어쩔 수 없이 혼자 들어가려는데, 저쪽 복도에서부터 엄청난 속도로 달려오는 엘렌이 보였다. 바로 뒤에 팀을 달고서.

"정말 미안!"

엘렌이 헉헉대며 말했다. 팀은 엘렌의 손을 한 번 꾹 잡은 다음 옆 교실로 급히 뛰어갔다.

"너희 뭐 하고 있었던 거야?"

그러자 엘렌은 눈썹을 휙 치켜뜨면서 어깨를 으쓱일 뿐이었다.

나는 고개를 저으며 엘렌을 따라 안으로 들어갔다.

안에는 빈자리가 딱 두 개뿐이었다. 하나는 엘렌이랑 같이 일하는 캘리의 옆자리였다. 걔는 엘렌에게 손짓하며 오라고 했다. 다른 자리는 교실 뒤편에 있는 긴 테이블로, 미치 루이스의 옆자리였다.

○

엘렌은 돌아서서 내게 속삭였다.

"미안해, 윌. 다음 시간에는 일찍 올게. 약속해."

하는 수 없이 교실 뒤편 미치 옆자리로 터덜터덜 향했다.

내가 앉자 미치는 자기 책가방을 끌어당겨 내가 테이블 끝에 여유 있게 앉도록 해 줬다. 미치는 몸집이 컸다. 배도 좀 나왔고 딱 벌어진 어깨는 웬만한 문틀보다 넓다. 하지만 사람들은 걔를 보고 뚱뚱하다고 하지 않는다. 오히려 운동 잘하게 생겼다고 하지. 그러니 걔가 센트럴 가톨릭 램스 고교 미식축구팀에 맞설 디펜시브 태클*로 활동하는 거다.

"안녕."

미치가 작게 속삭였다. 그 애의 억양은 할리우드 배우들이 쓰는 남부 영어다. 듣고 있으면 좀 매력적인 것도 같아.

"너 윌 맞지?"

나는 크리스핀 선생님을 바라본 상태로 고개를 끄덕였다. 선생님이 출석을 부를 때 못 듣는 일은 절대 있어서는 안 된다는 것처럼 보였을 거다.

"음, 우리 6학년 때 이후로는 같은 반이 된 적 없는 거 같은데. 내가 제대로 기억하는 건가."

"솔즈베리 선생님 반이었을 때 말이구나."

---

* Defensive tackle: 미식축구 팀의 수비 포지션 중 하나로, 대개 체격이 가장 크고 힘이 좋은 선수가 맡는다.

나는 미소를 지었다. 애가 제대로 기억하고 있다니, 놀라운데. 솔 즈베리 선생님은 최고의 선생님이었다. 내가 미치를 기억하는 것도 그 때문이다. 6학년 때 미치는 정말 멍청한 질문을 해 대는 아이였 다. 예를 들면 "왜 공기는 눈에 보이지 않아요?"라고 미치가 물어보 면 반 애들은 숨죽이며 킥킥 웃어 댔지만, 솔즈베리 선생님은 걔 말 에 대답했다. 게다가 선생님 설명이 어찌나 명쾌하고 좋았던지, 나 중에는 미치의 질문이 사실 그토록 멍청한 것만은 아니었다는 생각 마저 들 정도였다.

크리스핀 선생님은 첫날 수업을 하는 둥 마는 둥 끝냈다. 그리고 수업이 끝나는 종이 울리자 이렇게 말했다.

"너희 서로 인간관계에 별문제 없겠지. 그러니 오늘 앉은 자리가 그대로 이번 학기가 되는 걸로 알고 있으마."

반 애들이 전부 문으로 몰려가는 동안, 엘렌은 애들을 밀치고 나 한테 다가와 말했다.

"정말 미안해."

"우리 같이 수업 듣는 거 이거 하나잖아. 그런데 같이 앉지도 못 하게 됐네."

그 순간, 캘리가 애들을 요리조리 헤치고 와 우리의 말을 잘랐다.

"엘-벨, 너 C 강의실로 갈 거지?"

그러면서 캘리는 나에게 돌아섰다.

"안녕, 윌로."

나는 최대한 얼굴을 당겨 억지로 웃었다.

○

142

엘렌은 내 손을 꽉 잡았다.

"나중에 네 쪽으로 갈게. 알았지?"

그리고 세 걸음 걷다가 또 돌아서서는 나에게 말했다.

"있잖아, 내가 크리스핀 선생님한테 가서 좌석배정표 바꿔 달라고 할게."

하루 종일 보는 눈에 띄지 않았다. 신입생 강의실을 지나갈 때 걔 남동생을 봤을 뿐이다. 오늘 밤 아르바이트할 때는 결국 보게 되겠지만, 그래도 학교에서 안 본 게 어디야. 팀의 지프차를 찾아 주차장으로 향하면서 생각했다.

"윌!"

나를 부르는 소리에 뒤를 돌아봤다. 바글바글한 애들 사이로 불쑥 튀어나온 미치의 머리가 보였다.

"나랑 같이 가!"

걔가 날 따라오는 걸 보자 나도 모르게 미소가 지어졌다.

미치는 나와 발을 맞추며 말했다.

"저기, 너 그러니까 평소에 뭐 해?"

나는 그만 웃을 뻔했다. 어쩐지 솔즈베리 선생님의 임무가 오늘은 나한테 온 것 같군. 엉뚱한 질문에 어떻게 답해야 할지, 어깨가 무거운데.

"학교 다니는 거 말고?"

"그래."

"음. 나 아르바이트해."

이게 질문에 맞는 대답일까? 어깨가 다시금 무거워졌다.

"어, 그리고 또 TV를 보기도 해."

"어디서 일해?"

"하피스 햄버거 가게. 근데 왜?"

미치는 나를 앞서가더니 문을 열고서 내가 밖으로 나가도록 잡아 줬다.

"그게, 너랑 데이트하려면 어디를 가야 하나 알고 싶어서. 장소를 정하기 전에 네 취향을 좀 알아 둬야 할 거란 생각이 들었어."

"나랑 데이트한다고?"

미치는 줄지어 몰려드는 신입생 여자애들이 밖으로 나갈 때까지 계속 문을 잡고 있었다. 그래서 난 옆에서 기다렸다.

애 좀 보게. 매너 있네. 요즘 이런 남자 흔치 않은데.

"응. 이제 데이트하자고 물어보려고 해. 그러니까, 혹시 너만 괜찮다면 나랑 데이트하지 않을래? 그럼 정말 기쁠 거야."

"나…… 랑? 왜?"

"왜 너한테 데이트 신청하냐고?"

고개를 끄덕였다.

"그게, 넌 귀여우니까. 그리고 나랑 6학년 때 같은 반이었던 것도 기억하고 있잖아."

"알았어."

귀엽다는 말을 들었다고 해서 막 전율이 일지는 않았다. 그래도 남들이 평소에 날 불러 대는 말보다야 귀엽다는 게 좋긴 했다.

"예전에도 다른 여자애들한테 데이트 신청한 적 있니?"

"몇 번 있어."

"그때 여자애들이 그러자고 했니?"

나는 가던 길을 멈추고 미치 쪽을 바라봤다. 그리고 허공에 마구 손을 휘저었다.

"아니, 잠깐만. 있잖아."

순간 머릿속으로 창고에 있던 보의 모습이 확 스치고 지나갔다. 내 이름을 부르던 그 애 목소리가 들려왔다. 그때를 생각하자 완전히 끝났다는 느낌밖에 들지 않았다.

"그래. 알았어. 너랑 데이트할게."

미치는 손을 내밀어 악수를 청했고 나는 그 손을 잡았다. 그 애 손은 땀으로 끈적할 줄 알았지만 그렇지 않았다. 골디락스와 아기 곰의 침대*처럼, 우리의 손은 딱 맞아떨어졌다.

미치는 내 핸드폰 번호를 자기 핸드폰에 찍고는 문자할 테니 나한테도 자기 번호를 저장하라고 했다. 그리고 돌아서서 강당 바깥에 있는 사물함 쪽으로 떠났다.

이게 잘하는 짓일까? 모르겠다. 하지만 난 생각이 참 많은 애다. 그리고 지금은 보를 잊을 필요도 있다. 그러니 지금은 잊기에 괜찮

---

* 영국 전래동화로, 곰 세 마리의 집에 몰래 들어간 소녀 골디락스가 아기 곰의 침대에 자기 몸을 누이자 딱 맞아서 꿀잠을 잔다는 내용이다.

은 시작인 것 같아.

"월!"

순간 엘렌의 목소리가 귀청을 찢었다. 개는 2학년 주차장을 빠른 걸음으로 지나왔다. 엉덩이를 앞뒤로 마구 흔들며 걷는 모습이 꼭 올림픽 경보 선수 같았다.

"너. 지금. 뭐 했어."

나는 어깨를 으쓱였다.

"이 망할 년아. 너 쟤한테 번호 줬잖아."

팀은 엘렌 뒤를 따라왔다. 한 손에는 역시나 핸드폰을 든 채였다.

"잠깐만. 저거 미치 루이스 아니야?"

내가 뭐라 말하기도 전에 엘렌이 먼저 대답했다.

"아, 그러네. 그런데 이년이 저놈한테 번호를 줬다 이거지."

"쟤 완전 괴물이라던데. 스카우터들이 쟤한테 홀딱 빠져 있다고 들었어."

이건 클로버시티 고등학교에 다니는 괜찮은 미식축구 선수라면 누구나 듣는 이야기다. 때때로 이런 이야기는 사실보다 부풀려지기 마련이다. 이 동네에서 미식축구만큼이나 이런 소문을 몰고 다니는 건 미인대회뿐이다. 이 두 가지가 동네의 생명 줄을 이루고 있다고 할까? 나쁜 뜻으로 이런 말을 하는 건 아니다. 미인대회와 축구 때문에 이 자그마한 동네는 생긴 것보다 이름이 알려지고 뭔가 그럴 듯한 곳으로 변한다는 사실을 인정해야 한다. 경기장에 불이 켜질 때, 대회장 커튼이 올라갈 때, 우리는 자신의 가장 멋진 모습을 내보이게 되니까.

"쟤가 얼마나 축구를 잘하는지는 지금 중요한 게 아니야. 쟤는 패트릭 토머스랑 친구라고."

엘렌이 말했다.

"아 세상에. 그런 쌍놈은 아니었으면 좋겠는데."

내가 밀리를 구해 줬던 그날 이후, 아직도 패트릭 토머스를 볼 때마다 내 눈길은 고울 수가 없었다.

팀은 고개를 끄덕였다.

"맞아. 우리 어렸을 때부터 그 둘은 친구였어."

우리는 내 차로 걸어갔다. 팀은 여전히 핸드폰에 고개를 처박은 채로 우리 뒤를 졸졸 따라왔다.

"근데 말이야. 크리스핀 선생님 수업에서 지금처럼 앉아도 그렇게 나쁜 건 아니지 않을까?"

엘렌이 말했다. 애가 나랑 보 사이에 무슨 일이 있었는지 안다면, 내 양심을 대신해 말해 주겠지. 지금은 너무 이르다고. 먼저 보와의 사이를 극복해야 한다고 말이다.

나는 책가방 앞주머니에 손을 뻗어 차 키를 꺼냈다. 그리고 엘렌에게 말했다.

"그럴 수도 있겠지. 그래도 너랑 앉았으면 좋겠어."

"너희 둘 이번 학기에 같이 안 앉아?"

팀의 물음에 나는 엘렌을 가리켰다.

"응. 같이 못 앉아. 애 때문에. 교실에 너무 늦게 들어갔거든."

"미안해. 내가 미안하다고 하지 않았어?"

엘렌이 다시 말해서 나도 맞받아쳤다.

"뭐. 그래도 너는 캘리랑 앉으면 되니까."

"어우, 야. 너 이러기야?"

팀이 끼어들었다.

"하지만 자기야, 너도 알잖아. 캘리 걔는 진짜 짜증 나는 애라는 거 몰라?"

"너희 내 앞에서 그런 말 좀 그만해. 걔도 내 친구야. 알았어?"

"하지만 우리야말로 네 진짜 친구잖아."

팀은 입가를 올려 미소 지으며 덧붙였다.

"너는 다른 친구 사귈 필요 없어."

걔는 엘렌의 뺨에 키스했다. 나도 끼어들어 말했다.

"그래. 우리만 있어도 되잖아."

이건 내 진심이다.

엘렌은 나와 어깨를 슬쩍 부딪혔다.

"오늘 너랑 못 앉아서 서운했어."

"나도."

하지만 실은 엘렌이 바로 내 옆에 서 있는 지금 이 순간도 우리 사이는 멀게만 느껴졌다. 내가 볼 수도 없이 멀리 있는 것만 같다.

18

○

그날 밤, 일하고 있는데 휴대폰이 울렸다. 나는 마커스를 계산대에 남겨 두고 휴게실로 가면서 전화를 받았다.

"여보세요?"

"안녕. 나 미치야."

그러다 통화가 잠시 끊겼다 돌아왔다.

"데이트 때문에 전화했어."

전화로 듣는 목소리는 아까처럼 자신감 있지는 않았다. 그 목소리는 좀 귀여운 구석도 있었고, 약간은 허위 광고 같기도 했다. 하지만 어쨌든 말이야. 문자가 아니라 전화를 직접 하다니, 정말 상냥한 애 같네.

"아, 그래. 말해."

"이번 주 토요일 어때? 우리 첫 시합이 금요일에 있거든."

"응. 토요일 괜찮아."

"그래. 좋아."

휴대폰 너머로 그 애가 미소 짓는 소리가 들리는 것 같다.

"알았어. 그러니까 토요일에 하자. 하지만 그 전에 우리 학교에서도 볼 거 아니었니."

나는 그 사실을 짚고 넘어갔다.

"맞아. 그렇지. 그 전에도 보겠지. 학교에 가야 하니까. 그리고 토요일 전까지 내가 널 피해 다닌다면 좀 이상할 것도 같으니까."

나는 웃었다.

"응. 그래. 이상할 거야."

전화를 끊고 주방으로 걸어오면서 보가 팔짱을 끼고 조리대에 기대서 있는 곳을 지나쳤다. 그 애는 아랫입술을 깨물고서는, 내가 모퉁이를 돌 때까지 나를 계속 쳐다봤다.

그래서 난 기분이 좋았다. 보가 저러니까 기분이 좋았다고. 날 원하고 있지만, 가질 수는 없게 된 이 상황이 참 좋아.

야간 근무가 끝나고 나는 보와 마커스와 함께 가게를 나섰다. 론 아저씨는 아직도 급여명세서를 작성 중이다. 마커스는 여자친구의 차를 타고 몇 초 만에 휙 가 버렸다.

보는 아무 말도 하지 않았지만, 내가 차에 타서 주차장을 나가려 후진할 때까지 기다렸다.

나는 차를 몰아 출구에 있는 과속방지턱을 넘었다. 내 차의 불빛이 맞은편에 있는 칠리 볼 가게의 유리창을 비췄다. 유리 창틀 안에는 '사람 구합니다'라는 커다란 광고가 보였다. 칠리 볼이 남부의 대표적인 음식일지는 모르겠지만, 윌로딘 님의 의견은 다음과 같다.

'보기에도 개밥 같고, 냄새도 개밥 같으니까, 이건 개밥이다.' 거기서 일하느니 다른 곳을 얼마든지 찾을 수 있다는 것도 사실이고.

보가 내 옆을 지나쳤다. 나는 앞만 계속 바라봤다. 눈길에는 흔들림이 없었다.

지금 나는 칠리 볼 가게에서 매니저와 면접을 보려고 기다리고 있다.

이곳은 링컨 대통령 시대의 통나무집을 본떠 지어졌다. 비뚤배뚤한 통나무를 붙여 놓은 벽에는 지난 60년간의 클로버시티 동네의 역사가 담긴 사진이 붙어 있었다. 경기 끝나고 팬들이 뒤풀이로 파티를 벌이거나 베란다에서 맥주를 마시거나 독립기념일에 잔디밭에 온통 퍼질러 앉은 사진들이다.

건너편에는 떡하니 하피스가 있는데, 나는 스스로를 탓하며 부스 자리에 슬그머니 앉아 매니저를 기다렸다.

이건 다 보 때문이야. 5교시까지는 괜찮았단 말이야. 그때까지만 해도 나의 하루는 아주 좋았다고. 전날 야간 근무에서도 별일 없었기 때문에 스스로 너무 행복하던 참이었다. 첫날에는 아무 문제 없었다. 첫 데이트도 일정이 잡혔다. 게다가 보와도 다시 원만한 듯 원만한 것 같은 동료로 남을 수 있을 것 같았는데.

그런데 세계사 수업이 15분 지난 시점에 보가 반으로 접힌 노란색 종이를 갖고 교실에 들어오는 게 아니겠는가. 그건 전학 서류였다.

루비오 선생님이 말했다.

"여러분. 앞으로 함께 공부하게 될 보 라슨이에요. 올해 말까지 우리와 같이 수업할 겁니다."

밀리의 절친인 아만다는 내 옆에 앉아 있었다. 걔는 작게 휘파람을 불었다.

보는 내 자리에서 두 번째 줄 앞에 앉았다. 보는 의자에 앉으면서 뒤를 돌아보더니 나에게 대뜸 윙크를 했다.

"쟤 너랑 같이 일하는 애 맞지?"

아만다가 속삭였다.

"그래."

배 속 어딘가에 공포의 구덩이가 뚫렸다. 갑자기 구역질이 났다.

"쟤랑 같이 일하면 하던 일도 안 되겠다. 엉덩이가 복숭아 모양이야."

"뭐?"

내가 놀라 묻자, 아만다가 키득거렸다.

"쟤 엉덩이가 꼭 복숭아처럼 탐스럽잖아. 복숭아 엉덩이라고 불러야지."

방과 후에 나는 임무를 수행했다. 엘렌과 팀을 기다리지도 않았다. 곧바로 차에 타서 기어를 드라이브에 확 넣고 최대한 빨리 주차장을 빠져나갔다. 놀랍게도 가는 길에 보행자를 한 명도 치지 않았다.

그리하여 나는 칠리 볼에 와 버렸던 것이다.

"일하러 왔어요?"

스물다섯도 안 돼 보이는 남자가 내 앞에 털썩 앉았다. 검은 머리는 축 늘어진 채였다.

"난 알레한드로라고 해요."

나는 고개를 끄덕였다.

"네."

"여기 급료 개떡인데."

"일자리가 필요해서요."

"그래요."

그는 앞으로 몸을 숙였다. 여기에는 아무도 없는데 누가 들을까 봐 겁이라도 나는 모양이다. 이 사람은 걱정이 너무 많아서 일부러 이런 조용한 곳만 골라 일하는 사람인 것도 같았다.

"조건은 이래요. 혹시 경찰에 잡혀간 전과가 있어요?"

"아뇨."

"예전에 레스토랑에서 일한 적 있어요?"

"그런 셈이죠. 저 하피스에서 카운터 봤어요."

"그럼 됐네. 그리고 마지막으로 묻는데, 혹시 그 전 직장에서 잘 렸어요?"

"아뇨. 제 발로 나왔는데요."

그는 엄지손가락을 빙글빙글 돌리더니 몇 번 신중하게 숨을 내쉬었다.

"그럼 언제부터 일할 수 있어요?"

면접은 그렇게 끝났다.

나는 부스 좌석에 등을 댔다. 하피스 밖으로는 론 아저씨가 쉬면서 길가에 앉아 담배를 피우고 있었다. 아무 예고 없이 대뜸 그만두

는 게 나쁜 짓 끝았지만, 니는 일주일에 나흘 밤이나 보를 두고 볼
수는 없었다.

나는 대답했다.

"지금부터요."

론 아저씨의 사무실은 열려 있었다. 아저씨는 카키색 반바지에
센트럴 가톨릭 고등학교 클럽 후원회에서 제작한 폴로셔츠 차림으
로 책상에 앉은 채였다.

"월."

"저기, 말씀드리고 싶은 게 있는데요."

나는 문을 좀 더 열었다. 경첩이 삐걱거렸다.

"무슨 일이냐, 얘야."

나는 숨을 들이켰다 내쉬었다.

"저 그만두려고요."

아저씨는 입을 꾹 다물었다. 숱 많은 눈썹도 같이 찌푸려졌다. 이
유가 궁금하다는 기색이 비쳤지만, 아저씨는 이렇게만 말했다.

"무슨 일 있었어?"

나는 고개를 저었다.

"유니폼은 빨아서 돌려 드릴게요."

아저씨는 고개를 끄덕였다.

"천천히 돌려줘라."

보랑 있을 때도 든 마음이었는데, 나는 내심 아저씨가 날 좀 붙잡

아 주기를 바란다는 걸 깨달았다.

하지만 우리는 아무 말도 하지 않았다.

"이제까지 감사했습니다. 일할 기회를 주셔서요."

나는 어색한 침묵을 깨며 이렇게 덧붙였다.

"음. 여기서 널 볼 수 없어서 그리울 거다."

아저씨가 말했다.

나는 집으로 차를 모는 내내 아무 말도 하지 않았다. 열어 둔 차 창으로 바람이 몰려들었다. 내 머릿속 생각은 그저 바람에 쓸려 사라졌다.

19

○

금요일 학교가 끝나자 나는 엘렌 집으로 갔다. 우리가 거실 탁자 앞에 앉아서 과자를 한 봉지 나눠 먹는 동안, 엘렌의 엄마는 스크랩북을 만들 재료를 늘어놨다. 탁자 위로 늘어놓은 것은 드라이버 부인이 온갖 모습의 돌리 파튼으로 변신한 사진들이었다. 나는 청바지에 손가락을 문질러 닦고서 사진 하나를 찬찬히 바라봤다. 소매에 치렁치렁 술이 달린 스웨이드 코트와 딱 맞는 청치마 차림의 드라이버 부인이었다. 부인의 머리는 돌리 파튼의 초기 활동기처럼 매끄럽고 둥그스름했다.

"이 사진 좋네요."

내가 말하자 드라이버 부인은 내 어깨에 손을 얹었다.

"아, 나도 이거 좋아해. 내가 제일 좋아하는 머리란다. 오데사에 사는 드래그 퀸이 날 위해서 저 가발을 스타일링해 줬어. 제대로 만드는 데 일주일이나 걸렸지."

엘렌은 바닥까지 끌리는 빨간 스팽글 드레스를 입은 엄마 사진

○

을 골랐다.

"파마머리 멋지네, 엄마. 아주 시크해."

"엘렌 세이디 로즈. 저것 때문에 돈이 얼마나 많이 들었는지 넌 몰라. 시크함에는 돈이 필요한 법이지."

부인은 엘렌의 목덜미를 긴 손톱으로 간지럽혔다.

엘렌이 키가 크고 늘씬한 반면, 엘렌의 엄마는 아담하고 몸매가 풍만했다. 하지만 머리카락을 배배 꼬거나 아랫입술을 씹거나 빨대로 뭘 한 모금씩 마실 때마다 후루룩거리는 걸 보면 둘은 닮았다.

"이거, 이 사진 가져가."

드라이버 부인은 몇 년 전 자신과 루시 이모가 함께 찍은 사진을 내게 줬다. 두 사람은 '하이드어웨이'라는 네온사인 간판 앞에 서 있었다. 그 뒤로는 담배를 피우는 사람들이 한가득했다. 무슨 바 아니면 클럽 같아 보이는 그곳은, 어딘지는 모르겠지만 루시 이모 혼자서는 절대로 갈 수 없는 곳이 분명했다. 드라이버 부인은 딱 맞는 멜빵바지에다 안에는 빨간 셔츠를 받쳐 입었다. 루시 이모는 항상 입고 다니는 펑퍼짐한 원피스 중 하나를 입었지만, 눈가에는 파란색 아이섀도를 발랐다. 이모가 화장한 모습을 처음 봤다. 드라이버 부인은 루시 이모의 가장 용감한 부분을 끄집어낸 거다. 루시 이모가 드라이버 부인에게 중요한 존재라는 건 알고 있었지만, 루시 이모에게 드라이버 부인은 생명 줄이나 다름없었다.

사진을 책가방 앞주머니에 넣었다. 이 사진이 너무 마음에 들었지만, 동시에 마음이 아프기도 했다. 드라이버 부인은 완벽하게 돌리의 모습인 반면, 뚱뚱하고 허여멀건 다리와 납작한 머리를 한 루시 이모는 어쩔 수 없이 상대적으로 슬퍼 보였기 때문이다. 얼룩진 파란색 아이섀도가 말없이 의미하는 건 이모가 언제나 되고 싶어 했던 상상 속 자신의 모습일 테지. 턱을 아무리 당당하게 쳐들어 봤자, 이모가 슬퍼 보인다는 사실은 변함없었다. 그런 생각에 나는 배신자가 된 느낌이었다.

엘렌이 말했다.

"엄마, 근데 왜 엄마는 미인대회에 한 번도 나간 적이 없어?"

그건 나도 언제나 궁금했었다. 드라이버 부인은 평생토록 어마어마하게 꾸미고 앞에 나서는 삶을 살지 않았던가. 대회에 참가했더라면 상대방을 압살했을 텐데.

부인은 어깨를 으쓱였다.

"나도 그 생각은 했었어. 아마 이 동네 사는 여자애들이라면 한 번씩은 다 대회에 나가고 싶어 했을걸. 하지만 그때 나는 지금과 같지 않았단다. 예전의 난 미인대회에 참가해도 되겠다 싶은 만큼 스스로에 대한 자신감이 전혀 없었어."

부인의 목소리가 가라앉았다. 혹시 내가 올해 유독 미인대회에 짜증을 내는 이유가 이 때문은 아닐까. 대회에 참가하는 애들은 스스로에 대한 자부심이 있어야 한다. 그래서 자신이 경쟁을 할 자격이 있다고 말하는 거다. 누가 뭐래도 그런 자신감을 가질 수 있다니 놀랍다. 난 그런 게 없어서 전에 없이 이토록 불안해하는 것인지도 모르지.

엘렌은 과자를 한 움큼 집어 입 속에 욱여넣고 말했다.

"위층으로 올라가자."

나는 과자를 그릇에 담아서 엘렌 방으로 따라갔다. 우리는 침대에 서로 반대로 누웠다. 걔는 머리를 침대 발치에 두고, 나는 베개 더미에 머리를 뒀다.

"너 근데 하피스 그만둔 거야? 갑자기?"

걔는 입 안 가득 과자가 든 채로 우물거리며 물었다.

"칠리 볼 가게에서 사람을 구하더라고."

"칠리 볼 가게는 항상 사람을 구하잖아."

엘렌이 톡 쏘아붙였다. 나는 과자에 손을 뻗었다.

"몰라. 그냥 유니폼 입는 게 짜증 났어."

엘렌은 이런 이유에도 충분히 납득했다. 이 말을 듣자 더는 묻지 않고 주제를 좀 더 흥미진진한 걸로 바꿨으니까.

"그래서 넌 언제 데이트해?"

"내일."

"떨리니?"

"그런 것도 같고? 하지만 별로 떨리지는 않아."

"미치라니. 난 생각도 못 했어. 너 정말 걔 좋아해?"

"그래. 음, 그러니까, 나는 뭔가 새로운 게 필요했잖아."

나는 엘렌의 베개를 하나 꺼내 얼굴을 파묻었다.

"내가 싫었다면 데이트 신청을 거절했을 거야."

"새로운 거라고? 하지만 넌 키스해 본 적도 없잖아."

엘렌은 내 신발 끈을 엉성하게 묶으며 말했다.

"걔는 네 타입 아닌 것 같던데."

내 속은 죄책감으로 온통 뒤덮였다. 지금 와서 보에 대해 말할 수는 없었다. 그러기엔 너무 늦었고, 더 이상 할 말도 없었으니까.

"나한테 타입 같은 건 없어."

"있을 거야. 아직 모를 뿐이지."

그 후에 다시 집으로 돌아왔을 때, 가장 먼저 눈에 띈 것은 루시 이모 방에 켜져 있는 불빛이었다.

나는 잠시 차 안에 앉아서 마음을 가다듬었다. 저 방에서 지금 엄마가 뭘 하고 있든지 그냥 둬야겠지. 하지만 그럴 수가 없었다. 차에서 키를 확 뽑아 들고 뒷문으로 쿵쿵대며 걸어갔다. 라이엇은 미닫이 유리문에 몸통을 비비고 있었다. 내가 처음 들은 소리는 2층에서 울려 대는 올리비아 뉴튼 존의 노래였다.

나는 파우치백을 탁자에 두고 계단을 올라갔다. 라이엇이 달려와서 나보다 몇 발자국 앞서 계단을 뛰어올랐다.

대체 무슨 광경을 보자고 올라가는 걸까. 하지만 분명 지금 모습은 아니었을 거다. 엄마는 카드놀이를 하는 탁자에 앉아 있었고, 루시 이모의 가구는 전부 벽에 밀어 놓은 상태였다.

"이게 뭐 하는 거야?"

나는 엄마에게 확 쏘아붙였다. 내가 태어난 이후로 이모의 방 벽에 줄곧 붙어 있던 돌리 파튼의 액자들은 서랍장 끝에 쌓여 있고,

루시 이모의 연분홍빛 레코드플레이어 위에는 엄마의 아이팟이 떡 하니 자리 잡았다.

이건 최악의 시나리오였다.

"음, 난 언제나 재봉실이 필요했잖아. 우리 벌써 이야기하지 않았니. 내 방에는 이제 뭘 둘 수가 없어."

엄마는 눈을 가늘게 뜨고 재봉틀을 바라보며 솔기를 박음질했다.

"엄마 방이라고? 엄마가 온 집을 다 쓰고 있으면서."

"네가 속상하다는 건 알겠어, 만두야. 왜 모르겠니. 하지만 이 방을 무덤처럼 놔둘 수는 없어. 이젠 극복해야지. 루시도 이해할 거야."

엄마는 콧날 위로 안경을 올려 썼다.

'이모는 몰라도 내가 이해하지 않아.'

"하지만 엄마는 물건을 전부 옮겨 놨어. 그냥 있는 그대로 내버려 두고 일할 수는 없는 거야? 왜 음반도 다 치웠어? 대체 왜 이랬어?"

"얘, 저 음반들은 너무 오래됐잖아. 저 브로마이드도 이제 떼어 버려야 해. 벽에 액자 자리마다 네모 얼룩이 졌으니까."

나는 음반을 품에 있는 대로 들고서 복도를 지나 내 방으로 가져왔다. 할 수만 있었다면 방문도 쾅 닫았을 텐데. 침대에 음반을 놓은 다음 남은 것들을 가지러 돌아갔다.

"만두야. 너……."

나는 휙 돌아섰다. 먼지 쌓인 음반이 가슴에 눌렸다.

"엄마는 이모의 흔적을 지우려는 것 같아."

"그런 거 아닌 거 너도 알잖아."

엄마는 바늘을 입으로 물고 중얼댔다.

"엄마는 대체 지금 뭐 하는 거야?"

"무대배경 만들어. 올해 주제는 '텍사스: 을매나 멋지게요?'거든."

엄마는 연필로 빨간 새틴에 표시를 했다.

"그런데 넌 지금 아르바이트 가야 하지 않아?"

"그만뒀어."

"그만뒀다고?"

엄마 목소리가 평소보다 높아졌다.

엄마는 페달에서 발을 뗀 다음 긴 새틴 조각을 쭉 펴서 재봉틀에 넣었다.

내 평생 미인대회는 내 삶의 모든 부분을 침범했지만 그래도 이 방만큼은 예외였다. 내가 루시 이모와 함께 살던 이 공간 안에서는 아무도 대회 왕관이나 어깨띠 같은 건 신경 쓰지 않았으니까.

"여기서 돼먹지 못한 옷이나 만들고 있는 엄마는 부끄러워해야 마땅해. 자유의 여신상이나 입을 법한 옷을 만드는 게 뭐 그리 어렵다고 여길 치워? 어깨에 천 조각이나 좀 두르면 되는 거 아니야?"

목소리가 뚝뚝 끊어졌다. 나는 눈을 크게 떴다. 깜빡이기라도 하면 뺨 위로 눈물이 후드득 떨어져 내릴 것만 같았으니까.

재봉틀은 계속 단조로운 리듬으로 끊임없이 소리를 냈다. 한 땀 한 땀 그 소리는 점점 커져만 갈 뿐이었다. 쉼 없이 움직이는 바늘 소리가 내 머리를 탁탁 울려 댔다. 마치 내가 박살 나 버리기를 기다린다는 듯이.

"만두야."

재봉틀 소리 너머로 엄마가 소리쳤다. 지금 내가 한 말은 아무렇지도 않았나 보다.

"진정하고 아래층에 내려가서 찬물이라도 한 잔 마셔."

가슴에서 절망감이 성큼 차올랐다. 어떻게든 엄마를 이 방에서 내보내고 싶다.

나는 서랍장으로 성큼성큼 다가가 맨 위 서랍을 확 당겼다. 그리고 주저하지 않고, 완전히 빼낸 서랍에다 손에 잡히는 대로 물건을 넣었다. 대부분 음반이었다.

"월로딘 딕슨. 너 그 서랍장 고장 냈으면 알아서 해라."

"이모가 죽은 것만으로는 부족하지? 응?"

나는 소리쳤다.

"엄마는 이모의 흔적이 전부 사라졌으면 좋겠지? 그래서 이 방에서 이모를 찾아볼 수 없게 되면 행복해지겠어?"

마침내 재봉틀 소리가 멈췄다. 엄마는 일어섰지만 아무 말도 하지 않았다.

나는 서랍을 들고 내 방으로 들어가 문을 쾅 닫았다. 먼지가 공중에 자욱하게 일어서 콧구멍이 간지러웠다. 나는 음반에다가 세게 재채기를 했다.

"몸조심해."

엄마가 복도에 서서 말했다. 그 목소리가 너무 작아서 듣지 못할 뻔했다.

20

○

    미치와의 데이트 준비는 마치 끔찍한 메이크업쇼를 보는 것처럼 내 방에서 이뤄졌다. 엘렌은 나한테 온갖 종류의 옷을 다 입혔다. 8학년 졸업식에서 입은 원피스부터 엄마가 지난 크리스마스 선물로 사 준 하늘하늘한 시폰 꽃무늬 튜닉까지 말이다.

    "이걸 입으면 정말 성숙해 보이는구나."

    엄마는 이렇게 말했었다.

    하지만 나한테는 칭찬으로 들리지 않았다.

    우리는 결국 청바지에다 검은색과 흰색 줄무늬 셔츠를 입고 내 어두운 금발을 어깨 위로 풀고 가기로 결정했다.

    미치에게 5시에 날 데리러 오라고 했다. 우리 엄마가 6시까지 미인대회 이사회 회의에 참여하기 때문이다. 엄마는 분명 '숙녀가 되는 방법'과 '남자애들이 여자애랑 대화할 때 듣고 싶어 하는 말' 같은 게 뭔지 설교를 해 댈 텐데, 정말 듣고 싶지 않았다. 그리고 물론, 아직 엄마한테 화가 풀리지도 않았고.

뒷문을 걸어 잠근 다음 우리 집 우체통 옆 길가에 앉았다. 저쪽 모퉁이에서 차가 오는 소리와 냄새가 모두 느껴졌다. 미치는 오래된 마른 서버번을 몬다. 그 차는 5년간 검사 같은 건 받지 않았을 게 분명하다. 미치는 내 앞에 차를 세우더니 엔진이 덜덜대며 멈추는 동안 잽싸게 내렸다.

"내가 늦었니?"

그 애는 한 손으로 나를 들어 올렸다. 정말로 나를 들더라.

"아니. 하나도 안 늦었어."

"네가 여기 앉은 걸 보고, 난 내가 늦은 줄 알았어. 보통 남자들은 데이트할 여자애 집에 현관으로 들어가잖아."

그 말에 나는 엄지손가락으로 우리 집 현관문을 가리키며 말했다.

"아, 우리는 현관문 안 써. 몇 년 전에 고장 났거든."

미치는 고개를 옆으로 슬쩍 숙였다.

"음. 너 오늘 정말 멋있어 보여."

"너도 그래."

내 말대로 미치는 정말 멋있었다. 걔는 본인한테도 엄청 길어 보이는 버튼다운 셔츠에다 빳빳한 청바지 차림이었다. 주름이 한 줄 졌다면 더 완벽했을 텐데 말이지. 그리고 부츠란 걸 다 신었다. 영화에서 보듯 끝이 뾰족한 카우보이 부츠가 아니라, 앞이 둥근 작업화 부츠였다. 우리 할머니는 항상 말씀하시곤 했지. 부츠가 깨끗한 남자는 절대로 믿어서는 안 된다고.

미치의 차 앞 좌석은 먼지가 끼고 구석구석 보풀이 일긴 했지만 그럭저럭 깨끗한 편이었다. 하지만 뒷좌석은 온갖 종류의 옷들이 산더미처럼 쌓여 있었다. 위장복과 부츠가 어찌나 많던지. 그리고 패스트푸드점 컵들도 잔뜩 널렸다.

미치는 나를 미스터 장의 중국 궁전이라는 중국집으로 데려갔다. 그곳은 오래된 쇼핑센터 안에 있는 동네 맛집이다. 쇼핑센터에는 급전을 빌려주는 캐피털 사무실과 보험 판매 대리점 그리고 직원들에게 자유의 여신상 복장을 입히는 세무사 사무소 들이 있다.

사장은 우리를 무지개 빛깔 부스 좌석으로 안내했다. 그 자리는 무슨 〈인어공주〉에서 애리얼 공주와 인어 자매가 모여 놀 것 같은 거대한 조개껍데기 모양이었다. 놀랍게도, 미치는 나랑 마주 앉지 않고 내 옆에 와서 앉았다. 그래서 나도 모르게 입에서 "어라" 하는 소리가 나와 버렸다.

종업원이 마실 것 주문을 받으러 오자 미치가 물었다.

"저기요. 그 조그맣고 바삭바삭한 거 있잖아요. 그거랑 오렌지 소스 좀 주실 수 있어요?"

"음, 알겠습니다."

종업원이 대답했다. 그녀는 내가 신입생이었을 때 본 적 있는 나보다 한 학년 선배였다.

종업원이 자리를 뜨자, 미치는 나를 바라봤다.

"난 어렸을 때 중국집이 정말 싫었어. 여기는 식전 빵이나 크래커를 주지 않으니까. 그래서 엄마는 항상 나 먹을 그 바삭한 걸 시켜 줬거든."

나는 어쩔 수 없이 미소 지었다.

"완탕피 튀김 말이구나. 그렇게들 부르더라."

"맞아. 그거 맛있지 않냐."

우리는 말없이 메뉴를 봤다. 종업원이 음료를 갖고 오자, 미치는 내 쪽으로 몸을 숙이고 귓가에 속삭였다.

"너 먹고 싶은 거 아무거나 시켜."

순간, 솔직히 메뉴판에 있는 음식 가격이 전부 똑같다는 거 안 보이냐고 말하고 싶었다. 하지만 그러지 않고 고맙다고 했다.

종업원이 주문을 받고 가자, 미치는 완탕피 튀김을 내 쪽으로 내밀었다.

"먹을래?"

나는 고개를 저으며 대답했다.

"나 너희 어젯밤 경기 이긴 거 봤어."

미치는 고개를 끄덕였다.

"아슬아슬하게 이기긴 했지만, 이긴 건 이긴 거지."

우리는 또 말이 없어졌다. 이 지역 라디오방송 채널이 스피커에서 들려왔고, 우리의 발이 서로 부딪쳤다.

미치는 주먹을 대고 기침을 했다.

"내가 보기에 엘렌 드라이버가 네 절친 같던데. 맞지?"

나는 물컵에 손을 뻗었다. 입에 빨대가 잘 잡히지 않아서 좀 헤맸다.

"응. 걔가 내 절친이지."

나는 루시 이모와 드라이버 부인에 대해서 간단히 설명하고, 돌리 파튼이 우리를 맺어 줬다는 걸 알려 줬다.

"넌 그러니까 돌리 파튼의 광팬이구나? 그런데 그 가수 나이 너무 많지 않냐?"

'첫 데이트 때 바보가 되지 않는 방법' 같은 책이 혹시 서점에 있나 모르겠다. 그런 책이 있다면, '돌리 파튼 덕후라고 덕밍아웃하기'를 해도 된다고는 쓰여 있을 리가 없다. 그러나 나는 돌리에 대한 충성심을 떨쳐 버려선 안 된다는 굳건한 마음에 사로잡혔다.

"좋아. 솔직히 말할게. 맞아. 나는 돌리 파튼의 광팬이야. 하지만 그 전에 먼저 네가 돌리 파튼 팬들에 대해 알아 둬야 할 게 있어. 그건 바로 우리는 미쳤다는 거야. 그리고 우리 가운데에서도 미친 정도는 다 제각각이라, 차이가 엄청나. 그러니까 그 안에서 다른 팬들과 비교하자면, 나는 대부분의 팬들보다는 덜 미친 편에 속해. 팬중에는 평생을 바쳐서 돌리 파튼의 도자기 인형을 만드는 사람도 있거든. 또 어떤 팬들은 직업도 가족도 다 내팽개치고 돌리 파튼을 따라다니기도 해."

"알았어."

미치는 눈썹을 모으며 말했다. 그걸 보니 지금 애는 정말로 이해하려고 애쓴다는 생각이 들었다.

"근데 그러면 너는 어느 정도야? 1부터 10까지 정도를 나누면, 너는 몇이야?"

"1부터 10까지 따졌을 때, 그러면 10이 완전히 미친 거지? 음, 내가 보기에 엘렌이랑 나는 4 정도야. 아니, 5 정도 되나? 드라이버 부인은 8은 거뜬히 되지. 하지만 9까지는 아니야. 돌리처럼 성형수술을 하시지는 않았거든. 앞으로 하실지는 아무도 모르지만. 그리고 우리 루시 이모는 7 정도였어."

"정도였다고? 왜 과거형으로 말해?"

이모에 대한 기억은 내 속으로 가라앉아서 뼛속 깊이 새겨졌다.

"과거형일 수밖에. 이모는 작년 10월에 돌아가셨거든."

미치는 허리를 펴고 똑바로 앉았다.

"아. 이런. 어, 고인의 명복을 빌어."

"고마워. 지금은 괜찮아."

나는 완탕피 튀김을 집었다.

"너는? 너는 누구랑 제일 친해?"

'제발 패트릭 토머스라고 하지 마. 제발 패트릭 토머스라고 하지 말라고.'

미치는 오른손 손마디를 우두둑 꺾더니 곧이어 왼손 마디를 꺾었다.

"우리 팀 애들과는 모두 친하다고 할 수 있지. 안 친해지기가 힘들잖아. 하지만 제일 친한 애라면 패트릭 토머스야."

나는 입술을 꾹 깨물고는 5초를 세며 뭔가 할 말을 찾아냈다. 하나…… 둘…… 셋…….

"너 움찔했네."

미치의 말에 나는 고개를 저었다.

"뭐? 아냐. 안 그랬어."

미치가 웃었다.

"아니. 움찔했잖아. 괜찮아. 진짜로."

나는 어깨를 축 늘어뜨렸다.

"알았어."

그리고 다시 자리를 고쳐 앉아 미치를 좀 더 제대로 바라봤다.

"이건 그러니까 걔가 좀……."

"짜증 나는 놈이지."

"그래. 맞아. 그런데 너는 아니잖아."

"나는 걔를 평생 알아 왔어. 가끔 나는 내가 어렸을 때 알던 패트릭이랑 지금 패트릭이랑 정말 똑같은 애인지 생각해 보기는 해. 근데 내 기억으로는 그놈은 어렸을 때부터 짜증 났어."

나는 미치의 말을 이해했다. 누군가를 참 오랫동안 알고 지내다 보면 다른 사람과는 다른 시선으로 그 사람을 보게 된다. 하지만 지금의 모습이 어떻든 상관없이 예전부터 쭉 친구였던 사람 사이는 뭔가 특별하다. 서로를 함께 묶어 주는 공통점을 어렵잖게 찾을 수 있으니까. 어쨌든, 미치의 인간관계를 두고 내가 이러쿵저러쿵할 건 없다는 생각이 들었다.

"그래. 뭔지 알겠어."

미치는 어깨를 으쓱이고는 손가락으로 탁자를 두드렸다.

"음…… 너는 어떤 휴일이 제일 좋아?"

"독립기념일이 제일 좋아."

미치는 냅킨으로 이마의 땀을 닦았다.

"나는 핼러윈을 아주 좋아해."

순간, 종업원이 휙 다가와 우리 앞에 계란탕을 한 그릇씩 놨다.

"나는 핼러윈 싫어해."

난 언제나 그랬다.

엘렌은 핼러윈을 아주 좋아해서 매년 새로운 파티에 나를 끌고 갔다. 하지만 어렸을 때 니는 내 몸에 맞는 의상을 찾을 수가 없어서 언제나 엄마나 루시 이모의 옷장을 샅샅이 뒤져 나온 옷으로 분장해야 했다. 일단 내 살을 벗어 내기 전에는 다른 존재로 변신하는 마법 따위를 할 수가 없는 법이랄까? 5학년 때, 엄마가 날 현대 영국 여왕으로 분장시켜서 내 머리를 높이 꼬아 올리고 하얗게 칠한 다음 우중충한 노란색 정장을 입혔던 걸 끝으로 난 핼러윈을 거부했다. 우리 반 여자애들은 모두 공주님이나 팝 스타나 마녀 분장을 하고 왔다. 그렇지 않아도 뚱뚱한 애들은 평소에 맞는 옷을 찾는 것도 힘들어 죽을 지경인데. 거기다가 핼러윈 옷 때문에 스트레스를 또 받을 이유가 뭐냔 말이다.

"핼러윈의 재미를 모르다니 안타깝네. 진짜 재밌는데."

나는 미치에게 왜 핼러윈을 싫어하는지 이야기하고 싶었다. 얘도 진짜 몸집이 큰 애니까 어쩐지 내 말을 이해할 것 같았다. 하지만 이걸 어떻게 말해야 할지도 모르겠고, 내 속마음을 한 꺼풀 벗기고 미치에게 보여 줄 준비가 됐는지도 알 수가 없었다. 얘가 엄청 몸집 큰 애라고 해서 '뚱뚱한 여자애의 속마음'을 까발려도 괜찮을 거란 보장은 없잖은가.

우리는 말없이 계란탕을 마셨다. 이윽고 서빙하는 애가 우리 음식을 가지고 왔다. 식사를 마치자 미치는 음식값을 전부 5달러짜리 지폐로 계산했다.

우리 집에 도착하자, 미치는 차에서 먼저 내리더니 조수석 문을 열어 줬다.

"저녁 식사 고마웠어."

"밥 사 줄 수 있어서 나도 좋았어."

미치는 손을 내밀었다. 나는 그 손을 잠시 바라봤고, 미치는 내 손을 꼭 잡고 흔들었다.

"음, 잘 자."

이렇게 나의 첫 데이트가 끝났다. 돌리 파튼과 천국에 간 이모, 내가 가장 좋아하는 휴일, 제일 친한 친구 그리고 악수까지. 이제 나는 올해 수업 시간에 미치의 옆에 앉아야 하겠지.

엘렌에게 전화를 걸어서 상세하게 말할 마음도 나지 않다. 쓰레기 컨테이너 옆에서 보와 껴안고 있던 게 이 데이트보다 훨씬 로맨틱했다. 내가 기준이 엄청 높은 건 아니라고 생각한다. 하지만 뭔가 딱 케미가 통했으면 좋겠다는 마음이 나쁜 거야? 불꽃이 조금이라도 튀어서, 단 10분간이라도 이 세상에 우리 둘만 있는 것 같다고 느끼고 싶단 말이야.

집 안에 들어가자 엄마는 식탁에 앉아 전화 통화를 하면서 알아볼 수 없는 글씨를 적고 있었다.

"등록을 다 받아야 댄스 안무를 정할 거 아냐."

엄마는 잠시 말을 멈췄다.

"그래. 네 능력이야 믿지. 하지만 올해는 전부 새로운 인물이라고, 주디스. 그리고 난…… 아니, 잠깐만."

엄마는 손으로 전화기를 막고서 나를 돌아봤다.

"너 집에 데려다준 사람 누구니?"

"친구야."

전화기 너머로 주디스 씨는 미인대회 댄스 안무를 두고 계속 불평을 해 댔다. 그 안무가 그냥 점잔 빼며 걷는 거랑 다를 게 없어 보인다나.

"나 잘게."

위층에 올라간 나는 루시 이모의 음반에서 아무거나 뽑아 턴테이블에 얹었다. 그리고 레코드 바늘이 돌리의 목소리를 따라 리듬을 타는 모습을 지켜봤다.

21

○

어젯밤은 칠리 볼 가게에서 일한 첫날이었다. 아무도 오지 않았다. 정말로 아무도 칠리 볼 가게에 들어오지 않았다는 뜻이다. 나의 첫 근무시간이 이렇다면, 계산해 봤을 때 이 가게가 전기세를 대체 어떻게 내는 건지 놀라울 지경이었다.

야간 근무가 끝나자, 알레한드로가 문을 잠그고서 코로 한숨을 쉬며 말했다.

"아직 칠리 먹을 때가 아니라서 그래."

그렇다 해도 지금이 아닌 다른 때에 칠리 볼이 잘 팔릴 거란 생각은 들지 않았다. 텍사스 남부는 계절이 딱 두 가지뿐이란 말이다. 미치도록 더운 계절과 그만큼은 아니라도 여전히 더운 계절밖에 없다고.

어젯밤 내내 어색하기 짝이 없는 데이트를 떠올려 보는 것 말고는 달리 할 일이 없었기 때문에, 나는 최근에 내린 결정의 장단점을 목록으로 만들어 봤다.

칠리 볼에서 일하는 것의 장단점

장점

- 청바지를 입을 수 있다. 앞부분에 지퍼가 달린 폴리에스터 원피스를 입지 않아도 된다.
- 난 칠리를 좋아하지 않는다. 그래서 앞으로도 칠리를 먹고 살찔 일은 없을 거다.
- 보를 안 봐도 된다.
- 술 취한 10대들이 문 닫기 5분 전에 와서 칠리를 달라고 주문할 일은 없다.
- 청소가 거의 필요 없다. 여기에는 아무도 오지 않으니까.
- 조용하다.

단점

- 내 몸에서 칠리 냄새가 난다.
- 근무시간이 적어서 돈을 못 번다.
- 보를 볼 수가 없다.
- 너무 조용하다.

어딜 가든 보가 있었다. 그 빨간 입술이 어디든 아른거렸다. 5교시가 되면 그림자처럼 그 애의 눈길이 나를 따라붙었다. 가끔 지금 뭐 하는 건지 생각하지도 않고 정처 없이 복도를 헤매다가 보를 발견하고서 깜짝 놀라기 일쑤였다.

그뿐만이 아니었다. 실은 내 마음은 날 죄다 배신해 왔으니까. 눈을 깜빡일 때마다 내 잘못만 보였다. 요술 거울 앞에 선 것처럼 내 몸은 기괴하다. 엉덩이는 너무 크고, 허벅지는 너무 굵다. 몸에 비해서 머리가 너무 작다. 올여름이 오기 전까지는 난 이 몸을 하고서도 언제나 행복했었다. 심지어 이 몸이 자랑스럽기도 했다고.

그러다 보가 나타난 거다. 그 애 트럭에서 우리가 키스한 다음부터 나 자신이 부서져만 갔다. 그 애의 살결이 내 살결에 닿을 때마다, 내 속에서는 있는지조차 몰랐던 온갖 의심들이 솟아났다.

보가 떠나 버리면, 이런 느낌도 없어질 거라고 생각했었다. 하지만 그 느낌은 여전히 남아 있어서, 지금 할 수 있는 것이라고는 애써 무시하는 것뿐이다.

나는 루비오 선생님에게 화장실에 다녀오겠다는 허락을 받았다. 급한 건 아니었지만, 교실에서 나가고 싶었다. 5교시가 되기만 하면 머릿속에서 온갖 소리가 시끄럽게 울려서 그 한 시간이 끔찍한 지옥 같았다.

금속과 땀이 섞인 아로마 향 때문에 온 감각이 얼얼했다. 그 상태로 복도를 지나 가장 가까운 화장실로 갔다.

세면대 앞에서 얼굴에 물을 뿌리고 있었는데 갑자기 문이 활짝 열리면서 누군가의 목소리가 들려왔다.

"저기요?"

"음, 네?"

나는 페이퍼 타월을 뽑으면서 대답했다.

"월로딘?"

보가 화장실 문을 잡고서 복도를 돌아보고 있었다.

"여기 누구 있어요?"

"너 지금 뭐 하는 거야? 여기 여자 화장실이야!"

"너랑 이야기하러 왔어."

보는 화장실 안으로 들어왔다.

"여기 다른 여자애들 있으면 어쩌려고 이래."

그 애는 고개를 저었다. 그러니까 갈색 머리가 살랑 흔들렸다.

"누가 있었다면 지금쯤 목소리가 들렸겠지."

"여기서 나가."

"5분만 내 줘."

나는 무거운 한숨을 쉬고서 문에 기대섰다. 혹시라도 누가 들어오면 안 되니까.

"뭔데?"

"너 그만뒀잖아. 나 때문에 그랬어?"

보는 팔짱을 끼고서 나와 멀찍이 섰다. 나는 포니테일을 풀고서 머리카락이 흐트러지게 뒀다. 그러자 보가 대뜸 물었다.

"너 지금 나랑 키스하고 싶어?"

"뭐? 아니야. 대체 왜 그런 말을 하는 거야?"

"그럼 다시 머리 묶어."

멍하니 입을 벌리고 보를 쏘아봤다. 또 무슨 할 말이 있겠지.

보는 시선을 피하지 않았다.

"나 진심이야."

나는 고개를 홱 숙인 다음 머리를 포니테일로 묶었다. 이러면 얼굴에 피어난 홍조가 가슴까지 내려온 걸 볼 수 없을 테니까. 이를 악문 채로 손목에서 머리 끈을 빼내 머리를 묶고 이제는 얼굴이 빨갛지 않기를 바라며 다시 고개를 들었다. 고개를 이렇게 위아래로 쳐들어서 얼굴이 빨개진 거라고 생각해 주면 좋겠는데.

"있지. 너는 어쩔 수 없이 나랑 같은 수업을 듣잖아. 근데 우리 사이는 잘 안 됐고. 하지만 나는 학교에서 널 보는 것도 모자라서 아르바이트하러 가서도 널 볼 수는 없어."

"우리 사이가 잘 안 됐다고? 아니야. 네가 일방적으로 끝냈잖아. 나는 아무런 선택지가 없었어."

"아니. 넌 선택지가 분명히 있었어. 여름 내내 나한테 말할 수 있었단 말이야."

하지만 그건 나도 마찬가지긴 했다.

"어쨌든, 나는 그렇게 지낼 수가 없어. 알겠어? 난 못 해."

보는 고개를 저었다. 하지만 그 애는 결국 이곳을 떠났다.

나는 손을 씻고 또 씻었다. 머릿속을 울려 대는 잡음을 억지로 씻어 버리고 싶었다.

그런데 장애인 화장실 칸막이 문이 확 열리는 게 아닌가. 심장이 그만 쿵 떨어졌다. 해나 퍼레즈다. 말처럼 어마어마한 뻐드렁니가 입 속에 가득한 여자애. 그 애의 워커가 타일 바닥에 쾅쾅 울리더니 결국 내 옆에 섰다. 해나는 거울에 비친 내 모습을 바라보면서 수도 꼭지를 틀었다.

해나가 사람들에게 나와 보 사이를 소문내면 어떡하나? 무서워해야 할까? 하지만 현실이란 게 참 슬프게도 해나 같은 여자애의 말은 아무도 들어 주지 않을 거다. 물론 완전히 들켜 버렸다는 느낌은 지울 수가 없었지만 말이다.

나는 손의 물기를 닦지도 않은 채 그냥 청바지에 쓱 문지르고 화장실에서 나왔다. 복도로 나오자마자 난 이제껏 숨이 막혔다는 듯 크게 숨을 들이쉬었다.

22

○

"안 돼, 제발. 이러지 마."

나는 핸들에 머리를 얹고서 다시 시동을 걸어 봤다.

"아 제발 조오옴!"

앉은 채로 핸들에 머리를 쾅 부딪쳤지만, 나의 사랑스러운 차는 그저 경적만 빽 울릴 뿐이었다.

차는 조금도 움직이려 하지 않았다. 나의 사랑스러운 아기 자동차 졸린은 그만 죽고 말았다. 화요일 아침, 온 우주가 날 미워하고 있다.

손에 도시락통을 든 엄마가 차도로 나와서 엄마 차로 가는 모습을 지켜봤다. 엄마는 검지에 붙은 딱딱한 인조 손톱으로 내 차 창문을 두드렸다. 한 번. 두 번.

내가 조금도 움직이지 않자, 엄마는 차 문을 활짝 열었다.

"가자. 내가 학교까지 태워다 줄게."

나는 머리 받침을 뒤통수로 쾅 치고는 한숨을 쉬었다. 엄마가 뭐래도 지금은 얼마든지 한숨을 쉬어도 되는 상황이다.

"너 지금 많이 속상해서 그런 거지?"

엄마는 본인 차 쪽으로 걸어가며 내 쪽을 돌아보고 소리쳤다.

"내가 브루스한테 네 차 좀 봐 달라고 전화할게. 그렇게 세상 떠나가라 한숨은 제발 쉬지 마. 그래 봤자 좋을 거 하나 없어."

엄마랑 학교 가는 내내 들은 라디오는 옛날 노래 아니면 기독교 방송이었다. 우리는 그다지 종교적인 가족은 아니지만, 그래도 교회에 다닌다는 건 엄마의 특징이었다. 내가 보기에 종교적 의미는 전혀 없고, 그저 엄마의 사교 모임 중 하나일 뿐이다.

학교에 도착하자 엄마는 차 대는 곳에 나를 내려 줬다. 거기는 신입생들과 차 없는 애들이 잔뜩 모여 있는 곳이다.

"집에는 엘렌 차 타고 올 수 있니? 엄마는 미인대회 회의가 있어."

"응. 내가 알아서 갈게."

학교로 들어가는데 엄마 목소리가 들렸다.

"만두야! 만두야! 너 핸드폰 두고 내렸어!"

온몸이 쇠막대기처럼 쫙 굳었다. 여드름 난 남자애 몇이 킥킥 웃었다. 엄마가 날 부르는 별명이란…… 아, 그만하자. 날 만두라고 안 불렀던 적이 언제였는지 기억도 나지 않는다. 어쨌든 난 별 신경 쓰지 않았으니까. 아예 생각 자체를 하지 않았다. 하지만 집 밖에서 부를 만한 별명은 정말 아니잖아. 안 그래? 사람들이 다 듣고 있는 앞에서 만두라는 소리를 듣고 싶어 하는 사람이 세상에 어딨어?

나는 재빨리 차로 다가갔다. 엄마는 핸드폰을 건넸다.

"집 밖에서는 제발 만두라고 부르지 마. 알았어?"

엄마는 미소를 지었다.

"그냥 애칭인데 뭘 그래. 오늘 저녁은 혼자 먹어. 응?"

나는 고개를 끄덕였다.

"요즘 미인대회 시즌이라."

엄마는 이렇게 덧붙였다. 이걸 설명이랍시고 말하면 다인가.

핸드폰을 받아 들고 재빨리 인도로 올라섰다. 학교 입구 쪽 기둥에 기대서 있는 패트릭 토머스가 보였다. 그놈은 씩 웃었지만, 그건 그냥 비웃음이 아니라 뭔가 있었다. 차라리 내 모습이 안 보였으면 좋겠다. 하지만 그놈은 날 봤다. 방금 내 별명을 뭐라고 만들었을까. 그게 무엇이든 결국 나한테 달라붙겠지.

2교시가 끝나자 미치는 복도로 나를 따라왔다.

"안녕. 어제 너한테 문자 몇 번 보냈는데. 우리 일요일에 만나서 놀면 어떨까? 영화 같은 거 보면 어때? 원래는 토요일에 보고 싶었는데, 감독님이 토요일에 모여서 다음 주에 있을 경기 전에 영상을 보자고 해서서."

나는 계속 걸었다. 미치는 내 손을 잡고 날 세웠다.

"미치, 네 여자친구야?"

신입생 중 하나가 손나팔을 만들어 소리쳤다.

"우리 사귀는 거 아니거든!"

나는 버럭 소리를 질렀다.

미치의 얼굴이 빨개졌다.

나는 손을 확 잡아 빼고는 반대 방향으로 걷기 시작했다. 스스로가 너무 끔찍한 인간이란 기분이 들었다. 하지만 오늘은 운수가 너무 사나웠다. 게다가 미치랑 내가 친구 이상이 될 수도 있다는 식으로 상대하고 싶지 않았다.

물론 그래도 미치에게 나중에 미안하다고는 해야겠지.

"월!"

미치가 뒤에서 나를 불렀다.

나는 돌아서지 않았다. 그런데 모퉁이를 지나는 순간 들려오는 소리란.

"어이, 만두!"

패트릭 토머스는 만두라는 말을 한 글자씩 강조해서 외쳤다. 그놈은 내 머리 너머를 가리키며 씩 웃었다.

"게다가 미치까지! 야. 드디어 네 덩치에 맞는 여친을 찾았구나."

이제껏 살아오면서 날 놀려 대는 못된 놈에게 어떻게 반응해야 하는지 나름 많이 알고 있었다. 놀림받고 운 건 2학년 때 딱 한 번뿐이었다. 울어 봤자 더 심한 놀림을 받는다는 걸 깨달았으니까.

언제나 루시 이모는 놀려 대는 놈들을 무시하라고 했다. 그런 놈들은 관심을 먹고 사는 종자이기 때문에 아무런 반응을 보이지 않으면 제풀에 지쳐 사라질 거라고 했다. 나는 그 말이 대부분 사실이라고 여겼다. 하지만 패트릭 토머스는 아무런 이유 없이 지껄이는 부류의 싸가지였다. 저놈은 자기 목소리를 높여 대는 걸 좋아했다.

내가 마음먹고 그쪽으로 다가가자 패트릭 얼굴에 깜짝 놀란 기색이 살짝 스쳤다. 걔가 밀리 미첼척의 차 밖에 서서 돼지 울음소리 내던 생각이 났다. 교정 신발을 신은 아만다 럼바드가 프랑켄슈타인 같다고 지껄여 대던 것도 기억났다. 하지만 아무도 그 애들을 위해 패트릭 토머스에게 맞서지 않았다. 걔들이랑 비슷하게 놀림받던 해나 퍼레즈조차 말이다. 이놈이 붙이는 별명마다 꼬리표처럼 떨어지지 않는다. 하지만 나는 이놈이 날 만두라고 부르게 두고 볼 수는 없다. 절대로.

이놈의 가랑이 사이를 무릎으로 확 찼다. 애는 무방비 상태였다. 곧바로 패트릭의 표정이 일그러지더니 온몸의 피가 아래로 쏠린 모습이 됐다. 애는 조그만 강아지처럼 깽깽 비명을 질렀고, 나는 그만 두 손으로 입을 막았다.

나 역시 애만큼 놀랐으니까. 머릿속으로 상상한 건 이런 장면이 아니었다. 이놈에게 직접 걸어가서 그 얼굴에다 손가락을 흔들며 내가 이놈을 어떻게 생각하고 있는지 말해 주려고 했었단 말이다. 하지만 내 온몸을 사로잡은 건 이런 원초적인 방어기제였다.

'아니야. 우리는 이놈을 두고 볼 수 없다고.'

미치는 내 어깨를 잡아당겨 뒤로 끌었다. 선생님들이 몰려왔고, 나는 반대 방향으로 끌려갔다.

이거 큰일 난 게 분명하군.

23

○

엄마는 심하게 화를 냈다. 거기다 실망도 하고, 또 하여튼 여러 안 좋은 기분을 모두 갖고 있었다. 하지만 엄마 기분이 어떤지 알아내는 건 그만뒀다.

엄마가 핸들을 어찌나 세게 잡고 있던지, 손톱이 손에서 확 튀어나오지 않는 게 용할 지경이었다. 윌슨 교장 선생님 방에서 나온 엄마는 무슨 달리기라도 하듯 손님용 주차장으로 걸어갔다. 나는 그 뒤를 뛰어서 따라갔다.

우리는 아무 말도 없이 집으로 왔다. 엄마는 차 속도를 줄이지도 않고 집 앞 진입로로 불쑥 들어가 그만 울타리를 들이받을 뻔했다.

차가 완전히 멈춰 서기도 전에 나는 차 문을 열고 내려서 뒷마당으로 달려갔다. 그리고 엄마가 뒤에서 바로 따라오고 있는데도 유리문을 확 닫았다.

소파에 털썩 앉자 곧바로 라이엇이 내 무릎에 똬리를 틀었다.

"넌 외출 금지야."

엄마는 이제껏 한 번도 외출 금지령을 내린 적이 없었다. 단 한 번도 말이다. 날 때린 적도 없었다. 내가 천사같이 얌전한 애는 아니긴 해도, 벌받을 짓을 한 적은 전혀 없었기 때문이다.

나는 라이엇을 내 옆 쿠션에 올려놓고 일어섰다. 앞으로 벌어질 일이 무엇이든 죄 없는 고양이까지 말려들게 두고 싶지는 않았다.

"왜? 그놈이 그 끔찍한 별명으로 날 부르지 못하도록 막은 게 죄야? 엄마가 내 평생 부르던 그 별명이 얼마나 지긋지긋한지 몰라?"

내 목소리가 좁은 집 안에 쩌렁쩌렁 울렸다. 엄마는 허리를 팔로 감싼 채 고개를 저었다. 관자놀이 근처에 흰 머리카락이 보였다. 엄마의 흰머리를 본 건 처음인데.

"넌 너무 예민하게 굴고 있어."

"그럴지도 모르지. 엄마는 모를 수도 있겠지만 이건 한낱 뭣 같은 별명 때문만이 아니라고. 그보다 훨씬 더 쌓인 게 많단 말이야. 엄마는 앞으로도 대놓고 인정하지는 못하겠지만, 나는 알아. 엄마는 엄마 딸이 이런 모습인 게 싫은 거야."

나는 팔을 미친 듯이 휘저었다.

"너 지금 그게 무슨 소리니?"

"모른 척하지 마. 난 다 안다고. 엄마가 살 빼기 리얼리티쇼를 틀 때마다, 최신 유행 다이어트에 성공해서 살을 쫙 뺀 엄마 친구 이야기를 할 때마다 난 그게 무슨 뜻인지 알아. 우리 식료품 저장소를 채울 때마다 내가 거기 있는 거 다 먹어 치웠는지 아닌지 항상 집에 와서 확인하잖아."

엄마 턱이 부르르 떨렸다. 바로 이 순간에 엄마가 울지도 모른다고 생각하니까 더욱 분노가 치솟았다.

"난 네가 행복하길 바라."

"난 지금도 행복하거든."

나는 한 글자 한 글자를 아주 또렷이 발음했다. 지금 내 말이 얼마나 진실인지는 나도 모르겠다. 하지만 여기서 5킬로그램을 뺀다 한들, 아니 50킬로그램을 뺀다 한들 현실이 얼마나 바뀔지는 상상할 수가 없었다. 살을 뺀다고 루시 이모가 그립지 않을까. 보에 대한 내 감정을 정확히 알 수 있게 될까. 점점 멀어지는 엘렌과의 사이를 좁힐 수 있을까.

"그렇게 생각하는 건, 네가 잘 몰라서 그런 거야. 넌 너무 많은 기회를 놓치고 있어."

엄마는 내 쪽으로 한 걸음 더 다가오며 덧붙였다.

"남자애들이랑 데이트도 하고 그래야 하잖아. 그런 건 전혀 못 하고 있잖아."

나는 손으로 얼굴을 문질렀다.

"엄마, 지금 나랑 장난해? 몰랐다면 지금 똑똑히 알아 둬. 내 문제는 남자로 해결할 수 있는 게 아니야."

"난 그냥……."

엄마는 말하다 말고 입을 다물었다.

"엄마, 나도 정말로 남자랑 데이트하고 싶어. 남친 갖고 싶다고. 나 역시 남친 사귈 수 있는 애야. 엄마는 못 한다고 생각하겠지만."

내 목소리는 진심처럼 들렸다. 정말 진심으로 느껴졌으면 좋겠다.

엄마는 손을 내저었다.

"넌 엄마가 어렸을 때 루시가 하던 말을 똑같이 하는구나. 무슨 말을 해도 있는 그대로 받아들이질 않고 오해하지."

나는 주저하지 않고 고개를 저었다.

"아냐, 엄마. 루시 이모가 했던 말은 오해가 아니야. 다만 엄마 말이 얼마나 우스운지 알려 주려 했던 거라고."

"지금 이게 루시랑 무슨 상관이 있니, 안 그래? 루시는 죽었어. 루시가 살아온 방식에는 너한테 득될 게 전혀 없어. 네가 네 이모를 그토록 이상적으로 생각하지 않았으면 좋겠어."

엄마는 눈물을 그렁그렁 달았다. 하지만 좀처럼 흘러내리지 않았다.

"너도 알잖아. 걔가 살만 뺐더라면 아직도 살아 있었을 거야."

지금 내 몸은 악당이나 마찬가지였다. 엄마는 내 몸을 그렇게 보고 있다. 내 몸은 감옥처럼 더 좋고 날씬한 나를 가두고 있었다. 하지만 엄마는 틀렸다. 루시 이모는 몸 때문에 불행한 적이 한 번도 없었다. 난 언제나 어떤 모습의 이모이든 영원히 사랑할 거지만, 이집에 숨어서 박혀 살았던 건 루시 이모 본인의 결정이었다.

"나도 한때는 뚱뚱한 여자였어. 너도 알잖아. 나랑 루시 둘 다 그 랬지."

"그 이야기는 충분히 들었어, 알겠어? 엄마가 고등학교 들어가기 전에 어떻게 살을 뺐는지 낱낱이 들었다고. 그래, 참 잘했어. 살 빼고 이 조그마한 동네 미인대회에 나가서 우승했잖아. 정말로 왕관을 타 올 만큼 성공했지. 그래서 대학도 안 가고 번듯한 직업도 없었지만 괜찮다 이거구나. 지금은 그저 노인네들 밑이나 닦아 주고 있지만 말이야. 그런 건 상관없겠지. 왜냐하면 엄마는 날씬해져서 그놈의 모조 보석 왕관씩이나 탔으니 말이야! 참 자랑스러우서."

엄마의 뺨 위로 한 줄기 눈물이 흘러내렸다.

"맞아, 하지만 그렇게 말하는 너는 어떤데. 넌 그런 엄마보다 뭐가 그리 잘났는데."

엄마는 눈물을 닦았다.

"루시 이모가 나한테는 진짜 엄마였어. 엄마는 죽었다 깨어나도 그렇게는 못 할 거야."

엄마는 입을 꾹 다물었다.

"일 나가지 마. 외출도 하지 마. 학교 정학 기간이 풀릴 때까지 아무것도 하지 마. 6시에 올게."

나는 위층으로 올라갔다. 라이엇이 내 발 옆으로 따라왔다. 침대에 모로 눕자 책상 위에 둔 핸드폰 진동이 울렸다. 문자가 계속 왔다. 모두 엘렌이 보낸 거겠지. 협탁에 놓아뒀던 매직 8볼을 집어 품에 안았다. 내 마음속에는 묻지 않은 질문들이 아주 많아. 제발 그 질문들에 전부 답해 줘.

24

○

온종일 방 안에 박혀 있었다. 우리 집의 낡은 배수관 소리를 들어
보니 엄마가 일을 마치고 와서 설거지를 시작한 모양이다. 이어지
는 나무 바닥 소리에 엄마가 2층에 왔다는 것도 알았다. 엄마는 자
기 방에 들어가기 전에 내 방문 앞에 그림자를 드리웠다. 닫힌 문과
바닥 사이로 새어 들던 빛이 어두워졌다.

라이엇은 기지개를 켜고서 앞발로 내 가슴을 민 다음 침대에서
뛰어내려 방문에 몸을 비볐다. 내가 움직이지 않자, 고양이는 야옹
거렸다. 자기의 이해심이 바닥나고 있으니 어서 열라는 뜻이었다.

문을 조금 열어서 라이엇을 내보낸 다음 불을 켰다.

거울 속에는 축 처지고 울긋불긋한 얼굴의 내가 있었다. 서랍에
서 펜을 하나 집어다가 내 팔에 메모를 했다. 알레한드로에게 전화
해서 내가 앞으로 이틀 동안 못 갈 것 같다고 말하자. 며칠 근무해
보니까, 내가 좀 빠진다고 해서 크게 문제될 건 없어 보였다.

소리를 내지 않으려고 조심하면서 불 꺼진 아래층으로 내려갔

○

다. 그리고 큰 잔에 물을 가득 채워 세 번 만에 비웠다. 바보 같았지만, 엄마는 내가 울 때마다 물을 마셔야 한다고 말했다. 그건 엄마의 변함없는 치료법이었다. "진정하고 물 한 잔 마셔라, 만두야"라고 했었지. 내가 말라서 쭈글쭈글해지기 전에 눈물로 쏟아 버린 수분을 보충해야 한다는 것처럼 말이다.

다시 위층에 올라가자 매직 8볼은 내가 놓아둔 그대로 침대 위에 있었다. 마침 또 폰이 울려서 결국 집어 들었다.

엘렌   세상에. 괜찮아?

엘렌   나 여덟 번이나 전화했어. 내가 전화 싫어하는 거 너도 알잖아. **전화해. 문자를 하든지. 못 하겠으면 연기라도 피워. 모스부호라도 쳐.**

엘렌   패트릭 토머스 일 진짜야? 팀한테 그놈 죽여 버리라고 할게.

엘렌   저녁 먹고 팀이 죽여 버리겠대.

엘렌   야. 나 지금 진짜 걱정하는 중인 거 알지?

문자를 쳤다. '난 괜찮아. 그냥…….' 하지만 이내 그만두고 그만 통화 버튼을 눌렀다. 지금 나한테 필요한 건 절친뿐이었으니까. 수화기 너머로 전화벨이 한 번 길게 울리지도 않았는데 엘렌은 얼른 전화를 받았다.

"개짜증. 어우, 진짜 짜증."

"야."

내가 먼저 제대로 말을 걸었다. 갈라진 목소리가 핸드폰 스피커에 울렸다.

"괜찮아? 무슨 일이야?"

폰에다 대고 한숨을 쉬었다. 이래도 혼나지 않는다고 생각하니 좋았다. 이윽고 엘렌에게 설명했다. 엄마가 학교 앞 차 대는 곳에서 날 만두라고 불렀는데, 거기에 1교시를 기다리는 신입생들이랑 패트릭 토머스가 있었다고. 그리고 복도에서 있었던 사고를 이야기했고, 몸집이 커서 소심해져 버렸던 건 난생처음이었다고도 말했다. 엘렌은 욕도 하고, 날 달래기도 하면서 하여튼 내가 올바른 결정을 내렸다고 온 힘을 다해 말해 줬다.

엘렌은 '그 좆만 한 9학년 애새끼들'에 대해서 한참 열변을 토하다가 패트릭이 운전면허 시험에 너무 많이 떨어져서 만 18세가 될 때까지 시험에 응시할 수 없게 됐다고도 수다를 떨었다.

엘렌에게 엄마와 싸운 이야기도 했다.

"그래서 나 이번 주말까지 정학이잖아. 그때까진 학교 애들이 이 소동을 전부 다 잊고 지나간 일로 봐 줬으면 좋겠는데."

순간 엄마가 TV 보는 소리가 뚝 끊겼다.

"그리고 나 외출 금지 당했어."

"우아. 알았어. 오늘은 진짜 최악의 날이다, 그렇지? 하지만 좋은 쪽으로도 생각해 봐. 오늘이 최악의 날이었으니까 내일은 좀 나아질 거야. 확 티는 안 나더라도."

나는 웃었다. 웃으니까 기분이 좋았다.

"그런지는 두고 봐야지."

가슴에서부터 하품이 나왔다.

"우니까 왜 이리 피곤하냐. 이해가 안 가네."

"아드레날린인가 뭔가 때문이야."

"올, 너 똑똑함."

"있잖아. 지금 말하고 싶지는 않겠지만 그래도 좀 물어보자. 너 나한테 데이트 어땠는지 하나도 이야기 안 해 줬어."

"그래. 음, 근데 별로 말할 게 없어. 정말 엄청나게…… 아무런 일이 없어서."

"으, 뭐야. 나 미치한테 너무 기대가 컸나 봐."

"내일 아침에 이야기하자."

엘렌이 말했다.

"야. 내가 너 사랑하는 거 알지. 그리고 돌리 노래 좀 들어. 그러면 분명히 기분이 좋아질 거야."

25

。

정학 기간 내내 소파에서 빈둥대며 보냈다. 학교가 끝나면 엘렌은 내가 해야 할 숙제를 가지고 우리 집에 와서 엄마가 오기 전까지 있다 갔다. 우리는 말없이 TV를 봤다. 실은 엘렌에게 학교는 어땠는지, 혹시 나에 대해 누가 뭐라고 하지는 않았는지 묻고 싶었지만 그러지 않았다. 팀은 엘렌을 여기에 두고 왔다가 또 데리러 왔지만, 안으로 들어오지는 않았다. 나는 팀이 예전에도 좋았지만, 나와 엘렌이 몇 시간이라도 둘이서만 있을 수 있도록 집에 들어오지 않아 준 게 그렇게 고마울 수가 없었다.

처음에 엄마와 나는 각자의 시간표를 가지고 살았다. 저녁이 되면 집 안을 빨간 선으로 분리하고 서로의 영역을 지키려는 것처럼 굴었다. 내가 방에서 나오면 엄마가 눈앞에서 사라지고, 엄마가 방에서 나오면 나는 내 방으로 들어갔다. 하지만 점차 우리의 동선은 천천히 가까워져서, 토요일이 되자 엄마는 나한테 말도 걸었다.

"나는 오늘 하루 종일 미인대회 회의가 있어. 참가 접수 준비를 갖춰야 해서. 냉장고에 참치 샐러드 있다."

이건 휴전까지는 아니라도 확실히 대화의 물꼬를 튼 거였다.

미치는 나에게 몇 번 문자했다. 그때 미안했다며, 패트릭은 입이 싸다며. 나는 그 일을 별로 말하고 싶지 않다고 답했다. 하지만 미안해야 할 쪽은 나라는 걸 난 알고 있었다.

오늘 엘렌은 종일 일한 다음 바로 파티에 갈 거라서 나는 혼자 남겨졌다. 집에 너무 오래 갇혀 있다 보니 벽지가 움직이는 것처럼 보일 지경이었다.

토요일 오후에는 재미있는 TV 프로그램이 왜 하나도 없는 걸까. 정말 싫다. TV조차 토요일이면 좀 나가서 사람답게 인간관계를 쌓아 보라고 등을 떠미는 것 같다. 프로그램 편성표 짜는 사람들은 토요일에 외출 금지를 당해 본 적이 한 번도 없는 걸까.

어쩌면 이게 지루함일까. 하지만 그때, 루시 이모의 방이 나를 세이렌처럼 유혹했다.

이모의 침대 위로는 할머니가 손수 만든 이끼색과 크림색의 완벽한 퀼트 담요가 발치에 개켜져 있었고, 구석에는 엄마의 스팀 다리미가 있었다.

루시 이모가 쓰던 협탁을 뒤지자 신문 기사 스크랩이 몇 개 더 나왔다. 대부분 엄마가 나온 기사였다. 엄마는 언제나 「클로버시티 트리뷴」에 등장한다. 신문 편집장과 몇 번 데이트했었던 것도 같지만, 결국 그는 자기 옷을 세탁하던 여자애와 결혼했다.

두꺼운 신문 기사 스크랩북은 엄마가 왕관과 드레스 차림으로 찍은 흐릿한 사진으로 가득했다. 매년 같은 드레스를 입고서 옆에는 서로 다른 미스 틴 블루 보닛과 함께 포즈를 취했다. 서랍 저 구석까지 뒤져 보자 빛바랜 가방이 하나 나왔는데 그 안에도 역시 온갖 종이가 들어 있었다. 계약서와 팸플릿, 영수증 따위였다. 그러다 우연히 아무것도 기입하지 않은 미인대회 참가신청서가 눈에 들어왔다. 1994년도 신청서였다. 우리 엄마가 97년도에 우승했으니 이건 3년 전 거였다. 엄마는 그때 너무 어려서 참가할 수 있는 나이가 아니었다. 그러니 엄마 것일 리 없다. 루시 이모는 미인대회가 웃긴 장난 같은 거라고 여겼었다. 아니, 내가 이모가 그렇게 여긴다고 생각했었다.

우리 이모는 소심한 여자가 아니었지만, 제일 날씬했던 때였더라도 미인대회에 나가는 모습을 상상할 수는 없었다. 신청서를 바라보며 이모의 손 글씨가 적혀 있는 모습을 상상했다. 신청서는 우선 기본 사항을 묻고 있었다. 이름, 생년월일, 주소. 하지만 다른 항목을 보자 나는 주춤거리고 말았다. 키, 몸무게, 머리색, 눈동자색, 진로 희망 그리고 장기자랑.

머릿속으로 이게 대체 뭔지 어떻게든 추론해 보려고 했지만 소용없었다. 여기엔 답이 없었다.

이 특별한 서랍에 마지막으로 남은 건 빨간색 벨벳 상자였다. 안에는 크리스마스 장식품이 들었다. 무지갯빛 광택이 나는 하얀색 공 장식품에는 둘레를 따라 빨간 입술 무늬가 찍혔고, 돌리의 금색 서명도 나란히 프린트돼 빛나는 디자인이었다. 이건 루시 이모가 언제나 가고 싶어 했던 돌리우드*에서 파는 기념품이었다. 예전에 엘렌의 엄마인 드라이버 부인은 직장에서 경품으로 항공권을 받은 적이 있었는데, 그분은 두 장의 티켓 중 한 장을 곧바로 루시 이모에게 건넸다. 그래서 두 분은 언제나 꿈꾸던 돌리우드에 갈 수 있게 됐다.

두 분은 신나서 계획을 세웠다. 호텔도 알아보고 차도 빌렸다. 드디어 여행 당일, 세 시간을 달려 가장 가까운 공항에 도착했는데 문제가 터졌다. 비행기 좌석이 루시 이모 몸에 맞지 않기 때문에 좌석을 하나 더 사야 한다는 통보를 받은 거다. 항공사 측은 친절했지만 단호했다. 결국 너무 창피해진 이모는 두 자리를 차지하며 비행기를 타느니 그냥 집으로 돌아오는 편을 택했다. 드라이버 부인은 루시 이모를 위해 바로 이 장식품을 사다 줬다. 딱 봐도 이건 비싼 거였다. 금속 걸쇠 대신 빨간 벨벳 리본으로 다는 거였으니까.

오래된 신청서와 장식품을 가지고 내 방으로 터덜터덜 돌아왔다. 그리고 오후 내내 신청서를 조사한 결과 놀라운 사실을 알아냈다. 대회 참가 기준은 단 두 가지였다. 17세에서 20세 사이일 것, 부모님의 동의를 받을 것. 그 밖에는 아무런 제한이 없었다. 머릿속으로 전부 따져 본 결과, 마음이 복잡해지기만 했다. 대회 참가 기준이 너무 간단하잖아? 따져 보면 참가 가능한 여자애들은 아주 많은

---

* Dollywood: 가수 돌리 파튼이 운영하는 테마파크로, 테네시주에 있다. 이 테마파크에는 각종 놀이 기구와 더불어 돌리 파튼이 직접 공연하는 무대, 돌리 파튼 박물관 등이 있다.

거 아냐?

순간 터무니없는 생각이 하나 떠올랐다. 그 생각을 제대로 따져 보기도 전에, 신청서를 내 서랍장 맨 마지막 칸에 넣었다.

뒷문에서 들려오는 엄마 목소리가 온 집 안에 울렸다.

"걔는 어쩜 우리 위원회의 정식 회원이면서 그런 말도 안 되는 생각을 하는 건지 모르겠어. 미안하지만, 우리 지역 정서로는 아직 오프닝 무대에 베이욘세 노래를 쓰면 안 된다고."

나도 모르게 피식 웃음이 나왔다. 지금 비욘세를 '베이욘세'라고 발음한 건가.

"베이욘세 노래 중에 얌전한 곡이 있기도 하겠지. 걔도 그렇게 말했으니까. 하지만 난 후폭풍 감당 못 해."

나는 침대에 털썩 앉았다. 라이엇이 아래층에서 터벅터벅 올라와서는 내 앞에서 쭉 기지개를 펴며 기다렸다. 결국 나는 고양이의 턱을 긁어 줬다.

"뭐, 준비가 됐든 안 됐든, 참가 신청 기간이 벌써 이번 주야."

엄마의 통화 소리가 들렸다. 나는 협탁에 있던 매직 8볼을 들고서 한 번 세게 흔든 다음 결과를 봤다.

해도 될 것 같다.

26

○

일요일 아침이다. 내 마음은 어디서 술이라도 마시고 온 것처럼 감정의 숙취에 시달렸다. 어젯밤 나는 말도 안 되는 결정을 내렸으니까. 속으로 수없이 되뇌었다. 나 말고는 아무도 모르는 일이잖아. 그러니 집착할 필요 없잖아. 쫄아서 안 한다 해도 무슨 상관이야. 어차피 아는 사람은 나뿐인데.

지금 상황을 비유하자면, 누가 학교 식당에서 점심으로 산 음식을 깜빡 잊고 카운터에서 놓고 갔는데 나 말고 아무도 알아채지 못한 것과 비슷하다. 내가 도와주지 않아도 아무도 모르니까 뭐라 하지는 않을 일이다. 하지만 내가 분명히 알고 있는 게 문제지.

하루 종일 수없이 마음을 고쳐먹었다. 오늘은 나도 모르게 엄마와 부드러운 분위기를 잡고 나름 예의 바르게 굴기까지 했다.

저녁을 먹은 다음 방문을 걸어 잠그고 과제로 읽어 가야 하는 책을 폈다. 하지만 책을 읽지는 못하고, 어느새 다시 참가신청서를 보고 있었다. 1994년 이후로 이 신청서가 별로 달라진 게 없다니 참

○

놀라웠다. 몽실몽실한 드레스를 입고 무대를 우아하고 낭낭하게 걷는 내 모습을 생각하니 터무니가 없었다.

따져 보면 루시 이모가 한 번도 못 해 본 일이 얼마나 많은가. 이모가 할 수 없어서 못 한 건 아니었다. 이모는 스스로 할 수 없다고 생각했고 다른 사람들 역시 이모에게 할 수 있다고 말해 주지 않았다. 이모의 마지막 몇 년 동안의 모습이 건강했다고 말한다면 솔직히 거짓말이다. 그러나 가장 바라 왔던 걸 해 볼 기회를 스스로 박탈해 버리는 데는 너무나 끔찍한 이유가 있었다. 솔직히 이모가 미인대회에 너무 나가고 싶어 했다고는 생각하지 않는다. 하지만 나가고 싶었다 해도, 이모는 나가지 않았을 테지.

핸드폰을 들고 통화 버튼을 눌렀다.

"야! 이제 너 정학 기간 거의 끝나가네."

엘렌이 말했다.

"나 할 말 있어."

"해 봐."

지금이라도 다 때려치우고 본심을 말하지 않을 기회가 아직 있어. 아니면 아예 보 이야기를 해 버리는 건 어떨까. 마음 한구석으로는 보를 아직도 그리워하고 있다는 걸 밝혀 봐. 솔직히 지금 머릿속에 다른 할 말이 얼마든지 많잖아. 하지만 나는 말했다.

"나 클로버시티의 미스 틴 블루 보닛 미인대회에 참가하려고."

잠시 핸드폰 저편으로 침묵이 흘렀다. 그 순간이 얼마나 길던지 난 그만 툭 내뱉었다.

"농담이야!"

"오. 헛소리 마. 너 나갈 거면서."

"내가 미친 것 같지?"

"뭐, 넌 원래 미쳤잖아. 근데 이건 정말 멋진 대박 사건이 되겠다."

"그럴지는 모르겠어."

"엄마한테는 말했어?"

나는 이마를 문질렀다.

"어우 씨. 아니. 난 아직 그럴듯한 이유도 만들지 못했어. 그냥 미인대회에 참가하고 싶다는 마음만 있을 뿐이야. 엄마한테 숨길 수 있는 것도 아니고."

"너희 엄마 완전 돌아 버리시겠네."

"그렇겠지. 음, 엄마는 항상 날 쪽팔려하니까. 그러니 쪽팔릴 만한 이유를 확실하게 주는 것도 나쁘지 않잖아?"

엘렌은 내가 틀렸다는 말을 하지 않았다. 물론 속으로는 뭐라 생각할지 모르겠지만.

"우리는 멋진 계획을 세워야 해. 너 내일 뭐 해?"

"일해. 하지만 네가 놀러 와도 알레한드로는 아무 말 안 할 거야."

"좋아. 너랑 나랑 내일 밤에 보는 거야."

전화를 끊고서 오래된 신청서를 치웠다. 이제 엘렌한테 말까지 했으니 얘는 날 그만두게 하지 않을 거다.

잠을 자 보려고 했지만 소용없었다. 돌리 노래를 들어도 마음이 진정되지 않기는 이번이 처음이었다.

27

○

아침에 엘렌과 팀이 날 데리러 왔다. 그래서 나는 차 대는 곳에 내리지 않아도 됐다. 난 지금 모두가 인정하는 패트릭 토머스의 원수가 된 상태니까.

나한테 휘파람 부는 소리가 몇 번 들리긴 했어도, 학교는 생각보다 차분했다. 모두 지난주에 있었던 사고를 어느 정도 억지로 잊었든지, 아니면 그냥 넘어가는 분위기였다.

최소한 점심시간까지는 그랬다. 점심시간이 되자 애들은 무리지어서 모두 핸드폰을 돌려 봤다. 다들 웃어 댔다. 누군가는 혐오스럽다는 표정으로 고개를 저었다. 점심 배식 줄에 섰다가 어떤 여자애 어깨너머로 그게 뭔지 봤다. 걔는 웃는 목소리로 말했다.

"너 이거 봤어?"

걔는 핸드폰 잡은 손을 뻗어서 내 얼굴 앞으로 내밀었다.

그건 해나 퍼레즈의 사진이었다. 걔의 앨범 사진 옆으로 말 사진이 나란히 보였다. 말은 거대한 이빨이 박힌 잇몸을 한껏 드러낸 모습이었다. 딱 해나같이 보였다. 솔직히 말하자면 이것보다 해나의 이빨이 좀 더 괴기스럽기는 하다. 사진 아래로 자막이 보였다. 히잉 히힝히이힝해나. 잔대가리는 끝내주는 새끼인 패트릭 토머스의 목소리가 머릿속에서 울려 댔다.

"이런 거 재미없어."

나는 퉁명스레 말했다.

그러자 걔는 핸드폰을 휙 돌려 자기 가슴에 갖다 댔다. 그리고 당황해서 일그러진 얼굴로 대꾸했다.

"음. 알았어."

난 해나에 대해 아무것도 모른다. 다만 걔가 조용하고 고집 센 애라는 것만 안다. 3학년 미술 시간에 걔랑 같이 앉아서 추수감사절 칠면조 그림을 색칠한 적이 있었다. 나는 1년 내내 해나가 말하는 걸 한 번도 들어 본 적이 없었다. 하지만 내가 걔 앞에 있는 색 사인 펜을 가져가려고 하자, 걔는 내 손을 찰싹 때리면서 자기한테 먼저 물어봐야 하는 거 아니냐고 고함을 쳤다. 그걸 쓸 것 같지도 않아서 그랬던 건데. 어쨌든 그것 말고 해나에 대한 기억은 5학년 때뿐이 었다. 선생님이 자꾸 자신을 아프리카계 미국인이라고 부르자, 해나는 선생님께 난리를 쳤다. 그건 그럴 만했는데, 사실 걔는 도미니카공화국 혈통이었기 때문이다.

다음 수업 교실로 가는 동안에도 이야기는 계속 들려왔다. "극혐" 이나 "이런 말 해서 미안하지만 진짜 끔찍하게 생겼다"나 "얘는 왜 교정 안 한대?" 같은 말들이었다.

마지막으로 들려온 말은 하루 종일 내 마음에 걸렸다. 솔직히 해나가 교정을 해야 할 이유는 없었으니까. 걔네 집이 교정할 돈이 없을 수도 있잖아. 아니면 교정하는 게 무서워서 그럴지도 모르고. 어떤 이유로든, 멍청한 놈들이 못살게 군다는 이유 때문에 입에다가 철사를 끼우고 살아야 한다는 건 말이 안 된다.

5교시가 되자, 보는 가슴에 팔짱을 끼고 앉아 있었다. 볼은 멍이 들었고 한쪽 입가는 찢어져서 피딱지가 앉았다. 나는 무슨 일인지 알고 싶었다. 누구랑 싸웠을까.

'하지만 내 알 바 아니지.'

속으로 생각했다.

나를 본 보는 눈썹을 찌푸렸고 입을 꾹 다물어 인상을 쓰는 바람에 딱지가 또 터져 버렸다. 걔는 소맷자락을 손 위로 끌어당겨 입가를 닦았다.

학교가 끝나자 나는 주차장에서 엘렌을 만났다.

"너 해나 사진 봤어?"

엘렌의 말에 나는 고개를 끄덕였다.

"해나가 그거 알면 완전 화낼 거야. 누가 그랬는지 알아?"

"팀 말로는 골프 팀 애들이 그랬다던데. 하지만 걔네가 했다는 증거를 찾을 수도 없고 학교에서 일어난 일도 아니라서 처벌받지는 않을 거야."

"말도 안 돼. 어휴."

팀과 엘렌은 나를 집에 데려다줬다. 그리고 내가 칠리 볼 유니폼 셔츠로 갈아입고 나올 때까지 기다리다가 다시 나를 가게까지 태워 줬다. 엘렌은 이따가 엄마 차를 끌고 나를 보러 오겠다고 약속했다.

나는 알레한드로를 마주할 마음의 준비를 갖췄다. 내가 너무 많이 빠져서 열받았겠지? 하지만 내가 가게 안으로 들어가자 그는 이렇게 물었다.

"너 이제 외출 금지 풀렸구나. 그렇지?"

나는 고개를 끄덕였다.

"다행이네. 나는 엄마들한테는 뭐라 못 하겠어. 누구 엄마라도 말이야. 그러니까 너, 아직 외출 금지 상태라면 그냥 집에 가도 돼."

"거짓말 아니에요. 이젠 돌아다녀도 된다고요."

7시쯤이 되자 엘렌이 들어왔다.

"미안해. 우리 엄마가 저녁 같이 먹어야 차 빌려 준대서 밥 먹고 왔어."

"괜찮아."

엘렌은 카운터 끝에 걸터앉은 다음 속삭였다.

"여기는 양파 냄새랑 암내가 나. 대체 네가 왜 하피스를 그만두고 이런 쓰레기 가게에 온 건지 모르겠네."

"시급이 더 좋아서."

나는 거짓말을 하며 몸을 숙였다. 상체를 완전히 카운터에 얹어 놓을 정도로 말이다.

"내가 드레스 사려면 얼마나 필요할까? 미인대회 참가비가 싸지는 않을 거 같아."

엘렌은 어깨를 으쓱였다.

"한 2백 달러 정도 아닐까. 아니면 굿윌*에서 찾아봐도 되고."

도어 벨이 울렸다. 나는 벌떡 일어섰다. 누군가 손님이 왔다는 생각에 너무 놀라서 무방비한 상태였다. 하지만 엘렌은 꿈쩍도 하지 않았다.

들어온 건 밀리 미챌척이었다. 그 애는 안으로 들어오면서 우리 둘을 보고 손을 흔들었다. 그리고 날 보며 미소를 짓자, 내가 걔 몸무게를 생각하며 위안을 얻은 건 참 못된 심보라는 생각에 곧바로 죄책감이 무겁게 내려앉았다.

"안녕, 밀리."

엘렌이 짧게 손을 흔들었다.

"뭐 주문할 거니?"

내가 묻자 밀리는 카운터에 차 키를 내려놨다. 걔 열쇠고리에는 열쇠가 적어도 스물여섯 개는 달려 있는 것 같았다. 같은 열쇠가 두 개씩 있네.

"하우스 칠리 하나."

밀리는 잠시 말을 멈췄다가 다시 말했다.

"그리고 크래커도."

"알겠어."

---

* Goodwill: 우리나라의 '아름다운 가게'에 해당하는 기부 물품 판매 회사.

계산을 마친 밀리는 셀프 바 쪽에서 플라스틱 식기를 챙겼고, 나는 개 몫의 칠리를 통에서 떠 줬다.

엘렌은 말을 이었다.

"그러면 참가비가 2백 달러가 넘을 리는 없고. 그렇지?"

"그런 것 같아. 나 568달러 저축해 놨어. 그러니까 돈이 그보다 더 많이 든다면 난 아르바이트 자리를 하나 더 알아봐야 해."

나는 밀리가 주문한 칠리의 뚜껑을 덮고서 말했다.

"여기 칠리 나왔어!"

밀리는 나와 엘렌 사이를 번갈아 쳐다보더니 이내 칠리 통을 집어 들고 문으로 향했다.

엘렌은 밀리가 주차장에서 차를 빼는 모습을 지켜봤다.

"쟤 좀 이상스러웠어."

"그랬지. 뭐, 밀리는 항상 좀 특이하게 이상한 애잖아."

우리는 그날 밤 근무시간 내내 놀았다. 그러다 알레한드로가 사무실에서 나오자, 엘렌은 카운터에서 슬그머니 내려와 손님인 척했다. 알레한드로는 포스기에서 금액을 정산해 보고는 다시 사무실로 들어가다가 뒤돌아서서 말했다.

"네 친구한테 말해 줘. 우리 아직도 일할 사람 뽑는다고!"

28

○

머리 위로 책가방을 올린 채 비를 피해 학교로 달려갔다. 현관 매트에 올라서서 신발을 털고 있는데 누가 나를 불렀다.

"윌!"

밀리는 사물함 옆에 기대선 채였다. 오늘은 꽃무늬 레깅스에 그 레깅스와 어울리는 튜닉 원피스 차림이었다.

나는 몰려드는 아이들을 피해서 밀리 쪽으로 다가갔다.

"안녕. 밀리, 무슨 일이야?"

그 애는 책가방 끈을 쭉 잡아당겼다. 가방끈이 그 애 어깨를 파고들었다.

"어젯밤에 네가 엘렌에게 하는 말을 들었어. 미인대회 이야기."

나는 당황했다.

"어, 우리는……."

순간 밀리는 앞으로 몸을 숙이더니 속삭였다.

"너 미인대회 나가려는 거지? 그렇지?"

"음…… 그게…… 그래. 나 나가려고."

밀리의 얼굴에 환한 미소가 커다랗게 피어났다. 그래서 볼살이 쑥 올라가며 튀어나왔다. 걔는 내가 무슨 마술이라도 한 듯 두 손을 맞잡았다.

"정말 멋지다."

나는 다른 애들에게 등을 돌리고 밀리 쪽으로 돌아섰다.

"있잖아. 잘 들어. 이건 비밀은 아니야. 하지만 난 일을 크게 만들고 싶지 않아. 알았지?"

"응. 그래, 무슨 말인지 알았어."

하지만 밀리의 웃음에는 무언가 미심쩍은 부분이 있었다.

"그래."

그날, 나중에 엘렌을 만난 나는 밀리와 나눈 이상한 대화를 이야기했다.

그러자 엘렌은 내 어깨를 잡고서 몸을 기대 왔다.

"윌, 너 꼭 걔의 롤 모델이 된 것 같네."

나는 격렬히 고개를 저었다.

"아니거든."

"세상에나. 너한테 팬도 다 생기다니."

"지랄 마."

하지만 마음속으로는 아주 조금 기분이 좋기도 했다.

밖에 비가 오니까 칠리를 사러 오는 손님이 좀 생겼다. 여기 온 이후로 이토록 손님이 많은 건 처음이었다. 나는 칠리 볼을 몇 개 뜬 다음 다음번 손님이 누군지 확인하지도 않고서 말했다.

"저희 가게 신제품 화이트 칠리를 드셔 보신 적 있나요?"

"음, 그래. 그거 한 컵 줘. 아니 한 그릇인가. 어쨌든."

여기서 이 목소리가 왜 들리지? 나는 차마 고개를 들 수 없었다.

"보, 여긴 왜 왔어?"

"칠리 사러 왔어. 여기 칠리 가게 아니야?"

가슴속에서는 말이 부글부글 끓었지만 그중 맞는 말은 하나도 없었다. 내가 바라는 걸 정확히 담은 말은 아무것도 없었다. 내가 뭘 바라는지 나도 모르는 상황이니까.

"또 필요한 건 없니?"

내 말에 보는 아랫입술을 깨물었다. 입술이 이 아래로 말려 사라졌다. 난 보의 이가 좋다. 모두 아주 완벽하게 가지런히 나 있는데 앞니 두 개만 조금 이상하다. 그 이 두 개만 살짝 비뚤어졌다. 하나님이 얘를 너무 완벽하게 만들다가 아, 이러면 안 되지 싶어 아주 작은 결점을 준 것 같달까.

"없어."

보가 말했다. 나는 그 애가 테이크아웃 칠리 컵을 들고 거리를 건너가는 모습을 지켜봤다. 뒷주머니에 꽂아 둔 모자를 꺼내 다시 머리에 쓰고서 하피스로 뛰어가는 그 모습을.

그 후로 이틀 동안 나는 적어도 열두 번은 말할까 말까 주저하기만 했다. 엄마, 있잖아, 나 미인대회 나가려고 해. 하지만 차마 말할 수가 없었다. 엄마랑 이런 대화를 할 수가 없었다. 실은 난 마지막 한 조각의 희망을 품고 있는 것일지도 모른다. 내가 만약 신청 장소에 불쑥 나타난다면 엄마가 기쁨의 탄성을 지르며 반기지 않을까. 그러면서 엄마는 내가 미인대회에 참가해서 자신의 뒤를 따르기만을 항상 꿈꿔 왔다고 말하지 않을까. 하지만 이제껏 나한테 부담 주고 싶지 않았다고, 다만 내가 스스로 길을 찾기를 바랐다고 하지 않을까.

그건 아주 멋진 꿈이었다. 난 그 꿈을 깨고 싶지 않았다.

29

○

엄마의 인생에서 미인대회가 엄청 큰 부분을 차지한다는 걸 언제나 알고 있었다. 하지만 나에게는 별 의미 없는 소음에 지나지 않았다. 내가 어렸을 때, 엄마가 미인대회 회의나 리허설에 참가하면 나는 주로 루시 이모와 집에 있거나 엘렌의 집에 놀러 갔다. 미인대회 관련 사항은 모두 엄마 혼자만의 일이었다.

대회 참가 신청 접수처는 시내에 있는 클로버시티 커뮤니티센터였다. 클로버시티 중심가는 가운데 정자가 하나 있는 아름다운 광장이다. 그 일대에서는 항상 프라이드치킨 냄새가 났다. 거기 있는 프렌치스 프라이드 '엔' 서치라는 식당에서 나는 냄새인데, 그 가게 치킨은 굉장히 맛있다.

엘렌과 나는 바깥 벤치에 앉았다. 내가 참가비 2백 달러를 세는 동안, 엘렌이 물었다.

"너 엄마한테 신청서에 서명해 달라는 말 안 했지, 그렇지?"

"응."

미인대회에 참가하려면 부모님의 동의가 필요했다. 현재 상황에서 제일 무서운 건 바로 엄마가 안 된다고 반대하는 거였다. 사람들이 죄다 모여 있는 이곳에서 말이다.

그때, 광장 저편에서 키 작고 뚱뚱한 사람 하나가 머리 위로 두 팔을 마구 휘두르는 게 보였다.

나는 눈을 가늘게 떴다.

"엘. 저기 봐, 저거 누구야?"

엘렌은 고개를 들었다. 엘렌의 입이 그만 딱 벌어졌다. 밀리가 소리치고 있었으니까.

"얘들아! 너희 아직 안 가고 있었구나! 마침 잘됐다!"

엘렌이 나에게 말했다.

"쟤 널 너무 좋아하네. 너한테 홀딱 빠진 모양이야."

엘렌은 일어서서 손으로 햇빛을 가렸다.

"근데 그 옆에 있는 거…… 아만다 럼바드 아니니?"

나는 고개를 끄덕였다.

"우리도 참가 신청하러 왔어."

밀리가 말했다. 아만다는 우리에게 물었다.

"이거 신청하는 거 오래 걸리니? 나 빨리 동생 데리러 가야 하거든. 늦으면 엄마가 날 죽일 거야."

나는 엘렌을 바라봤다. 하지만 걔는 그저 어깨를 으쓱였다.

밀리는 뒷짐을 졌다.

"네가 미인대회 참가하면서 일을 크게 만들고 싶지 않은 마음은 알겠어, 뭘. 그리고 솔직히 말하자면 나는 네가 무슨 이유로 대회에 나가려는지 전혀 몰라. 하지만 넌 나갈 거잖아. 그게 중요한 거지. 그래서 나도 참여하고 싶어. 우리 둘 다."

"나는 얘 때문에 덩달아 왔어."

아만다가 우물거리자 밀리는 눈을 흘겼다.

"해나 퍼레즈한테도 같이 하자고 했지만, 걔는 싫대."

"해나가 뭐라 했는지 솔직하게 말해 줄까? 얘더러 미인대회 어깨띠 따위는 네 돼지 같은 엉덩이에다가 차라고 했지."

아만다가 덧붙여 말했다.

나는 밀리에게 분명히 말했다. 최대한 조용히 대회에 참가하고 싶다고. 하지만 얘네 둘과 같이 나간다면, 분명히 지역 신문인 「클로버시티 트리뷴」 1면에 떡하니 실릴 수도 있다. 난 뚱녀들의 잔 다르크 따위가 되려고 참가하는 게 아니야. 루시 이모를 위해서 이러는 거라고. 또 나를 위해서란 말이야. 나는 보를 만나기 전의 나다운 모습으로 되돌아갈 준비가 돼 있었다. 미인대회에 참가하는 이유는, 하지 말아야 할 이유가 없기 때문이다. 나와 세상 사이에 쳐진 선을 넘고 싶었기 때문이다. 누군가의 구원자가 될 마음은 전혀 없다고.

나는 고개를 저었다.

"그건 좋은 생각이 아니야."

"하지만 내가 제일 좋아하는 건 나쁜 생각에서 비롯된 거야."

밀리의 말에 나는 대답했다.

"밀리. 사람들은 잔인해. 난 아주 잘 알아. 아만다 역시 잘 알 거야. 그렇잖아."

아만다는 고개를 끄덕였다.

"싫어할 사람은 싫어하겠지."

"미인대회에 참가한다는 건, 결국 등에다가 '나 좀 놀려 주세요' 하고 써 붙이는 거나 마찬가지야. 너희가 나가고 싶으면 나랑 상관없이 나가. 하지만 난 책임 못 져."

밀리의 어깨가 축 처졌다.

엘렌은 흙바닥을 걷어차며 말했다.

"얘들은 참가해야 해. 밀리랑 아만다가 너랑 같이 미인대회에 참가하고 싶으면 해야 해. 이건 아주 대단한 혁명이 될 거라고."

나는 딱 잘라 대답했다.

"아니야. 너희 다 그냥 집에 가."

아만다는 어깨를 으쓱이고는 걷기 시작했다. 하지만 밀리는 꼼짝도 하지 않고 서서 말없이 계속 나를 졸라 댔다.

엘렌은 내 손을 잡고 꽉 쥐었다. 결국 나는 한숨을 쉬었다.

"혁명에 필요한 참가비는 2백 달러야."

커뮤니티센터 안은 여학생들이 체육 수업을 하는 실내 운동장 같은 소리가 났다. 높은 목소리의 대화가 천장에 울리고 메아리가 돼 마구 커지면서 스무 명의 목소리인데도 마치 백 명이 꺅꺅대는 효과가 났다.

하얀 테이블보를 깔아 둔 둥근 탁자들에 여자애들이 무리 지어 앉아 있었다. 저 테이블보는 어젯밤 우리 집 거실에서 엄마가 다림질한 거다. 한쪽에는 엄마나 언니가 대회에서 우승했던 애들이 자기네끼리 모였다. 운동부 애들은 대학 입학 서류에 뭐라도 한 줄 더 쓰려고 참가 신청을 했다. 치어리더 애들이 모인 테이블도 있었다. 애들은 축구 경기에서 경기 빼고는 뭐든지 다 하는 애들이다. 연극부 애들과 합창부 애들도 당연히 있었다. 걔네들은 모두 하늘하늘한 원피스 차림이었다. 그것도 봄날에나 입을 법한 엄청 밝고 꽃무늬가 샤랄라 드리워진 원피스로, 그 위에 어울리는 카디건까지 꼼꼼히 갖춰 입었다. 그런데 우리는 그저 청바지에 티셔츠 차림이었다.

나는 돌아서서 아만다와 밀리를 보며 어떻게든 용기를 주려고 미소를 지었다. '어떡하지. 나 지금 뭐 하는 걸까. 여기서 나만 발가벗고 있는 것 같잖아'라는 표정은 애써 숨긴 웃음이었다.

엘렌은 내 손을 꽉 잡았다.

"어서 신청하러 가자."

우리는 테이블 사이를 비집고 맨 앞으로 갔다. 센터 안은 점차 조용해지더니, 결국은 쟤네 뭐냐며 수군대는 속삭임만 들렸다.

신청서 접수대에는 두 명의 전직 대회 우승자인 주디스 클로슨 씨와 맬러리 버클리가 있었다. 미인대회 조직위원회는 오로지 대회 우승자에게만 회원 자격을 줬다. 주디스 씨는 맬러리보다 적어도 20년 선배였지만, 둘 다 하얀 이를 드러내며 화사하게 웃는 모습이 그들 카디건에 단 왕관 모양 브로치만큼 빛이 났다.

"안녕하세요. 저 참가 신청하러 왔는데요."

두 사람 모두 입술을 꾹 다물고 미소 지었다. 주디스 씨는 맬러리에게 무어라 속삭였고, 맬러리는 이윽고 일어서더니 이렇게 말했다.

"잠시만 기다리렴."

주디스 씨는 내 신청서를 꼼꼼히 읽었다.

"11월 첫째 주까지 장기자랑 심사를 받아야 한단다."

"네. 물론이죠."

주디스 씨는 내 키와 몸무게 항목을 보고는 나와 신청서를 번갈아 쳐다봤다.

"그런데 어머니 서명을 아직 안 받았구나, 얘야."

"윌로딘."

마치 등장 신호라도 받은 듯, 엄마가 내 팔꿈치를 잡았다. 맬러리는 급히 옆을 스쳐 지나가 자기 자리로 돌아갔다.

엄마는 나를 한쪽으로 끌고 가더니 이내 유리문을 열고 밖으로 데려갔다. 유리문 너머로 아만다와 밀리가 신청서를 제출하는 게 보였다. 나는 안으로 들어가서 그 애들 옆에 있어 주고 싶은 강한 충동을 애써 참았다. 내가 마치 걔들을 버린 기분이 들었으니까.

그 애들 뒤에 서 있는 엘렌은 나에게 엄지를 치켜들었다.

"너 여기서 뭐 하는 거야?"

엄마는 날카롭게 속삭였다. 나는 어깨를 쭉 펴고 주먹을 꼭 쥔 손을 옆구리에 딱 붙였다.

"나도 여기 참가하려고 왔어."

"이게 장난인 줄 아니."

"내가 지금 장난치는 것 같아 보여?"

"그리고 너랑 같이 온 저 애들은 누구야?"

"내 친구들이야. 쟤들도 여기 참가하고 싶대."

"너희 관심 끌어 보고 싶어서 서로 짰니? 너 나한테 복수하려고 이러니?"

엄마의 목소리가 말끝마다 점점 올라갔다. 나는 엄마와 애써 눈을 맞추려 했다. 그동안 접수처에 있는 모든 사람의 눈길이 우리에게 쏠리는 게 죄다 느껴졌다.

"하. 그거 여기 참가 신청한 애들한테도 다 물어보는 질문인 거야? 신청서에는 그런 말 없던데."

엄마는 핑크색 펄 매니큐어를 완벽하게 바른 손톱으로 내 얼굴을 가리켰다.

"너 이러면 안 돼. 저 불쌍한 애들을 끌어다가 엄마한테 복수하려 하지 말라고. 이 대회는 네가 나한테 본때를 보이려고 장난쳐도 되는 곳이 아니야."

"왜 그렇게만 생각해? 어쩌다 그런 생각을 하게 된 거야, 엄마? 나는 장난치거나 복수하려는 의도가 없으면 미인대회 나오면 안 돼?"

엄마는 입을 꾹 다물고 팔짱을 꼈다.

"내가 신청서에 서명하지 않으면 넌 대회 못 나가."

이럴 줄 알았다.

"왜 서명 안 해 줄 건데?"

엄마의 목소리가 누그러졌다.

"네 의도가 순수하다고 생각하지 않으니까. 안 그래?"

엄마는 엄지손가락에 침을 묻히고서 내 셔츠 가슴께에 묻은 얼룩을 지우며 말했다.

"난 네가 스스로를 웃음거리가 되게 만들 수 없어."

나는 입을 딱 벌리고 쏘아붙이려 했다.

"게다가 저 애들까지 꼬드기다니, 너 그럼 못써. 쟤들도 비웃음거리가 되잖니, 만두야."

그 별명을 듣자 전에 없이 신경이 마구 곤두서며 참을 수 없었다.

할 말은 얼마든지 있었다. 하지만 나는 본론으로 바로 들어갔다.

"엄마."

나는 입이 바짝 말랐다.

"엄마가 여기 서명해 주지 않으면, 나는 참가 자격도 없는 여자애라고 엄마가 대놓고 증명하는 꼴이 될 거야. 지금 저 방 안에 있는 여자애들은 다 나보다 예쁘고 좋은 애들이라서, 나는 안 되는 걸 쟤들은 된다고 시인하는 거라고. 지금 엄마는 나더러 형편없다고 말하고 있는 거야."

그러자 우리 사이에 무거운 침묵이 내려앉았다.

엄마는 한 번도 나한테 미인대회에 나가라고 용기를 준 적이 없었다. 나는 고등학교에 들어가기 전 여름날 있었던 일을 똑똑히 기억한다. 그때 엘렌은 우리 집 주방에서 나랑 같이 다이어리를 꾸미고 있었다. 그러다 색 사인펜이 더 필요해서 위층에 올라가 가지고 내려오는데 엄마 목소리가 들려왔다. 난 어두운 복도에 머뭇거리며 서서 대화를 들었다.

"애, 엘렌. 너도 열일곱 살이 되면 미인대회에 참가해 보면 어떻겠니."

엘렌은 엄마의 말을 대수롭지 않게 넘겼고, 나는 잠시 기다렸다가 식탁에 앉았다. 그날 처음으로 깨달았다. 부모님이 참 철석같이 믿는 신념이 그 자식인 나랑 전혀 상관없을 수 있구나.

나는 엄마가 뭐라 대답하기를 기다리며 바라봤다.

오랜 기다림 끝에 엄마는 마침내 입을 열었다.

"좋아. 하지만 나한테 특별 대우 같은 건 바라지도 마."

엘렌은 우리를 유리문 사이로 지켜보다가 눈을 둥그렇게 떴다. 입가를 보자 궁금증이 가득했다.

나는 한 번 고개를 끄덕였다.

엄마는 나를 두고 탁자로 가서 내 신청서에 서명을 했다.

30

o

나는 엘렌과 밀리, 아만다와 함께 한 탁자에 앉았다. 엄마는 접수처 탁자 앞에 서서 손바닥을 쳐 좌중을 조용히 시키고 목을 가다듬었다.

"여러분, 환영합니다. 이제 여러분이 걷게 될 이 길은 앞선 선배들이 풍성하게 가꿔 왔고 여러분의 후배들이 따르게 될 것이지요. 바로 클로버시티의 미스 틴 블루 보⋯⋯."

그 순간 육중한 뒷문이 커다랗게 삐걱하고 열렸다. 나를 포함해서, 모두 뒤를 돌아봤다.

"벌써 등록이 끝났나요?"

무미건조한 목소리로 질문한 건 바로 해나 퍼레즈였다.

나는 입을 딱 벌렸다. 이 방 안의 모든 사람이 다 그랬다.

접수처 탁자에 있던 젊은 여성 한 분이 손에 파일을 들고 해나에게 달려갔다. 그분은 해나의 신청서를 훑어보고는 자리에 앉으라고 했다.

o
221

해나는 아무도 앉지 않은 빈 테이블에 혼자 앉았다.

엄마는 목을 가다듬고 말을 이었다.

"하나, 둘, 셋. 여러분 저를 보세요."

엄마는 잠시 말을 멈췄다가 다시 시작했다.

"말씀드린 대로, 미스 틴 블루 보닛 미인대회는 유서 깊은 소중한 전통입니다. 전대 우승자들은 다양한 분야에 진출하여 사업가와 의사는 물론 사랑받는 어머니와 아내가 됐습니다. 심지어 우리 우승자 중에는 시장도 탄생했었죠."

엄마는 미인대회의 유래부터 시작해서 제2차 세계대전 때와 케네디 대통령이 암살당했던 해에는 대회가 중단된 역사까지 이야기했다.

엄마가 지금같이 좌중을 압도하는 모습을 본 적은 이번이 처음이었다. 엄마는 등을 곧게 펴고 서서 호소력 있는 목소리로 연설했다. 여기는 엄마가 대장이었다. 하지만 내가 그보다 더 놀랐던 건 사람들이 전부 엄마에게 홀려 버렸다는 사실이었을지도 모른다. 나랑 같이 앉은 애들도 다 그랬다. 여기서 아주 활기차게 이야기하고 있는 저분은 평소의 우리 엄마가 아니었다. 여기서 엄마는 클로버 시티의 1997년도 미스 틴 블루 보닛 우승자인 로지 딕슨이었다. 여기서 그녀는 왕족이었다. 너희 모두 어서 여왕님께 경배하여라.

"아직 미인대회에서 선보일 장기를 알려 주지 않은 분들은, 11월 첫째 주까지 우리에게 알려 주시기 바랍니다. 조직위원회에서 여러분의 장기가 대회에 적합한 것인지 판단한다는 점을 명심하세요.

예를 들면, 섹시함을 강조하는 장기자랑 같은 건 안 됩니다. 아셨죠? 이브닝드레스와 수영복, 장기자랑을 선보일 자리의 무대의상 역시 대회 전 수요일까지 조직위원회의 승인을 받아야 합니다."

엄마는 잠시 기다리며 신청자들이 고개를 끄덕이는 모습을 바라보다 말을 이었다.

"좋습니다. 그러면 올해의 조직위원회분들을 소개해 드리죠. 우선 1979년도 미스 틴 블루 보닛 주디스 클로슨 씨이십니다."

둘 중 연장자인 여자가 일어서서 우아하게 절했다.

"그리고 이분은 2008년도 미스 틴 블루 보닛 맬러리 버클리 씨이십니다."

엄마가 말을 마치자 사람들이 조용히 박수를 쳤다.

"이분들의 뜻이 곧 제 뜻이랍니다. 이분들이 승인하시면 저도 승인하고, 반대하시면 저 역시 반대한다고 생각하시면 됩니다."

소개받은 두 여자분은 방 안을 돌면서 핫핑크색 폴더를 나눠 줬다. 폴더 앞에는 '제81회 클로버시티 미스 틴 블루 보닛'이라는 로고가 금박으로 찍혀 있었다.

"잠시 주위를 둘러보세요."

엄마의 말에 우리는 어색한 눈초리로 서로를 바라봤다.

"이 방 어딘가에 바로 올해의 블루 보닛 아가씨가 있지요. 안타깝게도 올해의 왕관을 쓸 아가씨는 단 한 명이랍니다. 그래도 실망하지 마세요. 그게 누구일지는 아무도 모르는 일이니까요. 여러분은 이제 우리의 81번째 대회가 또한 81번째 기념식이라는 것도 알게 되실 겁니다. 그래서 여러분을 위해 멋진 순서들을 준비했지요. 예를 들면 오프닝 무대에서 아름다운 군무를 추게 될 겁니다……."

"춤을 춘다는 소리는 처음 들었는데."

아만다가 중얼거렸다.

"……그리고 「클로버시티 트리뷴」지 제1면에 여러분을 실어 드릴 겁니다."

맬러리(음, 이분은 너무 어려서 나는 차마 '버클리 부인'이라고 부를 수가 없었다)가 우리 탁자로 다가왔다. 맬러리는 우리 모두에게 폴더를 나눠 줬다. 엘렌에게도 말이다.

"아, 얘는 참가 안 하는데요. 그냥 응원차 우리랑 같이 와 준 것뿐이에요."

나는 이렇게 속삭였다. 하지만 맬러리는 둥그렇게 컬이 들어간 탄력 있는 갈색 머리카락을 우아하게 돌리며 나에게 그저 미소 지었다. 내가 무슨 외국어라도 말하고 있다는 식으로, 그녀는 엘렌에게도 고집스레 폴더를 내밀었다.

"엘."

내가 속삭이자 그 애는 의자에 앉으면서 엄지손가락으로 폴더를 열었다.

"응?"

엄마는 아직도 앞에서 주절주절 이야기하고 있었다. 나는 그 애 쪽으로 몸을 숙이고 말했다.

"좀 이상했다, 그치?"

"뭐가?"

"맬러리가 너한테 이걸 왜 줬을까?"

"그게 뭐가 이상한데?"

엘렌은 이렇게 속삭이면서 폴더 안에 든 서류를 훑어봤다.

나도 모르게 눈이 휘둥그레졌다.

"너도 미인대회 참가하니?"

"우리 그러려고 여기 온 거 아니었어?"

순간 엄마의 목소리가 방울처럼 낭랑하게 울렸다.

"들어 주셔서 고맙습니다, 여러분. 그럼 주저하지 말고 동료들과 어울려 보도록 하세요. 선의의 경쟁을 통해서만 친구를 얻을 수 있다는 점 잊지 마시고요. 뒤편에 다과 테이블이 마련돼 있답니다. 제가 만든 달콤한 특제 차도 맛보실 수 있고요."

귓가에 박수 소리가 울렸다. 나는 말했다.

"넌 대회 참가하면 안 돼. 그건 우리 계획이 아니었어."

우리 곁에 앉은 아이들의 눈이 모두 벽 뒤로 쏠렸다. 이제 엘렌은 속삭이지 않았다.

"지금 무슨 소리야? 며칠 동안 계획했잖아."

"너 지금 장난하니?"

"뭐가 장난인데? 이게 뭐가 문제인데?"

"너는…… 넌 나가면 정말로 우승할지도 모르잖아. 우리는 여기 우승하려고 온 거 아니야. 요점은 그게 아니라고."

내가 말해 놓고도 얼마나 웃긴 말인지 모르겠군.

"어우 씨, 너 지금 나 엿 먹이는 거야?"

무슨 말을 해야 할지 몰랐다. 뭐라 할 말이 없었으니까.

"넌 생각해 본 적 없어? 나도 너만큼이나 여기가 나한테 어울리지 않는 장소라는 거 몰라?"

"넌 여기서 빠져야 해, 엘. 날 위해서 제발 빠져 줘. 이건 나 혼자하게 해 달라고."

"뭐? 뭘 하게 해 달라고? 누가 이 혁명에 끼고 말고를 네가 정하는 거야?"

엘렌은 '혁명'이라는 말을 손짓으로 강조했다.

엘렌의 말에는 일리가 있었다. 맞는 말이라는 것도 알았다. 하지만 엘렌이 대회에 참가한다면, 정말로 우승할 수도 있다. 그러니 얘는 정말로 우리 계획을 망칠 수도 있다고.

2년 전, 그날 밤 일이 아직도 기억난다. 우리는 식탁에 앉아 있었고, 나는 엄마가 엘렌더러 미인대회에 참가해 보라고 했던 말을 못들은 척했다. 별일 아니어야 했을 일이었건만, 사실 나는 신경이 쓰였다. 그 순간 나는 내 마음속 깊숙한 어딘가를 닫아 버렸고, 이제야 그게 무엇이었는지 다 볼 수 있었다. 그건 뫼비우스의 띠와 같이 시작도 끝도 없었다. 엘렌에게 권유한 건 우리 엄마였다. 나랑 같은 집에서 사는 엄마. 이제껏 살아오면서 엄마는 단 한 번도 나에게 대회 권유를 한 적이 없었다.

좀 이기적이어도 돼. 나도 날 위해서 뭔가를 할 자격이 있다고.

"넌 벌써 다 가졌잖아."

완벽한 부모님, 완벽한 일자리. 완벽한 남자친구까지.

"그러니 이건 나한테 양보해 줘."

하지만 엘렌은 고개를 저었다.

"그런 게 어딨어. 넌 나한테 강요할 수 없어. 어쩌면 캘리 말이 맞는지도 모르겠다, 윌. 우리는 서로 생각이 달라졌구나. 이젠 맘이 통하지도 않는 친구 관계를 억지로 붙잡고 있는 거야. 난 너 때문에 참 많은 걸 포기하며 살았어. 네가 나한테 대회 참가하지 말라고 부탁할 줄은 정말 몰랐어."

지난 몇 달간 느껴 왔던 슬픔과 쓰라림이 한데 뭉쳐 거대한 분노가 됐다. 친구 관계를 억지로 붙잡고 있다고?

"캘리가 그랬다고? 정말? 네가 우리 이야기를 걔한테 할 줄은 정말 몰랐어. 그동안 내가 생각 없는 애라서 참 미안했다. 난 네 근처를 얼쩡거리면서 네가 얼마나 착하고 예쁜지나 알려 주는 애였어. 그렇지? 솔직하게 말해 봐. 속마음은 그게 아니잖아? 친구 관계를 억지로 붙잡은 건 네가 아니라는 거지. 바로 나만 널 붙잡고 있었지. 너도 이 뜻 아니었어?"

엘렌은 아무런 말이 없었다.

"됐어. 나도 네 옆에서 시녀 짓 할 생각 없어. 맘씨 좋은 뚱보 친구 따위 안 한다고."

나는 그 애에게 한 발짝 다가섰다.

"미인대회 참가하는 건 전적으로 나를 위한 일이야, 엘. 나를 위해 계획했다고."

엘렌은 화가 나서 얼굴이 새빨개졌다.

"넌 진짜 열나 재수 없는 애야. 월, 나도 시간 낭비 이젠 안 해. 그리고 절대로 참가 취소 안 해."

이 말을 남기고 엘렌은 떠났다.

31

○

월요일에 엘렌은 나를 못 본 척했다. 난 그래도 싼 애였다. 이럴 줄도 예상했다. 우리는 둘 다 쉽게 화를 내는 성미였으니까. 하지만 엘렌은 언제나 용서할 준비가 돼 있곤 했다. 이제껏 그렇다고 믿어 왔다. 하지만 주말 내내 문자 한 통도 없었다. 화요일이 되자 팀도 나를 아는 척하지 않았다. 그래서 내 속에 맺혔던 마음은 미칠 듯한 불안감으로 바뀌었다.

오늘은 엘렌에게 말을 걸어야 한다. 난 아직도 누가 잘했고 누가 잘못한 건지 모른다. 하지만 엘렌 없이 이 일을 해낼 준비가 돼 있질 않았다. 2교시가 끝나자 복도에서 엘렌을 찾아냈다. 괜찮을 거야, 라고 속으로 되뇌었다. 우리는 오랫동안 같이 산 노부부 같아서, 누가 먼저 싸움을 시작했는지도 나중에는 기억 못 하는 사이라고.

"안녕, 엘! 있잖아."

엘렌은 멈춰 서서 나를 봤다. 그런데 그 애 온몸이 움찔거리더니 주춤거렸다.

"나 대회에 무슨 장기자랑을 선보여야 할지 하나도 모르겠어. 나 뭐 할까?"

나는 우리 사이에 아무 일도 없었던 것처럼 굴면서 물었다.

엘렌은 입을 열어 뭐라 말하려 했다. 대답을 기다리는데 심장이 마구 뛰었다. 하지만 걔는 고개를 젓고서는 그냥 가 버렸다.

순간 캘리가 나를 확 밀치고 지나가더니 아니꼬운 눈초리를 던지고는 나의 절친을 부르며 달려갔다.

"엘-벨!"

그날 내 눈에서는 종일 눈물이 차올라 터지려 했다. 나는 최대한 빨리 학교를 떠났다. 엄마는 매일 아침 내가 엄마를 태워다 주는 조건으로 엄마 차를 가지고 다니라고 했다. 주차장을 빠져나오자마자, 참았던 눈물이 그제야 터져서, 뺨 위로 뚝뚝 떨어졌다. 눈물은 크고, 굵고, 무거웠다. 차창을 때려 대는 성난 빗줄기처럼.

엘렌은 이해해야 했다. 다른 사람은 다 몰라줘도 걔는 알아줘야 하는 거 아닌가. 나는 정지신호에 서서 잠시 눈을 감고 마음을 추스르려 했다. 하지만 우리가 열여섯 살 적, 그 여름날만 떠오를 뿐이었다. 그래. 나는 이기적이고, 내 생각이 틀렸다는 걸 나도 안다. 하지만 나는 완벽하지 않고, 그건 엘렌도 마찬가지다. 누군가를 많이 사랑하면 그 결점도 받아 주게 된다. 희생을 해야 관계가 건강하게 유지되는 법이니까. 나는 엘렌이 날 위해서 희생해 주기를 원한다. 엘렌이 나를 위해서 대회에 참가하지 않아야 하는 거라고.

뒤차가 빵빵거렸다. 소리를 들어 보니 내가 1.5톤짜리 트럭을 가로막고 있었구나.

집에 도착해서 주차를 마치고 보니, 엄마를 데리러 갈 때까지 두 시간이 비었다.

백미러를 내 쪽으로 끌어당긴 후 눈두덩을 두드렸다. 엄마가 이렇게 말하곤 했으니까. "울고 나선 두드려야 해. 눈을 비비면 더 부을 뿐이라고."

차에서 내리자마자 난 차 문손잡이를 잡고 우뚝 섰다.

"너 여기서 뭐 해?"

미치가 우리 집 들어가는 길목에 서 있었다. 청바지를 부츠 속에 넣고, 땀으로 얼룩지고 해진 야구 모자를 쓴 차림이었다.

"네가 우는 거 봤어."

나는 차 문을 쾅 닫았다.

"그래서 날 따라왔어?"

미치의 얼굴이 빨개졌다.

"너 괜찮은지 확인하려고. 음, 이상하게 생각하지는 마."

"알았어. 음, 나는 괜찮아."

나는 어깨에 책가방을 메고서 말했다. 지금 하는 스몰 토크도 참 어색했지만, 따져 보니 그날 복도에서 있었던 대박 사건 이후로 우리는 처음 말을 섞는 거였다. 나는 미치에게 사과할 일도 있었다.

"너 지금 연습 가야 하는 거 아니야?"

미치는 그저 어깨를 으쓱였다.

"잠깐 들어와."

그 애는 나를 따라 뒷문으로 왔다. 미치에게 녹은 야외 의사에 잃으라고 권했다.

"복숭아 아이스티 마실래?"

미치는 모자를 벗고 떡 진 머리를 드러내며 팔로 이마의 땀을 닦아 냈다.

"좋지."

주방에 들어가 식탁에 책가방을 내려놓고 우리가 마실 아이스티를 두 잔 따랐다. 요즘 날씨는 정말 이상해서 하루에 사계절을 모두 경험할 수가 있었다. 다른 지역 사람들은 지금이 가을이란 계절이겠지만, 이곳 남부에서는 아침에 겨울로 시작해서 낮 동안 봄과 여름을 거쳐 밤에는 가을로 끝나는 계절이다. 어쨌든 아이스티는 1년 내내 마셔도 맛있는 거니까.

미치 앞에 마주 앉아 잔을 내밀었다.

"우리 엄마 특제 아이스티야. 할머니의 비법이지."

"고마워."

우리는 잠시 잔을 홀짝거렸다.

"그때 복도에서 미안했어. 누가 우리 사귄다고 했을 때 말이야."

"괜찮아."

미치는 목덜미를 벅벅 긁었다. 여자애들이 남자애한테 꽂히는 지점, 그러니까 반해 버리는 지점은 제각각 다른 것 같다. 예를 들어 엘렌은 남자의 손을 본다. 내 경우는 남자의 목덜미 헤어라인이다. 나는 짧게 깎은 남자애 머리카락을 손가락으로 쓰는 느낌을 정말 좋아한다. 내가 여기서 말하는 남자란 바로 보다. 가느다란 은 목걸이가 옷깃 끝으로 슬쩍 엿보이는 보 말이다. 난 보밖에 만나 본 애가 없으니까.

물론 내가 다른 애를 만나 봤다 하더라도 보가 좋았을 테지만.

미치가 말했다.

"왜 사람들이 누구랑 사귀고 데이트를 하는지 모르겠어. 데이트라는 말 말고 그냥 논다고 하면 압박이 훨씬 없을 텐데. 하지만 데이트라고 이름을 붙이면, 어휴, 뭔가 반드시 잘해야 하는 큰일 같잖아."

"그래. 그렇지."

첫 번째 데이트가 꽝이긴 했지만, 미치에게는 뭔가 굉장히 편안한 느낌이 있다. 얘는 뭐랄까, 우리 집에 앉아서 떠날 생각을 하지 않을 게 분명하니까 내 쪽에서도 굳이 더 있다 가라고 물을 필요 없는 사람 같았다. 나는 손을 뻗어 엄마가 꾸며 놓은 화단에서 꽃을 한 송이 꺾었다. 그리고 그걸 손가락에 끼우고 흐물흐물해질 때까지 비틀었다.

"나 미스 틴 블루 보닛 미인대회에 참가신청서 냈어."

"있잖아. 네가 좀 웃는 연습을 하면 우승할 수도 있을 거야."

나는 걔 어깨를 확 쳤다.

"너 내가 안 이상해?"

미치가 입꼬리를 슬그머니 펴서 활짝 웃었다.

"그 대회 참가하는 게 이상한 거야? 왜 내가 이상하다고 생각해야 해?"

"모르겠어. 그냥 내 생각으로는 난 미인대회 우승할 사람 같지는 않으니까."

"음, 미인대회라는 게 솔직히 네가 좋아할 만한 곳은 아니라고 생각하긴 하지만, 그래도 네가 묻는다면 말이야, 내 생각에 넌 충분히 참가 자격이 되고도 남아."

내 얼굴에 열이 확 올랐다.

"고마워."

"나는 우리가 친구가 됐으면 좋겠어."

미치가 말했다. 나도 친구가 필요했다. 정말로 필요했다.

"나도 친구 필요해."

나는 일어섰다. 미치 역시 남은 아이스티를 꿀꺽꿀꺽 마시고서 일어서더니, 주머니에 손을 넣었다.

"나 연습 가야겠다."

"토요일에 나 아르바이트 안 가거든. 그때 만나서 놀자."

"왜 울었는지는 모르겠지만, 내 마음이 안 좋더라고."

미치가 말했다. 이제 무슨 일이냐고 물을 거라 기다렸지만, 그 애는 묻지 않았다. 그 점이 마음에 들었다.

32

○

　나와 아만다, 해나는 프렌치스의 뒤편 좁다란 부스에 끼어 앉았
다. 밀리는 테이블 끝에 의자를 두고 앉았다. 밀리는 우리가 자리에
앉은 걸 보고 부스도 슬쩍 보더니 말했다.

　"음, 너무 좁겠다."

　밀리는 어깨를 으쓱이고는 의자를 하나 달라고 말했다. 종업원
은 인상을 썼다. 만약 루시 이모였다면 이 식당에 다시는 오지 않았
을 거다. 하지만 밀리는 전혀 신경 쓰지 않는 것 같았다.

　주문이 끝나자 내가 말했다.

　"자, 장기자랑 코너에서 뭐 할지 생각해 봤어?"

　"나는 축구를 하면 어떨까 싶어. 공으로 묘기를 보여 주는 거지."

　아만다는 이렇게 말하며 두 다리를 확 굴렀다. 테이블이 흔들거
릴 지경이었다. 얘는 잠시도 가만히 앉아 있지를 못하는 애구나.

　"너 축구 해?"

　내가 묻고 있는데 밀리는 팔꿈치를 테이블에 괴었다. 아만다처

○
235

럼 다리가 짝짝이인 애가 운동을 좋아할 거라고는 한 번도 생각해 본 적이 없었는데.

"음, 내가 무슨 팀에서 뛰는 건 아니야. 하지만 남동생들이랑 공 가지고 놀거든."

밀리는 아만다에게 기운차게 웃어 줬다.

"내가 보기에 못 할 거 없어. 몇 년 전에 레이시 샌더스의 언니가 참가했을 때는, 무대 위에서 응급조치 시범을 보였거든."

해나는 팔짱을 끼고 등받이에 몸을 기대고 있었다. 앞머리가 눈을 가릴 정도로 길어서 얼굴을 보면 머리카락과 입밖에 보이지 않았다. 마치 말하는 가발 같네.

"나는 말 분장을 하고 5분 동안 무대를 뛰어다닐까 봐."

밀리는 내 쪽으로 몸을 돌렸다. 웃는 얼굴이야 참 편해 보였지만 나머지 몸은 죄다 불편해 보였다.

"너는 뭐 할 거야, 윌?"

"모르겠어."

나는 댄스 학원도 열심히 다니지 않았고, 바이올린이나 운동부 같은 것도 한 적이 없었다. 내 장기라 해 봤자 TV 보기, 엘렌의 친한 친구 되기, 한숨 쉬기, 그리고 돌리 파튼 노래 가사 전부 외우기밖에 없는걸.

"우리 장기자랑 말고도 드레스랑 사전 인터뷰 준비도 어떻게 할지 생각해야 해."

"난 이 빌어먹을 대회에 더는 돈 쓸 생각 없어. 난 청바지에 청남

방 입고 나갈 거야."

"우리가 너한테 드레스를 만들어 주면 어떨까?"

밀리가 물었다. 그 애의 목소리가 어찌나 높은 음으로 기어들던지 목소리가 새되게 찢어져 나왔다.

해나는 대답하지 않았다. 나는 해나를 볼 때마다 그날 여자 화장실에서 보와 있었던 일을 얘가 다 알고 있는데 어떡할까, 하는 생각밖에 들지 않았다. 우리는 서로 말을 많이 하진 않았지만, 해나는 내가 절친한테도 말 못 할 너무 큰 비밀을 알고 있는 거다.

"그럼 우리가 생각해야 할 게 뭐지? 그러니까, 지난번 모임 때는 애들이 다 예쁘게 차려입었는데 우리만 완전 바보처럼 입고 갔잖아. 준비 안 된 건 우리밖에 없는 느낌이었어."

아만다가 머리카락을 잘근잘근 씹으며 물었다. 내가 대답했다.

"음, 드레스랑 장기자랑이랑 인터뷰를 준비하면 돼. 더 이상 준비할 건 많지 않아. 중요한 건 거기서 고개를 떨구지 않고 당당하게 걸으면서 가짜 속눈썹 붙인 게 눈알을 찌르지 않게만 보이면 된다고. 아, 맞다. 수영복도 있어. 우리 그것도 어떻게 할지 생각해야 해."

밀리는 이제 손끝을 씹고 있었다.

해나는 팔짱을 낀 채로 몸을 쭉 뻗어서 아만다가 앉은 공간을 점점 침범했다.

"우리는 완전 망했어. 너희 엄마가 조직위원장인데 넌 그것밖에 몰라?"

"내가 미인대회에 목매고 사는 애같이 보이니? 나는 지난주까지 이런 거 한 번도 생각해 본 적 없었다고. 이제 와서 못 할 것 같아 보인다면 정말 미안하게도 때는 이미 늦었네요, 아가씨."

밀리는 빨대를 길게 빨아서 청량음료를 다 마셔 버렸다.

"아, 음, 그러니까 월, 괜찮다면 거기다 내가 좀 더 덧붙여 말해도 될까?"

밀리는 음료 컵을 내려놓고 자세를 바로잡았다.

"미인대회는 옷이랑 장기자랑만을 심사하는 데가 아니야. 그건 쇼맨십을 드러내는 자리라고. 음, 여자가 참가하니까 '쇼우먼십'이라고 해야 하나. 자존감을 드러내는 대회인 거야. 대회 우승자는 나중에도 큰일을 하잖아. 헤이즐 씨를 보라고."

헤이즐 씨는 지역 라디오 방송국 토크쇼 진행자였다.

"그리고 샌토스 의사 선생님도 있고. 대회는 그 모든 걸 다 보는 거라고."

그때 깨달았다. 밀리는 정말 이 대회에 진지하게 나왔구나. 장난이 아니었구나. 얘는 정말로 미인대회 참가자의 마음가짐인 거야.

밀리는 계속 말했다.

"우리 중에서 완벽한 지원자는 아무도 없어. 그건 너희도 다 인정할 거라고 생각해. 하지만 중요한 건 있는 힘껏 도전하는 거야. 내자랑은 아니지만, 나는 인터뷰라면 자신 있어. 아만다, 너는 교정신발을 신고 있잖아. 그러니 축구 묘기를 선보이면 사람들이 널 정말 놀랍게 생각하고 감동할 거야."

나는 숨죽이고 이야기를 들을 뻔했다. 얘는 나한테 무슨 말을 해 줄까? 어쩌면 나를 일깨울 수도 있을 것 같단 생각마저 들었다.

"해나, 내 말 오해하지 말고 들어. 나 예전에 너 수영복 입은 거 본 적 있거든? 음, 너는 잘할 수 있겠더라."

해나의 입꼬리가 실룩였다. 그 순간 나는 확신하고야 말았다. 밀리가 저 해나 퍼레즈를 웃게 만들다니, 이게 신의 능력이 아니라면 대체 뭐란 말인가.

"그러니까 오리엔테이션 때 들었던 것처럼, 우리는 제81회를 맞는 대회를 축하하는 사람들이기도 한 거야. 바로 미스 틴⋯⋯."

"잠깐만. 너 왜 내 강점은 뭔지 말 안 해 줘?"

내가 묻자 밀리는 미소를 지었다.

"당연히 넌 자신감이 강점이지."

완전히 얼이 빠졌다. 나도 느끼지 못하는 게 자신감인데, 얘는 나한테서 그걸 봤다고? 그 자신감이라는 게 없는데, 어떻게 자신감 있게 굴라는 거야? 난 거울 속에 비친 내 모습을 보고 내가 이토록 심하게 신경 쓰리라고는 생각해 본 적이 없다. 하지만 보가 나타나서 다 망쳤다. 보가 아닌 다른 사람이 나를 좋아했었더라면 나도 스스로를 좀 더 쉽게 좋아했을 텐데.

하지만 그건 진실이 될 수 없다. 살찌고 덩치가 커다래도 괜찮다고 스스로 아무리 말해 봤자, 사실은 괜찮지가 않다. 심지어 왜 그런지는 모르겠지만 보가 나한테 괜찮다고 말한다 해도, 내가 괜찮지가 않단 말이다.

그러다가도 또 신경이 전혀 안 쓰일 때가 있기는 하다. 그러면 난

이 몸에 아주 만족하면서 산다. 어떻게 난 동시에 두 마음을 갖고 살 수가 있는 걸까?

"또 더 하고픈 말이 있니, 월?"

밀리가 물었다. 나는 눈을 깜빡였다. 한 번, 두 번.

"아니, 없어. 없는 거 같아."

해나는 슬그머니 부스에서 일어섰다.

"난 간다."

아만다가 청량음료를 훅 빨아서 빨대가 요란하게 울렸다.

나는 돌아서서 해나를 불렀다.

"너 왜 마음을 바꿨던 거야? 밀리가 처음에 하자고 했을 때는 싫다고 했었다면서?"

해나는 돌아서서 대답했다.

"애들이 매일 나더러 또라이라고 하잖아. 또라이의 진면목을 보여 주고 싶은 거라 쳐."

해나가 우리 말을 들을 수 없을 정도로 멀리 가자, 아만다가 중얼거렸다.

"말처럼 생긴 애라 그런지 말도 잘 하네."

밀리는 테이블 아래로 아만다를 툭 찼다.

"그런 말 하는 거 별로야."

"뭐, 쟤도 별로잖아."

아만다가 대꾸했다.

33

○

이번에 나는 미치더러 걔네 집에서 만나자고 말했다. 미치는 영화를 보러 오라고 했고, 그래서 난 걔네 부모님이 그날 밤 외출하셨을 거라고 생각했다.

하지만 현관문을 열자, 그 안에는 미치와 똑같이 생긴 아주머니가 연노란색 티셔츠를 입은 모습이 보였다. 털실을 굴리는 아기 고양이 무늬 셔츠였다. 이분은 미치의 엄마일 수밖에 없었다. 그분은 행주를 어깨에 얹더니 나를 꼭 끌어안았다.

"어머나, 세상에! 미치는 네가 예쁘다고 했는데, 지금 보니 아주 탐스럽기도 하구나."

그분은 잠시 나를 떼어 내는가 싶더니 내 볼을 쥐고서 날 현관문 안으로 데리고 들어갔다.

미치의 집 현관은 좁다란 구조였다. 통로에는 물건이 가득했다. 하지만 미치의 엄마는 움직이지 않았다.

"네 얼굴 좀 보자."

그분은 엄지손가락으로 눈물을 훔치듯 내 볼을 문질렀다.

"엄마!"

그분이 한 걸음 물러서자 좁은 복도에 선 미치가 보였다. 그 애 뺨은 새빨개져 있었다.

"안녕."

"안녕, 윌."

미치는 목을 가다듬고 말했다.

"음, 엄마. 우리는 위층으로 올라갈게."

어머니는 고개를 끄덕였다.

"문은 열어 두고 있어."

"엄마, 우리는 그런 거 아니야!"

미치는 올라가며 나에게 따라오라 손짓했다.

"하나님이 다 보고 계셔!"

뒤에서 어머니가 소리쳤다.

미치의 침대 머리맡에는 1학년과 2학년 홈커밍데이에 썼던 국화 장식이 걸려 있었다. 국화 장식은 남부 특유의 문화인데, 나는 이게 참 좋으면서도 정말 싫다. 최고의 국화 장식은 직접 도화지로 만든 거대한 모조 국화꽃에다 리본을 치렁치렁 달아 놓은 거다. 이 꽃 장식을 홈커밍데이에 들고 오는데, 학교의 상징색으로 만들고 리본에는 반짝이로 온갖 문구의 글씨를 쓴다. 여자애 이름과 걔 남자친구 이름을 써도 되고, 학교 마스코트명을 적어도 된다. 원래는 여자애들이 남자친구 셔츠에다가 옷핀으로 달아 줄 수 있을 만큼 작았다고 한다. 하지만 텍사스에 들어오면 뭐든 지랄맞게 커지는 특성에 따라, 지금 국화 장식은 어마어마하게 무거워져서 목에 걸어야 할 지경이 됐다. 그리고 남자애들, 특히 미치 같은 미식축구 선수들은 그 국화 장식의 미니어처를 또 만들어 팔에 달고 다닌다. 참으로 웃긴 짓거리지만, 어찌 보면 돌리 파튼의 정신과 통하는 면이 있다.

미치의 방 벽에는 몇 가지 게임 포스터가 무작위로 붙어 있었다. 그런데 그중 하나가 내 눈길을 끌었다. 포스터 가득 여자 캐릭터 상반신이 그려진 그림이었는데, 여자는 기관총을 들고 있고, 뒤로는 좀비 떼가 쫓아오는 모습이었다. 여자가 무슨 옷차림인지는 알 수 없었다. 왜냐하면 쇼핑백 종이로 만든 무릎까지 오는 드레스가 덧붙여진 상태였으니까. 나는 그 포스터를 가리키며 물었다.

"저건 뭘 해 놓은 거야?"

"윽, 우리 엄마가 한 거야. 저건 내가 제일 좋아하는 게임이야. 실은 후속편이 더 재미있긴 해. 근데 엄마는 저 포스터 싫어하거든."

미치는 쇼핑백 종이 드레스를 들어 올렸다. 그러자 크롭톱과 팬티라 해도 될 만큼 아주 작은 올리브색 반바지가 드러났다.

"엄마는 내 방에 헐벗은 여자 그림이 붙어 있는 걸 별로 좋아하지 않았어. 그게 2D 캐릭터라고 해도. 그래서 엄마랑 합의한 거야. 내가 떼어 낼 때마다 새 옷을 지어 입히더라고."

"그럼 그냥 포스터를 떼지 그래?"

미치는 침대 끝에 앉았다.

"모르겠어. 난 저 게임이 좋아. 실은 여자애가 벗었거나 말거나 상관없어."

"그래?"

내 말에 미치는 손을 내저었다. 방금 한 말을 취소하려는 듯한 행동이었다.

"아니, 벗은 여자가 싫다는 건 아니고, 그러니까 내 말은 이거야. 벗은 여자를 보려고 게임을 하는 게 아니라고."

미치는 한숨을 깊이 쉬고는 말을 이었다.

"나는 저 여자 주인공이 터프한 게 좋아서 게임하는 거야. 여자 엉덩이 보려고 하는 게 아니라고."

미치는 '여자 엉덩이'라는 말을 조그맣게 말했다.

"알았어."

나도 나지막하게 대답했다. 그리고 미치의 책상 의자를 당겨 앉았다. 남자애 침대에 앉는 건 너무 이상했으니까.

"그럼 여기서 영화 보면서 놀까? 아니면 나가도 돼. 하지만 넌 남 눈에 띄는 건 싫지?"

"영화 보는 게 좋겠어."

"좋아. 그러자. 여기서 내 노트북으로 볼 수 있어. 아니면 거실에 가도 되고."

"여기서 보는 게 좋아. 아님 거실에 가도 상관없어."

"그럼 침대에 같이 앉을까? 아니면 내가 바닥에 앉을 테니 네 가……."

나는 미치가 앉은 침대 옆자리에 앉았다.

"진정해."

나는 바보 같은 상황의 주인공이 되는 데 아주 도가 텄다. 심호흡을 해야 할 일이 이제껏 얼마나 많았던가. 언제라도 절벽에서 떨어질지 모른다는 조마조마한 느낌이 없다니 그나마 다행이라는 생각도 들었다.

"침대에 같이 앉아도 돼. 여기 너랑 앉아 있다고 내가 임신이라도 하는 건 아니잖아?"

"그 말 우리 엄마한테 꼭 해 주라."

나는 웃었다.

"우리 문도 열어 놨잖아. 하나님이 보고 계실지도 모르니까."

미치는 방의 불을 끄고 노트북을 가져왔다. 그리고 우리 앞에 놓인 베개 무더기 위에 노트북을 올려놨다.

"혹시 보고 싶으면 저 게임 영화로 만든 것도 있어. 아니면 아무거나 온라인에서 결제해도 돼."

"좀비 영화가 어떤 건지 보고 싶긴 해."

우리는 편하게 앉았다. 이윽고 노트북 화면에서 불빛이 쏟아져 나왔다. 영화는 게임 포스터에 등장한 모습과 똑같았다. 차이가 있다면 여주인공이 갈색 쇼핑백 종이옷 차림이 아니었다는 것뿐이다. 내가 보기에 미치는 이 영화를 수백 번도 더 본 것 같았다. 등장인물들이 마음에 드는 대사를 할 때마다 걔 입술도 같이 움직였다. 누가 농담이라도 할 것 같으면 미리 웃었고, 무서운 장면마다 먼저 얼굴을 찌푸렸다. 나는 공포영화를 전혀 좋아하지 않았기 때문에, 미치의 반응이 사전 경고가 돼 주어 고맙기도 했다.

결말 장면은 머릿속에 들어오지 않았다. 영화에 집중하지 못했다. 미치의 손이 점점 내 손 쪽으로 다가오는 걸 뚫어져라 보느라고 말이다.

손을 치워야 하는데.

미치의 새끼손까락이 내 새끼손가락을 건드렸다.

순간 노트북이 폭발했다.

음, 정확히 말하자면 영화 속에서 좀비가 가득 찬 병원이 폭발했다. 하지만 나는 정신을 딴 데 팔고 있었기 때문에, 너무 놀라서 그만 비명을 질렀다.

"하나님 맙소사! 너 그 애한테 무슨 짓을 하는 거니!"

미치의 엄마가 고함을 쳤다.

"〈파이널 데스 3〉보고 있었어!"

미치가 소리를 질렀다.

"저는 괜찮아요!"

나도 소리쳤다.

엔딩크레디트가 올라갔다. 이제 방 안은 아주 깜깜해졌다.

"배고파?"

미치가 물었다. 실은 배고파 죽을 지경이었다.

"뭐 있으면 먹을게."

"도슨가 아래쪽에 타코 파는 노점이 있어. 거기까지 걸어가면서 좀 놀다가 넌 집에 가면 어떨까?"

나는 미치를 따라 주방으로 내려갔다. 그 애 엄마는 영수증을 쌓아 놓고 낡은 계산기로 합계를 내고 있었다.

"너희 배고프니?"

"우리는 지금 밖에서 타키네 타코 먹으러 갈 거야."

미치의 말에 그 애 엄마는 줄이 달린 독서용 안경을 벗어 내렸다. 안경은 그분 티에 새겨진 아기 고양이 무늬 위에서 달랑거렸다.

"음, 엄마가 오늘 아침에 슈퍼 가서 장 봐 온 거 있는데 왜 밖에 가서 먹으려고 그러니? 내가 살라미 샌드위치 만들어 줄게. 아니면 치킨 스파게티 캐서롤 남은 것도 있는데."

그분은 나를 바라봤다.

"자랑은 아니지만, 내가 만든 치킨 스파게티 캐서롤은 아주 먹을 만하단다."

"엄마, 우리는 집에서 나가 놀고 싶어. 왜 자꾸 일을 벌이려고 하는 거야?"

"밖에 나가 사 먹는 게 뭐가 좋다고?"

그분은 다시 안경을 썼다.

"하지만 오늘은 토요일 밤이긴 하지. 자정까지는 돌아오렴."

타코 노점상은 오래된 주차장 자리에 있었다. 인도의 틈 사이로 잡초가 수북이 자란 모습을 보니 여기는 타코 파는 데지 분위기 따지러 오는 데는 아니라는 게 더욱 느껴졌다. 노점 옆으로는 녹슨 놀이 기구들이 보였다. 도심에 있는 놀이터에서 뽑아다가 여기 주차장 빈터에 쌓아 둔 것 같았다. 우리는 타코 노점상 옆에 켜 둔 가로등 불빛이 간신히 닿을 만한 벤치에 앉았다. 최대한 모기와 떨어지고 싶었기 때문이다.

타코를 다 먹고 나서는 놀이터를 돌아다녔다. 내가 그네에 앉자 미치도 옆에 따라 앉았다. 미치가 앉은 그넷줄은 무게를 견디며 괴롭게 삐거덕거렸다.

"타코 맛있었어."

내 말에 미치는 고개를 끄덕였다.

"영화는 재밌었어?"

"그거…… 아주 피 튀기더라. 하지만 마음에 들어."

"근데 너 정말로 미스 틴 블루 보닛 미인대회에 나가는 거야?"

"그래. 맞아. 나갈 거야. 난 완전 망했어. 장기자랑을 해야 하는데 아무것도 할 게 없어."

나는 그네에 앉아 뒷걸음질을 친 다음 발을 굴렀다. 그네가 앞으로 확 움직였다.

"게다가 나 때문에 다른 애들도 대회에 참가해 버렸어. 내가 무슨 걔들 리더인 것처럼 됐다고. 하지만 난 지금 내가 뭐 하는 건지도 모르겠어. 그런데 책임감은 든다니까. 무슨 말인지 알겠니?"

미치는 내 뒤에 서서 내가 다가올 때마다 그네를 밀어 줬다.

"네 장기자랑을 뭘 할지 걱정이 들기는 하겠지만, 그래도 걔들이 장기를 찾는 건 도와줄 수 있을 거야."

미치는 몇 번 더 그네를 밀어 줬다. 그동안 내 머릿속에서는 걱정들이 스르르 사라졌다.

"미치, 있잖아."

"어. 말해."

"넌 진짜 미식축구 잘하잖아?"

"사람들 말로는 그렇대."

"그럼 넌 장학금 받아서 다른 도시 대학에 가는 건 확정이네."

그런데 처음으로, 미치는 대답하지 않았다.

"왜? 너 안 갈 거니?"

"모르겠어. 아마 가게 되겠지."

미치는 나를 밀어 주다 말고 다시 내 옆 그네에 가서 앉았다. 이번에는 반대 방향을 바라봤다.

"나는 이제껏 '이걸 좋아해야 한다'고 주어진 일을 좋아했던 적이 한 번도 없었어. 물론 나는 미식축구를 잘하지. 하지만 경기 시즌 내내 나는 그저 '해내야 한다'는 의무감만 느꼈을 뿐이야."

나로서는 이해하기 힘든 말이었다. 뭔가를 이렇게 잘하는데, 그걸 안 좋아할 수가 있다니 말이 돼?

"이런 동네에서 남자로 살면, 사람들은 자꾸 뭔가를 기대해. 너는 남자니까 미식축구를 해야 하고, 사냥해야 하고, 낚시해야 한다는 식이지. 나는 자라면서 친구가 많이 없었어. 하지만 패트릭이 내 친구였지. 우리는 아빠들이랑 주말마다 사냥하러 갔었어."

"너 사냥도 해?"

나는 이렇게 물었지만 사실 놀랄 일은 아니었다. 이 동네에 사냥하는 사람은 널렸으니까. 동물을 죽인다는 게 혐오스럽기는 했지만, 그렇다고 내가 고기를 안 먹는 건 아니기 때문에 뭐라 할 수는 없었다.

"음, 그런 셈이지. 나는 어렸을 때부터 사냥을 했어. 사냥을 나가면, 아빠는 뭔가 제철 사냥감이 나타나길 기다리는 동안 나한테 맥주 반 잔을 마시라고 줬어. 하지만 총을 쏴야 하는 순간이 오면 나는 항상 빗맞혔어. 얼마 동안 나는 내가 총을 잘 못 쏴서 그렇다고 둘러댔지. 그러면 아빠는 나한테 진짜 화를 냈어. 나는 번번이 사냥감을 빗맞혔으니까. 그것도 아주 아깝게 말이야. 그러다 아빠는 알게 됐어. 내가 일부러 그런다는 걸."

미치 이야기를 듣자 마음속에서 동정심이 따끔따끔 일었다. 어쩌면 우리가 말하고 싶지 않은 이야기들이야말로 사람들이 가장 듣고 싶어 하는 이야기인지도 모른다는 생각이 들었다.

"7학년 때였어. 아빠는 나를 심하게 다그쳤어. 패트릭이랑 걔네 아빠도 그 자리에 있었지. 그때는 사슴 사냥철이었어. 나는 사슴을 쐈어."

미치의 목소리가 점점 작아졌다.

"그건 사고였어. 내가 쏜 사슴은 정말 위풍당당한 수사슴이었어. 아빠는 내 등을 철썩 치면서 좋아했지. 그때 나는 숨 막혀 죽을 뻔했던 기억이 나."

"정말 힘들었겠다."

이렇게 말했지만 정말 성의 없는 대답 같았다. 루시 이모가 죽었을 때 힘들겠다고 나에게 말하던 사람들의 대답처럼 들리잖아.

미치는 일어나더니 내 그넷줄을 당겨 줬다. 목덜미에 미치가 내뿜은 긴 한숨이 느껴졌다.

"남자애들은 울면 안 된다는 거 알아. 하지만 난 그날 밤에 엉엉 울었어. 그때 깨달았던 것 같아. 뭔가를 잘한다고 해서 반드시 해야 하는 건 아니라는 걸 말이야. 뭔가를 쉽게 해낼 수 있다고 해서 그걸 해도 되는 건 아니니까."

미치는 그넷줄을 놨다. 나는 저 하늘 별을 향해 발을 굴렸다.

그날 밤, 나는 미치의 게임 속 주인공이 된 꿈을 꿨다. 초미니 반바지에 너덜너덜한 셔츠를 입은 내 몸은 꿈이라고 해서 게임 주인공처럼 포토샵 처리돼 말끔하게 날씬해져 있지는 않았다. 셀룰라이트가 보이는 허벅지는 두꺼웠고, 튀어나온 뱃살은 반바지 고무 밴드 위로 훌렁 처졌다. 금발 머리는 돌리 파튼의 그 옛날 스타일처럼 높고 커다란 뽕 파마머리였다. 하지만 미치의 게임 속 여자 캐릭터가 쓰던 총과 탄약, 칼들은 내 등과 허벅지에 장착돼 있었고, 어깨에는 바주카포를 든 채였다. 나는 아주 터프한 캐릭터였다. 말하자면 뚱뚱하고 터프한 여자 캐릭터인 거다.

나는 황폐한 도심가 안으로 달려갔다. 빌딩 안으로 들어가자 회전문으로 몇 달 동안 쌓인 잔해가 쏟아져 나왔다. 좀비들은 처음에 천천히 나타났지만, 조금 지나자 몇 배로 불어났다. 그 좀비들은 미인대회 우승자들이었다. 사방이 다 미인 좀비들이었다.

그들이 코앞에 닥칠 때까지 기다렸다. 이윽고 난 바주카포를 쏘아 댔다. 좀비는 사라졌다. 잔해가 공중에서 휙 날아왔다. 나는 잽싸게 고개를 숙였다. 좀비는 죽었다. 이번에는 진짜 죽은 거다.

하지만 아직도 한 마리가 남았다. 회색 좀비는 그 화려했던 옛날에 입었던 찢어진 붉은 드레스 차림이었다. 머리에 쓴 왕관은 휘어지고 부서졌고, 어깨에 두른 미인대회 띠는 이미 바래서 글자를 알아볼 수도 없었다. 좀비는 내 쪽으로 다가왔다. 한 발짝씩 걸을 때마다 대리석 바닥에 자국이 남았다.

나는 바주카포를 장전했다.

34

。

미인대회 참가신청서를 내고 나서야 제대로 생각해 본 게 몇 가
지 있기는 했다. 예를 들면 수영복 심사 코너가 그랬다. 하지만 내
가 정말로 마음의 준비를 하지 못했던 건, 그룹 댄스 코너였다.

나와 밀리, 아만다와 해나는 클로버시티의 유일한 댄스 교습소
인 댄스 로코모티브의 맨 뒤에 줄지어 섰다. 딱 봐도 쉽지 않겠다는
건 알고 있었지만, 안무에 맞춰 동선을 따라 움직여야 한다는 건 생
각보다 훨씬 힘들었다.

엄마는 댄스 스커트와 레오타드 차림으로 맨 앞에 섰다. 엄마가
입은 레오타드는 살짝 좀 심한 디자인이었다. 엄청 반짝반짝 빛나
는 누드 타이즈였으니까. 거기다가 검은색 캐릭터 댄스 슈즈까지
신었다. 엄마 양옆으로는 클로슨 씨와 맬러리 버클리가 섰다. 클로
슨 씨는 터키석 색깔의 바람막이 트레이닝복을 입었는데, 숨 쉴 때
마다 휙휙 마찰음이 났다. 맬러리가 입은 옷은 하얀색 요가 바지에
다 연분홍색 스포츠 브라였다. 나는 엄마가 몇 번이고 맬러리를 곁

눈질하며 비난의 눈초리를 보내는 걸 알아챘다. 그걸 보니 약간은 못된 만족감이 들었다.

여기 있는 모든 지원자는 날씬한 몸에다 태닝을 하고 머리카락을 탈색했다. 그리고 외모에 어울리는 운동복을 입었다. 그런데 나는 어젯밤 입고 잔 파자마 차림이었다. 아만다는 축구 운동복을 입었다. 밀리는 그래도 어울리는 트레이닝복을 입고 온 게 준비를 하긴 한 모양이었다. 하지만 해나는 까만색 청바지에 까만 티셔츠를 입고 와서 우리 넷이 준비를 전혀 안 했다는 걸 강조해 줬다.

"그럼 여러분, 먼저 스트레칭을 하겠어요."

엄마는 거울을 등지고 모두의 앞에 앉았다. 사람들은 자기가 좋아하는 자세를 취했다. 클로슨 씨는 일어서서 팔을 풍차처럼 휘두르며 몸을 풀었다. 몸통이 돌아갈 때마다 헉헉대며 수를 세는 얼굴이 빨갛게 변했다. 그런데 정말 신기하게도, 동그란 머리 컬은 풀리지가 않더라.

엄마는 발바닥을 서로 붙이고 다리를 나비 모양으로 구부리며 말했다.

"올해 우리의 테마는 '텍사스: 을매나 멋지게요?'랍니다."

해나가 중얼거렸다.

"그러시군요. 맞춤법이나 제대로 썼으면."

아만다가 웃었다. 밀리는 케즈 운동화를 신은 자그마한 발로 아만다의 정강이를 찼다.

나는 다리를 뻗고 앉아서 발끝으로 손을 뻗었지만, 뱃살과 가슴에다 허벅지 때문에 닿지가 않았다.

"여러분은 연습이 끝나고 우리 텍사스주의 랜드마크를 하나씩 배정받게 될 겁니다. 그 랜드마크를 주제로 오프닝 무대에 입고 나올 옷을 꾸미도록 하세요. 모두가 공통으로 입어야 할 기본 의상은 청스커트에 체크무늬 셔츠와 카우보이 부츠입니다. 거기에 여러분이 배정받은 랜드마크에 대한 존경심을 담아 여러분만의 그 무엇을 더해 보세요. 예를 들어, 만약 우리 주의 주화(state flower)인 블루 보닛을 배정받았다면, 블루 보닛 모양 머리핀을 만들어 꽂으면 좋겠지요. 이것 역시 여러분의 취향을 보여 주면서 주어진 과제를 얼마나 잘 해내는지를 보여 주는 요소로, 심사 대상이 됩니다. 그러니 기회를 잘 활용하세요, 여러분."

엘렌은 캘리와 함께 앞줄에 섰다. 캘리도 당연히 미인대회에 나온다고 했었지. 둘은 엉덩이에 스위트 16 로고가 찍힌 운동복을 입었다. 우리가 서로 말을 안 한 지도 2주나 됐다. 내가 2주 동안 엘렌과 말을 안 했던 적은 걔네 부모님이 캠핑카를 빌려서 엘렌을 데리고 웨스트코스트로 휴가를 떠났을 때였다. 나는 엘렌이 떠난 날부터 매일 편지를 써서 그 애 집 우편함에 넣어 놨었다. 엘렌이 없는 동안 나는 제정신이 아니었다. 그리고 그 애가 돌아오자, 우리의 엄마들은 이틀 연속으로 엘렌을 우리 집에서 자도록 허락해 줬다.

그런데 지금은 상황이 훨씬 나빴다. 엘렌이 여기 떡하니 있으니까. 저 끝에 있는 걔는 내가 불러 봤자 대답하지 않을 거다. 나는 몇 번이고 사과할 뻔했지만, 이젠 너무 오래 기다렸다. 그리고 내 속마음 한구석에는, 솔직히 말하자면 아직도 그런 마음이 있었다. 난 잘 못한 거 없다고.

우리는 모두 일어서서 안무를 배웠다. 밀리는 발끝으로 서서 이쪽으로 몸을 숙이며 말했다.

"너 쟤랑 말해야지."

"무슨 소리야?"

밀리는 운동복 소매를 걷어붙이며 다시 말했다.

"엘렌이랑 말하라고."

"그레이프바인 스텝!"

엄마가 컨트리 음악을 틀어 놓고 소리쳤다.

"왼쪽으로 다섯 번, 오른쪽으로 다섯 번, 베카! 앞으로 나와요. 다른 사람들이 보고 따라할 수 있게."

베카는 얼굴을 붉히면서도 엄마의 말에 따라 앞으로 나갔다. 쟤를 보기만 해도 기분이 나빴다. 그런데 사실 기분 나쁠 이유가 전혀 없었다. 베카는 뭐든 잘했다. 예쁘기도 하고. 근데 착하기까지 했다.

그 후로 한 시간 동안 나는 그레이프바인 스텝을 끝없이 따라 하려고 애쓰면서 자꾸 발을 헛디뎠다. 그리고 다른 애들과 이리저리 교차하는 동선은 어려웠다. 내가 아만다 신발에 걸려 넘어져서 딱딱한 나무 바닥에 엉덩방아를 찧자, 엄마가 날 보는 모습이 거울에 비쳤다. 결국 베카를 앞으로 불러낸 엄마의 판단은 옳았다. 걔는 어떻게 춰야 하는지 잘 알고 있었으니까.

연습이 끝나자, 나는 온통 땀투성이였다. 이토록 땀을 많이 흘렸는데도 더 흘릴 땀이 있다니 놀라웠다.

밀리는 제정신이 아닌 얼굴이었다. 목 주변에 땀자국이 거대하게 났다.

"너무 좋았어. 너 랜드마크 뭐 뽑았어?"

나는 아까 대접에서 뽑은 종잇조각을 들어 올렸다.

"캐딜락 랜치."

그곳은 나도 사진에서만 봤던 곳이다. 이쯤에서 텍사스에 대한 설명을 하겠다. 텍사스주는 미친 듯이 넓다. 우리 주에서 한 발짝도 나가지 않고 사는 사람이 널린 곳이다. 텍사스주의 저 끝에서 위치를 잘 잡고 차를 몰기 시작하면, 하루 종일 몰아도 주 경계를 벗어날 수 없다는 이야기도 들은 적이 있다.

"넌 뭐 뽑았어?"

밀리는 활짝 웃었다.

"스톡야드*. 포트워스에 있는 거 말이야."

아마도 가축 시장을 주제로 해서 미인대회에 붙이고 나갈 머리핀을 만들 수 있는 건 밀리밖에 없을 거다. 밀리의 긍정적인 마음가짐이 나한테도 옮는다면 얼마나 좋을까? 그럼 나도 이 대회에서 우승해 보겠다고 온몸을 바쳐 볼 텐데.

---

* Stockyards: 1800년대 후반부터 목장과 가축 시장이 조성됐던 곳으로 서부 개척 시대의 모습을 엿볼 수 있는 텍사스주의 대표 관광 명소.

35

○

규모가 큰 학교에서는 댄스파티 같은 걸 별로 중요하게 여기지 않는다는 말을 들었었다. 아마 학생이 너무 많아서겠지. 하지만 나한테는 참 운이 나쁘게도, 이 클로버시티 고등학교에서 댄스파티는 아주 중요하고도 커다란 행사다. 졸업 무도회를 제외하면, 이 동네에서 가장 지랄맞은 행사는 바로 새디 호킨스* 댄스파티다. 왜냐하면 이 댄스파티에 가려면 여자애가 남자애한테 파트너 신청을 해야하는데, 절대로 평범하게 하면 안 되기 때문이다. 여자애들은 최선을 다해서 본인의 새디 호킨스 댄스파티 파트너 신청을 기억에 길이길이 남을 일로 준비한다.

그러다 3년 전쯤인가 메이시 파머라는 여학생이 이 미친 짓거리를 더 심하게 만들었다. 메이시는 자기 남자친구인 사이먼에게 댄

---

* Sadie Hawkins: 북미 지역의 중·고등학교에서 열리는 댄스파티다. 보통 댄스파티는 남학생이 여학생을 초대하는데, 새디 호킨스는 여학생이 남학생을 초대한다.

스 파트너를 신청하면서 크리스마스 노래를 부르는 어린이 중창단을 고용했다. 진짜로 그랬다니까. 매일 아침 이 중창단 꼬마들은 학교로 와서 '울면 안 돼'부터 '북 치는 소년'까지 크리스마스 노래를 불러 댔다. 아니, 이미 사귀고 있는 남자친구한테 이게 무슨 짓이냔 말이야! 혹시 메이시가 다른 남자한테 댄스 파트너를 신청하지는 않을까 사이먼이 의심하고 있던 것도 아니었다. (기록에 따르면 그 둘은 모두 졸업했다. 메이시는 지금 임신 4개월째고, 사이먼은 골프 특기생으로 장학금을 받아 대학에 다니면서 방학마다 아내가 있는 집으로 돌아오고 있다.)

어쨌든 그 후로, 남자애한테 새디 호킨스 댄스파티에 가자면서 쿠키를 구워 주거나 운동부 남자애의 등 번호를 새긴 티셔츠를 입는 것 들은 시시한 신청 방식이라 더 이상 용납되지 않았다. 그리하여 현재, 여자애들이 댄스파티에 가려면 우선 남자애한테 파트너 신청을 할 용기를 갖춰야 하는 것은 물론이고, 그걸 나름의 스타일을 갖춰 표현하기까지 해야 한다.

내가 고등학교 들어온 첫해는 그리 나쁘지 않게 지나갔다. 엘렌은 아직 팀과 사귀는 중이 아니었으니까. 작년에 나는 아픈 척하고 학교에 빠졌다. 하지만 올해는 지금 내가 벌여 놓은 일에 골치가 아팠기 때문에, 댄스파티 티켓을 판매한다는 배너와 광고 들이 눈에 들어오지 않았다.

나는 장장 다섯 시간 동안이나 새디 호킨스 댄스파티 파트너 신청 장면을 지뢰밭을 피해가듯 피해 다녔다. 점심시간에는 치어리더 여자애들이 인간 피라미드도 만들었더라. 이제 한 시간만 버티면 된다. 그래서 아만다 쪽으로 책상을 붙여 앉았다.

아만다가 핸드폰을 보다 말고 나에게 물었다.

"넌 댄스파티 파트너 신청했어?"

"아니. 넌?"

아만다는 고개를 저었다.

"안 했어. 일단 오늘 신청받을 남자애들이 다 빠지고 나면, 내일 남은 남자애가 누군지 보려고. 안 해도 상관없지만, 우리는 미인대회에 에스코트해 줄 남자애가 필요하잖아. 내일 누구라도 걸리면 한 번에 두 가지 일을 다 처리할 수 있으니까."

나는 얼굴을 손에 파묻고 신음했다. 에스코트할 남자가 있어야 한다는 사실을 까먹다니. 그때 내 책상이 누가 걷어찬 것처럼 덜컹였다. 고개를 홱 들어 보자 보가 교실 뒤에 있는 자리로 걸어가고 있었다.

이런 식으로 보를 보는 게 내심 좋았다. 매일 아침 그 애 옷장 안에 숨어 있다가 옷을 고르는 보를 옷 사이로 몰래 훔쳐보는 것처럼 말이다. 혹시 일부러 내 책상을 치고 간 걸까. 쟤는 그냥 불도 안 켠 채로 아무 옷이나 옷장에서 빼 입을까? 아침에 일어나서 준비하는 건 범죄급으로 귀찮은 일이니까. 아니면 아침형 인간처럼 아주 일찍 일어나서 조깅을 가거나 달걀을 아침으로 먹을까?

'하지만 쟤가 어떻든 너랑 뭔 상관이야. 신경 꺼.'

나는 스스로에게 말했다.

아만다가 말했다.

"밀리는 말릭에게 신청했대. 교지에 났어. 걔는 일자 눈썹이긴 해도 그것만 빼면 나름 섹시한 애지. 일자 눈썹 좋아하는 애라면 그점도 섹시하겠고."

나는 아만다 쪽으로 돌아앉았다. 보 생각을 안 하게 되니 감사할 지경이었다. 하지만 순간 지금 내가 앉아 있는 자세가 너무 신경이 쓰였다. 이렇게 몸통을 돌리면 등살이 적나라하게 보이잖아. 똑바로 앉아야 등살이 사라질 텐데.

"밀리는 뭐 했대?"

아만다는 웃었다.

"노래 불러 줬대. 우쿨렐레 치면서."

왜 부끄러움은 나의 몫이란 말인가. 몸서리가 쳐졌다. 다들 분명히 비웃었을 거다.

"그래서 어떻게 됐대?"

나는 속삭여 물었다.

"뭐, 말릭이 알겠다고 했대."

아만다의 말투는 '음, 걔가 왜 거절하겠어?'라는 식이었다.

"잠깐만, 정말로 오케이했다고?"

"말릭은 미인대회 때 밀리 에스코트도 해 줄 거야. 정말 착하지 않냐? 그리고 밀리 뺨에다가 키스도 해 줬대. 그걸 직접 못 봐서 아쉽네."

교실의 아이들은 계속 수군수군 떠들어 댔다. 나는 정말 못돼 처먹은 애인가 보다. 밀리가 쪽팔림을 당할 거라고 당연히 짐작하다니. 만약 댄스 신청 전에 밀리가 나한테 상의를 했더라면, 일단 그거 참 좋은 생각이라고 운은 띄웠겠지만 결국 있는 힘을 다해서 개를 말렸을 거다. 물론 밀리가 댄스파티에 참가하거나 대회에서 에스코트받을 만한 애가 아니라고 생각하는 건 아니다. 그저 밀리가 다른 애들의 놀림감이 되는 걸 바라지 않았기 때문이다. 난 그 누구도 놀림감이 되는 걸 바라지 않는다고. 그렇지만 밀리는 언제나 놀림을 당했다. 누가 봐도 걘 놀림감이었다.

그런데도 밀리는 하고픈 걸 해냈다. 다른 사람들이 뭐라고 하든 신경 쓰지 않고서.

그토록 겁 없이 스스로를 남들 앞에 드러내다니, 그 사실에 내 가슴이 아플 정도였다. 마치 어릴 때부터 산전수전 다 겪어 온 친구를 보며 함께했던 경험을 죄다 떠올리게 되는 것과 비슷했다.

수업이 끝나고, 나는 나가려는 애들에게 휩쓸려 문으로 떠밀려 갔다. 저 뒤에서 보가 호세 에레라와 함께 수학 수업 이야기와 파티 이야기를 하는 목소리가 들렸다.

복도로 나가자 여자애들이 벽을 이루고 우리를 막아섰다. 걔들은 모두 손을 잡고 '우리 집에 왜 왔니' 놀이를 하듯 대형을 이뤘다.

"길을 막아서 미안해."

그중 한 명이 말했다. 다른 애도 덧붙여 말했다.

"1분이면 끝날 거야."

베카 코터는 여자애들 뒤에 섰다. 짧은 청반바지에 금색 플랫슈

즈를 신고 커다란 흰 티셔츠를 등 뒤로 매듭지은 차림이었다. 티셔츠에는 '나랑 같이 새디 호킨스 댄스파티 가 줄래……'라는 글자를 다림질해 붙였다. 그리고 손가락으로 곤봉을 돌리면서 모여든 애들이 조용히 해 주기를 기다리고 있었다.

아만다는 내 뒤에 서서 발끝을 툭툭 찼다.

"저런 반바지는 보기만 해도 엉덩이가 간질간질해."

베카는 한 번 심호흡을 하더니 이렇다 할 신호도 없이 곤봉을 돌려 어깨 위로 던지고 받아 댔다. 그 애의 리듬체조 동작은 아주 절도 있고 재빨라서 눈으로 따라갈 수가 없었다. 정말 놀라웠지만, 걔가 미식축구 게임 때 했던 곤봉 묘기에 비하면 이건 아무것도 아니었다. 애가 이걸 미인대회에서 장기자랑으로 선보인다면 게임은 끝난 거겠지.

베카는 곤봉을 공중에 던지면서 엄청난 스핀 동작을 선보였다. 그리고 우리 쪽으로 등을 돌리고 몸을 숙여서 곤봉이 땅에 떨어지기 직전에 받아 냈다. 그 애 엉덩이가 우리 눈앞에 보였다. 그러자 누구한테 댄스 신청을 하려는 건지 알 수 있었다. 청반바지 주머니 부분에 새겨진 빛나는 글자는 B와 O였으니까.

세계사 수업을 듣는 남자애들은 보를 앞으로 밀었다. 보는 슬며시 웃었고, 나는 보의 손을 잡는 베카를 겨우 바라봤다. 보는 옆을 슬쩍 쳐다봤다. 날 본 거다. 하지만 주저하거나 잠시 생각할 틈도 없이, 걔는 고개를 끄덕였다. 그래서 이제는 베카와 보, 보와 베카는 한 쌍이 됐다.

나는 아만다를 옆으로 밀치고는 이쪽으로 밀려드는 아이들을 뚫고 주차장으로 향했다. 땅만 보고 걸으면서, 아이들의 다리 사이를 헤치고 나아가자 드디어 화장실이 나왔다. 허리를 굽히고 가방에서 무언가를 찾았다. 핸드폰을 찾을까? 어디 수류탄이라도 없나?

가방 바닥에서는 유성 매직이 나왔다. 뚜껑을 열고 거울을 바라봤다. 그리고 평소처럼 아주 말짱한 정신인 채로, 얼굴에 글씨를 쓰기 시작했다.

얼굴 위에 글씨를 쓸 때 과연 어떻게 써야 상대방이 제대로 이해할 수 있게 쓰는 건지 난 아무 생각이 없었다. 어쨌든 거울 속에 비친 모습을 바라보자, 이제는 돌이킬 수 없다는 걸 깨달았다. 되돌리고 싶다 해도 말이다. 유성 매직은 지워지지 않는 법이니까.

나는 최대한 빠르게 주차장으로 향했다. 미친년처럼 머리를 산발한 다음 얼굴을 가린 채로 가느라, 눈이 머리카락에 가려져서 앞이 제대로 보이지 않았다. 속으로는 제발 차에 치이지 않기만을 비는 중이었다.

그러다 드디어 그 애를 발견했다. 걔는 차에 타고 있었다.

"미치! 미치!"

나는 고함을 쳤다.

이건 미친 짓이야. 이건 미친 생각이라고 말하는 편이 차라리 낫겠다고.

미치는 돌아섰다.

"뭘?"

그 애는 걱정스레 얼굴을 찌푸렸다.

"무슨 일 있어? 너 괜찮아?"

나는 미치 가까이 다가간 다음 머리카락을 걷어서 내 얼굴을 보여 줬다.

그러자 미치의 표정이 이제는 당황스러움으로 바뀌었다.

"자가 스킨호 디새 랑나?"

"어우 씨. 나 이거 거울 보고 썼는데 잘못 썼나 봐."

미치는 눈을 내리깔았다. 나에게 웃는 얼굴을 보여 주지 않으려고 하면서 발끝으로 자갈을 툭툭 건드렸다.

"그래서 나랑 갈 거니? 새디 호킨스 댄스파티에?"

"모르겠어."

미치는 볼을 부풀렸다. 걔는 내가 자기 생일을 까먹지 않았다고 안심하는 애 같은 표정을 지었다. 나는 정말 못된 년이다.

"너 드레스 입을 거야?"

"너는 정장 입을 거야?"

미치는 주머니에 양손을 넣었다.

"그래. 너랑 같이 갈게."

그 애는 손을 뻗어 엄지손가락으로 내 이마를 문질렀다.

"이거 유성 매직이잖아?"

"안 지워지지."

내 대답에 그 애의 눈이 환하게 빛났다.

나는 '친구로서'라는 말을 덧붙였어야 했다. '친구로서 나랑 새디 호킨스 가자'고 말했어야 했다. 하지만 이젠 너무 늦었다. 나는 미치와의 이 순간을 망치지 않을 거다. 비록 이건 나만 생각하고 저질러 버린 일이라는 생각이 들었지만 말이다.

36

○

금요일 밤이었다. 나는 소파에 늘어져서 녹화해 둔 토크쇼를 보고 있었다. 쇼에는 서로 텔레파시가 통한다는 육촌 자매가 나왔다.

엄마는 주방에서 심사위원석에 씌울 테이블보를 염색하는 중이었다.

토크쇼 사회자는 육촌 자매를 테스트할 질문을 던졌다. 그들이 정말로 '초능력'이 있다면 대답할 수 있는 질문이었다. 처음 두 질문은 하나는 맞고 하나는 틀렸다. 그러자 그들은 루이지애나에서 뉴욕까지 비행기를 타고 오느라 시차 적응이 되지 않아 그렇다고 변명했다.

토크쇼 도중에 광고가 나오자, 엄마는 2인용 소파에 앉더니 목에 걸린 앞치마를 벗었다.

"으, 이런 헛소리는 조금 있다가 들어."

엄마는 리모컨을 들고 무음 처리를 했다.

"잠깐만. 그냥 일시정지 눌러 놔. 소리가 없어도 화면이 나오면 내용을 알아 버릴 수도 있잖아."

엄마는 리모컨을 잠시 만지작거리다가 나더러 정지하라고 건네 줬다.

"엄마랑 이야기 좀 하자."

미인대회 이야기가 나오겠구나. 내가 진지하게 참가하고 있지 않다고 잔소리를 하겠군. 아니면 나와 봤자 나만 쪽팔릴 거라는 말을 하려나.

"루시가 죽은 후로, 우리는 루시가 받던 장애 수당을 못 받게 됐잖아."

내가 예상했던 대화가 아니구나.

"그리고 루시의 생명보험 수령액도 많지 않았어. 하지만 지난 몇 달간은 그럭저럭 살만 했지."

나는 자세를 고쳐 앉았다. 이제야 사태 파악이 서서히 됐다.

"우리 이 집 팔아야 해?"

"아니야, 그건. 그런 건 아니라고. 이 집은 몇 년 있으면 대출금이 끝나. 그때까진 내가 그럭저럭 갚을 수 있을 거야. 너한테 그런 걱정시키고 싶지는 않아."

"알았어⋯⋯."

"하지만 네 차 수리비는 못 내 줄 것 같구나."

이거였군. 가슴이 덜컥 내려앉았다. 물론 당장 먹고살 게 없는 것도 아닌데 차 같은 게 없다는 고민은 바보 같은 거겠지. 나도 안다. 특히 우리가 꼭 차가 필요한 것도 아니니까. 하지만 나의 자그마한 빨간 자동차는 이동의 자유를 줬단 말이다. 나의 졸린이 없다면, 클로버시티에서 나의 활동 반경은 작고 제한될 수밖에 없다.

"미안하구나, 얘."

"고치는 데 얼마나 들어?"

"한 3천 달러."

나는 고개를 끄덕였다. 칠리 볼에서 1년은 일해야 벌 수 있는 돈이다.

"이제 돼지 저금통에 돈을 모아 볼까? 매일 잔돈을 넣다 보면 모을 수 있을지도 모르잖아."

나는 소파에 털썩 기대어 다시 TV를 켰다. 내가 좀 더 착한 딸이었다면, 엄마에게 괜찮다고, 다 이해한다고 말했겠지. 난 비록 엄마가 바라는 그런 딸은 아니지만, 솔직히 엄마도 만만치는 않았다.

다시 텔레파시 육촌 자매가 나오는 TV쇼를 보기 시작했다. 자매가 계속 질문에 틀린 답을 내놓을 때마다 방청객들은 조용히 웃었다.

엄마는 일어서서 다시 앞치마를 맸다.

나는 자기 전에 내 방 책상에 앉았다. 무릎에는 라이엇이 몸을 둥글게 말고 누웠다. 내 메일함은 대부분 스팸메일로 가득했다. 하지만 삭제하다 보니 글쎄 루시 이모가 보낸 메일이 있는 게 아닌가.

갑자기 속이 배배 꼬였다. 메일을 열었다.

하지만 그건 스팸메일이었다. 대부업체가 낮은 이자를 광고하는 내용이었다.

의자에 기대앉아 몸을 축 늘어뜨렸다. 죽은 이모의 계정이 해킹 당해서 나한테 스팸메일이 왔다면, 다른 사람들한테도 갔을 테지.

나는 내 메일 계정에서 로그아웃했다. 그리고 이모의 계정으로 들어가 몇 번의 시도 끝에 비밀번호를 알아냈다. 비밀번호는 **DUMBBLONDE9**였다. 이모가 가장 좋아하는 돌리 파튼 노래에다 가장 좋아하는 숫자를 결합한 거다. 이모의 계정을 삭제하려다가, 나도 모르게 가만히 앉아서 몇 달치 밀린 메일을 훑어봤다. 읽지 않은 메일이 가득한 메일함을 보니까, 인간이란 이 영원한 세상을 구성하는 일시적인 존재라는 생각이 확 와닿았다.

그중 몇 개를 클릭해 봤다. 별로 눈에 띄는 내용은 없었다. 그러다 다섯 번째 페이지에서 갑자기 메일 하나가 눈에 들어왔다. 제목은 **돌리 파튼 나이트**였다.

37

○

체육관에는 도화지로 만든 별과 색 끈이 천장 기둥에 주렁주렁 달려 있었다. 그렇다고 땀 냄새가 없어지지는 않았다. 여기는 그저 체육관일 뿐이란 게 분명했다. 게다가 음악 소리가 벽에 울려 대는 통에, 음향 효과를 생각하고 지은 건물이 아니라는 사실을 누구나 알 수 있었다.

"여기 멋지게 꾸며 놨네."

미치가 내 귀에다 고함을 쳤다.

"그러게."

멋지기는 무슨. 댄스홀에서는 열다섯 명 정도가 춤을 추고 있었고, 나머지는 모두 관중석에 흩어져 앉았다. 지금 이곳에서는 전에 한 번도 느껴 본 적 없었던 이상한 호르몬 에너지가 둥둥 떠다녔다. 어쩌면 평소에 학생들이 교내에서 절대로 허용되지 않을 애정 행각을 미친 듯이 할 수 있기 때문에 다들 흥분해서 그런 걸까.

엘렌은 관중석에 다리를 모으고 앉아 있었다. 옆에는 캘리와 개 남친도 있었다. 팀은 엘렌의 어깨에 팔을 올린 채 고개를 뒤로 확 젖힌 모습이었다. 쟤는 지금 혹시 자는 건가. 캘리의 남친은 지금 주변을 너무 의식하면서 캘리의 허벅지를 위아래로 쓸어 대고 있었다. 그게 너무 이상해 보여서 몸을 부르르 떨었다. 그동안 캘리는 엘렌이랑 서로 속닥였다. 저건 비밀 이야기를 하는 게 분명해. 나는 확신했다.

그러다 캘리가 나를 가리키는 모습에 고개를 돌려 버렸다.

"있지, 나 화장실 좀 빨리 갔다 올게."

미치는 무슨 일이 있냐는 듯 입술을 모았지만, 말없이 고개를 끄덕였다.

화장실에 들어가서 세면대 물을 세게 틀고 손이 빨개지도록 뜨거운 물을 끼얹었다. 왜 엘렌에게 가서 솔직하게 털어놓지 못할까. 미치에게 홧김에 파트너 신청을 한 나는 정말 바보였다고 말하고 싶은데. 이런 내가 정말 싫었다. 우리 사이의 거리는 몇 달째 계속 멀어지고만 있다. 나는 그 거리가 선명하게 느껴졌다. 하지만 엘렌은 아닐지도 모른다. 어쩌면 나 혼자 뒤에 남겨져서, 그 거리를 알아차린 건 나뿐인 건지도 모르지. 쓸데없이 나불거리지 말았어야 했다. 미인대회의 '미' 자도 꺼내지 말았어야 했다. 하지만 엘렌이 대회에 등록하다니, 마치 상대 팀이 점수를 얻은 기분이 들었다. 나도 왜 이러는지 모르겠지만.

"내가 충고 좀 해도 되겠니?"

들려오는 목소리에 나는 똑바로 섰다. 옆길로 새고 있던 머릿속이 현실로 확 돌아왔다.

"안녕, 캘리."

걔는 거울 속 내 모습을 바라봤다.

"어릴 때부터 엘이 너한테 정말 잘해 준 거 난 다 알아. 그런데 너
는 걔한테 미인대회 참가하지 말라고 했다면서? 너 진짜 등신짓 한
거야."

전부 까발려진 느낌이다. 지금 캘리한테 화난 것도 그렇지만, 엘
렌이 내 비밀과 불안한 마음까지도 낱낱이 다 말했을지도 모른다는
생각이 들었다.

"캘리, 잘 들어. 난 너랑 알지도 못하는 사이야. 하지만 네가 누군
지 모른다 해도 난 너 확실히 마음에 안 들거든. 그러니까 남의 일
에 신경 꺼."

그 애는 손을 확 내저었다.

"뭐래니. 어쨌든 너도 알겠지만, 엘은 네가 없어서 더 잘 살고 있
어. 최소한 네가 걔를 귀찮게 하는 일은 없으니까."

캘리는 뒤돌았다가 다시 돌아서서 한마디를 덧붙였다.

"그리고 네가 모를까 봐 하는 말인데, 네가 조금만 더 스스로를
가꾼다면 너도 놀랄 정도로 인생이 확 달라질 거야. 이건 널 깔보려
는 게 아니라 내 진심이야. 솔직하게 말해 주는 거라고."

캘리는 드레스 앞섶을 매만지며 가슴을 다시 브라 안에 정리하
고 말을 이었다.

"아, 하나 더. 너랑 네 친구들이 무슨 생각인지는 모르겠지만, 미

인대회는 '열심히 한다고 해서 A를 받을 수 있는' 방과 후 프로젝트 같은 게 아니야."

이 말을 끝으로 걔는 가 버렸다. 그래서 다행이었다. 나는 걔 코뼈를 부러뜨리기 직전이었으니까.

문이 확 닫혔다. 캘리의 구두가 리놀륨 바닥에 또각거리는 소리가 들려왔다.

어쩌면 쟤 말이 맞을지도 몰라. 내가 50킬로그램을 뺀다면 인생이 확 달라질지도 모른다고. 나는 그렁그렁한 눈물을 참고 있었다. 어쩌면 문제는 결국 나와 이 몸뚱이일지도 몰라.

미치는 DJ석 뒤에서 참을성 있게 나를 기다렸다. 물론 DJ는 진짜가 아니라 아이팟과 스피커로 무장한 농구부 매니저였다.

나는 팔꿈치로 미치의 팔을 쿡 찔렀다.

"춤추러 가자."

미치는 나를 따라 댄스 플로어로 왔다. 여기에는 밀리와 걔 파트너인 말릭이 있었다. 아만다도 걔들 옆에 있었다.

나는 아만다가 좋아지기 시작했다. 무뚝뚝하고 이상한 게 내가 아는 그 누구와도 정반대인 애였다. 걔는 음악에 맞춰 다리를 흔들어서 혹사시키고, 농담도 너무 많이 했다. 아만다가 머리를 흔들고 팔다리를 허우적대고 있는 지금 이 순간의 모습이란, 악기 없이 악기를 연주하는 원맨쇼를 보는 것 같았다.

나는 애들한테 미치를 소개했다. 물론 우리는 아주 어렸을 때부터 같이 학교를 다녀서 서로 잘 알고 있기는 했지만.

아만다는 내 옆구리를 팔꿈치로 쿡 찌르더니 속삭였다.

"나쁘지 않네. 하지만 쟤는 복숭아 엉덩이가 아니잖아."

"너는? 너는 파트너 신청 안 했어?"

아만다는 머리를 계속 흔들어 대면서 내 쪽으로 몸을 숙였다.

"고를 만한 애들이 별로 없더라고. 그래서 솔플하려고."

그때 밀리가 소리쳤다.

"넌 혼자가 아니야! 우리가 있잖아. 그렇지, 말릭?"

말릭은 밀리의 손을 잡았다.

"그럼, 물론이지."

망할 놈의 내 가슴이 터져 버렸다. 말릭과 밀리야말로 내가 보기에는 홈커밍에다 겨울 공식 무도회랑 봄 댄스파티랑 졸업 무도회까지 통틀어 진정한 최고의 커플이었다.

노래가 바뀌었다. 이번 노래는 커플끼리 달라붙어 가랑이를 비벼 댈 만한 곡이었다. 그런 커플들은 보기에도 끔찍한 인간들이라, 밀리와 아만다, 말릭은 우리를 버려두고 음료 테이블로 갔다.

우리 주위 공간은 발정 난 10대들로 가득 찼다. 미치는 겁에 질린 내 표정을 본 게 틀림없다. 걔는 내 팔을 잡더니 자기 목에 두르게 했다. 두툼한 손이 내 허리를 건드릴 듯 말 듯 움직였다. 나는 있는 힘을 다해 숨을 들이켜 참았다. 어쩔 수 없었다. 그리고 끝없이 계속되는 질펀한 애무의 한가운데에서 우리는 천천히 춤을 추기 시작했다.

"긴장 푸는 게 좋아."

미치가 말했다. 걔는 전형적인 남부 신사 차림새였다. 구름진 기키 바지에 체크무늬 똑딱단추 셔츠를 입고 갈색 부츠를 신었다.

나는 천천히 긴장을 풀고 미치에게 몸을 맡겼다.

우리는 느린 춤곡 다음으로 빠른 춤곡을 추고, 그다음으로 또 느린 춤곡을 추면서 우리만의 리듬을 만들어 냈다.

그때 패트릭이 사람들을 헤치고 우리 쪽으로 다가왔다. 최대한 많은 여자애들과 몸을 부딪히며 오는 게 일부러 그러는 것 같았다.

걔는 미치에게 먼저 말을 걸었다.

"야. 인마. 나라면 얘랑 있을 때 조심할 거야. 사나우니까."

그리고 나에게도 말했다.

"어디서 길 잃은 적 있냐? 그래서 이마빡에 집 주소 적어 놨어?"

나는 고개를 저으며 대꾸했다.

"뭐야, 이건."

패트릭은 구두를 딱딱 치며 말을 이었다.

"너랑 네 친구들 미인대회 나간다면서? 너 혹시 모르나 본데, 그거 예쁜 여자 뽑는 대회야. 우량 가축 경연대회가 아니라고."

그러더니 우리가 뭐라 대답하기도 전에 그놈은 가 버렸다.

미치는 패트릭을 따라가려 발을 내디뎠지만, 나는 걔 팔을 잡고 말렸다.

"너도 쟤 싸가지 없는 거 알잖아."

"네 말이 틀리지 않았다는 건 알아."

나는 느린 춤곡이 나왔을 때 보와 베카를 한 번 봤을 뿐이다. 걔네는 커플처럼 옷을 맞춰 입고 나왔다. 하얀 셔츠에 청바지를 입은 모습은 여름휴가 때 가족 여행을 떠나면서 기념사진을 찍을 것처럼 보였다.

정말 꼴 보기 싫었다.

미치의 어깨에 뺨을 댔다. 보는 이쪽을 쳐다봤지만, 이번에는 나도 눈길을 돌리지 않았다. 체육관 바닥에 선 우리의 눈길이 마주쳤다. 그러자 상상이 시작됐다. 여기에서 우리 둘만 같이 춤추는 광경이 떠올랐다. 물론 사람들은 있지만, 아무도 우리를 신경 쓰지 않기에 둘의 세계에서만 춤추는 모습이.

그때 미치가 말했다.

"중학교 때 댄스파티에 간 적 있었어. 엄마가 억지로 보냈지. 파스텔톤 정장을 입고 갔는데, 그때 그렇게 차려입은 건 나밖에 없었어."

그때 난 계속 보를 쳐다보고 있었다. 순간 갈비뼈에 확 불길이 스치고 지나간 느낌이 들었다. 나는 아득한 목소리로 물었다.

"넌 사귀는 사람 있었어?"

"그땐 누가 누구랑 사귄다는 개념이 없었어. 그러니까, 너도 알겠지만 서로를 남친이니 여친이니 부르는 애들은 있었지만, 그게 전부였지."

베카가 뭐라 이야기했다. 그리고 잠시 후 안녕을 고하는 것처럼 보는 고개를 돌렸다. 그 둘은 사람들 사이로 스르륵 사라졌다.

나는 보가 남긴 빈자리를 지켜보며 말했다.

"그럼 넌 누구랑 춤췄어?"

미치는 손가락을 뻗어 내 척추를 위아래로 만지작냈나. 비록 짝은 접촉이지만 이 손짓이 미치로선 얼마나 크게 용기 낸 행동인지 안다.

"춤 안 췄어. 그냥 접이식 의자에 감독님들이랑 밤새도록 앉아 있었어. 그리고 체육관 구석에서 남자애들이랑 농구 골대에 골 넣으면서 놀았어. 춤은 안 추고 말이야."

나는 고개를 들었다.

"음, 그래도 지금은 추고 있네."

미치가 씩 웃었다.

"기다린 보람이 있지."

춤추기를 마치고 우리는 주차장으로 같이 걸어갔다. 뒤에서는 아스라이 댄스곡 소리가 들려오는 가운데, 내가 신은 가느다란 힐은 발가락에 간신히 걸린 채였다. 미치는 나에게 팔을 내밀었다. 하지만 지금, 댄스파티의 룰을 계속 따를 수는 없었다. 그땐 애 가슴에 머리를 기대고 얘가 날 끌어안도록 됐었다. 그게 춤추는 방법이니까. 하지만 여기는 바깥이다. 댄스파티 자리가 아니니 이제 상황은 달라졌다. 나는 미치를 집어넣어 우리의 사이를 더 복잡하게 만들고 싶지 않았다.

미치가 미소를 지었다. 결국 나는 내 팔을 걔 팔에 끼고 말았다. 그렇지 않아도 요새 망한 일이 너무 많은데, 오늘 밤까지 망할 준비는 돼 있지 않았으니까.

"아직도 엘렌이랑 말 안 해?"

"안 해."

나는 미치에게 사건의 전말을 말해 주지 않았지만, 우리가 싸웠다는 정도는 말했다. 진짜로 싸웠다고. 더는 말하고 싶지 않았고, 걔도 더는 묻지 않았다.

"너희는 아주 어렸을 때부터 붙어 다녔던 사이잖아. 우리가 6학년 때 『나의 올드 댄나의 리틀 엔』 읽고 앞에 나와 독후감을 발표했을 때 기억나는데."

나는 고개를 끄덕였다.

"엘은 그 책에서 개가 나오는 부분을 읽을 때마다 울었어."

엘렌은 그 책을 싫어했다. 읽으면 울음이 터지는 책을 감동적이라서 좋다고 생각하는 애가 아니었기 때문이다. 책이든 영화든 슬픈 이야기가 나오면 엘렌은 무시무시하게 화를 냈다. 마치 이야기한테 배신을 당했다는 듯 말이다.

"그래서 엘렌 대신 네가 개 독후감을 읽어 줬잖아."

"걔는 거울 앞에서 수십 번이나 발표 연습을 했어. 그래서 또 울기 시작했을 땐 정말 짜증을 냈었지."

난 머리를 획 들었다. 헐, 이제껏 미치 팔에 기대 있었잖아.

미치는 나에게 차 문을 열어 줬다.

"너는 이 상태를 얼마나 더 끌 생각이야?"

아주 잠깐, 얘가 혹시 우리 이야기를 하나 생각했지만 아니었다.

"어쨌든 엘은 지금 새 친구가 생겼어."

운전석에 앉는 미치를 보며 말했다.

"내가 캘리를 어떻게 이기겠어."

그러자 미치가 말했다.

"들어 봐. 나는 너희에게 무슨 일이 있었는지는 하나도 모르지만, 좋은 우정은 오래가는 거야. 아무리 차이가 있고 아픔이 커지더라도 우정은 다 이길 수 있어."

38

○

아만다 럼바드는 운전을 더럽게 못했다. 하지만 오늘 밤 밀리가 엄마의 밴을 빌릴 수가 없었기 때문에, 우리 넷이 끼어 타지 않아도 될 편안한 차는 아만다 것밖에 없었다.

"너희 엄마가 우리한테 차 써도 된다고 해 주셔서 정말 고맙다."

밀리의 말에 아만다는 그저 어깨를 으쓱이며 액셀을 밟았다.

"엄마는 내가 친구들이랑 어딜 간다니까 좀 신났거든. 비록 주말이 아닌 화요일 밤이기는 하지만."

나도 같이 고개를 끄덕였다. 실은 얘들한테 오늘 어디 가는지 자세하게 말하지 않았다. 다만 문자로 이렇게 말했을 뿐이다.

나	얘들아, 생각해 봤는데 우리 미인대회 전에 준비를 하기로 했잖아. 근데 내일 밤에 오데사에서 미인대회 비슷한 행사가 열리거든. 가서 보면 좋은 경험이 될 거 같아.
해나	난 바빠.
나	근데 거기까지 차 타고 가야 해. 내 차는 지금 고장 났어.

밀리   나 지금 아만다랑 있어. 우린 갈게. 아만다가 차 쓸 수 있대. 내일 기
         대된다!

해나   알았어. 나도 간다.

일단 애들을 꼬신 첫 번째 이유는 내가 이 셋에게 나름의 책임감을 느꼈기 때문이다. 게다가 정말로 이곳에서 미인대회 준비할 때 좋은 팁을 얻을 수 있을지 누가 알겠나. 애네의 리더 같은 게 되려는 건 아니지만, 내가 애초에 시작하지 않았더라면 애네가 나랑 같은 배를 탈 일도 없었을 테니까.

그리고 진짜 이유는 따로 있었다. 나는 거기까지 타고 갈 차가 필요했다. 이런 내가 소름 끼치게 이기적이라는 것도 안다. 하지만 난 아만다에게 기름값을 줬고, 걔 엄마 밴은 기름을 아주 많이 먹었다. 그러니 마음의 짐은 덜었다고 생각한다.

우리는 동네에서 점점 더 멀리 벗어났다. 밀리와 아만다가 요새 읽는 연작 소설 이야기를 주고받는 소리가 들렸다. 나는 해나와 뒷자리에 앉았다. 손에는 구겨진 종이를 든 채였다.

돌리 파튼 나이트!
돌리 파튼 임퍼스네이터 경연대회에 초대합니다! 텍사스에서 제일가는 년들이 1등의 영광을 차지하려 경쟁하는 쇼! 우승자에게는 뽐낼 수 있는 권리와 함께 우리의 특제 키위 라벤더의 에이번 립스틱 1년 무료 이용권이 주어집니다!
주소: 텍사스주 오데사, 파머가와 포스가 교차로 '하이드어

웨이'

우리가 주차장에 진입하자, 밀리는 나를 돌아봤다.

"주소가 정말 여기 맞아?"

나는 교차로를 확인하고 핫핑크로 반짝이는 '하이느어웨이' 간판을 가리켰다. 이 장소는 드라이버 부인이 내게 준 루시 이모의 사진 속 장소가 맞았다.

"여기 맞아."

"이 술집에서 무슨 미인대회가 열린다는 거야? 여기 술집 아니야?"

밀리의 말에 나는 목을 가다듬고 말했다.

"우리 지금부터 열린 마음을 갖도록 하자. 그리고 난 이게 미인대회 비슷한 행사라고 했지, 미인대회라고 정확히 말하지는 않았어."

해나가 웃었다.

"이거 재밌겠는데."

우리는 모두 차에서 내렸다.

아만다는 현란하게 불빛이 반짝이는 간판 아래 서서 말했다.

"우리 엄마 차 여기 주차해 놔도 안전한 거 맞지?"

그 말에 아무도 대답하지 않았다.

우리 앞에는 게이 몇 명이 입장을 기다리며 줄 서 있었다. 이 사람들이 진짜 게이인지는 솔직히 나도 모르겠다. 이렇게 말하면 내가 너무 소심하고 촌뜨기처럼 보일지도 모르겠지만, 나는 게이를 실제로 본 적이 한 번도 없다. 아, 물론 그러니까 커밍아웃한 게이를 본 적이 없다는 뜻이다. 클로버시티에도 게이는 살고 있다. 하지만 내가 들은 게이의 존재는 전부 도시 괴담 아니면 그런 동성애자를 조심해야 한다는 이야기뿐이었다. 루시 이모는 온라인상에서 게이 친구가 많았다. 그도 그럴 것이, 돌리 파튼은 게이계의 성녀 같은 존재니까.

이제껏 살아오면서 세상 돌아가는 걸 모두 다 알고 있다고 느낄 때가 가끔씩은 있었다. 하지만 지금 같은 상황에서는 내가 우물 안 개구리라는 생각밖에 들지 않았다.

"얘들아. 저 사람들 게이인가 봐."

안으로 들어가는 사람들을 보며 아만다가 속삭였다. 그러자 해나는 눈을 흘겼다.

"참 빨리도 알아챘네."

아만다는 아랑곳하지 않고 말했다.

"저 사람들 눈썹 정리 진짜 잘했다. 어떻게 한 걸까?"

문 앞에 서 있는 남자는 건장하고 몸집 큰 배불뚝이 아저씨였다. 그는 청바지에 가죽조끼를 걸쳤다.

루시 이모가 여기 왔다는 게 상상이 안 됐다. 하지만 나는 사진 속 이모의 파란색 아이섀도를 떠올렸다. 그러니까 불가능하단 생각은 들지 않았다.

"신분증."

남자가 불퉁하게 말했다.

"음, 왜요?"

밀리가 묻자, 그는 대답했다.

"18세 이상 출입 가능하니까."

가슴이 그만 덜컥 내려앉았다.

"메일에는 그런 말 없었는데요."

"어쨌든 난 신분증 봐야겠다."

남자의 말에 해나가 밀리와 아만다를 제치고 나섰다.

"이것 보세요. 우리는 클로버시티에서 여기까지 왔어요. 그 동네가 어딘지는 아세요?"

하지만 남자는 알고 싶지 않다는 듯 소리를 냈다. 해나는 말을 이었다.

"그래요. 물론 모르시겠죠. 우리가 사는 동네는 아무도 들어 본적 없는 조그마한 촌 동네니까. 우린 그 코딱지만 한 곳에서 여기까지 두 시간이나 걸려 왔다고요. 그 고생을 하고 왔는데 우리가 못들어간다는 거예요?"

남자는 입술을 핥았다. 난 해나가 이 아저씨를 열 받게 했나 보다 생각했다. 솔직히 우리 꼴을 보면 가관이었다. 밀리는 폴리에스터 트레이닝복을 입었고, 아만다는 축구 반바지 차림이었다. 저거 분명 어제도 입었던 거 같은데. 어쨌든 우리는 술 마셔도 되는 여자애들로는 보이지 않았다. 음, 해나는 어떨지 모르겠지만.

"그래. 안 돼. 미안하구나, 얘들아. 아무도 너희 못 들여보내."

"하지만 여기 메일을 보세요."

나는 이렇게 말하며 종이를 내밀었다. 이게 있으면 분위기가 반전이라도 될 것처럼 말이다.

그는 내 손에서 종이를 받아 들고는 맨 위에 적힌 글자를 응시하다 말했다.

"이건 네 메일 주소가 아니잖아."

나는 마른침을 삼켰다.

"그거 우리 이모 거예요. 루시요."

그러자 그는 조심스럽게 종이를 반으로 접어 나에게 돌려줬다. 그리고 조끼 주머니에서 형광주황색 팔찌를 네 개 꺼내어 우리 손목에 채웠다.

나는 그만 입을 딱 벌리고 말았다.

"너희 중 누구라도 술 파는 데 얼씬거리면, 전부 쫓겨날 줄 알아."

애들이 안으로 우르르 들어가는 동안, 그는 내 팔꿈치를 잡았다.

"루시는 좋은 사람이었어."

나는 고개를 끄덕이고는 이모에게 감사했다. 오늘 밤 우리에게 자그마한 마법을 선사했으니까.

안에 들어선 우리는 술 파는 곳과는 아주 멀리 떨어진 무대 옆자리에 놓인 자그마한 테이블에 앉았다. 웨이터가 이쪽으로 다가왔지만, 우리 팔찌를 슬쩍 보더니 물 네 잔을 갖다줬다.

밀리는 의자에 잔뜩 움츠려 앉아서는 머리를 만져 댔다.

"여기 있는 남자들은 전부 제정신이 아니네, 너희는 그렇게 생각 안 해?"

해나는 잠시 주변을 둘러보더니 표정이 싹 변했다.

"그 메일 좀 줘 봐."

나는 해나에게서 물러섰다.

"뭐? 왜? 싫어."

하지만 해나는 내 주머니로 손을 뻗더니, 내가 손으로 막는데도 종이를 찢어 갔다. 밀리와 아만다는 지금 보는 상황에 푹 빠져서 우리가 뭘 하든 아랑곳하지 않았다. 해나는 잠시 메일을 훑어보더니 욕설을 지껄였다.

"어우 씨."

순간, 내부 조명이 어두워지기 시작했다.

"왜?"

해나는 고개를 저었다.

"맙소사. 너 여기 뭐 하는 덴지 하나도 모르고 왔구나?"

해나는 마구 웃으면서 테이블을 주먹으로 쾅쾅 치며 말했다.

"밀리, 너 오늘 집에 가면 너희 엄마가 네 눈을 비눗물로 씻으라고 할 거야."

밀리는 그게 무슨 소리냐는 듯 입을 둥그렇게 벌렸다. 하지만 그 순간 클럽 내부가 완전히 암전됐다. 술 파는 곳 옆에 있는 조명 몇 개만 반짝였을 뿐이다.

이윽고 스피커에서 낮고 섹시한 목소리가 울려 퍼졌다.

"노숙자와 부랑자, 숙녀분과 각종 주인님 여러분. 하이드어웨이의 돌리 파튼 나이트에 오신 것을 환영합니다!"

관객들이 환호성을 울렸다.

"우리의 무대를 빛낼 첫 번째 참가자는 예쁘장한 미스 캔디 디시입니다! 큰 박수로 맞이해 주세요!"

스포트라이트가 가운데 무대에 쏟아졌다. 그곳에는 엄청나게 큰 금발 가발을 쓴 커다란 여자가 있었다. 그녀는 땅에 질질 끌리는 라임색 벨벳 드레스를 입었다. 요란하게 화장한 얼굴 위로 진하게 그린 입술이 불룩했다. 음악이 시작되자 몇 음만 들어도 노래 제목을 알 수 있었다.

"하이어 앤드 하이어(Higher and Higher)'네."

"네 사랑이 나를 끌어올려. 더 높이, 더 높이, 더 높이."

그녀는 노래했다. 박자가 점점 빨라졌다. 쭉 뻗은 가녀린 몸매였지만 마법처럼 엉덩이만은 볼록 튀어나왔다. 그녀는 몸을 떨면서 온몸을 바쳐 무대를 장악했다. 나는 완전 얼이 빠졌다. 너무 정신이 없어서 옆에 있는 애들이 어떤 반응을 보이는지 볼 겨를도 없었다. 멍하니 노래를 따라 불렀다. 그래서 그녀가 무대에서 내려가기 직전에야 완전히 열광하고 있는 해나의 모습을 알아차렸다.

다시 클럽이 어두워져서, 나는 어둠 속에서 눈을 깜빡였다. 밀리는 내 쪽으로 고개를 돌렸다. 걔는 아까 불이 꺼졌을 때랑 똑같이 입을 쩍 벌린 얼굴이었다.

"윌로딘, 내가 제대로 본 건지는 모르겠는데, 저 사람 남자야. 아주 예쁜 남자."

나는 주위를 둘러봤다. 손을 잡고 있는 남자들. 서로 어깨동무하고 있는 여자들.

"이거 버라이어티쇼보다 재미있다."

아만다가 말했다. 캔디 디시가 우아하게 절하자 관중들은 손뼉을 쳤다.

"그럼 다음으로 우리의 아이돌 브리트니 스웨어스의 공연이 이어지겠습니다!"

다른 여자가 무대에 올랐다. 그러자 이제 보였다. 사각턱이 참 돋보이는 여자였다. 꼼꼼하게 면도를 했겠지만 화장 아래로 턱수염이 올라온 게 보였다.

이거 드래그 퀸쇼구나.

나는 앉은 자세를 고쳤다.

흥분한 나머지 속이 울렁거렸다. 보의 트럭 짐칸에 앉아서 유성우를 바라보던 그날 밤 이후로, 또다시 내 삶에서 무언가 일어나고 있다는 느낌을 받았다.

"나 감동 먹었어."

해나가 말했다. 우리는 드래그 퀸들을 바라봤다. 온갖 몸집과 체형과 색색깔 옷을 걸친 드래그 퀸들은 온몸을 바쳐 무대 위에서 자신의 매력을 뽐냈다. 이곳, 텍사스 중부에 있는 우중충하고 자그마한 술집에서 말이다. 그들은 무시무시하게 높은 하이힐을 신고 제정신이 아닌 스타일의 가발을 뒤집어쓴 채 공들여 꾸민 반짝이 의상을 입고 무대를 누볐다. 그들은 저마다 독특한 자신만의 아름다움이 있었다. 심지어 어떤 드래그 퀸은 진짜 여자랑 같이 2인조로 나왔는데, 여자는 케니 로저스 복장으로 꾸미고 'Islands in the Stream'*을 공연했다.

제일 내 마음에 들었던 드래그 퀸은 리 웨이라는 자그마한 아시아계 사람이었다. 그녀는 스팽글이 주렁주렁 달린 연하늘색 미니 드레스를 입었다. 스팽글이 어찌나 길었던지 움직일 때마다 잔상이 남는 것 같았다. 그녀에게 스포트라이트가 떨어지고 노래가 시작되자, 첫 음만 들었는데도 온 술집이 자지러졌다.

"졸린."

이런 소리는 아주 클리셰 같다는 걸 알지만, 그래도 말해야겠다. 앞으로 내가 평생 단 한 곡의 노래만 들어야 한다면, 그건 바로 'Jolene'이다. 모두가 이 노래를 좋아하지만, 특히 나는 이게 '내 노래'라고 생각할 만큼 이걸 들으면 가슴이 미어지곤 한다. 가사를 보면 '화자'인 돌리 파튼은 졸린이라는 알 수 없는 누군가에게 노래한다. 졸린은 자신보다 더 예쁘고 훌륭한 여자라는 설정이고, 그래서 돌리는 자신의 남자를 제발 뺏어 가지 말아 달라고 애원한다. 노래는 기억하기 쉽고 누구나 다 이해하는 말이지만, 나에게는 다르게 다가왔다. 이 노래를 듣고 있으면, 네가 얼마나 잘났든 이 세상에는 언제나 더 예쁘고 더 똑똑하고 더 날씬한 사람이 있다는 생각이 드는 거다. 완벽함이란 우리 모두가 뒤쫓고 있는 허상에 불과하다. 내가 조금만 노래를 잘했더라면, 이걸 미인대회에서 불렀을 텐데.

---

* 1983년 케니 로저스와 돌리 파튼이 함께 부른 듀엣곡.

노래가 끝나자 나는 어느새 눈물을 줄줄 흘리고 있었다. 무심코 눈물을 닦았다.

우리 넷은 얼굴에 너무 신기해 죽겠다는 표정을 떡 붙인 채로 공연 끝까지 머물렀다. 몇 시간 동안 TV에 바싹 붙어 앉은 것 같은 기분이었다.

우리가 밴으로 가고 있는데, 뒷문에서 누군가 우리를 불렀다.

"어이, 얘들아!"

돌아보자, 아까 문을 지키던 아저씨였다.

"너희 먼저 차에 가 있어. 잠깐 갔다 올게."

나는 밀리와 해나, 아만다에게 말했다.

배불뚝이 아저씨는 의자에 앉아서 등으로 뒷문이 닫히지 않게 막고 있었다.

"내 이름은 데일이야. 오늘 재밌었냐?"

나는 고개를 끄덕였다.

"제 인생에서 두고두고 잊지 못할 경험을 했다고 봐야겠죠."

"드래그 퀸쇼를 보면 그런 말들을 하곤 하지."

나는 밴 쪽으로 고갯짓을 했다.

"제 친구들도 재미있어했어요."

"리! 자기야!"

데일은 담배를 발로 비벼 끄면서 고개를 돌리고 누군가를 불렀다.

그러자 'Jolene'을 불렀던 리 웨이가 뒷문으로 사뿐사뿐 나타났다. 하이힐을 벗으니 키가 훨씬 작았고 어쩐지 몸매도 통통해 보였다. 그녀는 나를 보다가 데일을 바라봤다. 분명히 내가 누군지 모르는 눈치였지만 어쨌든 미소도 지었다. 데일이 말했다.

"루시 기억하지? 수지 드라이버랑 여기 왔었던 분."

수지 드라이버는 엘렌의 엄마였다. 세상에. 오늘 엘렌도 왔으면 얼마나 좋았을까. 엘렌이 있었다면 오늘 공연 본 게 더할 나위 없이 완벽했을 텐데.

리는 손을 가슴에 모았다.

"아, 우리 착한 루시! 당연히 기억하지."

리의 목소리는 생각보다 굵었다.

"얘가 루시 조카야."

데일의 소개에 나는 고개를 끄덕였다.

"윌로딘이에요."

그러자 리는 주저하지 않고 내 손을 잡으며 말했다.

"참 마음이 아프단다. 루시는 정말 보석 같은 존재였단다. 친절하고 넓은 마음씨를 지녔던 친구였어. 우리는 루시를 떠나보내서 너무 슬펐어."

"가, 감사합니다."

나는 왜 그랬는지 모르겠지만 이렇게 말을 이었다.

"저는 이모가 없어서 어떡해야 할지 모르겠어요. 이제껏 몰랐는데, 이모는 제 삶의 나침반이었나 봐요."

리는 고개를 끄덕였다. 데일은 입술을 꾹 다물었다.

"혹시 도움이 필요하면 클럽 메일로 연락해라."

데일이 말했다. 리는 앞으로 다가와 내 이마에 키스해 줬다.

"누군가를 잃어버리는 건 결코 좋은 일일 수가 없지. 하지만 루시는 영원히 네 나침반이 돼 줄 수는 없었을 거란다. 이제껏 너에게 필요했던 만큼만 네 곁에 있어 줬던 걸지도 몰라. 이제는 네가 스스로의 나침반이 돼 알아서 길을 찾을 때가 된 거야."

그녀는 내게 윙크했다.

"우주의 섭리란 참 이상하거든."

나는 데일과 리에게 작별 인사를 하고 밴의 뒷좌석에 올라탔다. 아만다가 물었다.

"왜 불렀던 거야?"

"만 18세 넘기 전에는 다시 오지 말래."

"너 이마에 립스틱 묻었어."

해나가 말했다.

"나도 알아."

난 이 자국을 일종의 축복처럼 영원히 남겨 두고 싶었다. 이 키스 마크는 내가 받아야 했던 최종 허가 같은 것이었다. 넌 이제 너의 롤 모델로 변신해도 된다는 허가 말이다.

39

○

　한 주 두 주 시간이 흘렀다. 그러다 보니 그만 나는 미치와 함께 점심을 먹게 됐고, 아르바이트를 가거나 미인대회 준비를 하지 않을 때면 항상 같이 있는 사이가 돼 버렸다. 하이드어웨이에서 봤던 드래그 퀸쇼 이야기도 미치에게 할 뻔했다. 하지만 이건 아직 영화를 안 본 애한테 내가 제일 좋아했던 영화 장면이 뭔지 설명하는 기분이 들 뿐이었다. 말해 봤자 결국 스포일러 취급을 받을 거라고.

　우리는 점차 여유롭게 일상을 공유했다. 나는 미치네 집에 가서 걔가 게임하는 걸 구경했다. 가끔은 나도 같이 게임을 했다. 하루는 걔네 집에서 저녁을 먹은 적도 있었다. 하지만 그때는 어쩐지 주거 침입을 하는 느낌이었다.

　내가 알게 된 바에 따르면, 미치와 걔네 엄마는 매일 저녁 식사를 같이 했다. 하지만 걔네 아빠는 따로 식판을 차려서 TV 앞 소파에 앉아서 밥을 먹었다. 그분은 직장에서 돌아오면 맥주를 한 병 집어다가 거실에 앉아서 아내가 식사를 차려 오기를 기다렸다.

○

우리 셋은 식탁에 둘러앉아 한 마디도 말하지 않고 밥만 먹었다. 은식기가 그릇에 부딪히는 소리만 들렸을 뿐이다. 미치에게 왜 이런 거냐고 묻고 싶었지만, 그건 내가 알아서는 안 되는 비밀 같다는 느낌이 들었다.

며칠이 지나고 우리는 또 같이 점심을 먹었다. 졸업하고 독립하면 뭘 하고 싶은지 이야기하는 중에, 미지가 이렇게 말했다.

"난 과연 엄마를 혼자 두고 떠날 수 있을지 모르겠어. 물론 아빠가 엄마를 때리거나 그런 건 아니야. 하지만 두 분은 서로 말을 안해. 전혀. 나는 내심 그게 내가 문제라서 그런 거였으면 좋겠어. 그렇다면 내가 집에서 독립하고 나서 상황이 좋아질 수도 있잖아."

"두 분은 왜 이혼 안 해?"

나는 줄곧 한부모가정에서 커 왔다. 없느니만 못한 아버지보다 루시 이모가 훨씬 더 좋은 부모가 돼 나를 돌봤다. 나의 친아버지는 잠시 이곳을 스쳐 갔던 남자였다. 물론 이 동네에 잠깐 살기는 했지만, 가정을 이루고 눌러살 사람은 아니었던 거다. 지금 그는 오하이오인가 아이다호인가에 있다. 정확히 어딘지는 몰라도, 어쨌든 감자가 특산물인 지역에 살고 있다.

미치는 떨떠름하게 웃었다.

"엄마는 이혼 같은 걸 받아들이지 못하는 사람이야. 내가 말을 꺼내기만 해도 불같이 화를 내."

내가 그 말에 대답하려는 순간, 팀이 우리 옆을 지나갔다. 나는 "잠깐만"이라고 말을 뱉기도 전에 벌떡 일어나 팀을 따라갔다.

"팀!"

팀을 따라 급식 줄에 서면서 주변에 엘렌이 있나 살펴봤다.

그리고 신입생 세 명 앞을 뚫고 들어가 팀을 꽉 잡았다.

"팀, 잠깐만, 나랑 이야기 좀 해."

팀은 식판을 집어 들었다. 나도 따라 집었다.

"우리 친구잖아. 안 그래?"

나는 일부러 강조해서 말했다. 팀이 적외선등 아래에서 맥 앤드 치즈 한 그릇을 집어 들었다.

"그건 나도 알아, 윌."

나는 다시 뒤를 돌아 엘렌이 있나 찾았다. 실은 2교시에도 엘렌을 보지 못했다.

"엘렌은 오늘 아파서 결석했어."

급식 조리 선생님이 나에게 치킨 스테이크를 주려 했지만, 나는 손을 저어 거절했다.

"나 좀 도와줘. 나 엘이랑 이야기하고 싶어."

하지만 팀은 고개를 저었다.

"엘렌이 어디 다른 사람 말 듣는 애냐?"

그건 그렇지만.

"그러지 마, 팀. 어떻게든 도와줘. 내가 날 잡고 주차장에서 너희를 기다리면 어떨까? 아니면 네가 엘에게 말해서 체육관에서 만나자고 약속을 잡아. 너 대신 내가 나가 있을게."

"난 엘렌을 속여서 너랑 만나게 하지는 않을 거야. 나까지 여기에

휘말리고 싶지는 않아."

팀은 자기 음식값을 냈다. 조리 선생님은 내가 든 텅 빈 식판을 바라봤다. 나는 급하게 초록색 젤리 푸딩을 집어 들었다. 그리고 몇 달러를 건네고 거스름돈 받을 생각 없이 말을 이었다.

"너 혹시 엘도 나 없어서 너무 힘들다고 말하려는 거야?"

"들어 봐, 나도 너희 사이가 잘되도록 노력할 거야. 하지만 내가 어떻게 해야 할지 모르겠단 말이야."

나는 고개를 미친년처럼 끄덕였다. 그리고 방금 한 말 중에 앞 문장만 들은 척했다.

"고마워, 정말 고마워."

"난 그 캘리라는 애 진짜 싫어."

팀의 말을 듣자 가슴속에서 안도감이 넘쳐흘렀다. 공동의 적을 둔 사이는 아주 끈끈한 법이니까.

나는 미치가 앉은 테이블로 서둘러 돌아왔다.

"미안해."

미치는 아무렇지도 않게 대답했다.

"젤리 푸딩을 먹고 싶은 마음을 어떻게 이기겠어."

나는 푸딩을 한 숟갈 떠서 입에 넣었다. 아, 이 맛 말고 빨간 맛 가져올 걸 그랬다.

미치가 말했다.

"있잖아. 너한테 강요할 마음은 없지만, 우리 엄마가 너한테 홈 커밍 국화 장식을 만들어 주겠다고 자꾸 그래. 내가 너한테 주는 게 혹시 어색하거나 그러면 미리 말해 줘."

나는 미소를 지었다.

"괜찮아. 어색하거나 그러지 않아."

칠리 볼의 도어 벨은 울리는 일은 거의 없다. 그래서 난 벨이 울릴 때마다 나도 모르게 깜짝깜짝 놀란다.

예전에 나의 고용주였던 론 아저씨가 안으로 들어왔다. 여기는 통나무집 콘셉트에다 적갈색으로 인테리어를 해 둔 곳이라, 빨간색과 흰색 줄무늬 유니폼에 흰색 바지를 입은 아저씨의 모습은 목재 창고 안에 들어 있는 줄무늬 막대사탕 같았다.

"아저씨, 여기는 무슨 일로 오셨어요?"

나는 카운터를 돌아 나오며 속삭였다.

"칠리 먹고 싶어 왔나 보다."

아저씨는 좀 과하게 큰 목소리로 말했다.

나는 가슴 위로 팔짱을 끼고서 최대한 예의 바르게 '헛소리는 집어치우시죠'라는 표정을 지어 보였다.

그러자 아저씨 목소리가 한풀 꺾였다.

"좋아. 잘 들어라. 우리는 지금 일손이 너무 부족해 죽을 지경이야. 네가 그만두는 바람에 리디아가 일주일에 60시간을 일하고 있어. 너 이후로 오는 애들마다 다른 곳을 찾으면 족족 그만둬 버린다고. 리디아도 지금 그만두겠다고 난리다. 그런데 난 리디아마저 놓칠 수는 없어."

나는 론 아저씨의 말이 끝나기도 전에 고개를 저었다. 그러나 아저씨도 손을 들어 제지했다.

"내 말 끝까지 들어 봐라. 너는 밑도 끝도 없이 덜컥 그만뒀지. 내가 늙기는 했어도 바보는 아니야. 무슨 일이 있었는지는 모른다만, 그게 뭐든지 간에 내 앞으로 그 사내놈들이 행실 똑바로 할 거라는 점은 약속할게. 네가 그만둔 다음, 그놈들을 하나씩 쥐 잡듯 잡았어. 마커스랑 보 말이다. 그런데 아무것도 알아낼 수가 없었어."

아저씨는 고개를 저었다. 입가와 눈가에 진 주름살은 아주 지쳐 보였다.

"나한테 한 번만 기회를 더 줘라. 내 이렇게 부탁한다, 월."

나는 입을 열어 싫다고 말하려고 했지만, 차마 말이 나오지 않았다. 론 아저씨는 언제나 나한테 무척 친절했다. 그러니 적어도 생각해 보겠다는 시늉은 해야 했다.

"이번 주까지 생각해 보고 알려 드릴게요. 저에게도 좀 시간이 필요해요."

아저씨는 두 손을 들었다.

"그래. 그거면 됐다."

그러더니 뒷주머니에서 지갑을 꺼냈다.

"나 칠리 한 컵 싸 줘라."

그날 밤 내내 손님은 몇 명 오지 않았다. 그래서 난 생각할 시간이 많아도 너무 많았다. 우선, 나는 논리적으로 생각했다.

'하피스에서 일하는 것만큼 여기서는 돈을 많이 벌 수 없어. 그런데 지금 내 차는 정비소에 박혀 있지. 적어도 하피스에서 일하면 시간은 빨리 가기도 하고.'

그런 다음 지난 몇 주간 얼마나 외로웠는지 떠올렸다. 물론 밀리와 해나, 아만다와 미치랑 있는 것도 괜찮았다. 아주 즐겁기도 했지. 하지만 그 애들은 엘렌이 아니었다. 하피스에 돌아간다고 생각하자 집밥을 먹는 것처럼 마음이 푸근해졌다. 보 때문만이 아니라고. 마커스와 론 아저씨도 그립단 말이야.

나는 보 때문에 그만뒀다. 거기서 더는 일할 수 없었던 이유가 바로 걔였다. 하지만 지금 내가 키워 왔던 분노는 어쩐지 진짜가 아닌 것도 같았다. 마치 내가 이렇게 화내야 한다고 억지로 몰아붙여 왔던 건 아니었을까. 그리고 보 역시 나를 잊은 게 분명해 보였다. 어디서 들었는지는 정확히 몰라도, 걔랑 베카에 대해서 수군대는 소리를 들었으니까. 걔랑 했던 키스의 느낌을 떠올리지 않는다면, 내가 봐도 걔들은 참 예쁜 커플이었다. 아주 잘 어울린단 말이다. 그러니 내가 화를 내 봤자 질투밖에 더 되겠나. 이제 그 감정은 사라질 거다.

나는 근무를 마치기 전에 설거지를 전부 하고 이미 채워 놓은 양념통도 다 다시 채웠다. 그러면서 스스로 되뇌었다.

'난 아직 생각 중이야. 아직 결정 안 내렸어.'

일을 마치고는 알레한드로에게 잘 있으라 말한 다음 엄마 차를 타러 갔다.

칠리 볼에서 좌회전을 했어야 했던 나의 발은 다시 액셀을 밟고 거리를 휙 가로질러 하피스 주차장으로 들어갔다. 그리고 모래 위에 내려 가게로 향했다.

가게 문은 잠겨 있었다. 하지만 난 문을 두드렸다.

마커스가 문을 열고 나를 들여보내 줬다.

"이야, 이게 누구야? 여긴 왜 왔어, 윌? 너 양파 냄새 난다."

보는 카운터 뒤에서 눈을 휘둥그레 뜨고 턱을 움찔대며 날 바라봤다.

나는 눈길을 돌리지 않고서 마커스에게 물었다.

"론 아저씨는 사무실에 있어?"

만약 마커스가 커다란 열쇠고리를 갖고 놀지만 말고 고개를 올렸더라면, 이 순간 나와 보 사이에 무슨 일이 있었는지 전부 봤을 거다. 이 순간 우리의 눈빛은 너무 분명했다. 보란 듯이 다 진실을 드러내고 있었다. 가슴을 파헤치고 심장 수술을 하듯, 우리 사이는 다 까발려져 있었다.

마커스는 내 뒤에서 문을 잠그며 말했다.

"어. 있을 거야. 근데 넌 대체 여기 왜 온 거야?"

나는 대답하지 않았다. 배 속이 심하게 울렁거려서 서둘러 휴게실을 지나 론 아저씨의 사무실로 갔다. 문은 열려 있었지만 노크를 했다.

리디아는 아저씨 책상 앞에 놓인 나무 상자에 앉아 있었다. 내가 들어오는 소리에 그녀는 뒤돌았다.

"아, 하나님 감사하기도 하셔라. 집 나갔던 불효막심한 캐셔가 드디어 돌아왔구나."

리디아는 일어서서 아저씨 책상에 놓였던 자기 담뱃갑을 집어 들었다.

"뒷일은 맡기고 가요."

론 아저씨에게서 돌아선 리디아는 나에게 아주 살짝 웃어 보이고는 문을 닫고 나갔다.

나는 앉지도 않은 채로 아저씨를 바라봤다.

"저 급여 올려 주세요. 그리고 일은 며칠 있다가 시작할게요. 그게…… 지금 벌여 놓은 일을 처리해야 해서요."

론 아저씨는 주저하지 않고 말했다.

"원래 급여에다 시간당 75센트 올려 주마. 그리고 네 일정대로 일하게 해 주지. 어떻게든 되겠지."

일이 이렇게 간단하게 해결될 줄은 몰랐다.

"알았어요. 음, 그럼 약속하신 거예요."

"이제 돌아온 거니?"

나는 고개를 끄덕였다.

"네. 돌아온 거죠."

"그 칠리 진짜 맛없더라. 먹어 보려고는 했는데, 그때마다 리디아가 내 사무실에 들어와서 입을 틀어막더라고. 물론 걘 장난이었겠지만, 확실히 맛은 없어."

"그거 진짜 맛없어요."

론 아저씨는 키득키득 웃었다.

"네가 다시 와서 좋구나."

아저씨는 일어서서 나와 함께 주방을 지나 현관으로 갔다. 우리는 보를 지나쳤다. 그 애는 문으로 가는 우리를 계속 지켜봤다.

"그럼 월요일부터 일할 거니?"

"그때 봬요."

아저씨는 내게 손을 내밀어 악수를 청했다. 나는 그 손을 잡았다.

내 차로 가는 내내 보의 눈길이 날 따라왔다. 가슴속에 따스한 느낌이 슬그머니 뭉쳐 오더니 태양이 떠오르듯 확 퍼졌다.

40

○

    알레한드로에게 그만두겠다고 말했다. 그는 '여태 그만 안 두고 뭐 했냐'는 눈빛으로 날 바라봤다. 그리고 칠리 볼에 다시 오고 싶으면 언제든 일자리를 주겠다는 말과 함께, 엘렌에게 자기 번호를 전해 달라고 부탁했다. 나는 그의 연락처가 적힌 종이를 주머니에 넣은 다음 잊어버리기로 다짐했다. 다시 하피스에서 일하게 됐다는 말을 미치에게 했을 때는 정말 온몸의 신경이 곤두섰지만, 미치는 그저 어깨를 으쓱이고는 계속 게임만 했다. 난 그제야 깨달았다. 미치는 화낼 이유가 하나도 없다는 것을. 처음으로, 나와 보 사이의 일을 미치에게 이야기하지 않은 게 거짓말처럼 느껴졌다.

    하피스에서 다시 맡은 첫 야간 근무는 조용했다. 마커스는 나에게 칠리 볼 가게에 대해서 끝없이 질문을 던졌다. 예를 들어 "누가 칠리 만들어?"나 "정말로 그 가게는 솥을 안 씻어?" 같은 질문이었다.

    보는 계속 주방에 머물렀지만, 우리는 적외선등이 켜진 카운터를 사이에 두고 서로 눈빛으로 '나 잡아 봐라' 게임을 하는 것 같았다.

보가 쉬는 시간이 돼 자리를 뜨자, 마커스는 몸을 숙이고 말했다.

"너 그만두고 나서 2주 있다가 쟤 잘릴 뻔했어."

"뭐?"

지금 론 아저씨 상황으로는 아무도 해고할 수 없을 텐데 이상했다. 그래서 나는 대체 보가 무슨 짓을 했기에 잘릴 뻔한 건지 상상이 되지 않았다.

"론 아저씨가 자기는 주방에서 일하면서 보를 카운터 보게 했거든. 그것부터 잘못이었지. 그런데 옛날 걔네 학교 애들이 또 온 거야. 그러자 보가 걔들한테 음식 안 판다고. 대놓고 여기 오지 말라고 그랬어. 그랬더니 걔네들이 엄청 난리를 쳤어. 심지어 걔네 부모님들까지 와서 항의했지. 결국 론 아저씨는 걔를 주방에만 둔다고 해서, 보는 안 잘리고 있는 거야."

"헐."

"쟤는 맛이 간 놈이야. 난 쟤가 누구 하나 죽일 것 같다는 생각이 들어. 아니면 영화배우가 되거나. 저런 놈은 대박 나지 않으면 폭망하거든."

나는 보의 그런 점이 좋았다. 보에게 푹 빠지지 않는다면, 쟤는 결국 싫어하게 될 수밖에 없는 그런 애였다.

마커스의 이야기는 이제 옆길로 샜다. 자기 여자친구 티파니가 보고 있다는 대학 이야기였다. 그리고 자기는 티파니가 가는 학교 근처에 있는 커뮤니티 칼리지를 갈 거라고도 했다. 마커스의 수다는 끝이 없어서, 나한테 질문을 하거나 내 의견을 묻지 않았다. 딱 보니 얘는 자기한테 이래라저래라 하지 않는 나 같은 사람과 이야기하는 게 편한 듯했다. 나는 마커스에게 여자애를 따라 자기 앞길을 정하면 어떡하냐고 잔소리를 하지 않았으니까. 모르겠다. 어쩌면 티파니랑 마커스는 새 학교에 들어가서 졸업하고 결혼한 다음 영원히 행복하게 살지도 모른다. 하지만 나는 마커스에게 아무 말도 하지 않았다. 마커스의 머릿속에 의심의 씨앗이나 심어 두는 싸가지 없는 아르바이트 동료가 되고 싶지는 않았으니까.

청소를 마친 후 사물함에서 가방을 챙기다가 빨간 막대사탕을 발견했다. 나는 애써 미소를 감추며 그걸 파우치백에 넣었다.

보는 아무 말이 없었다. 나랑 눈도 마주치지 않았다. 하지만 우리가 모두 문으로 가는 동안, 나는 사탕 봉지를 벗기고 입에 넣었다.

그건 체리 맛이 나는 올리브 알 모양 사탕이었다.

일을 마치고 집에 오자, 엄마는 무릎을 꿇고 뭔가를 하고 있었다. 그 옆에는 레이시 샌더스가 이브닝드레스를 입고 사다리 의자 위에 서 있었다. 베카 코터는 내 소파에 앉아서 핸드폰으로 문자를 치고 있었다.

"만두 왔니."

엄마는 이 사이에 시침핀을 물고 인사했다.

"레이시, 지금 입은 상태가 어떠니? 지금보다 더 높은 하이힐을 신으면 안 돼. 알겠니?"

레이시는 풍선껌을 불어 팍 터뜨렸다.

"네, 알겠어요."

미인대회 시즌에는 별의별 일이 다 일어나곤 하지만, 우리 집 거실 한가운데서 엄마가 드레스 수선을 했던 적은 한 번도 없었다. 게다가 베카가 우리 집에 앉아 있다니. 내 머릿속은 미치의 게임 속에 등장했던 날카로운 경보음이 마구 울려 댔다. 베카의 머리 위로 빨간 글자가 번뜩였다. **목표물 발견. 목표물 발견.**

저들을 아래에 두고 2층으로 올라가기에는 기분이 좀 이상했다. 그래서 나는 소파에 앉아서 가볍게 혀를 찼다. 그러자 숨어 있던 라이엇이 어디선가 기어 나왔다.

베카는 핸드폰에서 고개를 들고 나를 바라봤다.

"어, 안녕. 너 하피스에서 일하지? 그럼 보를 알겠네."

얘는 내가 라이벌이 될 거라고는 전혀 생각하지 않고 있었다. 그래, 뭐 하러 그런 생각을 다 하겠어?

레이시는 선 자리에서 빙글 돌았다. 그러자 엄마는 경악한 표정을 지었다.

"레이시, 얘. 너 가만히 있어야 해."

"죄송해요, 딕슨 씨."

걔는 풍선껌을 다시 터뜨렸다.

나는 내 유니폼을 슬쩍 내려다봤다.

"음, 나는 여름 동안 일했어. 그러다 다시 일한 건 오늘부터야. 근데 왜?"

내 말투는 날카로웠지만 베카는 눈치채지 못한 것 같았다.

"걔 좀 이상하지 않냐."

레이시가 끼어들었다. 베카는 내게 대답했다.

"걔는 나 에스코트해 줄 거야. 미인대회 때. 음, 아직 묻지는 않았지만 해 주겠지. 난 그렇게 생각해."

그러자 레이시가 또 말했다.

"야, 걔가 말이 없기는 하지. (그러면서 레이시는 입 모양으로 'X나 없어'라고 말했다.) 그래도 턱시도 입혀 보면 멋지긴 할 거야. 그럼 베카는 이번에 곤봉이 아니라 보 거시기를 돌리게 되려나?"

나 쟤한테 토하면 안 되나. 쟤 신발에 토하고 싶네.

"얘들아!"

엄마가 꽥 소리를 질렀다.

베카는 씩 웃더니 설명해 주겠다는 듯 말했다.

"우리 같이 새디 호킨스 댄스파티 갔었거든."

나는 라이엇을 옆구리에 꼈다. 고양이는 싫은 내색을 했지만, 나는 어쨌든 2층으로 올라가며 한마디를 던졌다.

"드레스 예쁘네, 레이시."

나는 침대에 누웠다. 그리고 아직 유니폼도 갈아입지 않은 채로 엘렌에게 보내지 못할 문자를 썼다. 혹시 내가 못 본 문자가 있을까 싶어서 팀과 주고받은 문자함도 확인했다. 학교에서 팀을 볼 때마다 의미심장하게 눈을 마주쳤지만, 걔가 보내는 신호라고는 휙 고개를 젓는 것뿐이었다.

잠시 후 엄마가 방문을 두드리더니 들어오란 말도 안 했는데 불쑥 들어왔다.

"올해는 부업을 좀 해 보고 있어."

엄마는 머리 끈을 풀고는 손가락으로 머리를 빗어 넘겼다.

"나한테 좀 미리 말해 주지 그랬어."

베카 코터가 내 소파에 앉아 있다니. 난 집에서도 마음 놓고 있지 못하는구나. 그러다 엄마 입가에 난 깊은 주름을 봤다.

"미안해."

엄마는 고개를 끄덕였다.

"근데 너 엘렌 왔던 거 모르지? 걔 엄마랑 같이 여기 왔었어."

"엘이 왔었다고?"

갑자기 눈물이 왈칵 솟아올라 떨어지려고 했다.

"걔도 드레스 수선하려고 왔지. 엘렌이야 뻔했지. 걔는 아주 평범한 기성복 드레스를 샀는데도 어쩜 그리 예쁘게 잘 맞나 몰라."

"그렇겠지."

나는 엘렌이 미인대회에 무슨 옷을 입고 나올지조차 모른다. 걔가 장기자랑을 뭘 할지, 오프닝 무대 때 무슨 장식을 하고 나올지 하나도 모른다.

"근데 너희 둘은 무슨 일이 있는 거야?"

나는 그저 어깨를 으쓱였다.

"나랑 엘? 그냥 의견 충돌이 있었던 것 같은데."

"너희는 다시 친해질 거야. 나랑 루시도 언제나 그랬으니까."

엄마는 가까이 다가와 침대 발치에 앉았다. 엄마가 저기에 마지막으로 앉았던 게 언제더라. 기억이 나지 않았다. 예전에는 확실히 그랬던 적이 있다고 생각이 들었지만, 실제로는 그런 적이 없었던 것도 같았다. 그랬다면 좋았겠다는 바람만이 있었을 뿐인 그런 기억이다.

"미인대회에 입고 나갈 드레스는 어떻게 마련할지 생각해 봤니?"

"음, 아니. 실은 없어."

나는 엄지손톱을 깨물었다.

"엄마, 엄마는 안 그리워?"

"뭐가 안 그리워?"

세상에. 이렇게 말하면 당장 누군지 알아야 하는 거 아닌가. 가슴이 아팠다.

"루시 이모 말이야."

"루시 말이니."

엄마는 한숨처럼 말을 이었다.

"그래. 당연히 그립지. 항상 보고 싶어."

우리는 잠시 아무 말이 없었다.

"내가 대회에서 우승했던 해에, 루시는 밤새 내 드레스에 스팽글을 달아 줬어. 그거 중고 옷 가게에서 샀거든. 난 스팽글 몇 개 떨어진 것쯤이야 아무도 신경 쓰지 않는다고 말했지만, 루시는 듣지 않았어. '승패를 판가름하는 건 디테일이야'라고 루시는 말했지."

엄마와 이모가 하도 싸워 댄 기억뿐이라, 나는 가끔 사실을 잊곤 했다. 두 분은 그 누구보다도 서로를 사랑하고 있었다는 사실을.

엄마는 침대에서 일어섰다.

"신디스에서 파는 드레스는 너무 비싸. 거기서 네 치수를 사려면 특별 주문을 넣어야 할 거야. 우리가 어떻게든 이것저것 해 보면 어떨까."

나는 고맙다는 말을 하고 싶었다. 엄마는 '미스 틴 블루 보닛'이라는 딱지를 떼어 버리고 다시 내 엄마가 됐구나. 하지만 그것만으로는 충분한 것 같지 않았다.

"가끔 말이야. 나는 루시 이모가 너무 그리워서 이보다 더 그리워할 수가 없을 지경이야. 그러다 드레스 쇼핑 같은 일이 생기면, 이모가 이젠 내 모습을 못 본다는 사실밖에 생각나지 않아."

엄마는 아무 대답도 하지 않았다. 엄마가 말이 없는 건 정말 오랜만이었다. 루시 이모가 세상을 떠나고 나서야, 나는 엄마와 내 사이에 생긴 골이 얼마나 깊은지 알게 됐다. 이제껏 이모는 그 간극을 채워 줬던 것이다. 그런데 이제는 우리 둘만 남겨져서, 어쩔 줄 모르며 어둠 속을 더듬대는구나.

41

○

오늘은 홈커밍데이다. 그래서 학교는 지금 말도 안 되게 야단법석이었다. 오늘 시간표는 응원전과 콘테스트, 동문 투어 등으로 이뤄졌다. 2교시에 미치 옆으로 가자, 어마어마하게 큰 파란색과 노란색, 흰색 국화 장식이 내가 앉을 자리를 뒤덮고 있었다. 길고 반짝이는 리본들이 종이 국화꽃에 달렸고, 거기에 테디베어 인형 두 개도 붙여 놨다. 한 마리는 미식축구 유니폼 복장, 다른 한 마리는 분홍색 드레스에 왕관을 쓰고 있었다. 국화 장식은 말하자면 음식 같은 거다. 둘 다, 제일 좋은 건 집에서 만들었다는 공통점이 있지.

"헐."

나는 숨을 헉 들이켰다.

"마음에 안 들어?"

미치가 물었다. 걔는 팔에 똑같이 생긴 국화 장식 미니어처를 달고 있었다. 잘 빗어 넘긴 머리에다 운동복을 청바지 안에 넣어 입은 차림이었다.

"엄마가 좀 과하게 만들 때가 있어. 음, 그게 나는 진짜……."

나는 의자에 털썩 앉아서 말했다.

"아니야, 그런 거. 이거 진짜 맘에 들어. 아무도 나한테 이런 거 준 적 없었어. 정말 고마워."

"근데 무슨 문제라도 있어?"

니는 힌숨을 쉬었다.

"나 오늘 밤에 일해야 해."

미치는 미소를 지었지만, 얼굴에는 실망한 기색이 가득했다.

"그거 제칠 수는 없는 거야?"

"나도 그러고 싶어."

그건 진심이었다.

"하지만 일 다시 시작한 지 얼마 안 돼서 곤란해. 게다가 미인대회 준비 때문에 앞으로 빠질 일도 많아서."

미치는 내 손을 꽉 쥐었다.

"괜찮아. 그래도 내일은 핼러윈이니까."

잠시 정신이 멍해졌다. 그때 엘렌과 캘리가 교실 안으로 들어와 내일 밤 무슨 의상을 입을지 웃으며 떠들었다. 나는 엘렌과 핼러윈 의상을 차려입는 게 정말 싫었었다. 엘렌은 항상 나에게 자기와 커플 의상을 입히려고 했었다. 하지만 걔가 아무리 애써 봤자, 제대로 되지 않았다. 그런데 지금 엘렌은 내 쪽을 쳐다보지도 않고 있다.

내가 기억하지 못하는 건 참 많다. 예를 들어 난 내 생리 주기를 기억 못 한다. 엄마 생일도 까먹었다. 아르바이트하는 가게의 사물함 번호도 생각이 안 날 때가 있다.

하지만 지금 떠오른 말은 절대 잊을 수가 없었다. 바로 우리가 서로에게 내뱉은 말이었다.

"우리는 서로 생각이 달라졌구나. 이젠 맘이 통하지도 않는 친구 관계를 억지로 붙잡고 있는 거야. 난 너 때문에 참 많은 걸 포기하며 살았어."

그 말이 너무 싫다. 엘렌이 나 없이 더 잘 산다고 생각하는 게 싫다. 마치 내가 엘렌 뒤꽁무니나 따라다니는 우울하고 뚱뚱한 여자 애인 것만 같아서.

내가 사과해야 한다는 걸 안다.

하지만 엘렌도 해야 하지 않을까.

나는 국화 장식을 종일 차고 다녔다. 그건 너무 커서 목에다 걸어야 했다. 해나와 아만다는 날 놀려 댔다. 밀리는 참 귀엽다고 했다. 하지만 그날 저녁이 되자 장식을 걸고 다녔던 목덜미가 쓰라렸고 어깨는 국화의 무게 때문에 축 처졌다.

핼러윈 날, 론 아저씨는 우리에게 분장을 시켰다. 초등학교 학부 모회가 우리 가게 주차장에서 핼러윈 파티를 열고 있었기 때문이다. 하지만 '우리의 최고로 어색한 데이트' 날에 미치에게 이미 말했듯, 핼러윈은 나랑 안 맞았다. 학교에서 열리는 파티를 제외하면, 엄마는 날 핼러윈 파티에 데려간 적이 한 번도 없었다. 물론 교회에서 열리는 '추수감사절 파티'도 핼러윈 파티라고 친다면 모를까. 게

다가 그 파티에서는 다들 성경 속 인물로 분장해야 했다. 남자애라면 별 어려움이 없었겠지만, 여자애라면 분장할 수 있는 성경 인물이 이브(나뭇잎 비키니 입을 사람?)나 에스더 왕비, 성모마리아 아니면 창녀밖에 더 있냔 말이다. 게다가 지금 내가 가진 의상이라고는 몇 년 전에 엘렌과 내가 함께 입었던 〈프린스톤 가족〉의 윌마와 베티에서 베티 옷밖에 없다.

론 아저씨는 쾌걸 조로처럼 온통 새카맣게 차려입고 허리에 장난감 칼을 찼다.

"음, 너희가 아무도 분장 안 하고 올 줄 알았지."

아저씨는 카운터에 종이 상자를 올려놨다.

"내가 교회 연극부에서 모자랑 이것저것 빌려 왔어."

마커스는 맨 위에 있던 악마 뿔 머리띠를 집어 들고 자세히 봤다.

"이건 뭐죠? 작년에 개봉한 〈헬 하우스〉 영화에서 쓰고 남은 분장인가요?"

론 아저씨는 마커스가 들고 있던 악마 뿔 머리띠를 가져다가 다시 상자에 넣었다.

"이런 건 쓰지 마. 학부모들한테 욕먹으면 곤란하니까 얌전한 걸로 해. 그리고 사탕은 애들한테만 줘라. 중학생 이상은 안 돼."

아저씨는 밖으로 나가서 길가에 세워 둔 팝콘 기계에 갔다. 거기서 무료 팝콘 봉지를 나눠 줄 예정이다.

보는 파란색과 하얀색 줄무늬 차장 모자를 썼다. 그리고 내 어깨 위로 손을 뻗어 사탕 그릇에서 막대사탕 하나를 집었다. 론 아저씨의 부탁에도 아랑곳하지 않고, 마커스는 악마 뿔 머리띠를 골랐다. 나는 커다란 하얀색 깃털이 달린 반짝이 머리띠를 썼다.

가끔 어린이 세트 주문이 들어오는 것 말고는, 가게는 꽤 한산했다. 어찌나 지루했던지 나는 종업원용 냉장고 청소를 다 했다. 냉장고 청소를 끝내려는데, 카운터에 캘리와 그 애 남자친구인 브라이스가 보였다. 브라이스는 청바지에 피터 팬처럼 보이는 긴 윗도리 차림이었다. 캘리의 복장은 파란색 웬디 옷을 괴상한 섹시 버전으로 만든 것이었다.

"여기는 뭐 하러 왔어?"

내 말은 톡 쏘는 염산처럼 나왔다. 그러자 캘리가 말했다.

"이야. 여기 종업원 태도 아주 친절하네."

문가에서 종이 다시 울리더니 상황은 더 나빠지고 말았다. 엘렌이 팅커벨 분장을 한 채 나타났으니까. 엘렌은 정말 키가 큰 편에 속했지만, 그것 빼고는 아주 완벽한 팅커벨이었다. 팀은 후크 선장 차림이었다. 브라이스와는 달리, 팀은 자기 복장에 꽤 신경 썼다.

정말 꼴 보기 싫었다. 애네가 바보같이 분장을 서로 맞춰 입은 꼴이 정말 싫었다. 게다가 엘렌의 모습도 싫었다. 얘랑 같은 공간에서 같이 숨 쉬고 있는 내가 무슨 반칙이라도 한 것 같아 보였으니까.

팀은 눈을 휘둥그레 뜨고, 엘렌은 눈을 내리깔았다. 나는 숨을 몰아쉬지 않으려 애썼다. 그래도 팀이 해냈군. 팀 덕분에 엘렌과 다시 만났어. 캘리랑 브라이스는 데려오지 않는 편이 나았겠지만, 어쨌든 기회가 생겼다. 그러니 잡아야지.

엘렌이 고개를 들었다.

"너 여기서 계속 일하는 줄은 몰랐는데."

지금 나온 말이 겨우 그거라니. 지난 몇 주간 아무 말도 없었는데, 이제야 나한테 한 말이 그거라니.

"나 다시 일하게 됐어."

옆에 다른 애들도 있긴 했지만, 이 순간은 우리 둘만 있는 것만 같았다.

"안녕, 팀."

팀은 내 쪽으로 고개를 끄덕였지만 더는 아는 체하지 않았다. 배신자라고 말해 주고 싶었지만, 팀이 누구 편인지는 너무 분명했다.

"나가자."

엘렌의 말에 나는 불쑥 대꾸했다.

"그 말밖에 없어? 몇 주간 너랑 한 마디도 못 했는데, 지금 할 말이 그것뿐이야?"

이제는 마커스와 보 역시 우리를 보고 있었다.

캘리는 엘렌에게 돌아섰다.

"너 쟤랑 더는 엮일 이유 없어."

엘렌의 눈초리는 움직이지 않았다.

"난 혼자서도 아주 잘 살고 있거든. 그래. 그래서 할 말이 없어."

넷은 가게에서 나갔다. 팀은 내 쪽으로 어깨를 으쓱였을 뿐이다.

마커스와 보는 고맙게도 무슨 일이냐 묻지 않고 입을 다물었다.

마커스는 쉬는 시간 동안 주차장에 가서 하피스 종이 백을 가지고 차 사이를 돌아다녔다.

"신경 쓰지 마. 네 머리 깃털처럼 가벼운 일이라고 생각해 봐."

주방에 있던 보는 내 머리띠를 가리키며 말했다.

난 이걸 쓰고 있었다는 것도 잊어버렸다. 지금 머릿속에는 온통 엘렌 생각뿐이었다. 이런 일이 일어나다니. 그래도 마음 한구석으로는 우리가 언젠가 이 침묵을 깰 거라는 희망을 품고 있었다. 일단 말을 걸기만 하면 다 잘될 거라고 믿었던 거다. 하지만 아니었다. 나는 머리에 꽂은 깃털을 손끝으로 살랑여 봤다.

"어, 고마워."

"네가 돌아와서 좋아."

나는 고개를 끄덕였다. 나도 다시 와서 좋았다. 기름 냄새 나는 이 조그마한 오두막 가게에 다시 오니 그래도 정상적인 삶에 들어왔다는 느낌이 조금 들었다. 그리고 보를 다시 볼 수 있어 좋았다. 이런 마음 안 들었으면 좋았겠지만, 사실이 그랬다.

보는 차장 모자를 벗어 들고 다시 고쳐 썼다.

"미안해. 나 때문에 그만뒀던 거 말이야."

"괜찮아."

나는 이미 쌓아 둔 포장용 봉투를 다시 쌓으면서 물었다.

"넌 홀리 크로스 고등학교 시절이 그립지 않니?"

보는 슬쩍 웃었다.

"교복 입었던 건 그립긴 해."

"뭐? 교복이 그렇다고? 왜?"

"글쎄. 아침에 뭘 입어야 하나 고민 안 해도 되는 게 좋아서일까?"

그 애는 엄지로 아랫입술을 쓸었다.

"이렇게 말하면 난 아침형 인간이 아니라는 거 알겠지?"

두 달 동안 아무 말 없다가 갑자기 보의 목소리를 들으니까 가뭄에 단비가 내리는 것 같았다.

"그런데 내 동생은 교복을 싫어해."

보는 엄지손톱을 잘근잘근 씹다가 덧붙여 말했다.

"하지만 우리가 그 학교를 그만둔 건 내 잘못이야."

왜냐고 물으려던 순간, 마커스가 다시 안으로 들어왔다.

"너희 말이야, 밖에 있는 엄마들은 저 사탕 안 좋아하더라."

나는 뺨이 확 달아올랐다. 마치 우리가 찰싹 붙어서 더듬고 있던 걸 걸린 듯한 느낌이었다.

그날 야간 근무가 끝나고, 우리는 다 같이 밖으로 나왔다. 보와 마커스는 론 아저씨가 차려입은 조로 복장을 들먹이며 웃어 댔다. 보는 아직도 차장 모자를 쓴 채였다. 나는 걔를 볼 때마다 얼빠진 바보 같은 표정으로 웃기만 했다.

그런데 바깥에 나가 보니, 미치가 내 차에 기대서 있었다.

내가 정말 못된 년인 건 안다. 여기 온 미치를 보자 화가 너무 치밀었다. 지금의 내 심정은 식당에서 음식을 시켜 놨는데 남이 말도 없이 내 접시를 건드리는 걸 본 사람과 같았다. 미치는 자기에게 주어진 음식을 먹어야지, 내 접시를 건드리면 안 된단 말이야.

나는 마커스와 보에게 말했다.

"있지, 나는 먼저 갈게."

그리고 미치에게 돌아섰다. 물리적으로는 불가능한 일이었지만, 보의 눈빛이 내 등을 쳐 대는 느낌이 분명히 났다.

"음, 안녕? 분장 멋지네."

미치는 인디아나 존스처럼 카키색 바지에 항공 재킷을 입고 챙넓은 모자를 썼다.

"오늘은 토요일 밤이잖아. 핼러윈이고."

미치의 말에 나는 웃었다.

"그래서 나는 집에 가고 싶은 밤이기도 하지."

그 애는 고개를 저었다.

"무슨 소리야. 그러면 안 돼. 핼러윈이 얼마나 멋진지 내가 너한테 보여 줄게. 가자. 내 차에 타."

"난 분장도 안 했는데."

미치는 어깨를 으쓱였다.

"지금 넌 패스트푸드점 직원 분장을 한 거야. 아니면 줄무늬 캔디 코스프레를 했다고 쳐."

미치를 향한 내 마음은 냉탕과 온탕을 왔다 갔다 했다. 얘가 여기 없었으면 좋겠어. 하지만 여기 있었으면 좋기도 해. 그 애는 나에게 바짝 붙어 섰다. 하지만 아주 가까이 붙지는 않았다. 나도 모르게 입가가 슬쩍 올라갔다.

"좋아. 그럼 어디 얼마나 재미있나 보여 줘."

42

○

나는 미치의 차에 탄 다음, 집에 조금 늦게 간다고 엄마에게 문자
를 했다. 그런데 돌아온 문자는 다른 사람이 보낸 것이었다.

보　　네가 다시 와서 좋아.

나는 입술을 꾹 깨물어 속으로 말했다. 그리고 핸드폰을 컵 홀더
에 넣었다.

미치는 스톤브릿지로 차를 몰았다. 그곳은 클로버시티에서 가장
부유한 동네다. 물론 일반적인 기준으로 보기에는 그리 부유하지
않을 수도 있겠지만, 어쨌든 거긴 최근 10년 동안 새로 지어진 곳이
라서 울타리와 입구도 갖춘 곳이다. 입구를 만들어 놓기는 했지만,
항상 열려 있기는 하다.

아무 데나 주차를 한 미치는 나에게 베갯잇을 건네줬다.

"잠깐만. 이렇게 밤이 늦었는데 과자 받으러 다닐 수는 없어."

"그렇게 늦지는 않았어."

"자정이 넘었잖아."

"음, 그래도 여기까지 왔잖아. 그러니 신경 쓰지 마."

미치는 다시 차로 돌아가더니, 손에 갈색 채찍을 휘휘 감고 나타났다.

"너 그걸로 나 때리려고 그러니?"

"뭐? 아니야. 채찍이 있으면 인디아나 존스 복장이 더 그럴듯해 보이잖아."

우리는 잠시 거리 중심부를 걸으면서 아직도 불이 켜진 집을 찾았다. 보도블록은 매끈하고 색이 옅었다. 내가 자란 동네의 여기저기 부서진 길바닥과는 전혀 달랐다. 여기 집들은 아주 크고 웅장했지만, 화사한 초록빛 잔디밭 한 뙈기만 사이에 두고 다닥다닥 붙어 있었다.

여기가 처음 지어졌을 당시, 엄마와 루시 이모는 나를 뒷좌석에 태우고 몇 주에 한 번씩 여기로 드라이브를 오곤 했다. 우리는 집이 세워지고 거리가 포장되는 광경을 모두 지켜봤다. 새로운 거리 간판을 보며 눈을 휘둥그레 떴던 기억이 아직도 난다. 그건 마치 새로이 발견된 미개척지에 처음 방문한 느낌이었다. 나는 클로버시티가 얼마나 작은 도시인지 전혀 몰랐었다. 하지만 내가 보기에 여기는 아주 화려한 사람들이 사는 곳이었다. 영화배우나 가수, 모델 같은 사람들 말이다. 그때는 엄마도 아주 화려한 사람이었다. 그래서 난 언젠가 저 화려한 집에 우리 셋이 들어가 살 거라고 생각했었다.

우리가 처음 간 집은 빨간 벽돌에 창문이 커다랗게 돌출된 집이었다. 안에는 빛나는 샹들리에가 보였다. 미치는 초인종을 눌렀고,

나는 그 애 뒤에서 기다렸다. 밤이 늦은 시각이라서, 누가 나오든지 현관에 서 있는 10대 아이들을 신나서 반겨 줄 것 같지는 않았다.

아무도 나오지 않았다. 미치는 초인종을 다시 눌렀다.

나는 다시 길가로 걷기 시작했다.

"아무도 대답이 없네. 그냥 가자."

"잠깐 기다려!"

미치가 말했다.

이윽고 문이 빼꼼 열리더니 목욕 가운을 입은 여자가 목덜미에 물을 뚝뚝 떨어뜨리면서 얼굴을 내밀었다. 머리는 수건으로 감은 채였다. 그분은 우리 엄마보다는 나이가 많았지만, 할머니라고 보기에는 아직 젊었다.

"무슨 일이니?"

미치는 주저하지 않고 베갯잇을 내밀었다.

"과자를 안 주면 장난칠 거예요!"

그분은 다른 시간대에서 막 깨어난 것 같은 표정을 지었다.

"아."

그리고 손목을 보며 시간을 확인하려는 것 같은 몸짓을 했지만, 시계가 있을 리 있나.

"그렇구나."

그분은 문을 닫는 것 같았지만, 잠시 후 사탕 한 바구니를 들고 돌아왔다. 그리고 주저하지 않고서 미치의 베갯잇에 사탕의 반을 쏟았다.

미치는 나를 슬쩍 앞으로 밀었다. 나는 정말 바보 같다는 느낌이 들었지만, 베갯잇을 벌렸다.

그분은 남은 사탕을 내 베갯잇에 쏟았다. 그분은 무슨 생각이실까. 고등학생 애 둘이서 이 늦은 밤에 이 동네 제일가는 부촌에 와서 과자를 달라고 조르다니, 이 정도 깡이면 사탕을 주는 게 마땅하다고 생각하는 건 아닐까.

목욕 가운을 입은 아주머니는 자기 배를 두드렸다.

"이 집에 사탕 둬 봤자 여기밖에 더 찌겠니."

미치는 모자를 슬쩍 들어 올려 인사했다.

"그라시아스, 세뇨리타."

같이 거리로 나오면서, 미치는 내 어깨를 슬쩍 쳤다.

"봐, 재밌잖아."

우리가 방문한 집은 대부분 목욕 가운을 입은 아주머니처럼 반응하거나, 대답하지 않거나, 현관에 서 있는 우리를 보고 불을 껐다.

그러다 어느 집을 갔는데, 팬티 차림의 할아버지가 대답을 했다. 그분 얼굴에 어찌나 주름살이 깊게 패어 있던지 얼굴이 녹아내리는 것 같았다.

"당장 꺼져, 이 망할 놈들아!"

할아버지는 고함을 쳤지만, 미치는 노인 뒤에서 짖고 있는 개보다 더 크게 소리를 질렀다.

"과자를 안 주면 장난칠 거예요!"

"아, 그럼 내가 장난을 쳐 주지."

노인은 문을 활짝 열고서 옆구리에 든 총을 꺼내 보였다.

"네놈 궁둥짝을 갈겨 주마!"

미치는 내 손을 잡았다.

"도망쳐! 어서!"

우리는 소리를 지르며 거리를 마구 달렸다. 모퉁이를 돌아서는 길까지 우리 뒤로 노인의 빈정대는 웃음소리가 들려왔다.

안전할 만큼 도망치자, 나는 멈춰 서서 무릎에 손을 짚었다. 우리 둘 다 헉헉댔다. 나는 숨을 몰아쉬면서 말했다.

"저, 미친, 노인네가, 우리를 죽이려고 했어."

"아니야. 그냥 겁주고 싶었던 거야."

미치가 대답했다. 나는 똑바로 일어나 등을 쭉 폈다.

"어쨌든 임무는 완료했네."

나는 사탕이 든 베갯잇을 들어 올렸다. 내 예상보다 꽤 무거웠다.

"이제 그만해도 될 것 같아."

하지만 미치는 손가락을 하나 펴고 살짝 찡그렸다.

"한 집만 더 해 보자. 안 돼?"

달빛을 받은 그 애의 모습은 달라 보였다. 신비하다고 할까. 조금 귀엽다고도 할까. 나는 그만 슬쩍 웃고 말았다.

"딱 한 집이야. 그러니 잘 골라."

미치는 웅장한 하얀 저택을 골랐다. 진입로가 아주 긴 집이었다.

초인종을 누르자, 몇 분 후 지친 표정의 여자분이 나왔다. 운동복을 입었지만 머리에는 마녀 모자를 쓴 분이었다. 그녀는 미치가 뭐라 말도 하기 전에 불쑥 대답했다.

"아, 이런. 우리는 마침 사탕이 다 떨어졌단다."

"인디아나 존스다!"

그녀 몇 발짝 뒤에서 해적 복장을 한 남자아이가 소리쳤다. 그 애 복장은 직접 만든 건데, 디테일까지 아주 꼼꼼하게 제작했다는 게 잘 드러났다.

"진짜 멋져!"

미치는 활짝 웃었다. 나는 아이 어머니에게 대답했다.

"괜찮아요. 우리도 그만하려고 했거든요. 이제 집에 갈 거예요."

그분은 우리에게 잘 자라고 인사했다.

진입로를 반쯤 빠져나올 무렵, 그 꼬마의 목소리가 들렸다.

"저기! 잠깐만! 기다려!"

해적 복장 꼬마가 우리 쪽으로 마구 달려왔다. 손가락으로 달랑 달랑 흔들리는 플라스틱 호박통을 꼭 쥔 채였다. 그 애는 우리 앞에 서 급히 서더니 우리에게 사탕을 하나씩 내밀었다.

"나 형 복장 마음에 들어요."

그 애는 미치에게 말했다.

"고마워요, 꼬마 신사분. 그쪽 해적 복장도 아주 멋있네."

미치는 그 애를 한낱 어린애처럼 대하지 않았다. 미치에게 그 애 는 그저 그런 꼬맹이가 아니었으니까. 미치에게는 모든 사람이 다 특별했다.

그 애는 다시 집으로 달려갔다. 그 애 엄마가 현관에서 기다리고 있었다.

우리는 보도 연석에 앉아 사탕을 내려놨다. 오늘 밤은 올해 들어 처음으로 가을이 오고 있다는 느낌이 들었다. 뼛속까지 남부 사람인 나는 불어오는 산들바람이 차갑게 느껴졌다.

"내가 말했잖아. 핼러윈은 아주 재미있다고."

미치의 말을 들으며 나는 길과 보도 사이에 낄린 부사 동네의 초록색 잔디밭(진짜 텍사스의 잔디는 푸석푸석한 갈색이다)에 털썩 누웠다.

"응, 괜찮았어."

"저 애가 날 봤을 때는 인디아나 존스를 본 거야. 어젯밤 경기를 완전히 망쳐 버린 놈을 본 게 아니지. 하루 종일 게임만 하는 놈을 본 것도 아니고. 그 애한테 나는 특별한 사람이었어."

미치도 내 옆에 누워 말했다.

"하지만 이렇게 분장하면 자신의 진짜 모습을 숨긴다는 생각 안 들어?"

나는 미치를 바라봤다. 잔디가 내 뺨을 간지럽혔다.

"물론 자신의 진짜 모습을 싫어할 수도 있겠지. 하지만 그렇다고 다른 모습인 척하는 건 더 슬프지 않아?"

"모르겠어. 하지만 '이 모습이 내 모습이구나'라는 느낌을 찾을 때까지는 내가 되고 싶은 모습이 되도록 노력해야 하지 않을까. 그게 뭐든 말이야. 가끔은 그런 척이라도 하면, 벌써 반은 그 모습이 된 거라고 생각해."

미치는 내 쪽으로 돌아누워 팔꿈치로 몸을 괴었다.

"내가 처음으로 너랑 이야기했을 때, 난 네가 무척 무서웠어. 지금도 그런 편이고. 하지만 네가 안 무섭다고 생각하며 행동하니까, 점점 아니게 되더라."

미치는 잠시 말을 멈췄다 설명했다.

"이젠 네가 그렇게 무섭지는 않아."

나는 미치의 말을 이해했다. 왜냐하면 난 평생 그런 척하면서 살아왔던 것도 같으니까. 언제부터인지는 모르겠지만, 아주 오래전부터 나는 내가 되고 싶은 모습으로 연기하기로 했다. 그리고 그 후부터 실제로 그렇게 연기했다. 그게 과연 누구 모습인지는 모르겠지만. 하지만 이제는 그 연기도 점차 끝나 가는 것 같다. 그리고 이제껏 가려져 있던 진짜 모습을 내가 좋아하게 될지는 잘 모르겠다. 진짜 내 모습과 내가 되고픈 모습 사이의 간격을 싹 지워 주는 마법의 주문이 있다면 얼마나 좋을까. 지금은 가짜지만, 노력하면 그 모습이 될 수 있다고? 그건 나한테는 통하지 않는 일이야.

"왜?"

미치가 물었다. 나는 고개를 저으며 손을 깍지 껴 입을 가렸다. 하지만 손가락 사이로 슬그머니 미소가 나왔다.

"내가 무서워?"

내가 무섭다니, 그 생각에 기분이 좀 나빴지만, 한편으로는 좋기도 했다. 내가 언제나 다른 사람들을 화들짝 놀라게만 만드는 존재는 아니라는 생각이 들었으니까.

미치는 내 얼굴을 가리던 손을 잡아끌었다. 그 애의 손은 땀으로 축축했다. 그제야 난 알아챘다. 지금 애, 너무 가까이 있어. 심지어 미치의 콧등 모공까지 보인다고.

"좋은 건 언제나 조금 무섭기도 하니까."

미치의 입술이 내 입술을 가볍게 쓸었다. 그 애의 팔이 내 허리를 감는 동안 나는 꼼짝도 하지 못했다. 우리의 키스는 혀를 쓰지는 않았고, 그저 입을 벌렸을 뿐이었다. 그 애의 떨림 속에서는 공포와 들뜬 마음이 모두 느껴졌다.

하지만 난 무섭지 않았다. 전혀. 그 순간 나는 지금이 거짓이라는 걸 깨달았다. 이 순간에 있어야 할 감정이 뭔지 난 알고 있었으니까. 그러나 그 감정은 없었다.

43

○

다음 날 우리 집은 폭탄을 맞은 것같이 난장판이 됐다. 시작은 바로 엄마가 교회 갔다가 집에 와서 미인대회용 드레스를 입어 보겠다고 한 거였다.

"만두야! 얘, 엄마 지퍼 좀 올려 줘."

엄마가 자기 방에서 부르는 소리에 나는 계단을 터벅터벅 올라갔다. 엄마는 대회에서 1등을 한 해부터 매년 그때가 되면 꼬박꼬박 당시 입었던 드레스에 몸을 맞췄다. 루시 이모 말에 따르면, 그때마다 우리 집은 에어로빅 음악이 쿵쿵대는 댄스 학원처럼 난리도 아니었단다. 그리고 아슬아슬하긴 했지만, 엄마는 항상 드레스에 몸이 맞았다.

나도 그 드레스를 수도 없이 봐 왔다. 몸통에 시폰 스커트가 달린 아쿠아마린색 스팽글 드레스였다. 너무 많이 봐서 이제는 예뻐 보이지도 않을 지경이라고.

우리 집 건물은 정말 오래됐기 때문에, 2층에는 화장실 딸린 침

○
330

실이 없었다. 복도 끝에 공용 화장실이 하나 있을 뿐이다. 엄마와 루시 이모가 태어나서 어릴 적부터 지금까지 계속 같은 집에서 살았다고 생각하니 좀 이상했다. 엄마와 이모는 10대 때 서로의 눈앞에서 자기 방문을 쾅 닫았을까. 서로의 방으로 살금살금 오고 가기도 했을까. 나는 내가 태어나기 전부터 있었던 엄마와 이모 이야기를 무척 들었다. 하지만 가끔 생각한다. 그래도 두 분이 나한테 말해 주지 않았던 이야기도 있겠지? 그렇다면 난 그게 뭔지 직접 알아내고 싶었다.

나는 복도로 가서 유리 손잡이를 잡고 침실을 열었다.

'이런 제길.'

문가에 서서 봐도 알 수 있었다. 저건 지퍼가 문제가 아니야. 엄마 등 한가운데에 족히 1인치는 돼 보이는 틈새가 보였다.

나를 손짓해 부르는 엄마의 이마에서는 땀이 송글송글 맺혔다.

나는 1~2분을 낑낑대며 엄마 등에서 지퍼를 올려 보려고 하다가 말했다.

"음, 엄마 있잖아, 이건 지퍼가 고장 난 게 아닌 것 같은데."

엄마는 몸을 휙 돌려 어깨 너머로 거울을 바라보더니, 불쑥 내뱉었다.

"어우, 썅."

와우. 엄마 평생에 이런 상스러운 소리를 한 건 한두 번 정도 있을 것이다. 그리고 그중 한 번이 바로 지금이겠지.

"지퍼 내려."

지퍼가 안도의 한숨을 내쉬듯 스르르 내려갔다.

엄마는 가슴팍에 드레스 자락을 잡고 침대 끝에 앉았다.

"그래, 이제 나는 살을 빼야겠구나. 자전거도 타고 피일라테스 수업도 들어야겠어."

엄마는 필라테스라는 말을 '피일라테스'라고 강조했다. 마음이 불안해질수록 목소리에 섞인 비음이 점점 심해졌다.

"메릴로가 수업을 할 거야. 내일 밤부터 운동해야겠다."

"하지만 나 밤에 일하러 가야 하는데. 차 써야 한다고."

엄마는 눈썹을 치켜뜨고 날 바라봤다. 지금 상황이 얼마나 심각한지 내가 이해 못 했다는 표정이었다.

"애, 있잖니. 우리는 어떻게든 일이 되게 해야 해. 아침에는 네가 학교에 차 가지고 가. 하지만 저녁에는 엄마가 써야겠어. 네 또래 여자애들 중에서 차 없는 애가 태반이야. 없으면 없는 대로 살 줄도 알아야 해. 더는 왈가왈부하지 말자."

나는 엄마한테 항의하지 않았다. 해 봤자 소용없으니까.

나는 직원용 휴게실에 앉아서 엄마가 날 태워다 줬을 때 건네준 사과를 집어 들었다. 분명히 봤는데, 엄마는 하피스의 주차장을 들어오면서 숨을 참았다. 마치 너무 숨을 크게 쉬면 공기 중에 떠 있는 트랜스지방이 몸으로 들어와 칼로리가 되기라도 하는 것처럼.

나는 어제 미치가 무슨 말을 할 줄 알았다. 핼러윈에서 그런 일이 있기는 했지만 그건 별일 아니었다는 식으로 말해 줄 거라고 기대했었다. 아니면 무슨 고객만족 전화처럼 나에게 좋았냐고 물어볼 줄 알았다. 하지만 그 애는 아무런 연락이 없었다.

나는 어제 아침 일어나서 스스로에게 분명히 말해 줘야 했다. 걔 정말로 나한테 키스한 거야. 그 키스는 나쁘지 않았다. 다만 보와 느꼈던 심장이 터질 듯한 감정이 없었을 뿐이다.

오늘 미치는 평소 그대로였다. '그 키스'에 대한 말은 전혀 없었다. 그래서 난 '아, 얘는 그날 아주 다른 애였구나. 이런 게 핼러윈의 마법이구나'라는 생각마저 들기 시작했다. 하지만 죄책감과 후회는 너무나 선명한 현실이었다.

그런데 오늘, 학교를 마쳤을 때 일이었다. 우리는 같이 주차장으로 걸어가고 있었는데, 걔가 내 손을 꽉 잡았다. 꽉 잡은 그 손의 느낌은 분명했다. 우리는 이제 빼도 박도 못 하게 됐구나. 이건 정확히 말할 수 없지만 행동만은 분명한 관계였다. 하지만 난 그 새로운 관계를 시작할 준비가 되지 않았다. 내가 떠나기 전, 미치는 나에게 작은 양장본 책을 하나 내밀었다. 제목은 『젊은이들, 그리고 마음만은 젊은이인 분들을 위한 마술』이었다.

"장기자랑 뭐 할지 고민한다고 했었잖아. 미인대회에서."

나는 책을 책가방에 쑤셔 넣고 미치에게 고맙다고 했다.

"그 안에 편지 넣어 놨어. 나중에 읽어 봐."

미치가 말했다.

직원용 휴게실 문을 누군가 노크했다. 하지만 문은 열려 있었다.

"안녕."

보의 목소리에 나는 무심코 미소를 지어 버렸다.

"안녕."

"지난밤에 집에 잘 갔는지 궁금했어."

그 애는 자기 손가락을 만지작거리다 이내 양손을 뒷주머니에 넣었다.

"네가 그 남자애랑 가는 거 보니까 기분이 이상했어. 그런데 그 애, 너랑 댄스파티에서 파트너했던 애더라."

보는 목을 가다듬고 말을 이었다.

"너희 꽤 친한 사이인가 봐?"

나는 뺨이 확 달아올랐다.

"아, 맞아. 응, 걔는 미치라고 해."

보는 팔에다 대고 기침을 했다.

"그렇구나."

나는 또 슬며시 웃고 말았다.

"그렇지."

보는 돌아서서 주방으로 갔다.

나는 오므린 입술 사이로 작게 한숨을 쉬었다. 우리 지금 뭐 한 거야. 아무리 생각해도 서로 뻔히 속 보이는 짓을 했어. 그런데 나는 왜 또 이렇게 온몸에 불이 붙은 것 같을까.

가게를 정리한 다음 밖으로 나가자 주차장에 엄마 차가 없다는 게 눈에 확 들어왔다. 뒷문이 닫히기도 전에 엄마에게 전화했다.

"여보세요?"

엄마의 목소리는 잠에 취해 있었다.

'아, 진짜 뭐야.'

"엄마 자?"

"어머, 만두야!"

엄마가 차 키를 그러쥐고 유리문을 쾅 닫는 소리가 핸드폰 너머로 들렸다.

"지금 당장 갈게!"

그리고 전화는 뚝 끊어졌다.

마커스와 보는 나를 보고 있었다.

"먼저들 가."

내 말에 마커스는 고개를 끄덕이고는 티파니가 기다리고 있는 자기 차로 다가가며 말했다.

"내가 태워다 줄까?"

"고맙지만 엄마가 오고 있어."

그러자 마커스와 보는 서로를 슬쩍 바라봤다.

"내가 애랑 같이 기다릴게."

보의 말에 마커스는 '고맙다'는 듯 고개를 끄덕이고는 가 버렸다. 나는 보에게 말했다.

"난 가게 안에서 기다릴게. 론 아저씨는 가게에 좀 더 계실 테니까."

하지만 보는 자기 차 키를 꺼내며 말했다.

"괜찮아. 내 트럭에서 기다리자."

나는 그 말을 듣고 그만 표정이 굳어 버렸다. 보는 그 모습을 봤나 보다.

"그냥 앉아만 있는 거야. 좌석 사이에 팔걸이도 내려놓을게."

우리가 차에 타자, 정말로 보는 자기 말대로 좌석 사이에 팔걸이를 내려놨다.

둘 다 잠시 아무 말이 없었다. 그저 뒤편 도로에서 들려오는 아스라한 소리를 들을 뿐이었다. 그 애의 향기, 인공 체리 향과 스킨 향이 날 확 덮쳤다. 여름 동안 그 향기를 알아차릴 일이 없었지만, 지금 그 애 트럭 안에 있으니까 정말 오랜만에 맡게 되는구나. 어떻게 한 가지 향기에 마음이 편안해지면서도 또 낯설 수가 있는 걸까. 이건 마치 데자뷔 같아.

나는 몸을 숙이고 라디오 주파수를 조절했다. 보는 내가 채널을 마구 돌려도 아무 말 하지 않았다.

"난 이제 돌리 파튼 노래 들을 때마다 네 생각이 나."

나는 불안하게 웃었지만 속마음은 너무 두근댔다.

"음, 라디오에서 돌리 파튼 노래는 많이 안 나오는 편인데. 그건 다행이네."

마음먹은 것보다 목소리가 더욱 이상하게 나와 버렸다. 하지만 솔직하게 말하자면, 내가 보의 머릿속에 돌리를 통해 확실하게 각인됐다는 게 너무 좋았다. 물론 나는 돌리 노래를 들을 때마다 엘렌이나 루시 이모 생각을 하게 된다. 그래서 따져 보자면, 현재 나에게 돌리가 준 이득보다 손실이 더 큰 것도 같다.

"근데 왜 돌리 파튼을 좋아하는 거야? 난 정말 이해가 안 돼. 돌리 파튼은 뭐랄까…… 너무 인위적이잖아."

"음, 확실히 가슴은 인위적이지. 누가 봐도 자연산은 아니니까."

나는 의자 팔걸이의 무늬를 손가락으로 훑으며 정확한 표현을 찾으려 애썼다.

"돌리는 한 번도 불행한 적이 없어 보이는 것 같은 사람이야. 그분은 말하자면 나의 '정신적인 지주'랄까. 음, 돌리의 음악도 좋지. 하지만 그 음악을 좋게 만드는 건 바로 돌리란 말이야. 거대한 머리와 가짜 가슴도 한몫하고. 돌리 파튼만큼 자신의 삶을 설정처럼 사는 사람은 세상에 다시없을 거야."

보는 나를 빤히 쳐다봤지만 아무 말 하지 않았다.

"그러니까 돌리에게는 매일이 핼러윈 같은 거지."

순간 미치의 분장이 기억에 떠올랐다 사라졌다.

"하지만 돌리는 요란하게 차려입고 그런 척하는 수준을 넘어섰어. 그게 돌리의 인생이기도 하니까. 그렇게 살아야겠다고 돌리가 스스로 정한 거라고."

팬심이 너무 오글거리기 전에 난 입을 다물었다.

보는 팔짱을 끼고 의자에 몸을 더 묻었다.

"흠. 나는 돌리 파튼을 보면서 과장된 만화 캐릭터 같다고 생각했었어. 하지만 네 말을 들으니 아닌 것도 같네."

우리 위로 반짝이던 하피스 간판 불빛이 꺼졌다. 우리는 계속 라디오 방송을 들었다.

잠시 후 보가 물었다.

"근데 너 차 어디 갔어? 무슨 일 있어?"

나는 머리 받침에 머리를 기댔다.

"시동이 안 걸려. 한 두 달 됐나."

정말 두 달밖에 안 됐나? 체감상으로는 이 모든 일이 일어나고 내가 미인대회에 참가신청서를 냈던 일이 까마득히 옛날처럼 느껴졌다. 게다가 그사이 엘렌과도 사이가 틀어졌지.

"그 후로 계속 정비소에 서 있어. 근데 고칠 돈이 없어."

"그렇구나. 돈이 있으면 사는 게 쉬워지지. 하지만 필요할 때마다 돈은 없더라고. 차라리 우리 사회가 물물교환 사회였으면 하고 바랄 때가 있어."

그 애 말을 들으니 기분이 나빠졌다. 본인은 지난 학기까지 사립학교에 다녀 놓고서 그런 말을 하다니. 거긴 뭐든지 다 돈인 곳인데.

"왜?"

그 애의 물음에 그저 고개를 흔들었다.

"아냐. 하던 말 마저 해."

하지만 다시 오랜 침묵이 흘렀다. 그래서 나는 입을 열었다.

"음, 솔직히 말하자면 너는 홀리 크로스 고등학교 다녔잖아. 네가 내 기분 맞춰 주려는 건 알겠는데, 실제로 돈이 없어서 망한 기분이 어떤지 안다고 말하는 건 좀 너무한 거 아니니."

"이야. 사립학교 다닌다고 다 돈이 많다고 생각하다니, 너무 성급한 결론인데."

우리 뒤로 헤드라이트 불빛이 확 비쳐 왔다.

"어쨌든 네가 물어봤으니까 대답한 거야. 그럼 잘 있어. 베카한 테도 안부 전해 주고."

나는 보의 트럭에서 슬그머니 빠져나와서 문을 쾅 닫았다.

하지만 그 애는 창문을 내리고 말했다.

"사립학교에 다닌다고 더 부자인 건 아니야. 그중에는 돈이 없어 도 농구를 잘해서 장학금 받고 다니는 애들도 있다고."

차창이 다시 올라갔다. 내가 뭐라 말할 틈도 없이 그 애와 내 사 이가 다시 닫혔다.

나는 민망한 나머지 얼굴이 확 달아올랐다. 하지만 그보다 더 많 이 당황스러웠다. 왜 애는 나한테 장학금 받고 학교 다녔다는 말을 안 한 거야?

차에서 내린 엄마가 보의 차창으로 마구 달려왔다. 나는 엄마가 유리창을 두드리는 모습을 트럭 반대편 차창으로 지켜봤다. 엄마는 '남자분'이랑 대화할 때나 쓰는 높은 톤의 목소리로 말을 걸었다. 보 가 뭐라 대답하자 엄마의 얼굴이 확 밝아졌다. 엄마는 한 손으로는 그 애의 팔을 잡고 다른 손은 자기 가슴에 댔다. 엄마의 마지막 말 이 들렸다.

"어머, 보, 어쩜 좋니!"

엄마는 다시 차로 돌아갔다. 나는 그 뒤를 따르며 물었다.

"엄마, 방금 뭐였어?"

우리가 차에 타자 엄마가 말했다.

"월, 정말 미안하다. 그놈의 피일라테스인가 뭔가 때문에 등이 쑤셔서 집에 오자마자 그만 곯아떨어졌지 뭐니."

"괜찮아. 하지만 아까 걔랑 무슨 말 했냐니까?"

나는 엄마가 도로에 들어서는 동안 옆에서 계속 투덜댔다. 엄마는 웃으면서 한쪽 입가로 말했다.

"그래, 너랑 같이 일하는 귀여운 애, 이름이 보라고 했던가? 걔 턱선이 아주 조각 같더라."

"엄마. 제발."

"내가 그랬지. 우리가 차 한 대로 왔다 갔다 하면서 살고 있다고. 그리고 너랑 같이 기다려 줘서 고맙다고 했지."

엄마는 차를 옆으로 돌렸다. 하지만 깜빡이가 꺼질 정도로 많이 돌리지는 않았다.

"그런데 걔가 글쎄 이러지 뭐니. 너랑 자기가 근무시간이 같다면서 너를 집까지 태워 주겠다는 거야."

"엄마! 그래서 뭐라고 했어? 당연히 거절했겠지?"

갑자기 등줄기가 오싹해졌다. 깜빡이가 아직도 똑딱거렸다. 똑딱. 똑딱. 똑딱.

"아니, 왜 거절을 하니? 그토록 친절하게 제안해 줬는데. 좋은 의도를 받아 주지 말라는 게 어딨어."

나는 한숨을 쉬었다. 아주 크고 웅장한 한숨이었다.

"월로딘, 한숨은 그만 쉬어. 복 받은 줄 알아야지."

엄마가 차를 주차했다.

340

"특히 그렇게 잘생긴 애가 태워 주겠다는데 뭐가 문제야."

"엄마 진짜 싫어."

나는 차에서 내리며 말했다. 엄마는 날 뒤따라오며 외쳤다.

"어휴, 너도 참 딱하다. 그리고 다음번 근무하기 전에 머리 좀 어떻게 해 봐! 머리만 예쁘게 가꿔도 외모가 확 달라진다고."

44

o

세계사 수업 종이 울렸다. 나는 루비오 선생님이 문을 닫기 직전
에 간신히 교실에 들어왔다.

그런데 이게 뭔가. 내 옆자리는 항상 아만다가 앉았었는데, 지금
그 자리에는 보가 있었다. 혹시 뇌가 이상해져서 시각에 잘못된 정
보를 준 건 아닐까? 교실 뒤편에 앉은 아만다는 어깨를 으쓱이며 입
모양으로 말했다.

'복숭아 엉덩이가 자리에서 꼼짝도 안 하더라고.'

나는 손을 저어서 괜찮다고 신호했다. 하지만 사실은 안 괜찮았
다. 세상에 이게 대체 무슨 일이야?

세계사 시간 자리는 지정 좌석이 아니었지만, 아이들은 첫날 앉
은 그 자리에 그대로 앉았다. 그래서 암묵적으로 지정 좌석이 됐다.
내가 아만다의 성격을 아는데, 쟤 역시 자기 자리에 보가 앉아 있으
니 뭐라고 하긴 했을 거다. 하지만 싸우면 누군가는 지는 법이다.
그리고 진 쪽은 보가 아니었고.

내가 자리에 앉자 보는 슬며시 웃으며 말했다.

"월로딘."

근데 그게 끝이었다. 그놈의 수업 시간 내내 한 말이라고는 그거 하나였다고.

드디어 수업을 마치는 종이 쳤다. 나는 최대한 빠른 속도로 교실을 빠져나갔다.

그러다 주차장에서 미치를 만났다. 걔는 날 보고 얼굴이 확 밝아졌다. 지금 내가 바보같이 웃고 있는 게 자기를 봐서 그런 줄 아는 거다. 난 그만 이렇게 말해 주고 싶었다. '아니야. 나 보고 그렇게 다정하게 웃지 마. 난 그럴 자격이 없다고.'

다음 날 보는 또다시 아만다 자리에 앉았다. 나는 곁눈질로 그 애를 바라봤다. 주먹을 쥐고 턱을 쓰다듬고 있네. 나도 만져 보고 싶다. 그건 어쩔 수가 없었다. 걔는 자석의 N극, 나는 S극이었고, 우리 사이가 붙어 버리는 건 시간문제였다.

어제와 같이, 보는 수업 시작 전에 내 이름을 불렀다. 하지만 이번에는 끝나고 이렇게도 덧붙였다.

"이따 밤에 보자."

주방에서 울리는 보의 휘파람 소리를 듣고 있자니 배 속이 울렁거렸다. 보는 아무도 듣지 않는다고 생각하면 항상 휘파람을 불곤 했다. 보통은 아무 노래나 선율을 뒤죽박죽 섞어 가며 휘파람을 불었다. 하지만 오늘 밤은 입술을 꼭 다물고서 돌리 파튼의 'Jolene'을 연주했다. 그걸 들으니 다리의 힘이 스르르 풀려 버렸다.

사무실에서 나온 론 아저씨는 영수증 종이를 다시 채우면서 휘파람 소리에 따라 흥얼거렸다. 하지만 가게 문을 닫기 몇 분 전, 마커스는 버럭 소리를 질렀다.

"야, 넌 다른 노래 모르냐?"

그러자 보는 잠시 휘파람을 멈추고 햄버거를 뒤집었다. 하지만 패티가 뒤집히며 불판 위에서 지글거리자, 걔는 다시 휘파람을 불기 시작했다.

그날 야간 근무가 끝나자, 우리를 수상쩍게 바라보는 마커스를 뒤로한 채 우리는 나란히 보의 트럭에 탔다.

내가 트럭에 올라타고 있는데, 그 애 핸드폰이 울렸다. 나는 전화를 들고 가만히 듣고 있는 보의 모습을 지켜봤다. 목덜미에 있던 핏줄이 불끈 솟더니, 그 애는 고개를 흔들었다. 이를 으득 깨문 채로, 그 애는 뭐라 말하더니 운전석에 앉으면서 전화를 끊었다.

"누구 전화야?"

보는 잠시 아랫입술을 깨물다 대답했다.

"내 동생."

"아."

"너 태워 주고 나서 자기 데리러 오래."

그 애는 하피스 뒤로 펼쳐진 들판을 응시하며 말했다.

"우리는 그다지 사이가 안 좋아."

난 형제자매가 없지만, 매일 밤낮으로 마주쳐야 하는 사람과 껄

끄럽게 지낸다는 게 뭔지는 잘 알고 있었다.

"난 가끔 걔가 부러워. 우리 엄마가 돌아가셨을 때, 동생은 나만 큼 충격받지 않았거든. 내 생각이 진짜인지는 모르겠지만, 가끔 내가 동생이 느껴야 할 슬픔까지 다 짊어진 게 아닌가 싶어."

보의 말에 고개를 끄덕였다. 나는 엄마가 절대 모르는 루시 이모의 모습을 알고 있었고, 그래서 엄마보다 더 큰 슬픔을 느낀다는 생각을 떨칠 수가 없었다.

"저기, 내가 미안해."

나는 안전벨트를 채우며 말했다. 이건 며칠 동안 입 밖으로 낼까 말까 무척 고민하며 날 괴롭혔던 말이었다.

"너 사립학교 다니면서 나한테 그런 말 하냐고 했던 거, 미안해."

보는 핸들을 잡고서 뒤를 돌아보며 후진했다.

"괜찮아."

우리는 신호에 걸렸고, 파란불이 될 때까지 말없이 기다렸다.

"너 학교에서 무슨 일 있었어? 장학금 받고 다녔던 거 아니야?"

"맞아."

난 보가 운전하는 모습이 좋았다. 한 손은 핸들 아래를 잡고 손바닥으로 돌리는 모습이 마치 대형 트레일러를 모는 것처럼 보였다.

"라울릿가에서 좌회전해 줘."

"내가 8학년 때였어. 홀리 크로스 고등학교 출신 아저씨 중 하나가 내가 농구하는 걸 봤어. 내 입으로 이런 말 하는 건 좀 그렇지만, 난 그때 농구를 정말 잘했던 거 같아. 근데 난 그걸 몰랐어. 이 동네

○
345

에서는 농구에 아무도 신경 안 쓰니까."

"그런데 홀리 크로스 고등학교 사람들은 그걸 알아봤구나."

내가 대답했다. 홀리 크로스 고등학교는 미식축구 팀을 꾸리기에는 너무 작은 곳이지만, 그 학교 농구부는 항상 지역 대회에서 우승했고, 가끔은 주 챔피언이 되기도 한다.

"맞아. 그래서 그 학교분들이 서로 상의를 하고 우리 아빠에게 와서 나를 그 학교로 보내라고 했어. 하지만 우리는 그럴 돈이 없었지. 게다가 우리 엄마도 돌아가셨던 참이라 더더욱 형편이 어려웠어. 운동부 장학금은 고등학교 학생한테 주는 게 아니잖아. 농구 연맹에서는 고등부 장학금이 없다고 했어. 그래서 학교분들은 나를 위해 학술 장학금을 마련했어. 그리고 내 동생도 그걸 받았지. 우리 아빠 조건이었거든. 동생까지 보내 주지 않으면 나 안 보내겠다고."

나는 우리 집 가는 길을 가리키며 말했다.

"하지만 너희 모두 학교를 그만두게 된 건 네 잘못이라고 그러지 않았어? 아, 여기서 좌회전해서 올라가면 우리 집 나와."

"작년 마지막 시즌이 끝날 무렵에 무릎 부상을 당했어. 그런데 우리는 의료보험이 없었거든. 난 병원비를 전부 어떻게 감당해야 할지 몰랐어. 우리 팀 애들은 모두 부잣집 애들이라 걱정 없겠지. 하지만 나는 더 이상 농구를 할 수가 없게 됐어."

차는 우리 집 앞에서 공회전을 했다. 아, 우리 집 오는 길이 세 배는 더 길었다면 얼마나 좋았을까.

"하지만 넌 학술 장학금을 받는다고 하지 않았어? 농구를 못 하게 됐다고 해서 그 장학금이 끊기지는 않았을 거 아냐."

보는 팔짱을 꼈다.

"내가 부상당한 다음에, 우리 팀 애랑 싸웠거든. 여름에 하피스에 나타났던 애 기억하지? 콜린이란 애."

"왜 싸운 건데?"

그러자 보는 고개를 저었다.

"남자애들이 싸우는 이유야 뻔하지. 여자애 때문이었어."

트럭 안 분위기가 팽팽해졌다. 순간 나는 뼛속까지 울리는 깨달음이 있었다.

"걔랑 같이 왔던 여자애 말이니?"

"그래, 앰버. 우리는 2년간 사귀었어. 하지만 난 걔한테 싸가지 없는 남친이었지."

대체 얼마나 싸가지가 없었는지 묻고 싶었다. 하지만 솔직히 그 대답을 정말 듣고 싶은 걸까. 모르겠다.

"나는 걔 쇄골을 부줬어. 걔는 내 코를 부줬고. 그리고 다음 해 등록 기간이 되자, 학교 측에서는 장학금 프로그램이 더는 없다고 말했어. 기부자분들은 기부를 그만둬야 했지. 그래서 내 동생이 날 미워하는 거야."

"네 동생은 그 학교가 그립대?"

내 질문에 보는 씩 웃었다.

"어. 그 녀석은 그 학교의 왕이었거든. 게다가 7학년 때부터 계속 사귀던 여자친구도 있었고. 어린 애들이 그렇게 오래 사귀는 법이

어딨어?"

보는 여전히 웃으며 고개를 저었다. 나는 그 모습에서 미처 말하지 않은 진심을 알 수 있었다. 얘는 자기 몸보다 동생을 더 사랑하는구나. 그래서 그 동생을 위해서라면 아픈 무릎으로도 분명히 농구를 했겠구나.

"걔는 지금 고등학교에 갓 들어왔어. 그래서 나보다 더 현실을 뼈저리게 느끼지. 나이도 지금 열일곱 살이라 더 그래. 열일곱 살이면 세상 모든 게 다 재수 없어 보이잖아. 게다가 걔 여자친구랑 깨졌거든. 장거리 연애는 할 수 없다고 했대."

"장거리 연애라니?"

"그러게. 그 학교는 우리 집에서 걸어서 10분 걸리는데 말이야."

"이야."

나는 이제 차 문손잡이에 손을 얹으려 했다.

"내가 현관까지 데려다줄게."

"아니, 괜찮아."

하지만 보는 고집을 부렸다.

"진짜 데려다주고 싶어서 그래."

"우리는 사실 뒷문으로 다녀."

"왜?"

"현관이 안 열리거든. 그렇게 둔 지 꽤 오래됐어."

"근데 문을 왜 안 고쳐?"

"모르겠어. 그냥 그쪽으로 안 다녀서 그렇지 뭐. 이제는 뒷문으로 다니는 게 익숙해져서 괜찮아."

보는 뭔가 할 말이 있다는 듯 입술을 꿈틀했지만, 결국 아무 말이 없었다.

나는 트럭에서 내려 잠시 문을 잡고 있었다. 문득 든 생각 때문이었다.

"너 왜 요 이틀간 내 옆에 앉았어? 세계사 수업 시간에 말이야. 할 말이 있으면 하피스 와서 하면 되잖아."

그러자 보 특유의 손짓이 나왔다. 주먹을 쥐고 손마디로 턱을 쓰는 것 말이다.

"너랑 어디서든 이야기하고 싶어서 그런 거 아닐까?"

난 뒷마당 울타리 안에서 몰래 웃었다.

책가방 내용물을 침대 위에 우르르 쏟았다. 자기 전에 숙제를 좀 하려는 마음이었다. 널브러진 교과서 사이로 표지가 휘어진 책이 하나 보였다. 바로 미치가 준 마술하는 법 책이었다. 그걸 가슴에 안고서 바닥에 털썩 앉았다. 이 며칠간, 장기자랑을 어떻게 할지 완전히 까먹고 있었구나. 아니, 미인대회 자체를 잊고 있었지. 보가 다시 내 삶에 들어왔으니까. 비록 아주 자그마한 사건들만 있었지만, 내 머릿속은 텅 비어 버렸다. 그 안에 다른 게 들어올 틈은 전혀 없었다. 나는 너무 걔한테 푹 빠졌다.

하지만 그러고 싶지 않아. 그런 걸 바라서도 안 돼.

마술하는 법 페이지를 엄지로 넘기면서 몇 가지 기술을 찾아냈지만 이렇다 할 만한 게 없었다. 그런데 순간 페이지 사이에서 쪽지가 보였다. 그걸 펴 봤다.

> 윌, 내가 어렸을 때 마술에 푹 빠진 적이 있었어. 그래서 어디든 망토와 모자 차림으로 다녔었지. 너도 어쩌면 너만의 마술을 쓸 수 있을 거라 생각해.
>
> – 미치

쪽지를 책 사이에 끼워 놓고 한숨을 쉬었다. 정말 웃기는구나. 내가 바보같이 마술을 하게 되다니. 하지만 이것 말고 또 뭐가 있겠어? 베카처럼 이거다 싶은 장기도 없고, 그렇다고 오랫동안 해 온 뭔가가 있는 것도 아닌데.

침대에 등을 기대고 무릎에 책을 올려놓은 다음, 동전 숨기기 마술 동작을 연습하기 시작했다. 난 기회를 놓쳤다. 하지만 그게 잘못이라고는 생각하지 않는다.

애초에 이 미인대회에 참가하게 된 마음가짐을 떠올렸다. 그 불꽃 튀었던 에너지를 다시 살리려 했다. 하지만 그때 날 움직였던 마법은 한 조각도 찾을 수가 없었다.

45

○

다음 날, 엄마를 데리러 가는 길이었다. 엄마 직장에 가 보니 엄마는 팔에 드레스가 든 포장 백을 들고 있었다. 그리고 차에 타면서 그걸 나에게 내밀었다.

"일단 뭐라 하기 전에 내 말 먼저 들어 봐."

"알았어."

하지만 내 목소리에는 불안한 기색이 역력했다.

"데비랑 점심시간에 중고 의류 판매점을 둘러봤어. 너 아직 드레스 안 산 거 나도 알거든. 그런데 몇 주 안으로 드레스 심사 허가도 받아야 하잖아. 시간이 얼마 없단 말이야. 넌 잘 모를 수도 있겠지만, 너는 아무 가게나 가서 기성품 드레스를 살 수가 없어. 가게들이 그렇다고."

나도 드레스가 필요하다는 건 알고 있었다. 이런 상황까지 일을 질질 끌고 온 건 바로 나다. 하지만 엄마가 나 대신 쇼핑을 하다니, 누가 봐도 빼도 박도 못 할 비상사태가 벌어지리라는 건 예상하지

○

못했다. 우리는 이런저런 일을 겪었고, 아직 서로에 대한 앙금이 풀리지 않은걸.

"디자인이 좀 밋밋한 감은 있지만, 우리가 나름 수선하면 될 거야. 그럼 일반 기성품 같아 보이지도 않겠지."

나는 속으로 다짐했다. 그래도 한번 입어는 봐야겠어. 엄마를 일단 믿어 보자.

엄마는 내가 엄마 방에서 옷을 입어 보게 해 줬다. 그래서 난 전신 거울을 보게 됐다. 엄마가 나가고 방문이 달칵 닫히자, 그제야 깨달았다. 여기에 엄마가 없으니까 정말 이상하구나. 엄마는 항상 다양한 모습으로 온 집 안을 돌아다녔다. 대부분은 옷을 제대로 입지 않은 채, 굴러다니는 양말 한 짝을 찾거나 조무사복을 다림질했다. 그런 걸 보니 엄마는 나한테 올바른 몸가짐을 교육하려 든 적이 있는 것 같지 않았다. 그런데 내가 열세 살인가 열네 살 됐을 때였던 것 같다. 그때부터 엄마는 내가 욕실에서 샤워 중이면 이를 닦으러 들어오지 않고, 옷 가게에서도 나랑 같이 탈의실에 들어가 앉지 않았다. 내 생각으로는 엄마가 내 사적인 영역이라고 여기는 곳에는 본능적으로 들어오지 않게 된 것일 수도 있다. 하지만 내 마음속 어딘가에서는 다른 생각이 든 것도 사실이다. 엄마는 내 뚱뚱한 몸을 굳이 보고 싶지 않아 하는구나.

그게 사실이든 아니든, 아직도 마음은 아프다.

물론 인정해야 할 점도 있다. 이 드레스는 그렇게 이상하지 않았다. 옷 색상은 섹시한 매니큐어나 스포츠카에나 어울릴 법한 제대로 된 빨간색이었다. 게다가 가슴골은 확 파이고 어깨끈은 일부러 느슨하게 걸리도록 디자인한 옷이었다. 내 어깨선은 배우나 모델처럼 날렵하지 않았다. 오히려 완만한 산등성이처럼 보였다. 하지만 어쨌든 난 이 드레스가 좋았다.

이제 지퍼를 올려 볼까.

올라갔다.

물론 그렇다고 해서 몸에 딱 맞았다는 건 아니고.

세상에나. 내 엉덩이 위로 지퍼를 올릴 수 있다니. 이것은 지퍼에 관성의 법칙이 작용한 걸까 아니면 나의 간절한 의지의 승리일까. 물론 지금 옷감 솔기 사이가 팽팽한 게 의자에 잘못 앉기라도 하면 금방이라도 터질 것 같았다. 하지만 드레스 윗부분은 아주 컸다. 심지어 팔을 옷 속에 끼어 넣을 수도 있을 정도였다. (감기 걸렸을 때 그러고 다니면 되겠네.)

나는 엄마를 소리쳐 불렀다.

"다 입었어. 들어와!"

엄마가 내 뒤에 섰다. 우리는 함께 거울 속 모습을 바라봤다. 나를 훑는 엄마의 시선을 지켜봤다. 엄마는 내 엉덩이 쪽 옷감이 팽팽한 걸 보더니 입매를 굳혔다.

우리의 눈이 마주치자, 엄마는 황급히 표정 관리를 했다. 굳었던 입매가 애써 미소를 지었다.

"몇 인치 더 늘릴 수 있어. 그리고 위쪽은 좀 위로 당기면 돼."

엄마의 목소리는 너무 높았고, 미소는 너무 컸다. 하지만 신경 쓰지 않았다. 그런 것쯤은 무시할 수 있다. 왜냐하면 엄마는 시금 나의 현재 모습을 받아들이기 위해 무척 노력하는 중이니까.

"어떠니?"

엄마는 드레스 윗부분을 당겨서 주먹으로 남는 천을 쥐었다.

무대에선 내 모습이 어떻게 보일지 그만 상상할 뻔했지만……
솔직히 나는 지금 이 모습이 마음에 들었다.

"좋아. 어쨌든 이거 20분만 입고 있으면 되잖아. 그렇지? 그건 할수 있어."

나는 학교 강당의 세 번째 줄에 앉았다. 밀리는 내 옆에 앉아서 로맨스 소설을 읽는 중이었고, 그 옆으로는 아만다가 허벅지 위로 손가락을 마구 치며 발 장난을 하는 참이었다.

오늘 우리는 미인대회에서 할 장기자랑을 사전 승인받아야 한다. 내가 준비한 거라고는 미치가 준 책에 나와 있는 마술 딱 한 가지였다. 대회 규칙에 따르면 참가자들은 샘플 공연을 준비하면 된다고 했으니까, 이걸로도 충분하기만을 바랄 뿐이다.

해나는 우리가 앉은 곳을 비집고 들어와 아만다와 밀리를 지나쳐 다가왔다.

"심사위원 승인만 받으면 바로 나갈 거야."

"그래도 다른 애들이 하는 걸 같이 봐 줘야 예의 아닐까?"

밀리가 물었지만 해나는 대꾸하지 않고서 내 옆자리에 털썩 앉았다.

밀리는 해나의 태도를 참는 데 서서히 한계를 느꼈다. 그걸 보니 이러면 안 되지만 내심 기분이 좋았다. 이 명랑하고 착한 밀리가 성깔 더러운 해나에게 화를 내면서 본때를 보이는 걸 보고 싶구나.

모인 사람들이 자리에 앉자, 엄마는 앞으로 나와서 뭐라 뭐라 떠들더니 우리가 드레스 사전 심사를 받을 때 장기자랑에 입을 의상 역시 같이 심사받아야 한다고 말했다.

"깜짝 놀라는 건 관객이 돼야겠죠. 주최 측은 사전에 다 알고 있어야 한답니다."

맨 먼저 나온 건 베카 코터였다. 얘는 곤봉을 무슨 슈퍼우먼처럼 '짠!' 하고 돌려 댔다. 물론 이번 공연에는 엉덩이 양쪽에 보의 이름을 써 붙이지 않았다. 난 얘가 너무너무 밉지만, 따지고 보면 그래서는 안 된다. 나랑 한 스무 마디쯤 말을 섞어 본 게 전부인 애니까. 하지만 미인대회에서 보가 턱시도를 입고 얘를 에스코트한다는 생각을 하니 눈에서 불이 이글이글 이는 걸 어쩌라고.

그런 다음 나온 다섯 명의 여자애들은 차례대로 〈레 미제라블〉이나 〈시카고〉에 나오는 노래를 불렀다. 캐런 앨버레즈라는 애도 〈시카고〉에 나오는 노래를 불렀는데, 공연이 너무 외설적이라는 판정을 받아서 일주일을 줄 테니 다른 노래를 고르라는 제안을 받았다. 걔는 악보를 가슴에 꼭 껴안고 무대에서 슬그머니 내려갔다. 무척 쪽팔려하는 게 다 보였다. 또 미인대회 관련 소문이 쫙 퍼지겠군. 그러나 어쩐지 재미있었다.

"아만다 럼바드?"

맬러리 버클리가 아만다를 불렀다.

아만다는 자리 아래에 내려 둔 더플백을 들었다. 밀리는 아만다의 등을 격려하듯 툭툭 쳤다. 무대에 오른 아만다는 프랑켄슈타인처럼 보이는 교정 신발을 신고 있지 않았다. 물론 지금 신은 신발도 한쪽 밑창이 더 두꺼웠지만, 그 신발은 운동화 같았다.

"미인대회에서 많이 선보이는 장기는 아니겠지만, 제가 잘하는 건 이거예요."

아만다의 목소리가 조금 떨려 나왔다. 그 애는 쪼그려 앉고서 더플백을 열고는 축구공을 꺼냈다. 그리고 뭐라 설명도 없이 무릎 사이로 공을 드리블하기 시작했다. 깜짝 놀랄 만한 기술이었다. 그러더니 몇 번 공을 헤딩하고 심지어 머리 위로 차올리기도 했다. 하지만 공은 한 번도 땅으로 떨어지지 않았다.

다리 길이가 똑같은 나도 꿈도 못 꿀 재주인데, 쟤는 저걸 하고 있구나. 몇 번 더 묘기를 보여 준 아만다는 다시 공을 옆구리에 끼고 가방을 집어 든 다음 무대에서 내려왔다.

밀리와 나는 미친년처럼 박수 쳤다. 나머지 사람들은 심사위원단이 결정을 내릴 때까지 침묵했다.

다른 애들 심사할 때보다 두 배는 족히 시간이 흐른 뒤였지만, 결국 엄마는 그다지 감동하지 않은 목소리로 평가를 내렸다.

"음, 우리 대회에서 좀처럼 볼 수 없는 장기지만, 이것도 됩니다."

"그럼 저 통과한 건가요?"

그 물음에 엄마는 고개를 끄덕였다.

아만다는 미소를 지었다. 자리에 앉는 그 애 얼굴은 얼떨떨하면서도 안심한 기색이 가득했다.

다음 참가자는 셰익스피어의 희극 〈헛소동〉의 독백을 연기했다. 솔직히 꽤 잘했지만, 심사위원들은 전혀 좋아하지 않았다.

"월로딘 딕슨?"

나는 책가방 속에서 마술 도구를 꺼내 무대로 다가갔다.

어렸을 때, 학교에서 하는 연극 무대에 선 적이 있었다. 강렬한 무대조명을 받으면 관객 얼굴을 볼 수가 없다. 그래서 나는 연극 자체를 견딜 수가 있었다. 하지만 오늘은 관객석이 환하고 무대조명은 꺼져 있다. 나는 물었다.

"시작할까요?"

체육관에 앉아 있는 여자애들이 전부 몇 명인지 세지 않으려고 무척 애썼다. 한번 세기 시작하면 수만 세다 무대에서 내려갈 것 같았으니까.

엄마 옆에 앉아 있던 클로슨 씨가 고개를 끄덕였다.

나는 빈 물병을 들어 보이고 주머니에서 25센트짜리 동전을 꺼냈다.

"저는 마술을 보여 드리겠습니다."

엄마는 표정 변화가 없었다.

"다른 마술도 준비하고 있고요, 지금 보여 드리는 건 그냥 맛보기예요."

누군가 괜찮다고, 아니면 걱정하지 말고 해 보라고 말 좀 해 주기를 기다렸다. 하지만 돌아온 건 그저 침묵뿐이었다.

이쯤에서 내가 무슨 마술을 준비했는지 간단하게 설명하겠다. 나는 빈 물병을 갖고 나왔다. 그 병 입구에 가느다랗게 칼집을 내 났다. 그리고 관객들에게는 입구 쪽에 난 칼집이 보이지 않도록 들 어 올릴 거다. 이 병은 어딜 봐도 평범한 병이라며 한바탕 떠들어 대며 보여 준 다음, 25센트 동전을 그 칼집으로 슥 밀어 넣어 병에 넣는 거다. 짜잔! 이 얼마나 쉽고 간단한 마술인가.

"지금 제가 들고 있는 건 아주 평범한 물병입니다. 오늘 아침 비 타민을 복용하며 마셨던 물병이죠."

목소리라도 마술사처럼 매끄럽게 나와 줬다면 얼마나 좋을까. 그러면 내가 얼마나 못 봐 줄 짓을 하는 건지 사람들이 눈치채지 못 할 텐데. 나는 병을 여기저기 두드렸다.

"어디에서나 쉽게 구할 수 있는 그런 물병이랍니다."

그런 다음 25센트 동전을 들어 올렸다. 앞줄에 앉은 엄마가 눈을 가늘게 떴다. 나는 물병 뚜껑을 열고서 동전이 병 주둥이로 들어가 지 않는다는 걸 보여 줬다. 체육관 안은 그저 조용했다. 이래서 마 술사들이 계속해서 농담을 지껄이는 건가? 아니면 이럴 때야말로 레이저같이 소리 나는 강렬한 음악이 필요한 건가? 나는 동전을 다 시 보여 주고는 손가락 사이로 동전을 집었다. 그리고 마술책에 나 와 있는 대로, 내가 내 놓은 병 입구의 칼집 사이로 확 쳤다.

"짜잔!"

내 목소리는 나름 귀엽게 나왔던 것도 같다. 물론 저 말을 너무 빨리하긴 했다. 나는 병을 흔들었지만, 아침에 마시고 남긴 물이 방울져 흔들릴 뿐, 안은 텅 비어 있었다. 이런, 물병 칼집을 어디다 냈는지 확인도 안 하고 쳤구나.

"바닥에 있어."

세 번째 줄에 엘렌과 같이 앉은 캘리가 말했다.

엘렌. 그 애는 아랫입술을 깨물고 있었다.

엘렌이 보고 있었구나. 내가 웃기지도 않은 걸 장기랍시고 내 놓은 꼴을. 이렇게 환하게 불이 켜진 체육관에서. 난 미인대회에 나와서 시간 낭비를 하고 있어. 루시 이모가 상상했던 건 이런 게 아니야. 자기 방에서 낡은 대회 신청서를 몰래 숨겼을 때는 이런 꼴을 보려 했던 게 아니란 말이야. 이건 전부 내 잘못이야. 눈물이 눈가에 맺히려 했다. 하지만 나는 꾹 참고 눈물을 삼켰다.

아래를 내려다보자 발치에 동전이 보였다. 재빨리 그걸 집어다가 병의 다른 쪽으로 확 밀어 넣었다.

이건 정말 역사상 최악의 마술이군.

박수를 쳐 준 건 밀리밖에 없었다. 당연히 그렇겠지.

"아직 마술을 다 익히지 못해서요."

우리 엄마를 포함한 조직위원회분들이 서로 대화하는 동안, 나는 무대 끝에 서서 기다렸다. 마침내 엄마가 말했다.

"승인합니다."

하지만 얼굴 표정은 달랐다. 실망했다고, 기대 이하였다고 말하고 있었다.

나는 해나와 밀리가 앉은 자리를 비집고 들어와 의자에 앉았다.

"김빠진 마술이었어."

해나가 속삭였다. 나는 쏘아붙였다.

"하. 너는 나보다 더 잘할 건가 봐?"

순간, 엄마의 목소리가 들렸다.

"해나 퍼레즈."

해나는 해군이나 신을 법한 워커를 쿵쿵대며 무대를 밟았다.

이윽고 해나의 음악이 연주됐다. 음향 시설을 맡은 애가 틀어 준 덕분이다. 노래는 'Send in the Clowns'라는 곡으로, 루시 이모의 레코드플레이어에서 들어 본 적 있었다. 듣고 있으면 멜로디가 뼛속에 사무쳐서 왜 그런지 모르지만 슬퍼지는 곡이었다.

해나의 목소리는 그리 뛰어나지 않았다. 하지만 그 애는 굉장히 호소력 있게 노래했다. 마치 그 곡을 해나가 쓴 것 같았다. 음악이 점점 커지면서 해나의 목소리도 덩달아 커졌다. 언제나 보던 해나의 뚱한 표정이나 거대한 치아나 빛바랜 검은 옷은 더 이상 눈에 들어오지 않았다. 지금 보이는 것이라고는 가슴에 사무치는 이 곡을 노래하는 여자애뿐이었다. 그 애는 여기 있는 우리가 갖지 못한 그 무엇을 갖고 있었다.

음악은 곡 중간에서 서서히 잦아들다 끝났다. 잠시 정적이 이어지다가, 이내 체육관에 있던 모두가 박수 쳤다.

박수 소리가 줄자, 엄마가 말했다.

"해나, 정말 잘했어요."

그 목소리를 들으니 엄마가 나에게 이렇게 말하는 것 같았다. '자, 봤지. 너도 하려면 이렇게 했었어야지, 만두야.'

해나는 고개를 끄덕이고는 계단을 두 개씩 뛰어 내려왔다. 고맙다는 말도 없었다. 그리고 앉았던 자리에서 책가방을 들고서는 가 버렸다.

나는 아이들의 장기를 빠짐없이 봤다. 캘리는 〈타이타닉〉 노래에 맞춰 수화를 했다. 걔가 이런 걸 하다니, 조금 놀라웠다. 밀리는 'Somewhere Over the Rainbow'를 실로폰으로 연주했는데, 썩 감동적이지는 않았지만 그 애다웠다. 엘렌은 독일 민요에 맞춰 클로그댄스*를 했다. 걔는 7학년 때까지 쭉 클로그댄스 팀에서 활동했다. 그때나 지금이나 못하기는 마찬가지였다.

나는 미소를 지었다. 엘렌은 나를 봤지만 아는 척하지는 않았다. 하지만 엘렌이 공연을 마쳤을 때 내가 어찌나 크게 박수를 쳤던지 엄마까지 날 돌아볼 정도였다.

엄마와 내가 집으로 돌아오는 길이었다. 집에 오기 전에 신호에 걸리자, 엄마는 라디오 볼륨을 낮추더니 이렇게 말했다.

"오늘 장기자랑 승인은 내가 너 봐준 거야. 이제 이럴 일 없어."

엄마는 잇새로 깊은 한숨을 내쉬었다.

"네가 이 대회에 진지한 마음으로 참가하지 않는다는 걸 알긴 하

---

* Clog Dance: 발끝과 뒤꿈치에 나무판자를 붙인 신발을 신고 발을 구르며 추는 춤. 탭댄스 발생에 지대한 영향을 미쳤다.

361

지만, 그래도 그런 척이라도 할 수는 없니."

　엄마 말이 옳다. 내가 엄마에게 이러면 안 된다. 아만다나 밀리나 해나에게도 마찬가지다. 집에 오자마자 곧바로 컴퓨터 앞에 앉았다. 내 발치에서 라이엇이 몸을 둥글게 말고 있는 동안 메일을 썼다. 메일 제목은 '제발 도와주세요'였다.

46

○

한낮의 하이드어웨이는 칠이 벗겨지고 끈적끈적한 바닥이 깔린 건물에 지나지 않았다.

내 옆으로 해나가 8센티미터 굽을 신고 비틀거리며 걸었다.

"나 대회에서 이런 거 못 신어."

리 웨이는 하이힐을 신은 우리를 무대에 한 줄로 세웠다. 그동안 이 가게의 주인이자 기도*인 데일은 바에 앉아 커다란 캔 맥주를 홀짝였다. 나는 데일에게 메일을 보내서 이제껏 있었던 일을 죄다 솔직하게 이야기했다. 루시 이모의 서랍장에서 낡은 미인대회 신청서를 발견했노라고, 그리고 밀리와 아만다, 해나까지 참가하게 됐다고. 이렇게도 썼다. 전 이제 돌이킬 수가 없게 됐어요. 그리고 저만 바보 되는 게 아니라 얘네도 저랑 같이 망하게 생겼어요. 도

---

* 술집이나 클럽 앞을 지키는 사람을 부르는 속어. 본래는 일본 에도(江戶)시대 때 성내에 설치된 검문소나 검문요원을 뜻한다.

와주세요. 클로버시티에서는 우리를 도외줄 시람이 없어요.

사실을 말하자면, 우리는 지금 우리가 뭘 하고 있는지 몰랐다. 우리는 워킹하는 법이나 포즈를 취하는 법이나 매력을 어떻게 뽐내야 할지 몰랐다. 나는 엉덩이가 축 처진 채로 무대에 올라가서 더듬더듬 마술이나 하는 뚱녀가 되고 싶지 않았다. 난 세상 물정 모르는 순진한 꼬마가 아니라고. 내가 이길 수 없다는 것쯤은 안다. 이길 마음도 없다. 하지만 무대에 올라가서 증명하고 싶었다. 내가 못 할 이유도 없고 하지 말아야 할 이유도 없다는 것을.

내 옆에 선 밀리는 놀랄 정도로 조용했다. 걔는 무릎도 후들거리지 않았다.

"너 괜찮아?"

나는 속삭였다. 밀리는 앞에 비치는 희미한 스포트라이트에 집중하는 중이었다.

"넘어지지 않으려고 집중하고 있어."

"무릎을 굽혀!"

리가 소리쳤다. 해나는 아만다 쪽으로 휙 손짓을 했다.

"왜 쟤는 이 뾰족뾰족한 고문 신발을 신지 않는 거예요?"

그러자 아만다는 순진하게 씩 웃었다. 밀리가 말했다.

"해나, 너도 알잖아……."

리는 말 같지도 않은 소리 하지 말라는 어조로 말을 잘랐다.

"인생이 어디 한 방향으로만 흘러가디? 우리가 떠내려가는 방향은 저마다 다 다르다고."

해나는 그저 눈을 흘겼다. 리가 덧붙여 말했다.

"그리고 얘, 너는 성질을 좀 죽일 필요가 있어."

리와 데일은 내 부탁 때문에 황금 같은 금요일 오후에 시간을 내준 거다. 그런데 우린 여기 와서 징징거리기나 하다니.

"얘들아, 잘해 보자."

"빨리하고 끝내 버리자."

해나가 대꾸했다. 리는 목을 가다듬고 말을 이었다.

"너희가 먼저 해야 할 건 워킹을 확실하게 배우는 거야. 워킹을 잘하면 무대를 장악하는 여왕이 될 수 있어. 아가씨들아, 그 이유가 뭔지 아니? 너희의 첫인상을 결정하는 건 말 같은 게 아니기 때문이야. 그건 바로……."

리는 엉덩이를 오른쪽으로 휙 돌렸다가 다시 왼쪽으로 휙 돌렸다.

"이 드넓은 세상을 헤쳐 나가는 몸짓이란다."

시선을 슬쩍 돌리니, 밀리가 손톱을 불안하게 물어뜯고 있었다.

리는 우리에게 앉으라고 한 다음, 방금 한 말이 무슨 의미인지 정확하게 보여 줬다. 우리는 의자에 털썩 앉으면서 모두 한숨을 쉬었다. 리는 무대를 성큼성큼 걸었다. 걸을 때마다 그녀의 하이힐에서는 또각또각 소리가 선명히 울려 퍼졌다.

"내가 한 발을 다른 발 앞으로 내세워 일직선으로 걷는 모습 봤지? 음주 운전 단속에 걸렸을 때 선 따라서 걷는 거라 생각을 해 보면……."

그때 데일이 퉁명스레 말했다.

"얘네는 고등학생이잖아."

"고등학생이니까 더더욱 내 말이 뭔지 정확히 알 거야. 그렇지, 얘들아?"

우리 중 고개를 끄덕인 건 해나뿐이었다.

"쭉 뻗은 차선을 걷는다고 생각하고 걸어 봐. 절대 아기처럼 아장 아장 걸어서는 안 돼. 보폭이 최소한 팔뚝 길이는 돼야 해."

리는 다시 무대를 한 바퀴 걸었다. 실크 드레스 차림으로 엄청나게 높은 하이힐을 신고 걷는 그 모습은 키 작고 통통한 남자가 아니라 멋지게 차려입은 여장부였다. 어쩌면 내가 보고 싶은 것만 보는 건지도 모르겠지만, 리는 어딜 봐도 멋진 여자였다.

"너희는 뒤꿈치에 몸무게를 전부 실어서는 안 돼. 이 조그마한 구두 굽이 너희 무게를 전부 감당해야 한다니 얼마나 불쌍하니. 무게를 발 전체에 분산시켜야 해. 자, 이제 너희 중에서 해 볼 사람 손 들어 봐."

나는 손을 들었다. 난 할 수 있어. 진짜로 할 수 있다고.

데일이 휘파람을 불었다.

나는 신나게 계단 위로 올라갔다.

리는 팔을 휘저으며 나를 무대로 이끌었다.

"얘 걸을 때 배경음악 부탁해, 데일!"

나는 숨을 크게 들이쉬었다. 지금 이게 무슨 노래인지는 모르겠지만, 발가락이 꽉 죄는 느낌도, 발볼이 불타는 듯 아픈 것도 그 덕분에 무시할 수 있었다. 처음 몇 걸음은 리가 한 것처럼 보폭이 컸지만, 점차 걸음걸이는 느려지고 힘이 빠졌다. 발을 다른 발 앞으로 뻗으면서 온 발을 다 사용해 걸으라는 리의 말은 맞았다. 그렇게 걸으면 엉덩이가 휙휙 돌면서 온몸이 같이 움직이게 된다. 마치 산악 자전거를 탄 느낌이었다. 이 공간이 나만을 바라보고 있는 관객으로 가득 차 있다고 생각하면서, 한 발 한 발 마음을 모아 걸었다.

리는 나에게 박수를 쳐 주더니 자기 팔로 내 허리를 감싸 안았다. 그녀의 머리가 내 가슴을 눌렀다. 아주 잠깐, 리가 실은 남자였다는 게 떠올랐다. 내 인생이 매일같이 이렇게 터무니없는 일로 가득하다면 얼마나 재미있을까. 루시 이모가 이 모습을 봤으면 어땠을까? 조각조각 났던 이모의 삶 한 지점에 내가 맞닿아 있다는 걸, 내가 여기까지 왔다는 걸 이모가 봤다면 얼마나 좋았을까.

나는 해나가 무대를 걷는 모습을 지켜봤다. 걔는 한 번도 아니고 두 번이나 넘어졌다. 무대 앞으로 나갔다가 다시 돌아오는 도중에 힐을 벗어서 빈 관객석으로 던져 버렸다. 그리고 걷는 내내 마구 웃어 댔다. 그건 해나에게서 좀처럼 볼 수 없는 모습이라고 해 두자.

밀리의 워킹은 절도 있고 신중했다. 리는 계속해서 밀리에게 발끝을 보지 말고 앞을 보고 걸으라고 말했다. 그 애는 몇 번쯤 손을 들고 비틀거리며 균형을 잡았지만, 어쨌든 끝까지 워킹을 해냈다. 그리고 아만다는 아주 편하게 자기 신발을 신고 걸었기 때문에 아무런 지적을 할 필요가 없었다.

집에 오기 전, 우리 넷은 바에 앉았다. 데일은 우리에게 무알콜 칵테일을 만들어 줬고, 리에게는 무알콜이라고 볼 수는 없는 칵테일을 줬다.

리는 우리에게 무대화장과 입어야 할 옷의 종류를 말해 주다가, 칵테일을 너무 많이 마신 나머지 그만 바에 머리를 대고 엎드려 버렸다.

"나도 고등학교 때 너희 같은 애들을 알았다면 좋았을 텐데."

"왜요? 놀림감이 되고 싶었어요?"

해나의 말에 리는 고개를 저었다.

"아니, 그게 아니야. 너희는 남들이 보기에는 안 될 것 같은 걸 추구하는 애들이잖아. 나한테도 그런 친구가 있었다면 좋았을 거란 말이었어. 어렸을 때 난 겁이 많았어. 내가 갖고 싶은 대단한 것들이 있었지만, 그저 바라기만 했을 뿐 절대로 갖지는 못했거든."

데일이 바 이쪽으로 걸어 나왔다.

"오늘 밤 가게 문을 열기 전에 너희를 집에 보내야겠다."

그러자 리가 일어섰다.

"그래야겠지. 날 보렴. 나는 지금 내 꿈을 이루며 살고 있어. 사랑도 하고 있고. 난 행복해. 하지만 난 그런 삶이 나에게 와 주기를 기다리기만 했어. 그런데 너희는 스스로 그 삶을 만들고 있잖아. 너희는 그걸 추구하며 살고 있는 거야."

우리는 잠시 칵테일을 홀짝였다. 난 아무 말도 하지 않았지만, 리의 말을 들으니 내 속에서 무언가 살아 움직였다. 마치 내가 잊고 있던 근육을 쓰는 느낌이었다.

아만다가 말했다.

"오늘 도와주서서 감사합니다. 물론 제가 하이힐을 신지는 않았지만요."

리는 데일의 부축을 받으며 앉았던 의자에서 폴짝 뛰어내렸다.

"얘, 너는 하이힐 필요 없어. 넌 그거 없이도 아주 당당하고 저돌적이거든."

리는 우리가 선 곳으로 걸어와 모두의 뺨에 키스해 줬다. 밀리는 그녀를 껴안으려 했고, 리는 몸을 피하지 않았다. 데일이 리를 차에 태우는 동안, 우리는 짐을 챙겨서 아만다의 엄마가 빌려준 밴에 실었다.

집으로 오는 길에 모두 말이 없었다. 해나도 빈정대는 말을 내뱉지 않았다. 밀리는 가는 길에 가게에 들러 감사 카드를 하나 샀다. 우리는 모두 카드에 이름을 썼고, 밀리는 그걸 우체통에 넣겠다고 했다.

우리는 무언가 변했다. 난 그게 느껴졌다. 단순히 워킹이 변한 건 아니었다. 화장법을 배워서도 아니었다. 뭐라 딱 말할 수도 없고 구체적으로 설명할 수도 없지만, 굳이 말하자면 생일을 맞은 느낌이랄까. 눈에 보이지는 않지만, 본능적으로 느낄 수 있는 그 무엇 말이다.

47

○

"만두야! 네 손님 왔어!"

나는 쏜살같이 아래층으로 내려갔다. 보가 나를 데리러 오겠다고 했을 때, 특별히 부탁했었다. 도착하면 집 밖에서 나한테 문자를 달라고. 얘는 참 말을 안 듣는 애구나.

어젯밤 자려고 하는데, 핸드폰이 울렸다. 아니라는 걸 알고 있었지만, 그래도 아주 잠깐은 그게 엘렌은 아닐까 생각했었다.

보 이번 주말에 우리 집에서 세계사 공부 같이 할래?

여기에 과연 대답을 해야 하나 말아야 하나 고민도 하지 않고서 나는 '응'이라고 답했다.

그래서 지금 어떻게 됐는가. 보가 우리 집 주방에 들어와 엄마 옆에 서 있다. 엄마는 아직도 커피를 홀짝이다가, 날 보고서는 우아하게 등을 돌려 보를 등지고 내 쪽으로 눈썹을 찡긋거렸다.

"보네 집에 공부하러 갈 거야, 엄마."

그러자 엄마 뺨이 술 취한 것처럼 빨개졌다.

"너희 둘, 몸가짐 조심해."

보는 유리문을 밀고서 내가 먼저 나가도록 기다려 줬다.

"너희 아빠에게 견적서 꼭 받아다 주렴, 얘야!"

엄마는 낭랑한 목소리로 보에게 소리쳤다.

우리는 모퉁이를 돌아 진입로에 들어섰다.

"엄마가 뭐라고 한 거야?"

내 물음에 보는 우리 집을 가리켰다.

"음, 그게, 아까 현관문 이야기하고 있었어. 우리 아빠가 열쇠 수
리공이시거든. 하지만 문 수리도 아주 많이 해."

차 안에서 우리는 또 한동안 말이 없었다. 그러다 내가 말했다.

"우리 엄마는 진짜 이상해. 미안."

"너랑 어머니랑 닮았어."

나는 마른침을 삼키려 했지만, 입 속이 너무 바짝 말라 있었다.
아무도 나와 엄마를 두고 이런 말을 한 적이 없었으니까. 나는 언제
나 루시 이모를 닮은 애였다. '너는 이모를 참 많이 닮았구나.' 난 그
말이 부끄럽지는 않았지만, 그래도 내가 우리 엄마 딸이니까 엄마
랑 닮았다는 말이 듣기 좋았다.

"좋은 뜻이었어."

보가 덧붙여 말했다.

보는 장학금을 받고 학교에 다녔다는 말을 했었다. 그래서 나는
얘네 집이 신시가지에 있는 건 아니겠구나 생각했었다. 하지만 이

런 곳을 다 보게 될 줄이야. 물론 마냥 산니밭을 아구 질 가꿔 놓기는 했지만, 보의 집은 죄다 지붕이 주저앉고 페인트칠이 벗겨지고 뒷마당이 황량하게 우거진 집들이 늘어선 거리 가운데 있었다.

보는 울퉁불퉁한 진입로 안으로 들어섰다.

"여기가 우리 집이야."

그 애를 따라 정원을 지나 현관에 섰다. 현관에는 손수 만든 표지판이 걸려 있었다. '쿠키 파는 꼬마분들 아니라면 잡상인은 사절합니다.'

보의 집은 좀 더웠지만 그렇게 불편한 공간은 아니었다. 단층이고, 우리 집보다 상당히 작았다. 가구들은 최소한 20년은 돼 보였지만 모두 서로 어울렸다. 보의 친어머니가 가꿔 놓은 집에 들어와 사는 새어머니의 마음은 과연 어떨까.

집 안에서는 향냄새가 확 풍겼다. 그 향은 이 공간에 전혀 어울리지 않았다. 혹시 보가 우리 집에 들어왔을 때 내 향기를 맡았을까.

보가 사는 곳은 어떨까 정확히 상상하지는 않았지만, 이런 곳에 살 줄은 몰랐다.

"우리 새엄마 소개해 줄게."

현관에서 몇 걸음 되지 않는 곳에 떨어져 있는 주방으로 보를 따라갔다. 거기서 향이 타고 있었다. 보의 새엄마는 냉장고 안에 둔 아이스크림 제조기를 두고 짜증 내는 중이었다. 발치에 떨어진 각얼음이 녹으면서 작은 물웅덩이가 생겼다. 그분은 지난번 쇼핑몰에서 봤을 때만큼 꾸미고 있지는 않지만, 우리 엄마와는 또 다른 분

372

위기의 아름다움을 여전히 지녔다. 말하자면 꾸미지 않은 아름다움이 있다고나 할까. 매니큐어나 화장이나 헤어스프레이를 뿌리지 않아도 예쁠 수 있는 분이다.

"로레인. 얘는 윌로딘이에요."

보의 말에 그분은 몸을 휙 돌렸다. 손에는 커다란 스테이크용 나이프를 쥔 채였다.

"오! 이름이 길었던 여자애구나. 기억나."

그분은 웃으면서 팔을 옆구리로 내렸다. 보는 고개를 끄덕였다.

로레인 아주머니는 미소를 지으며 한 팔로 나를 안았다. 다른 손에는 여전히 나이프를 쥐고 있었다.

보는 헛기침을 했다.

"아이스크림 기계에 뭐 문제 있어요?"

그러자 로레인은 뭘 찌를 듯한 기세로 나이프를 다시 들었다.

"아, 안이 꽝꽝 얼었어. 좀 깨 놓으려고. 그러면 너희 아빠까지 달려들어 고칠 필요가 없을 테니까. 아침 먹다가 호출이 와서 달려 나갔거든."

"우리는 방에서 공부할 거예요."

보가 말했다. 아주머니는 우리를 번갈아 쳐다봤다. 나는 앞으로 나올 말을 기다리고 있었다. '방에 들어가지 말고 여기 나와 공부해'라든가 '문을 열어놓고 있어' 같은 말 말이다. 하지만 그분은 이렇게만 말했다.

"뭐 필요한 거 있으면 말해."

보의 방은 지저분하지는 않았지만, 물건이 꽉 늘어차 있었나. 어릴 적부터 지금까지 보가 어떻게 살았는지 그 애의 자취를 보여 주는 물건들이었다. 음악 밴드의 포스터를 보니 얘가 이런 음악도 듣는구나 싶어 놀라웠다. 책상 위에는 사인을 받은 농구공이 몇 개 있었다. 온갖 종류의 빨간 막대사탕이 담긴 커다란 대접도 보였고, 방 한쪽에 쳐 둔 해먹에는 인형이 가득했다. 샌안토니오 스퍼스 농구팀 유니폼을 전시해 놓은 액자도 걸렸다.

보는 방문을 닫았다. 그러자 이 세상에 있는 공기란 공기는 전부 이 방에 밀폐돼 있다는 생각이 들었다. 이 방 공기가 다하면 끝인 거다. 나는 보 라슨의 방 안에서 죽는 거라고.

우리는 바닥에 쿠션을 깔고 앉은 다음 책과 노트를 펼쳤다. 잠시 시험에 뭐가 나올지 이야기했지만, 머릿속에는 온통 이런 생각뿐이었다. 보! 보! 보! 여기는 보가 자는 방이야! 보! 보! 보! 보! 여기서 얘는 옷을 벗고 있겠지?

그러다 보의 머리 너머로, 문고리에 걸린 엄청나게 큰 둥근 고리가 보였다. 열쇠가 한가득 걸린 열쇠고리였다.

"저건 뭐야? 경비 아저씨용 열쇠고리 같네."

내가 묻자 보는 슬쩍 돌아봤다.

"아. 저거 아빠가 준 거야."

그 애는 몸을 웅크리고 침대에 기댔다. 나도 따라 기댔다.

"난 어릴 때부터 열쇠를 모았어. 아빠는 내가 아빠 밴을 청소하면, 거기서 찾는 여벌 열쇠를 가져도 된다고 했거든. 대부분 잘못 만들었거나 사람들이 더는 안 쓰는 오래된 열쇠들이었어."

우리는 카펫 위에 손을 대고 앉았다. 우리 손가락이 2센티미터도 떨어져 있지 않았다.

"아직도 아버지 일 돕니?"

내 물음에 보는 고개를 저었다.

"내가 홀리 크로스 고등학교 가면서부터 상황이 달라졌어. 나는 농구하느라 언제나 바빴어. 친구들이랑 노는 것도 중요했고. 모르겠어. 아빠랑 열쇠 같은 걸 만지고 사는 것보다 내 인생이 훨씬 더 중요하게 느껴지기 시작했거든. 인생의 거대한 목표가 생기기 시작하니까 갑자기 부모님이 하는 일이 굉장히 의미 없이 느껴지는 기분이 뭔지 알아? 그때 나는 아빠가 부끄러웠던 것도 같아. 홀리 크로스 애들의 아빠들이 폴로셔츠에 카키색 바지를 말끔하게 입고 다니는 것만 보다 보니, 나는 아빠한테 트럭 타고 날 데리러 학교에 오지 말라고 빌기 시작했거든."

보는 고개를 저었다.

"나는 진짜 싸가지 없는 놈이었어. 아직도 가끔은 그렇고."

"부모님을 부끄러워하는 시기란 자라면서 누구나 겪는 게 아닐까. 그러면서 크는 거지."

보는 입을 꾹 다물고 미소를 지었다.

"예전의 난 아빠가 자물쇠 고치는 걸 보는 게 좋았어. 거기 서서 자물쇠 소리를 듣는 모습이 마치 아빠가 제일 좋아하는 노래를 듣는 것처럼 보였거든. 그러다 다 고쳐서 달칵, 소리가 나면 문이 열리는 거야."

"지금 이게 의미 있는 말인지 모르겠지만, 난 네가 싸가지 없다고 생각하지 않아. 대부분 너는 괜찮은 애야."

"내가 싸가지 없는 놈이라는 건 아빠한테 그래서가 아니었어. 내전 여친한테 한 짓 때문이었지. 앰버 말이야. 나는 걔한테 정말 나쁜 남친이었어. 앰버는 날 위해서 정말로 최선을 다하던 애야. 내가 뛰는 경기마다 전부 왔어. 원정경기까지도 어떻게든 따라왔고. 그런데 그렇게 고마웠던 애한테 내가 해 준 건 그저 어두운 영화관에 데려가서 더듬지 않으면 걔네 아버지의 영화 감상실에 가서 농구를 보며 놀던 것뿐이었어. 난 그때 앰버가 날 그냥 트로피처럼 자랑하려고 사귀는 거지, 진심은 아니라고 생각했어. 그래서 내가 성의 없이 굴어도 상관없다고 여겼어. 하지만 걔는 그래서 나랑 사귀는 게 아니었던 거야."

어라, 지금 이 분위기 어쩜 좋아. 이야기가 점점 너무 사적으로 흘러가고 있었다. 나는 이런 내용 별로 알고 싶지 않다고.

"로레인 아주머니는 무슨 일을 하셔?"

그러자 보의 온몸이 빨개지더니, 그 애는 내가 자기 얼굴을 거의 볼 수 없도록 두 손으로 가렸다.

"로맨스 파티*를 열어."

나는 웃지 않으려고 무척 애쓰며 다시 물었다.

---

* Romance Parties: 성인 여성을 대상으로 모임을 열고 성인용품을 판매하는 파티.

"잠깐만. 미안한데 못 들었어. 뭐라고?"

보는 머리를 침대에 턱 기댔다.

"로맨스 파티라고."

"음, 그러니까, 성인용품을 파신다는 거니?"

그렇지 않아도 빨간 보의 얼굴이 더 새빨개졌다.

"우리 엄마는 요양원에서 일해."

보의 빨개진 얼굴은 정말 너무나 사랑스러웠지만, 민망해하는 걸 구해 주려는 마음에 나는 이렇게 말했다. 그러자 그 애는 나를 쳐다봤다. 얼굴빛이 서서히 정상으로 돌아오고 있네.

"너희 어머니는 미인대회 수상자 아니었어?"

"맞아. 미인대회에서 1등을 했는데 요즘은 노인들의 엉덩이를 닦아 주고 있지."

"우아. 나는 상상도 못 했어."

보의 말에 나는 한숨을 쉬었다.

"인생 뭐 있냐."

"그런데 넌 정말 미인대회 나가는 거야?"

나는 고개를 끄덕였다.

"응. 근데 그건 왜 물어?"

사람들은 내가 미인대회에 나가는 걸 두고 다들 하고픈 말이 있어 보였다. 보 역시 다르지 않겠지.

"음, 나는 예전부터 미인대회 같은 게 우습다고 생각했었어. 따지고 보니 돌리 파튼을 보면서도 그런 생각을 했었고."

나는 미소를 지었다.

"다들 그렇게 생각하지."

"너희 이모는 뭐 하셨어? 돌아가시기 전에 말이야."

보의 질문에 나는 마른침을 삼키고 대답했다.

"이모는 일 안 했어. 장애 수당을 받고 살았어."

"아. 그럼 돌아가실 때 마음의 준비를 하고 있었던 거야? 그러니까, 장애 때문에 가망이 없었다거나. 아니, 내 말은⋯⋯."

"아니야. 이모는 예상치 못하게 세상을 떠났어."

내 목소리는 가냘팠지만, 보는 그 속에서 강한 부정을 읽어 냈다. 그 애는 내가 말을 잇기를 기다렸다.

"이모는 정말 뚱뚱했어. 나보다 훨씬 더. 음, 245킬로그램이었거든. 심장마비가 왔어. 그래도 이모는 날 살뜰하게 돌봤어. 나한테는 이모가 엄마였어."

"정말 안됐구나, 하는 말보다 더 마음을 잘 표현할 말은 없을까."

우리는 몇 분간 가만히 앉아 플라스틱 블라인드를 쳐 둔 창문 밖으로 나뭇가지가 그리는 그림자를 그저 지켜봤다.

"내가 장학금을 못 받게 됐을 때, 우리 집에서는 좀 좋아했던 것도 같아."

"좋아하실 이유가 뭐가 있어?"

나는 '우리 집'에서 가리키는 사람이 누구인지 묻지 않아도 알 수 있었다. 그건 바로 보의 아버지였으니까. 보는 팔을 들어 팔짱을 꼈다. 그러면서 그 애 손이 내 손을 스쳤다. 손이 스치고, 문이 닫혀 있는 이런 작은 것 하나하나에도 내 몸에서는 열기가 확 퍼졌다.

"아니, 좋아했다는 말은 좀 그렇고, 안심했다고 해야 맞겠지."

보는 다시 머리를 침대에 기대고 천장형 선풍기의 체인에 매어 둔 미니 농구공을 바라봤다. 더는 할 수 없게 된 농구의 흔적이 가득한 이 방에서 사는 건 이상한 기분이겠지. 나는 가만히 상상해 봤다.

"나는 그때 여기서 벗어나고 있었다는 생각이 들어. 농구를 잘했으니까. 어디 작은 대학에서라면 충분히 뽑힐 만한 실력이었고, 아빠도 그걸 알고 있었을 거야. 하지만 클로버시티를 떠나려는 마음은 없었어. 홀리 크로스 고등학교에 가기 전에는 평생 여기서 살면서 아빠랑 같이 일할 거라고 생각했거든."

보의 말 한 마디 한 마디가 어쩜 내 생각과 비슷했던지. 그 애 마음이 내 마음이었다. 내 머릿속에는 여기서 영원히 살아가는 내 미래 모습이 있다. 나는 엄마가 죽는 그날까지 일하는 모습을 지켜볼 것이다. 그런 다음 현관이 안 열리고 미인대회 물품과 돌리 파튼 음반이 가득 찬 그 집에서 사는 건 내가 될 테지. 암울한 미래라는 거나도 안다. 그래도 내 인생이 앞으로 이렇게 되겠구나 하고 예상할 수 있다는 생각에 솔직히 좀 마음이 편했다. 인생에서 놀라운 일이 일어날 때마다 나한테 좋은 쪽으로 흘러갔던 적은 단 한 번도 없었으니까.

보는 계속 말했다.

"난 아빠를 원망하지는 않아. 사람들이 떠난다는 생각을 하면 무섭지."

"맞아. 네 말이 뭔지 알겠어."

우리는 서로 다른 종류의 상실감을 이야기하고 있는 걸지도 몰라. 이 문제는 단순히 '비행기 티켓이 있으니까 멀리 살아도 보러 갈 수 있잖아' 라고 생각하는 차원이 아니다.

순간 보의 방문에서 노크 소리가 났다.

"들어오세요."

"아들, 뭐 하냐?"

보의 아버지는 보와 아주 비슷한 모습이었지만 키가 작았다. 몸집이 다부지고 넓은 분이랄까. 그분은 나를 보고 고개를 끄덕였다.

"아빠, 얘는 윌로딘이에요. 우리 학교 다니는 애예요. 하피스에서도 같이 일하고요."

나는 일어섰다.

"만나 뵙게 돼 반갑습니다, 라슨 씨."

그러자 그분은 손을 휘휘 저었다.

"그냥 빌리라고 부르면 돼요."

빌리 아저씨는 보를 다시 바라봤다.

"나 좀 도와줘라. 밴 타이어를 빨리 갈아 버리자고."

"그래요."

보는 벌떡 일어서서 금방 오겠다고 하고 나갔다.

나는 잠시 멍하니 서 있었다. 보의 방에 혼자 있다고. 그 애 책상 위를 보니 사인된 농구공 옆으로 액자 세 개가 있었다. 첫 번째 액자는 몇 년 전의 보 사진이었다. 홀리 크로스 농구 팀복을 입고 팔에 농구공을 든 사진이었다. 바짝 깎은 머리에다 수염 안 난 얼굴은 앳돼 보였지만, 팔 근육이 잡힌 모습은 몇 년 후에는 우람해질 기색이 뚜렷했다. 바로 지금 내가 보는 보의 모습처럼 말이다. 다음 액자에는 저화질의 핸드폰 사진을 인화한 것처럼 낡고 오돌토돌한 느낌의 사진이 있었다. 보와 보의 아빠, 남동생 새미가 함께 찍은 사진이었다. 보는 아홉 살쯤 돼 보였다. 세 사람의 등 뒤로 우중충해 보이는 바다가 펼쳐졌다. 분명히 텍사스 해변일 거다. 보는 아빠 옆에 서서 다리를 넓게 벌리고 팔짱을 낀 채 사진을 찍었다. 라슨 씨는 새미를 아령처럼 머리 위로 들어 올린 포즈였다. 마지막 사진은 부모님의 결혼사진이었다. 이제야 난 보의 키가 왜 그렇게 큰지 깨달았다. 라슨 부인은 남편보다 적어도 7센티미터는 더 컸다. 그분은 무릎 아래까지 오는 연노랑색 드레스에 금색 샌들 차림에다 머리카락을 어깨에 늘어뜨린 모습이었다. 그건 포즈를 취하지 않고 자연스럽게 찍은 사진이었다. 라슨 부인은 고개를 젖히면서 웃었고, 라슨 씨는 보와 아주 똑같이 씩 웃었다.

"그분은 참 아름다웠단다. 전형적인 전갈자리이기도 했고."

고개를 돌리자 로레인 아주머니가 문가에 서서 조용히 웃고 있었다.

"죄송해요."

이렇게 말은 했지만, 뭐가 죄송한지는 알 수 없었다.

"저는 보가 돌아오기를 기다리고 있었어요."

"나한테 미안할 건 없어."

나는 잠시 아랫입술을 깨물나 물었다.

"보의 어머니를 아세요?"

"지나가며 보기는 했어. 하지만 이야기를 들어 보니, 알고 지냈으면 좋았을 분이더라."

나는 사진을 다시 한번 바라봤다.

"나와서 나랑 아이스티 마시자."

로레인 아주머니가 말했다. 남부 여자라면 대부분 자신이 직접 만든 아이스티에 대단한 자부심을 갖고 있다. 그래서 집안마다 대대로 아이스티 제조법이 전해진다. 하지만 로레인 아주머니는 그런 대다수가 아니었다. 그분은 상자에서 아이스티 가루를 꺼내어 물에 탔다. 우리 엄마가 보기에, 아이스티 가루란 남들이 온통 기뻐하고 있는데 자기만 혼자 끼지 못하는 상황만큼이나 나쁜 거였다.

"레몬즙 넣을래?"

로레인 아주머니가 물었다.

"네, 그래 주시면 좋죠."

나는 레몬 두 조각을 짜 넣은 다음 티를 한 모금 마셨다.

'맛있잖아.'

시원한 라자냐를 맛보는 느낌이었다. 우리 엄마가 봤다면 그 자리에서 기절했을지도 모른다.

로레인 아주머니는 내 앞에 잔을 들고 앉았다. 그분 외모는 스물일곱 살로 보이기도 하고 마흔일곱 살로 보이기도 해서 나이를 종잡을 수가 없었다.

"너는 무슨 자리니, 윌로딘?"

"네?"

"네 별자리 말이야. 점성술에 쓰는 거."

"아, 음, 모르겠어요."

엄마는 점성술 같은 걸 보면 곧바로 귀신이 씌어 버리는 거나 다름없다고 했다.

"저는 한 번도 관심 가져 본 적이 없어서요."

아주머니는 고개를 저으며 혀를 찼다.

"자기 별자리도 모르는 사람들이 대체 어떻게 인생을 사는 건지 난 참 알 수가 없구나. 생일이 언제니?"

"8월 21일이요."

"아, 그럼 사자자리구나. 하지만 겨우 사자자리에 걸쳤네."

나는 몸을 앞으로 숙였다.

"그게 무슨 말씀이세요?"

난 지금 난생처음으로 아주 새로운 무언가를 배우고 있다.

"너는 사자라는 뜻이란다, 애야."

로레인 아주머니는 아주 극적인 어투로 말했지만, 나에게는 통하지 않았다. 그분은 한숨을 쉬었다.

"너는 밀림의 왕이란다. 자신 있게 걷는 존재라고."

응. 아니야. 헛소리네.

아주머니는 나에게 손가락을 흔들었다.

"안 믿는다는 표정 짓지 말고 내 말을 끝까지 들어 보렴. 설명이 남았으니까. 너는 불이야. 크게 사랑하지만, 상처도 크게 받지. 하지만 언제나 그 상처를 감추는 아이구나. 왜냐하면 그게 약점이니까. 너는 태양이야. 언제나 그 자리에 있지. 사람들이 널 볼 수 없는 상황에서도 한결같단다."

아주머니는 자신의 말을 전적으로 믿고 있었다. 그래서 나 역시 빠져들 수밖에 없었다. 어쩐지 그 말이 마음에 들기도 했다. 내가 지금 이 모습인 게 사실은 예정돼 있다니, 좋은데?

"하지만 말이지."

바로 그때, 다른 말이 나오기 시작했다.

"너는 인정받고 싶어 하기도 해. 그런데 그 마음이 너무 커서 네 앞길을 가로막는구나. 그래도 꼭 기억해야 할 게 있어. 우리는 별자리를 타고나지만, 운명은 스스로 개척하는 것이기도 하단다."

아주머니의 말이 어찌나 진실처럼 느껴지는지 인정하지 않을 수가 없었다.

"어떻게 이런 걸 다 아세요?"

그분은 어깨를 으쓱였다.

"사람은 저마다 신앙이란 게 있잖니. 그렇지? 물론 신앙이란 게 모두 종교를 믿는 건 아니라 해도 말이야."

"그럼 아주머니의 별자리는 뭔가요?"

내 말에 로레인 아주머니는 환하게 웃었다.

"난 궁수자리란다. 하지만 정말 재미있는 건 따로 있어. 보의 별자리와 네 별자리의 관계지."

걸려들고 말았다. 이분이 나를 낚았어. 게다가 그걸 알고 계시네.

"보는 물병자리야. 그 애 아빠도 마찬가지고. 무심하고 우울한 성격이지만, 따뜻한 마음을 지녔지."

그만 나도 모르게 고개를 끄덕이고 말았다.

"별자리에 따르면, 너희 둘은 꽤 잘 어울려."

아주머니는 차를 홀짝이면서 나에게 윙크했다.

물론 어울린다는 말을 여러 가지로 해석할 수 있다는 걸 안다. 친구나 또래 집단, 동료에도 어울린다는 말을 쓸 수 있으니까. 하지만 난 햇볕에 탄 것처럼 뺨이 확 달아오르고 말았다.

로레인 아주머니는 내 무릎에 손을 얹었다.

"어머, 애. 너 괜찮니?"

나는 좀 정신없이 고개를 마구 끄덕였다.

"그게, 아주머니, 음, 여기 화장실이 어딘가요?"

지금 내 얼굴은 불타오르고 있었다.

그분은 걱정스럽게 눈썹을 치켜떴다.

"보의 방에서 왼쪽으로 두 번째 문이야."

나는 일어서서 주방과 거실의 문지방을 지나다가 돌아섰다.

"이야기 즐거웠어요, 아주머니."

이 말을 하는 동안 차고 문이 열리는 소리가 들렸다.

"나랑 이야기하고 싶으면 언제든 들르렴."

화장실에 들어가 몇 번이고 얼굴에 물을 끼얹었다. 나는 옛날 영화 〈사랑의 블랙홀〉처럼 매일 아침 일어나면 다시 오늘이기를 바랐다. 그래서 계속 오늘을 똑같이 살고 싶었다.

하지만 여기 혼자 서 있으려니까, 혹시 얘는 베카도 이 집에 데려온 건 아니었을까 하는 생각이 계속 들었다. 아니면 앰버가 와서 지금 내가 그랬던 것처럼 보의 새엄마와 같이 어울려 이야기를 하진 않았을까.

보는 자기 방에서 나를 기다리고 있었다. 그 애는 셔츠를 갈아입고서 우리 책과 공책을 침대로 옮겨 놨다. **침. 대. 로.**

하지만 문은 열려 있어서, 나는 그것도 살짝 고마웠다. 사람들은 대체 어떻게 이토록 제정신으로 행동할 수 있을까 싶었으니까. 생각해 보라. 사랑에 빠진 사람은 제정신이 아닌데, 대체 주유는 어떻게 하고, 세금을 제때 납부하고, 무슨 정신으로 자기 신발 끈을 제대로 묶을 수 있는 걸까? 썸을 타고 있을 때도 그렇지. 진짜 사랑하고 있을 때도 그렇지. 아니면 썸과 사랑의 중간쯤일 때도 그렇지.

순간 주머니에서 핸드폰이 울렸다.

미치 너 오늘 밤 뭐 해? 같이 타코 먹으러 갈까? 아니면 영화 볼래?

나는 문자함을 껐다. 보가 물었다.

"누구야?"

"아무도 아니야. 엄마가 보냈어."

우리는 그 후 몇 시간을 같이 공부했다. 그러다 침대 옆 등을 켜야 할 정도로 날이 어두워졌다. 우리는 둘 다 앉아 있던 자세에서 스르르 힘이 풀려 잔뜩 늘어놓은 노트 위로 쿠션을 얹어 놓고 엎드렸다.

보는 나를 집에 태워다 줬다. 어느새 보와 함께 있는 편안한 기분에 중독됐다. 나는 오늘 하루를 오롯이 나로 지냈던 거다. 엄마 딸도 아니고, 이모의 조카도 아니고, 이 구역의 대표 뚱녀도 아닌 오롯이 윌로딘으로 지냈다. 이런 생각을 하자 문득 엘렌이 그리웠다. 하지만 나는 다른 사람을 통해서 '이게 나로구나' 하는 기분을 느끼는데 질렸다. '이게 나로구나' 하고 느끼게 만드는 건, 바로 나 자신이 돼야 한다.

나는 보에게 말했다.

"나 로레인 아주머니 마음에 들어."

"새엄마는 사람의 마음을 끄는 재주가 있어. 아빠 말에 따르면 그건 전염력이 강하지. 예전에 새엄마를 좋아하지 않으려고 무척 애썼어. 하지만 그럴수록 실은 그분을 좋아하고 싶게 되더라고. 그분은 내 엄마가 되려고 애써 노력하지 않았어. 다른 아주머니들과는 달랐지. 그분은 나에게 좀 특별해. 친구도 아니지만 엄마도 아닌 분이야. 뭐라 해야 할지 모르겠어."

바로 그 말이었다. 몇 마디 안 되는 보의 말에 답이 있었다. 나 역시 루시 이모에게 딱 그런 느낌을 받았으니까. 이걸 뭐라고 불러야 할지 정확한 표현은 없다. 바로 그렇기 때문에 이모를 잃어버린 고통이 훨씬 큰 건 아닐까.

보는 우리 집 앞에 차를 댔다.

"그럼 너는 주로 토요일이면 집에서 공부하는 거야?"

나는 물었다. 보의 삶 1분 1초를 모조리 알고 싶었다.

"응. 아빠 돕지 않으면 공부하지."

"그럼 일요일은 뭐 해?"

하피스는 일요일에 쉬었다. 그래서 그 하루는 보가 뭘 하는지 전혀 알 수가 없었다.

"성당에 가. 미사에. 미사를 드리거든."

"잠깐. 너 정말로 천주교 신자였어?"

보는 핸들의 무늬를 손가락으로 덧그리면서 대답했다.

"모르겠어."

"어떻게 모를 수가 있어?"

가로등 불빛을 받은 보의 목덜미로 은목걸이가 반짝였다.

"감독님은 시즌마다 우리를 데리고 항상 미사에 갔어. 그래서 나도 습관이 됐나 봐."

"그것 참 재미있네."

보는 입을 꾹 다물고 미소를 지었다.

"나는 천주교 예식이 좋아."

"너희 가족도 다 가?"

보는 웃었다.

"그럴 리가."

우리 집 앞 거리는 그저 조용했다. 그 고요함이 보의 트럭 사이로 스며들었다. 나는 속삭였다.

"나 갈게."

그러자 보는 내 쪽으로 몸을 숙이고서 양손으로 내 머리를 잡아

끌어당겼다. 우리의 입술이 스쳤다. 아주 가볍게, 그저 간지럽게. 하지만 그건 키스가 아니었다.

"난 너한테 키스하고 싶어. 언제든 곧바로 키스하고 싶어."

그 애의 말이 내 입술 위로 쏟아졌다.

"하지만 이번에는 우리 사이를 망치지 않을 거야."

묻고 싶은 말이 너무나 많았다. 하지만 오늘은 이쯤에서 그만둬야겠지.

보가 내 머리에서 손을 뗐다. 그 애의 손가락이 내 뺨을 쓸고 내려갔다.

"내일 나랑 같이 미사 가자."

나는 그저 입술을 깨물었다.

"그래."

48

○

집 안으로 들어온 그 순간, 현실이 확 와닿았다. 엄마는 내 드레스를 수선하면서 엄마 인생 영화의 볼륨을 있는 대로 크게 튼 채 보고 있었다.

난 무엇보다도 엘렌에게 연락해서 지난 이틀 동안 있던 일을 죄다 이야기하고 싶었다. 리 웨이랑 데일을 만났고, 보와 로레인을 만난 일을 모두 다 말이다. 식탁 의자에 털썩 주저앉아 핸드폰을 넘기다가 알아냈다. 엘렌과 내가 마지막으로 문자를 한 게 거의 두 달이나 됐다니. 문자 메시지 버튼을 눌렀다.

나   오늘 사립학교 다녔던 보네 집에 하루 종일 있었어. 걔 나 엄청 좋아해. 우리는 뭐든 다 이야기해. 걔 나한테 키스할 뻔했어. 진짜 세상에서 제일 낭만적인 '키스를 할 뻔'이었다고. 미치 생각은 안 하려고 해. 주말 내내 걔 문자 씹었어. 오늘 정말 잊지 못할 하루를 보낸 것 같은데 지금 드는 기분은 내가 천하의 나쁜 년이라는 거야. 이게 뭐지? 나루시 이모가 보고 싶어. 그리고 너도 진짜 열나 보고 싶어. 내가 잘못한 거 진짜 다 미안해. 진짜진짜 미안.

나는 문자를 노려봤다. 혹시나 전송 버튼을 누르면 어떻게 될까. 하지만 결국 삭제 버튼을 눌렀다. 엘렌이 답을 안 하면 어떡하나 너무 무서워서 차마 그럴 수가 없었다.

보가 우리 집에 도착해서 내게 문자했다. 타이밍은 정말 절묘했다. 마침 엄마가 샤워 중이었기 때문이다.

"나 나갔다 올게!"

엄마에게 소리쳤다. 엄마가 어디 가냐고 물었을지도 모르지만, 어쨌든 물소리에 가려 들리지 않았다.

엄마에게 보랑 가는 곳을 굳이 숨길 생각은 아니었다. 보랑 성당에 가는 거였으니까. 엄마는 성당에 가느니 차라리 아예 아무 데도 가지 말라고 할 사람이긴 했다. 하지만 나한테는 천주교든, 개신교든, 기독교든, 침례교든…… 아무런 의미가 없다. 다 똑같은 걸 믿는 곳 아닌가. 그냥 사용하는 용어가 다를 뿐이지. 우리 집은 침례교를 믿는다고 생각한다. 우리 엄마가 클로버시티 퍼스트 침례교회에 다니고, 나도 주요 절기마다 그 교회에 가니까.

보는 다림질한 면바지와 까만 폴로셔츠를 입고서 조수석 문에 기대어 날 기다리고 있었다. 나는 까만 원피스 차림으로 조금 힘을 줬다. 이건 내가 루시 이모 장례식 때 입었던 옷이다. 내가 가진 옷 중에서 성당에 입고 갈 만한 옷은 이것뿐이었다.

보가 차 문을 열어 줬다. 우리는 나란히 앉아서, 좌석 사이 공간에 손을 얹었다. 물론 새끼손가락이 겨우 닿을 수준의 접촉만 있었지만, 그 느낌은 불꽃이 확 튀다 못해 넘실거리기 직전이었다.

나는 살면서 한 번도 성당에 가 본 적이 없다. 성당이라고 하면 첨탑과 스테인드글라스로 꾸며진 오래된 건물이 떠오르고, 그 안에 들어가면 영화에서처럼 무릎을 꿇을 수 있는 긴 의자들이 있을 거라고 생각했다.

하지만 홀리 크로스 성당은 현대적인 건물이었다. 물론 무릎을 꿇을 수 있는 의자가 갖춰진 신도석과 스테인드글라스는 있었다. 이곳은 엄마가 다니는 교회보다 조용했다. 그리고 더 평화로웠다. 호들갑을 떨며 인사하는 사람들도, 수다쟁이 주일학교 교사들도 없었다.

그래서 좋았다.

제단 양쪽으로 빨간 컵에 든 초가 보였지만, 불이 켜진 건 하나도 없었다.

"저건 왜 있는 거야?"

성당 가운데 의자를 찾아 앉은 다음, 보에게 물었다.

"헌금함에 1달러 정도 헌금한 다음에 누군가를 추모하며 초를 하나 켜는 거야. 음, 그리고 그때 원한다면 기도를 하면 되는 것 같아."

이윽고 몇 마디 알리는 말이 나오더니 미사가 시작됐다. 찬송가가 이어지고, 헌금을 놓는 접시가 오고 갔다. 보는 지갑에서 구깃구깃한 10달러를 꺼내 접시 위에 놓고 다음 사람에게 돌렸다. 마이크 신부님이 강론을 했다. 뭔가 라틴어로 진행될 거라고 생각했는데 아니었다. 강론은 다 영어였다. 한 마디 한 마디가 절제된 언어였다. 모든 순서가 일종의 예식 같았다. 마치 걸스카우트를 했을 때, 데이지*에서 브라우니**로 진급식을 치르는 기분이 들었다.

미사가 끝나고, 사람들이 모여 있는 촛불 쪽으로 보를 따라갔다. 그 애는 헌금함에 몇 달러를 넣고서 초 하나를 집어 불을 붙이고 나에게 줬다. 우리는 둘 다 초에 불을 켰다. 이 초가 누구를 추모하며 붙이는 초인지 서로 말하지 않았지만, 굳이 말하지 않아도 다 알고 있었다.

매일 보와 이렇게 일요일을 보내면 어떨까. 내게 믿음이 생길지 모르겠지만, 무언가에 소속감을 느낀다는 건 좋을 거야. 보와 함께라면.

우리는 밖으로 나가 주차장으로 향했다. 거기서 사람들은 서로 대화를 하며 친목을 도모했다. 보는 몇 사람에게 손짓하며 인사했다. 그리고 청색 재킷에 면바지 차림 남자를 가리키며 말했다.

"저분이 우리 감독님이야."

그 말에 나는 가슴이 찢어질 듯 아팠다. 보는 저분을 아직도 우리 감독님이라고 부르는구나. 아직도 팀에서 뛰고 있는 것처럼.

"보!"

누군가 보를 불렀다. 처음에는 알아보지 못했지만, 걔는 콜린이

---

* Daisy: 유치부~1학년.
** Brownie: 2~3학년.

었다. 하피스로 보를 찾아온 바로 그 애다. 콜린은 우리 쪽으로 뛰어왔다.

"안녕. 너 본 적 있어."

걔는 나를 가리키며 말했다. 나도 모르게 움찔 몸을 추슬렀다.

보는 손을 내밀었고, 둘은 손을 꼭 쥐고 악수했다. 그건 어떻게 보면 힘자랑 같았다. 하지만 지난번에 둘이 마주쳤을 때와 달리, 지금의 보에게서는 숨 막힐 것 같은 긴장감은 발산되지 않았다.

"넌 뭐 하고 지냈어?"

콜린이 묻자 보는 어깨를 으쓱였다.

"아르바이트하고, 학교 다녔지."

농구 팀 멤버들도 이제 이쪽으로 다가왔다. 나는 주차장에다 꿔다 놓은 보릿자루가 된 느낌이었다. 그것도 아주 커다랗고 뚱뚱한 자루인 기분이다.

보는 그 애들과 모두 악수했다.

멤버들은 보에게 학교생활은 어떤지, 무릎은 괜찮은지 물었다. 그리고 재활을 거친 다음 다시 팀에 들어올 거냐고도 물었다. 내가 투명인간 취급을 받고 있다는 느낌이 들자 어깨 힘이 조금 빠지기 시작했다.

그러다 콜린이 날 가리키며 말했다.

"얘는 왜 온 거야? 새로 생긴 여자친구야?"

보는 나를 슬쩍 보며 말했다.

"얘는 윌로딘이야."

그리고 친구들에게 등을 돌리며 말했다.

"아직 여친은 아니고, 내가 꼬시고 있어."

보는 이렇게 말하며 내 손을 잡았다. 내 손을 잡았다고. 다른 사람들이 다 보는 앞에서. 나는 온몸이 짜릿해지면서도 엄청 쪽팔렸다.

친구 중 몇이 휘파람을 불었다. 보는 그 애들에게 작별 인사를 했고, 우리는 트럭으로 향했다. 손을 맞잡은 채로.

우리는 차 안에 앉아서 주차장을 빠져나가는 행렬을 기다렸다.

"너 지금 뭐 한 거야?"

내 물음에 보는 턱을 손마디로 쓸었다.

"내가 말했잖아. 당장이라도 이러고 싶다고. 그리고 우리 사이를 비밀로 하는 거 질렸어. 애초에 난 널 몰래 만나고 싶은 마음이 없었다고. 나는 그때…… 모르겠어. 때로 정말 최악의 순간에 좋은 일이 생기기도 하잖아. 너는 나에게 좋은 일이었어, 월로딘."

"그럼 베카는 어쩌고?"

"베카가 여기서 왜 나와?"

"너희 사귀는 거 아니었어?"

그러자 보는 코웃음을 쳤다.

"그런 거 아니야. 몇 번 만나서 놀긴 했지."

그 애는 잠시 말을 멈췄다 이었다.

"그래. 내가 생각하기엔 우리는 사귀는 것 비슷하게는 했어. 하지만 그건 다 너를 잊으려고 그랬던 거야. 아니면 네가 질투하게 하고 싶었어. 모르겠어. 그런데 너한테 그 운동하는 애가 생길 줄은 정말 몰랐어. 그러니 말하자면 질투한 건 내 쪽이었지."

"미치. 그 애 이름은 미치야. 걔 그런 애 아니야. 그냥 친구야."

보는 몇 분간 말이 없었다.

"정말 친구만인 거야?"

"그래."

나는 말도 안 된다는 것처럼 대답했다.

보의 눈빛이 따갑게 쏟아졌다.

"모르겠어."

세상에. 당연히 미치와 나는 친구 이상이었다. 적어도 미치에게 우리는 친구가 아니었다. 가끔은 나한테도 그랬던 것도 같다.

"엄밀히 따지자면, 우리는 아무 사이도 아니야. 하지만 미치는 친구 이상이고 싶어 해."

"그럼 너는? 너도 걔랑 사귀고 싶어?"

"난, 난 모르겠어. 그냥 생각하면 아니야. 하지만 아직 그렇다고 정확히 말하지는 않았어."

나는 손가락으로 머리를 배배 꼬았다.

"하지만 너랑 베카는?"

난 그만 고개를 저었다.

"우리가 사귀어도 괜찮은 때란 결코 오지 않을 거야, 보."

"나는 베카한테 사귀자고 말한 적 없어. 네가 듣고 싶은 대답이 이거라면."

"그게 뭐가 중요해? 넌 걔한테 아니라고 말한 적도 없잖아?"

"우리는 남친 여친 그런 사이 아니라고."

"뭐, 그렇게 따지자면 나랑 미치도 아니야."

나는 보에게 말했다. 보는 핸들을 홱 돌리더니 아무 골목길이나 들어가서는 차를 주차했다.

그리고 안전벨트를 풀더니 나에게 다가왔다.

"나는 그 이상을 원해. 난 너를 더 원해. 사람들 앞에서 네 손을 잡고 싶어. 일 끝나면 널 집에 데려다주고 싶고, 헤어지면서 키스하고 싶어. 자기 전에 전화해서 네 목소리를 들으며 잠들고 싶다고."

나는 떨지 않으려고 아랫입술을 깨물었다. 우리 둘이 사귀면 왜 안 되는지 이유는 수도 없이 많았다. 우리는 예전에도 안 됐던 적이 있다. 이건 진짜 증거다. 내가 매직 8볼을 흔들어 답변을 본다면, 분명히 이런 대답이 나올 거다. 잘 안 될 것 같다.

하지만 보는 흔들리지 않았다.

"넌 작년에 내가 어땠는지 몰라, 윌로딘. 네가 내 모습을 몰라서 난 기뻐. 나는 개새끼였어. 머릿속에는 그저 이 동네를 떠나고 싶은 마음뿐이었지. 난 올해 여름 너와의 사이도 망쳤어. 나도 알아. 이제 난 너를 놓지 않을 거야. 베카한테 가서 베카 너랑 나는 아무 사이도 아니라고 확실하게 말할게. 오해하지 말라고."

"그게 그렇게 간단하지 않아, 보. 너한테는 간단할지 모르겠지만, 나한테는 아니야."

그러자 보는 눈을 가늘게 떴다.

"내가 원하는 건 이거야. 내 여친은 너였으면 좋겠어. 사람들한테 당당하게 말하고 싶어. 내가 너한테 어떤 마음인지 다 알리고 싶다고, 윌로딘. 복잡할 게 뭐가 있어."

이러면 안 되는 거 알면서도, 나는 몸을 숙여 그 애에게 키스하려고 했다. 온몸의 신경이 윙윙 울렸다. 이 순간 내 몸은 혼란스러우면서도 단 하나의 목표를 원하고 있었다. 미치와 있을 때는 없었던 그 무엇이었다.

하지만 보는 몸을 뺐다.

"먼저 대답해 줘."

나는 그만 시선을 떨구었다. 보를 차마 쳐다볼 수가 없었다. 그 시선과 그 속삭임을 어떻게 해야 할까. 그 애가 날 만질 때, 나를 더듬을 때마다 내가 느꼈던 엄청난 자기혐오를 극복한다 하더라도, 우리를 볼 때마다 사람들이 놀라며 물어볼 질문을 감당할 수 있을 것 같지가 않았다. 마치 물이 포도주로 변하는 기적이라도 본 듯, 대체 어떻게 사귀게 됐냐고 물어볼 게 뻔할 텐데.

그 순간 나는 뼈저리게 깨달았다. 루시 이모가 돌리우드에 가는 비행기를 탈 수 없겠다고 결론을 내렸을 때의 느낌이 이랬겠구나. 지난 세월 동안 나는 이모가 본인 앞길을 가로막고 있을 뿐이라고 생각했었다. 하지만 알고 보니 이모에게는 선택지가 없었던 거다. 주어진 선택지는 둘뿐이었다. 아무도 모르게 비참해지거나, 남들 앞에서 쪽팔려지거나. 다른 선택지는 없었다. 나 같아도 비행기를 탈 수 없었을 거다.

엄마 말이 옳다. 나는 이 몸뚱이로 절대 행복해질 수 없다. 차마 내 입으로 말할 수는 없지만, 그 말이 옳다. 나는 여기서 보에게 사귀자고 말하고, 엄마는 틀렸다고, 난 행복해질 수 있다고 너무나도 증명하고 싶었다. 하지만 그저 엄지손가락을 깨물면서 이렇게 말했을 뿐이다.

"생각해 볼 시간을 줘."

차마 보에게 아니라고 말할 수가 없었다. 아직은. 나는 어쩌면 우리 사이가 잘될 수 있다는 가능성을 갖고 살고 싶었다. 그게 비록 며칠뿐이라 하더라도.

49

○

살면서 딱 한 번 숙취를 경험했었다. 팀의 엄마가 다니는 교회에서 청소년을 대상으로 교회에서 모여 노는 수련회를 열었었다. 엘렌과 나는 거기 참석했었다. 그때 팀은 참으로 좋은 남친답게 아빠의 와인 쿨러를 훔쳐 왔다. 엘렌과 나는 그걸 소닉 캐릭터가 그려진 큰 음료수 컵에 가득 붓고는, 다음 날 아침 팀의 엄마가 우리를 데리러 올 때까지 계속 마셔 댔다. 우리는 차 뒷좌석에 몸을 축 늘어뜨리고 서로의 어깨에 기대 잠에 빠졌다. 그날 엘렌과 나는 하루 종일 잤고, 다시 일어났을 때는 몇 년 동안 내리 잔 기분이었다. 사방이 너무 환했고, 그때 난 뭔가 기름진 음식을 우적우적 먹고 다시 자고 싶은 마음뿐이었다.

월요일 아침이 딱 그랬다. 보와 함께한 주말의 숙취에서 헤어 나오질 못했다. 온몸이 노곤해서, 내 침대에서 몸을 일으키는 데만도 몇 단계가 걸렸다. 한 번에 사지를 하나씩 움직여야 했으니까.

우리가 같이 세계사 시험공부를 한 건 한 여덟 시간 정도 됐을 거

○

다. 하지만 같이 공부했던 예상 문제가 하나도 기억나지 않았다. 금요일 오후에 하이드어웨이에서 있었던 일은 아주 먼 과거의 일인 것처럼 아스라했다.

2교시 수업 시간에 미치가 들어왔을 때, 나는 공부했던 기억을 계속 떠올리려 하면서 공책을 보는 중이었다. 지금 나의 뇌는 지난 이틀간의 사건을 담을 저장 공간을 늘리려고 정보를 자꾸 초기화시키고 있었다.

그런데 미치의 커다란 몸집이 좁은 문가를 꽉 채우자, 비로소 미치의 기억이 날 철썩 때렸다. 미치와 나는 이도 저도 아닌 이상한 사이로 머무는 중이었고, 그중 '우린 아니다' 쪽으로 기운 건 미치가 아닌 나였다.

미치가 말을 걸었다.

"안녕. 나 주말에 너한테 문자 몇 번 보냈었어."

"아, 그래. 미안해. 나 세계사 공부하느라 정신이 없었어. 네 문자 보고서 '이것만 다 읽고 연락해야지' 했었는데 그만 까먹었어."

이게 말 같지도 않은 변명이라는 거, 나도 안다.

미치의 태도는 느긋했지만, 눈빛은 강렬하고 또렷했다.

"그 미인대회 말이야. 2주 있다 하잖아. 그래서 내가 생각해 봤는데……."

그 애는 이마에 솟아오른 땀방울을 손등으로 슥 훔쳤다.

"내가 너 에스코트해 주면 어떨까. 몇 년 전에 미인대회 보러 간 적이 있었는데, 남자들이 참가자들을 에스코트해 주는 코너가 있더라고. 그러니까 나, 턱시도 빌릴 수 있어. 좀 웃길까? 네가 나한테 부탁할 거라고 생각했어. 그런데 네가 새디 호킨스 댄스파티 신청할 때 네 얼굴에다 매직으로 글씨를 써서 부탁했잖아. 그래서 난 어째야 하나 몰랐거든. 넌 어떡할래?"

"난…… 어, 그래. 그래 주면 좋지. 나야 완전 좋지."

지금 뱉은 말을 취소하고 싶다. 이건 그저 친구 사이에서 나올 말이 아니었다. 그럼에도 참으로 이기적이게, 나는 정말로 에스코트가 필요했다. 그리고 보는 엄밀히 말해 나에게 해 주겠다고 하지 않았다. 게다가 생각해 봐. 내가 개랑 같이 복도를 걷는다는 생각도 견딜 수가 없는데, 온 동네 사람들이 다 모인 자리에서 어떻게 보의 에스코트를 받는단 말이야?

"그래, 좋아. 그럼 네 드레스에 맞춰서 옷을 구해야 할까? 뭐, 졸업 무도회처럼?"

"검은색 옷이 좋을 거 같아. 그리고 그냥 정장 입어도 돼. 턱시도 빌릴 필요 없어."

미치는 고개를 저었다.

"그게 우리 엄마 생각이라서. 엄마는 지금 완전 들떠 있어."

'아, 이런. 애네 엄마가 있었군.'

"와 진짜 고마우시다."

"우리 엄마는 네가 미인대회에 참가하는 게 너무 좋대. 용감하다고 했어."

나는 미소를 지었다. 하지만 내가 참가하는 게 용감하다는 평가를 받고 싶진 않았다. 난 그게 평범한 일이었으면 좋겠다.

학교가 끝나자 밀리는 나를 찾아 주차장에 왔다. 내가 엘렌이 나오기를 기다렸다 마주치려고 그 근처를 서성이고 있었기 때문에, 날 쉽게 찾았을 거다.

오늘 밀리의 모습은 둥그런 민트색 공 같았다. 책가방까지 메고 있으니 더 그렇게 보였다. 포니테일로 묶은 곱창밴드도 민트색이었다. 아직도 곱창밴드 같은 걸로 머리 묶는 애는 밀리밖에 없을 거다.

"안녕. 있잖아, 금요일은 정말 좋았어."

"그래. 좋았지."

밀리는 발을 앞뒤로 움직이며 손을 배배 꼬았다.

"나 말이야, 우리 집이 좀 종교적이거든. 사실은 진짜 열렬한 기독교 신자야. 우리 부모님이 그래. 음, 그래서 내가 거기 갔다는 걸 알면 두 분은 별로 좋아하지 않으실 거야. 누구를 만났는지 알아도 마찬가지고."

나는 어깨 힘이 쭉 빠졌다.

"응, 근데?"

"이게 무슨 말이냐면, 그래서…… 나는 리와 데일 같은 사람은 잘못된 거라고 항상 생각했었어. 그러니까, 죄인들이라고."

나는 이런 말이 정말 싫다. 엘렌은 이런 식의 말을 '기독교인 말투'라고 불렀다. 교회에서 배운 걸 그대로 믿어 버리고는, 자기네들만 정상이라고 생각하고 교회 안 다니는 사람들은 아주 큰일이라도 나는 섯처럼 여기는 애들이 이런 말을 하지.

밀리는 고개를 저었다.

"하지만 내 말은 전부 틀렸어. 내가 하고픈 말이 뭐냐 하면, 난 리 랑 데일이 좋아. 그날 밤 하이드어웨이에서 정말 재미있었어. 계속 생각해 봤는데, 그 사람들은 좋은 분들이야. 모두가 그 점을 알면 얼마나 좋을까?"

밀리는 미소 지으며 말을 이었다.

"난 그냥 내 마음을 너한테 말하고 싶었어."

그러자 자랑스러움이라고밖에 말할 수 없는 그 무언가가 내 가 슴에서 솟아올랐다. 나는 밀리의 어깨를 잡았다.

"그 말 들으니 기분 좋다."

"미인대회 나가는 돼지들이다!"

주차장 저편에서 누군가 소리쳤다. 우리의 분위기는 그만 깨져 버렸다.

"꿀꿀!"

"똥이나 처먹어!"

나는 받아쳤다. 그리고 돌아서서 밀리에게 말했다.

"아, 미안."

밀리는 흘러내린 머리칼을 귀 뒤로 넘기면서 한 걸음 물러섰다.

"뭐 어때. 괜찮아."

이건 결국 일어날 일이다. 이제 2주만 있으면, 온 동네의 이목이 우리에게 쏠리겠지. 우리를 보는 이들은 그다지 좋은 소리를 하지 않을 수 있고.

밀리는 책가방 끈을 꾹 잡아당겼다.

"생각해 봤는데, 너랑 아만다랑 해나까지 해서 우리 집에서 파자마 파티 하면 어떨까. 아만다는 올 거야. 하지만 해나는 모르겠어. 네가 오면 걔도 오지 않을까? 음…… 너는 어때?"

나의 신조에 따르자면, 나는 파자마 파티 같은 건 하지 않는 주의다. 물론 엘렌의 집에서 같이 놀긴 하지만. 밀리네 집 방바닥에 앉아서 티셔츠와 속옷만 걸치고 잠을 잔다니. 걔네 부모님이 몇 시간에 한 번씩 우리 뭐 하고 있는지 확인할 텐데. 그 생각에 소름이 끼쳤다. 하지만 밀리에게 싫다고 대놓고 말할 수가 없었다.

"좋아. 그러지 뭐. 갈게."

다음 날 밤, 엄마를 직장에서 태우고 집에 온 다음 일이 벌어졌다. 엄마가 내 드레스를 좀 수선했으니 한번 입어 보라고 권했다.

엄마는 그때처럼 나를 엄마 방에 남겨 놓고 밖으로 나갔다. 드레스 상체 부분은 완벽하게 맞았다. 엄마가 옷의 다트를 제대로 맞추느라 시간이 얼마나 오래 걸렸을지 상상이 가지 않았다. 하지만 하체 부분은 사정이 달랐다. 엄마 말로는 있는 대로 늘였다고 했는데, 아직도 끼었으니까. 하지만 이걸로 됐어. 난 쪽팔리지 않다고.

하지만 엄마는 눈살을 찌푸리더라.

"상체는 괜찮아. 봐, 딱 맞네."

엄마는 손바닥으로 내 등을 눌렀다.

"좀 더 허리를 펴고 서 봐."

그래서 그렇게 했는데.

엄마가 혀를 차는 게 아닌가.

실망스럽다는 소리를 듣자 손톱 밑이 가시에 찔린 것처럼 따끔거렸다.

"엄마, 괜찮다고. 아니야? 난 아주 맘에 들어."

"만두야. 무슨 고문 도구도 아니고 엉덩이에 너무 꽉 끼잖아."

엄마는 이렇게 말하며 손가락으로 솔기를 쓸었다.

"여기서 옷을 더 늘렸다가는 찢어질지도 몰라."

"엄마, 괜찮아. 이거 한 10분 정도밖에 안 입을 건데."

하지만 엄마는 입매를 비틀었다.

"왜 그래?"

나는 돌아서서 엄마를 똑바로 쳐다봤다. 거울에 비친 그림자가 아니라 실제 엄마의 모습을.

"불만 있으면 말해. 생각하는 거 그냥 다 말하라고."

엄마는 손을 내젓더니 서랍장 위에 있는 바느질함을 정리하기 시작했다.

"난 말이야…… 네가 그래도 미인대회를 앞두고 조금은 살을 빼지 않을까 생각했었어."

엄마는 내게 등을 돌리고 말했다.

"솔직히 말해 봐. 너 이 대회를 진지하게 생각하고는 있니? 너도 알겠지만 이건 장난이 아니라고. 내가 네 참가를 허락해 준 이유는

406

그래도 네가 진지하게 참여할 거라고 기대했기 때문이야."

엄마의 말에 나는 그만 비틀거릴 뻔했다.

"그래서 드레스를 작게 만들었어? 내가 살을 뺄 거라고 생각해서?"

나는 손을 들어 내 몸뚱이를 가리켰다.

"엄마. 이게 나야. 이게 바로 내 몸이라고."

엄마는 고개를 저었다.

"내 말을 또 오해할 줄 알았어. 너는 항상 내 말을 나쁜 뜻으로만 생각하지. 난 더 이상 못 하겠다. 지금 잘못한 건 내가 아니야."

"그럼 누군데?"

엄마는 대답하지 않았다. 하지만 나오지 못한 말은 우리 사이에 거대한 고드름처럼 매달려 언제라도 떨어질 것만 같았다.

마침내 엄마는 이렇게 말했다.

"이 옷은 너무 꽉 껴. 미인대회에 입고 나올 옷이라고 승인해 줄 수 없어. 네가 내 딸이라서 이러는 게 아니야. 다른 애가 이런 옷을 입고 나왔더라도 난 안 된다고 했을 거야. 부적합해."

"엄마, 난 지금이 좋다고."

내 목소리는 한 치의 떨림도 없이 고요하게 나왔다.

"이 드레스를 입으면 나도 몰랐던 또 다른 내가 된 느낌이라고. 나는 한 번도 이런 옷을 가져 본 적이 없어. 하지만 엄마는 이 옷이, 이 옷을 입은 내가 정말 부끄럽다고 생각하나 보네. 내가 살을 빼지 못해서 참 안됐네. 다 집어치워, 엄마. 어디 한번 잘해 보시든가."

잠시 더 침묵이 흘렀다. 나는 엄마가 나가기를 기다렸다. 그런데 생각해 보니 띠기는 엄마 땅이고, 주인이 아닌 쪽은 나였다. 그래서 난 드레스 자락에 걸려 넘어지지 않도록 옷자락을 들고 방을 나섰다. 엄마를 고독한 작은 방에 남겨 둔 채. 이제 평생을 그 방에서 살면서 미인대회 어깨띠와 왕관과 아쿠아마린색 드레스를 간직할 엄마를 두고서.

50

○

금요일 야간 근무를 마친 시각, 보가 나를 태워다 준 지도 2주가 됐다. 하지만 오늘 밤은 나를 집으로 태우고 가지 않았다.

우리는 밀리의 집 바깥에서 잠시 정차했다. 론 아저씨가 조금 일찍 마치고 가라고 우리 둘 다 보내 줘서, 자정 전에 도착할 수 있었다.

나는 하룻밤 머물 짐이 든 가방을 무릎에 올려놓고 앞으로 있을 끈끈한 우정의 시간을 맞이할 마음의 준비를 하는 중이었다.

난 정말 별생각 없이 미인대회를 준비해 왔다. 애초에 대회에 신청서를 낸 것도 그땐 정말 내가 뭐라도 해낼 줄 확신했기 때문이다. 누가 보라고 그런 마음을 먹은 걸까. 나일까, 우리 엄마일까, 아니면 모든 사람이 보라고 그런 걸까. 하지만 하루하루 지나갈 때마다 점점 할 말이 없어지는 기분이다.

"오늘 너희 전부 모여서 미인대회 나갈 거 준비하는 거야?"

나는 고개를 저었다.

"딱히 그런 거 아니야. 그보다는 전략 짜기에 가깝겠지. 우리는 일단 서로 뭉쳐야 하니까."

보는 어리둥절한 표정으로 눈썹을 내려뜨렸다.

"그럼 너희는 다 같이 미인대회에 나가는 거야?"

나는 고개를 끄덕였다.

"물론 대회에 참가하고 싶은 사람이라면 누구나 나갈 수 있다는 점에는 전적으로 찬성하지만, 왜 이렇게 일을 크게 만들어야 해?"

그 말에 나는 씩 웃으며 보를 바라봤다.

"그건 네가 홀리 크로스 고등학교에 안 다니더라도 미사는 계속 가는 것과 비슷하지 않을까? 미사는 팀이 함께 참석하는 거잖아, 그렇지? 그런데 네가 이제 팀에 없다고 해서 미사에 가지 말라는 법은 없어. 그러니 미인대회에서 우승할 것같이 생기지 않았다고 해서 우리가 나가지 말란 법이 어디 있니."

"이런 말 하면 너무 느끼할지 모르겠는데, 내가 보기에 너는 미인대회 역대 우승자들보다 열 배는 더 섹시하고 똑똑해."

나는 뺨이 확 달아올랐다.

"응, 진짜 느끼한 말이네."

보는 또 이렇게 말했다.

"아직도 파자마 파티하는 애들이 있는 줄은 몰랐어."

"음, 아직도 하긴 할걸. 엘이랑 나는 언제나 서로의 집에서 잤거든. 하지만 그걸 파티라고 부르지는 않았지."

요 며칠간, 보에게 엘렌과 나 사이에서 벌어진 일을 죄다 이야기했다. 어쩌다가 서로 말 안 섞는 사이가 됐는지까지도. 보는 우리가 곧 화해할 거라고 여기는 모양이지만, 내가 보기엔 그럴 기미가 딱히 보이지 않았다.

나는 차 문을 열었다.

보가 나에게 손을 내밀었다.

"월로딘. 우리가 한 이야기에 대해서 생각해 봤어? 내 마음이 진심이라는 거, 너도 알지?"

그 말에 어떻게 아니라고 대답할 수 있을까? 나는 정말로 네 여자친구가 되고 싶다고 말하고 싶었다.

"조금 더 시간을 줘."

보는 고개를 끄덕였다.

"그래. 시간이야 뭐."

아만다는 현관에 서서 입을 딱 벌리고 날 기다리는 중이었다. 어찌나 입이 크게 벌어졌던지 가슴에 닿을 정도였다. 밀리는 아만다 뒤에서 목을 길게 빼고 있었다.

"오. 완전. 대박. 쟤 복숭아 엉덩이잖아."

아만다가 말했다.

나는 걔를 조용히 시킨 다음 애들을 데리고 안으로 들어갔다. 밀리의 집에 들어간 첫인상은 놀라웠다. 아니, 어떻게 모든 게 이토록 조화를 이루었을까? 꽃 장식부터 벽지와 쿠션에 이르기까지 집 안은 다 똑같은 무늬였다. 그 무늬와 어울리는 트레이닝복을 입은 밀리는 연보랏빛 헝겊 공같이 보였다. 양말과 머리띠까지 깔 맞춘 차림이었다. 누가 보면 온라인 쇼핑몰에서 '파자마 파티룩'이라고 검색한 다음 10대 여학생물의 고전인『베이비시터 클럽』책 표지를 보고 장식한 거라고 해도 믿을 거다.

아만다는 축구 반바지와 티셔츠를 입었지만 맨발이었다. 교정 신발을 안 신은 모습을 본 건 처음이었다. 그런 걸 뚫어져라 바라보면 정말 예의가 아니었기 때문에, 대신 아만다의 얼굴을 계속 쳐다봤다. 걔는 어느 때처럼 아무렇지도 않은 표정으로 이렇게 말했다.

"자, 그럼 진실 게임을 해 볼까? 쟤가 너 데려다줬네. 여기에다. 너 쟤 차 타고 왔지. 그러니 빨리 다 말해."

밀리는 우리를 데리고 복도를 지나 TV 보는 방 옆을 지나갔다. 거기에는 밀리의 부모님이 PBS*에서 하는 다큐멘터리를 시청 중이었다. 영국인이 누가 귀족 나리들에게 차가운 콩 수프를 대접하게 되느냐 같은 걸 엄청난 논란거리처럼 속닥이는 프로그램이었다.

"내가 대회에 입고 나갈 드레스 때문에 또 사고 쳤어. 그거 먼저 말하고 말해 줄게. 너희한테는 나 같은 일이 없어야 할 텐데."

내 말에 밀리는 고개를 젓더니 날 확 끌어당겨 자기 방문으로 데리고 갔다. 나무 문 위에 필기체로 밀리의 이름이 붙은 명패가 있어서 그 애 방이라는 걸 알아봤다.

아만다는 입을 막고 숨죽여 웃었다.

"왜 그래?"

내가 묻자, 밀리는 나와 눈을 마주쳤다. 그 눈빛에는 이제껏 한

---

* Public Broadcasting Service: 우리나라의 EBS와 비슷한 방송사.

번도 본 적 없던 밀리의 절망이 묻어 나왔다. 방문을 열자, 연보랏 빛 빈백 위에는 온통 새까만 모습인 해나가 보였다. 걔는 우리를 굳이 쳐다보지도 않았다.

밀리는 내 가방을 받아서 침대 발치에 놨다.

"자, 앉아."

나는 앉았다. 침대가 아니라 바닥에.

밀리는 방구석에 있는 등나무 소파에 앉았다. 그 의자는 아무리 봐도 양로원에나 있을 법하게 생겼지만, 묘하게 밀리와 어울렸다. 지금 쟤 모습을 사진 찍어 놓고 싶구나. 깔 맞춘 옷을 입고 커다란 의자에 파묻혀 앉아 있는 여자애. 곱슬곱슬 말아 올린 머리에다가 코끝이 바짝 솟은 것까지 그림이 딱 나오잖아.

"우리 부모님 앞에서 미인대회 이야기하지 마."

밀리의 말에 물었다.

"왜?"

"쟤가 대회 나가는 거 모르니까."

대답은 해나가 했다. 아만다는 얼굴 가득 함박웃음을 띠고서 밀리 앞 바닥에 스르르 앉았다.

"그럼 부모님 동의 서명은 어떻게 한 건데?"

굳이 물어볼 필요 없는 질문이었다. 답은 이미 알고 있었으니까. 다만 밀리가 그런 수를 썼을 거라고는 상상하지 못했을 뿐이다.

밀리는 입술을 핥았다.

"엄마 사인 위조했어."

해나는 앉은 채로 핸드폰을 스크롤하고 있었다. 하지만 꼭 다문 입술은 분명 미소를 띠었다.

밀리의 둥근 얼굴이 살짝 찌푸려졌다. 언제나 홍조를 띠었던 뺨은 훨씬 더 빨개졌다.

"여쭤보기는 했었어. 네가 미인대회 나간다는 거 들었던 그날."

밀리의 말을 들으며, 계속 말해 보라는 신호로 고개를 끄덕였다.

"엄마가 며칠 동안 생각해 보셨나 봐. 하지만 결국 안 된다고 하셨어. 양심상 그럴 수가 없다고 하시더라. 내가 나가면 웃음거리가 될 거고, 그런 곳에 시간을 쓰는 게 기독교인답지 않아 보인다고."

해나는 코웃음을 쳤다.

나는 해나를 째려봤다. 그래도 별 상관은 없었다. 해나는 폰에서 눈을 떼지도 않았으니까.

"그럼 이제 어쩔 건데? 대회는 벌써 다음 주야. 우리 얼굴이 신문에 난단 말이야. 모두 우리를 알게 될 거라고."

물론 우리는 벌써 야유를 몇 번 받았다. 하지만 일단 신문에 나면 돌이킬 수가 없게 된다. 그 후로 난 평생 패트릭 토머스 같은 놈들의 좋은 놀림감이 되겠지.

"난…… 난 모르겠어."

밀리는 엄지손톱을 물어뜯었다. 날 바라보는 눈빛은 뭔가 대답을 바라고 있었다. 괜찮을 거라는 대답을 어떻게든 받아 내려는 마음이었다.

순간 알게 됐다. 밀리는 위험을 무릅썼구나. 얘는 이제껏 부모님이 지어 준 아늑하고 작은 울타리 안에서 살아왔는데, 지금 그걸 부수고 나오려는 마음이 너무나 간절하구나.

나는 말했다.

"괜찮을 거야. 다 잘될 거라고."

아만다가 말했다.

"난 완전 끝내준다고 생각하는데. 네가 그런 마음을 먹을 거라고는 생각도 못 했거든."

그러자 해나가 중얼거렸다.

"얘는 팔자가 좋게 큰 집에 사니까, 여유롭게 그런 생각도 하는 거지."

더는 못 참겠다. 나는 해나의 태도에 너무 화가 난 나머지 말을 마구 뱉었다.

"너 진짜 왜 이래? 대체 여긴 왜 왔어? 너희 집에 불만이 많은 건 네 사정이지, 왜 남한테 빈정거려?"

"월."

밀리가 말렸지만, 나는 계속 말했다.

"봐, 밀리가 널 초대했는데 넌 지금 뭐 하고 있어? 내가 왔을 때부터 지금까지 계속 핸드폰에 얼굴을 처박고 투덜대기만 했잖아."

마침내 해나가 고개를 들었다. 재미있어 어쩔 줄 모르는 표정이었다.

"오, 솔직히 말해서 너는 얘네 둘한테도 엿 먹이고 있는 거 알아? 네가 여기 온 이유가 뭔지 내가 말해 볼까? 스스로 착하다고 느끼고 싶어서 그런 거잖아. 여긴 그냥 불쌍한 멍청이들이 모인 거라고."

내 코에서 불길처럼 콧김이 일었다. 해나는 계속 말했다.

"까놓고 말해서, 네가 계속 이 이상한 쇼에 집착하는 이유가 그것밖에 더 있냐? 넌 절친한테 싸가지 없게 굴어서 절교당했잖아. 이제 같이 놀 사람이 우리밖에 없어서 그렇지."

"그만해."

밀리는 우리 사이에 생긴 팽팽한 긴장감을 자르며 말했다.

"인터뷰 질문들 생각해 보자. 같이 연습할 기출 질문들을 내가 알아 왔어."

"네가 전부 다 안다는 식으로 말하지 마. 사실 넌 모르잖아."

나는 해나에게 말한 다음 밀리를 봤다.

"나 옷 어디서 갈아입으면 되니?"

밀리는 문밖에 있는 화장실을 가리켰다. 화장실 안 역시 이 집처럼 구석구석 모든 게 다 깔 맞춤이었다. 심지어 여분의 화장지를 보관하는 장식장도 자그마한 집 모양이었다. 밀리의 방처럼, 화장실 안에도 좀 유치해 보이는 명언들이 액자로 걸려 있었다. 그중 내 마음에 드는 건 이거였다. 웃는 얼굴은 둥글지만, 그 효과는 앞길을 쫙 펴 준다.

돌아와 보니 밀리는 여전히 웃기게 생긴 등나무 소파에 앉아서 말하는 중이었다.

"자, 우리가 받은 일정표에 따르면 대회 전 목요일에 인터뷰 코너가 있어. 그때 점수랑 우리가 대회 중에 하는 인터뷰 점수랑 합산이 되는 거야. 내 생각에 질문은 한두 개 정도일 것 같아."

아만다가 물었다.

"우리가 질문지를 먼저 볼 수는 없는 거야?"

"없어. 그래서 인터뷰 코너가 어려운 거야."

나는 잊고 있던 어린 시절의 기억을 아스라이 떠올리며 말했다.

"인터뷰 코너에서 딸 수 있는 점수가 제일 높아. 그러니까 우리
가……."

그때 노크 소리가 들려와 밀리는 말을 멈췄다. 문이 빼꼼 열리더
니, 밀리 어머니가 나타났다. 그분의 올림머리가 어찌나 높던지, 그
안에 가족의 비밀 몇 가지는 너끈히 숨길 수 있을 것 같았다. 밀리 어
머니는 울 것만 같은 그렁그렁한 눈빛으로 이쪽을 바라보며 섰다.

"우린 이제 잔다."

"그러세요."

밀리는 아랫입술을 꾹 말고서 대답했다.

"너희들 내일 아침 식사 차릴 거야. 우리 밀리가 친구를 다 초대
하다니, 참 기쁘구나."

"저희도 여기 와서 기뻐요."

해나가 높낮이 없는 어조로 대꾸했다. 밀리는 애써 미소를 유지
했다.

"안녕히 주무세요, 엄마."

"잘 자렴, 우리 귀여운 딸."

문이 닫힌 다음, 우리는 각 코너별 배점 표를 살펴보며 이야기를

나눴다. 장기자랑보다 수영복 심사의 배점이 더 높다니 이게 말이나 되는 소리인가. 그리고 밀리의 부모님이 주무신다는 걸 확인하고서, 우리는 TV 감상실로 가서 내가 엄마 몰래 가져온 전대 미인대회 영상을 다 같이 봤다.

화면 속을 우아하게 누비는 참가자들을 보면 볼수록, 우리가 얼마나 이 대회에 어울리지 않는지만 분명해졌다. 간혹 가다 '저 사람은 대체 왜 나왔을까' 싶은 참가자도 있었지만, 그래도 우리 같은 사람은 없었다. 그걸 보자 나는 그만 의기소침해졌다. 우린 마치 이 작은 미인대회의 역사에 문제아 같아 보였으니까. 내년은 어떨까? 아니면 내후년은? 곧 우리가 참가했다는 사실이 잊힌다면, 이게 대체 다 무슨 의미가 있나?

밀리는 그 밤 내내 열성적으로 메모를 했고, 아만다는 '수영복 심사 때 엉덩이에 천이 끼면 어떡하지?'나 '혹시 드레스 심사 때 옷이 터졌던 참사가 일어난 적 있었을까?' 같은 질문을 해 댔다.

해나는 핸드폰에서 고개를 들고 말했다.

"이거 보니까 좀 우울하다. 여기 나온 여자들은 이 대회가 인생 최고의 순간이었을 거 아냐. 지금쯤이면 여기 참가자들은 애도 낳고, 심지어 할머니가 됐을 수도 있지. 그런 사람들한테는 인생에서 제일 크게 이룬 게 이 대회뿐일 거고."

그러자 밀리가 조용한 목소리로 말했다.

"이분들 삶을 깎아내리지 마. 이분들이 클로버시티에 살면서 가정주부가 되거나 마트 캐셔로 산다고 해서, 미인대회 나갔던 사람이 왜 이러고 사느냐는 식으로 평가해도 되는 건 아니잖아."

해나는 그 말에 대답하지 않았지만, 입술은 파르르 떨릴 지경이었다. 밀리는 계속 말했다.

"있잖아, 해나. 사람들이 너한테 진짜 못되게 굴었다는 거 나도 알아. 하지만……."

"난 잘래."

해나는 팔에 베개를 끼고서 밀리 방으로 돌아갔다.

그 애가 간 다음, 밀리가 뭐라고 한마디 할 줄 알았다. 해나는 진짜 어처구니없는 애라고 말이다. 하지만 밀리는 속마음이 무엇이든 그걸 입 밖에 내지 않았다.

우리 셋은 좀 더 이 방에 있었다. 밀리는 초등학교 1학년 때부터 모아 온 돼지저금통을 털어서 신디스에서 드레스를 주문했다는 이야기를 해 줬다.

"원래는 드레스 소매를 덧댔는데, 막판에 가서 재질을 새틴이 아니라 오간자로 바꿨어. 그래서 시스루가 됐지. 옷이 어떻게 나올지 좀 떨려."

"그거 입으면 정말 멋있을 거야. 진짜로."

내 말에 밀리는 미소를 지으며 고개를 끄덕였다. 방 안이 어두워서 내가 본 게 확실한 건지는 모르겠지만, 밀리의 눈가가 촉촉했다. 나는 그 애 부모님을 깨워서 말해 주고 싶었다. 여러분 따님이 미인 대회에 나갈 거예요. 그리고 거기서 수상할 거라고요. 만약 내가 심사 위원이었다면 밀리를 뽑았을 거란 말이에요.

51

○

나는 혼자 조용히 자기 위해 소파를 택했다. 남의 집에서 자면 항상 그렇듯이 자다가 계속 뒤척였다. 엘렌네에서는 이런 적 없었는데. 거기서는 언제나 푹 잤었다.

한 30분쯤 지났나, 아니면 실은 두 시간이 지났을까. 정확히는 모르겠지만 누군가 복도를 걸어가는지 집이 삐걱거렸다. 몸을 돌려 보자 누군가의 모습이 보였다. 창가에 비치는 한 줄기 달빛을 받으며 해나가 주방으로 가고 있었다. 아무 생각 없이 이불을 젖히고 걔를 따라갔다.

해나는 냉장고 앞에 섰다. 하얀 빛을 막은 걔의 실루엣이 보였다.

나는 전등을 켰다.

그러자 해나는 조금 놀라며 뒤를 돌아봤다. 하지만 나라는 걸 알아채고는 긴장했던 어깨가 힘이 빠지며 수그러졌다.

"나 물 좀 마시려고."

"손에 든 건 맥주인데?"

나는 그 애가 꼭 쥔 밀러 캔을 가리켰다.

"차고에 있는 냉장고에서 찾은 거야. 그래서 혹시 여기도 있나 보려고 했지."

해나는 냉장고 문을 활짝 열어서 안을 보여줬다. 그 안에는 물병과 닥터 페퍼밖에 없었다.

"그래도 술 안 마시는 사람은 없구나."

그 애는 탁자 위에 놓인 맥주 캔을 가리켰다.

"너도 마실래?"

"응. 당연하지."

내 말에 나도 놀랐다. 밀리의 엄마는 집에 맥주가 있다는 걸 그다지 좋아하지 않으실 게 분명했기에, 따져 보자면 우리는 밀리의 부모님에게 좋은 일을 하고 있는 거다.

우리는 불을 끄고 소파에 앉아서 맥주를 홀짝였다. 창가로 달빛이 드리워져 카펫 위로 그림자가 졌다. 해나가 물었다.

"그래서 오늘 너 태워다 준 애랑은 무슨 사이야?"

"누구?"

"내가 좋은 말로 할 때 말해, 응?"

그건 사실이었다. 어두운 방 안에서 보는 지금의 해나는 평소보다 누그러진 기세였다. 어쩌면 아무도 자신을 보지 않을 때가 해나에게는 가장 편한 것처럼 보이기도 했다.

"아만다와 밀리가 자기 전에 떠드는 소리 들었어. 복숭아 엉덩이라는 애, 아니야?"

"걔 이름은 보야."

해나가 발톱을 세우고 달려들지 않는다면야, 나도 조금은 솔직하게 말해 줄 수 있는 거겠지.

"보 라슨. 우리는 아르바이트 같이 해. 그러니까, 친구지."

해나는 맥주를 길게 들이켰다.

"아, 화장실에서 같이 있던 애. 이제 기억난다. 10점 만점에 8점은 너끈히 줄 수 있지. 난 남자를 좋아하지 않는데도 걔는 보기 좋더라."

나는 어둠 속에서도 해나의 표정을 마구 살피려 했다. 얘 지금 나한테 커밍아웃한 건가? 뭐라고 말해야 할지 알 수가 없었지만, 한 가지는 확실했다. 나는 해나가 남자를 좋아하든 여자를 좋아하든 아무래도 상관없다는 점이다. 그래서 아무 말도 하지 않기로 했다.

"응. 걔 좀 탐스럽게 생겼지."

그리고 걘 어딜 봐도 10점 만점에 10점짜리야.

"근데 친구라고? 내가 봤을 때는 친구로 안 보이던데. 여자 화장실에 있을 때는 전혀 친구가 아니었잖아."

그 애가 미소 짓는 소리가 들릴 지경이다. 나는 어깨를 으쓱였다. 어두운 데서는 내 몸짓이 전혀 보이지 않을 테니 의미 없지만.

"그럼 가끔 더듬기도 하는 친구구나."

해나는 휘파람을 불었다.

난 얼굴은 물론 가슴까지 확 빨개졌다. 이거, 술기운 때문인 거야.

해나는 두 번째 맥주 캔을 땄다.

"그래서 어떻게 됐어?"

"잘되다 안되다 그랬던 것 같아. 모르겠어. 일단 시작하니까 계속 진전이 있었고, 지금 보는 공식적인 사이가 되고 싶어 해. 근데 그게 말도 안 되잖아. 아, 그래. 물론 나도 그러고 싶은 마음이 굴뚝같지만……."

"하지만 보 같은 남자애는 우리 같은 여자애랑 사귀지 않지."

해나의 말투는 싸가지 없지 않았다. 무례하지도 않았다. 그건 사실이었다.

나는 고개를 끄덕였다.

"걔가 나를 왜 좋아하는지 정말 모르겠어. 하지만 걔가 날 좋아한다는 건 믿어. 정말로 믿는다고. 내가 걱정하는 건, 걔가 나를 보는 마음을 다른 사람들이 과연 이해할지 모르겠다는 점이야."

"그거 어렵지. 사람들은 보통 재수 없어. 패트릭 토머스 같은 놈을 봐. 네가 보랑 사귄다면 걔는 아마 날 잡았다 생각하고 널 가만두지 않겠지."

내 마음을 이해하는 사람과 이야기하니 좋았다. 물론 해나는 뚱뚱한 몸으로 사는 게 어떤지 아마 모를 거다. 안락의자에 앉았는데 몸이 꽉 낄 때나, 내 무게를 못 견디고 나무 바닥이 삐걱거리면 내가 혹시라도 건물을 무너뜨리기라도 할 것처럼 사람들이 날 쳐다볼 때 어떤 기분인지 모르겠지. 쇼핑몰에 옷을 사러 가도 파는 옷의 90퍼센트는 전혀 입을 수가 없다거나, 뚱뚱한 사람이 뷔페에 가면 놀림감이 되는 건 당연하니까 그런 덴 가는 게 아니라는 생각부터

드는 내 마음을 어떻게 알겠나. 하지만 해나는 내 등을 두드리면서 그래도 꿋꿋하고 행복하게 살아 보라는 덕담 따위 하지 않았다. 그래서 나는 오히려 약간 안도감이 들었다.

"어디 이 세상 말고 다른 차원의 세상이 있어서 우리 둘 다 갔으면 좋겠어. 거기서 보가 내 남친이 되면 얼마나 좋을까. 우리 말고 아무도 모르게 말이야."

남친이라는 말을 입 밖으로 낸 건 이번이 처음이다. 순간 머리끝에서 발끝까지 부르르 떨렸다.

"하지만 남이 알아줘야 남친이니 여친이니 하는 표시가 의미 있는 거 아니야? 그래야 다른 사람들도 편하게 알아볼 수 있잖아?"

해나는 맥주를 들이켜고서 말을 이었다.

"좀 슬프지 않냐? 온 세상에 전부 표 딱지가 붙어 있어야 한다는 게. 그래야 모두의 마음이 편해질 수 있는 것처럼. 이름을 뭐라고 불러야 할지 알았을 때 좀 덜 무서워서 그럴까."

우리는 묵묵히 맥주를 마셨다. 해나의 말은 머릿속으로는 맞지만, 마음으로 느끼기엔 틀렸다. 그래. 표 딱지를 붙여 놓으면 다른 사람이 날 쉽게 이해할 수 있긴 하지. 하지만 뭔가를 알았을 때 오는 안정감이 난 좋아. 특히 보를 생각하면 그래. 그래서 아직 보에게 답을 줄 수가 없는 거다. 나는 그 애한테 사귀지 못하겠다고 차마 말할 수가 없으니까.

"해나, 나 뭐 하나만 물어 볼게. 기분 나쁠 수도 있겠지만, 난 그럴 의도 없이 물어보는 거야."

이런 말을 한다고 해서 기분이 안 나쁠 리는 없겠지만.

"해 봐."

"너 왜 치아 교정 안 하는 거야?"

"왜 교정해야 하는데?"

해나는 즉시 쏘아붙였다. 하지만 이어진 어조는 누그러졌다.

"게다가 교정은 비싸잖아. 우리 엄마는 미용사야. 아빠는 수리공이고. 제대로 된 의료보험이 없는데 어떻게 큰돈을 써."

"네 말이 맞아. 교정할 필요는 없지."

해나는 목을 가다듬었다.

"있잖아, 나는 엄청 싸가지 없이 굴려는 건 아니야."

"괜찮아."

내 대답에 해나는 웃었다.

"나는 사과하려던 게 아니었어. 하지만 언제나 성질을 감추고 사는 건 힘들어. 너는 절친이 있지만, 난 그런 친구들이 없어. 나랑 같이 복도를 걸어가 주는 친구가 아무도 없다고."

"너도 친구 있잖아. 바보 같은 소리 마."

하지만 나는 눈을 감고서 해나가 학교에 서 있는 모습을 떠올렸다. 머리끝에서 발끝까지 까맣게 차려입고 치아를 안 보이게 입을 꾹 다물어서, 사람들이 자기를 못 보고 지나가 주기만을 바라는 모습을.

"난 이 미인대회를 안에서부터 방해하고 싶었어. 내가 여기 참가하는 이유는 그뿐이었어. 뻐드렁니 난 여자애가 참가했네, 이런 수군이 아니라 아예 이 대회를 전부 망치고 싶었다고."

해나는 잠시 말을 멈추다 다시 이었다.

"그런데 엄마가 알아 버렸어. 대회 주최측이 참가자에게 보낸 우편물을 엄마가 봤거든. 내가 여기 나간다니까 정말 자랑스러워했어. 그래서 지금은……."

"제대로 참여할 수밖에 없게 됐구나."

이해가 갔다. 사람들이 해나에게 하는 짓을 나에게 반만이라도 했다면, 나 역시 이걸 죄다 망치고 싶었을 거다.

"난 자러 간다. 빈 캔 줘. 내가 우리 집에다 버릴게."

해나의 말에 나는 남은 맥주를 비웠다. 손을 뻗은 해나에게 내가 마신 캔 두 개를 건넸다. 그 애가 소파에서 일어서는 느낌이 났다. 지금 애가 어디에 있는지, 혹시 나를 마주 보고 있는지도 알 수 없었지만 그래도 난 말했다.

"나도 네 친구야. 빈말이 아니라 진짜로. 네가 아까 친구가 없다고 해서 이런 말 하는 거 아니야. 네가 마음에 들어서 그래. 너랑 이야기해서 즐거웠어."

순간 너무 조용했다. 애가 혹시 이 방에 없는 건 아닐까 하는 생각마저 들었다. 이윽고 해나의 속삭임이 들려왔다.

"그래."

엘렌이 그리웠다. 앞으로도 계속 그리울 거다. 그래도 이야기를 나눌 친구가 또 있다는 생각에 안도의 한숨이 나왔다. 이놈의 망할 미인대회 이야기 말고도 속마음을 터놓을 수 있는 친구가 있는 거다. 비록 깜깜한 어둠 속에서만 나눌 수 있다 하더라도.

　다음 날 아침 집에 와 보니, 엄마는 2층 루시 이모의 방에 있었다. 엄마가 그 방을 재봉실로 바꾼 이후로 우리는 그곳에 같이 머문 적이 없었다. 엄마는 미인대회 준비로 분주했고, 나는 내 일만 해도 정신이 없었기 때문에 루시 이모의 방은 그럭저럭 그대로 있었다. 순간, 엄마도 나처럼 가끔 그 방에 몰래 들어가는 건 아닐까 생각했다. 루시 이모가 그리워서, 그 곁에 있으려고 말이다.

　하지만 오늘 엄마는 우스꽝스러운 쥬시 꾸뛰르 운동복을 걸치고 방에 들어가 상자에다 기증품이라고 써 붙이는 중이었다. 엄마는 이모가 그리워서 들어간 게 아니었다. 이모를 지우려고 들어간 거다.

　엄마는 불만이 쌓일 때마다 청소하는 버릇이 있다. 그런데 지금 엄마가 루시 이모의 방을 청소하는 걸 보자 나의 불만이 쌓여 갔다. 부정과 부정이 만나면 강한 긍정이 될 것 같지만 전혀 아니다. 엄마와 나는 아직도 드레스를 두고 벌인 말싸움 이후로 언제라도 터질 준비가 돼 있었고, 솔직히 말해서 엄마가 내 드레스를 허락하지 않으면 난 그걸로 끝이다. 다른 선택지란 없었으니까. 나같이 뚱뚱한 여자애는 중고 의류 매장에 가서 몸에 딱 맞은 예쁜 드레스를 극적으로 찾아내는 마법 같은 걸 기대할 수가 없다.

　게다가 이 드레스 때문에 진짜 짜증나는 건 이거다. 엄마가 바로 이 대회의 우두머리라는 점이다. 다름 아닌 결정권자시다. 그러니 엄마가 승낙한다 말만 하면 되는데. 나는 내 엉덩이가 끼어 들어갈 청바지를 찾는 것도 힘들단 말이다. 그러니 흉물스럽지 않고도 잘 늘어나서 지퍼가 올라가는 드레스를 찾아낸 지금, 솔직히 나한테 꽃가루라도 뿌리며 축하해야 하는 거 아니냐고. 드레스 지퍼가 올라가긴 올라간단 말이야.

하지만 저 방을 보라. 저기서 엄마는 루시 이모의 물건들을 마구 파헤치고 있다. 마치 먹이를 찾아 앞발로 땅을 파헤치는 짐승처럼. 그 작은 움직임 하나하나마다 불에 덴 것처럼 느껴졌다.

"여기서 뭐 하는 거야?"

내 목소리는 벌써 지나치게 크고 날카로웠다.

엄마는 내 쪽을 슬쩍 돌아보더니 다시 등을 돌렸다.

"너 들어온 줄 몰랐네. 이 물건들 여기에 평생 둘 수 없잖아. 있지, 내가 죽으면 넌 내 물건 이런 식으로 몇 달간 먼지 쌓이게 두지 않았으면 좋겠어."

"이거 루시 이모 물건이잖아, 엄마. 이모 거라고."

"애. 지금은 아니잖아. 예전에야 루시 것이었지만 지금 루시는 없어. 조금 있으면 12월이야. 여기가 무슨 신당이라도 되는 것처럼 전부 늘어놓는 꼴 못 보겠어."

나는 고개를 저었다. 눈물이 뺨 위로 줄줄 흘러내렸다. 1년만. 딱 1년만.

"그만해. 제발 이러지 마."

엄마가 내 쪽으로 돌아섰다. 깜짝 놀란 표정이 얼굴에 스쳤다. 지금 이 순간 엄마가 어떻게 나오냐에 따라, 앞으로 엄마에 대한 내 태도가 달라지게 될 거란 생각이 들었다. 우리는 이런 관계가 아니었다. 난 엄마의 어깨에 고개를 묻고 우는 딸이 아니다. 가깝지만 적당한 거리를 유지하며 닿지 않는 사이, 나와 엄마가 딱 그랬다.

엄마가 내 쪽으로 몇 발자국 다가오면서 슬리퍼가 바닥을 탁탁 치는 소리가 들렸다.

나는 몸을 앞으로 숙였다. 엄마가 날 안아 줄 거라고 생각했으니까. 팔로 내 허리를 감고 손가락을 직접 몸에 대며 안아 주지 않아도, 진심으로 안아 줄 거라고 생각했다. 내가 마음 탁 놓고 안길 수 있게 말이다.

"난 이 물건들을 이번 주말에 구호단체에 갖다줄 거야. 네가 혹시 필요한 게 있으면 지금 찾아서 챙겨."

엄마는 내 어깨를 두드렸다.

"너 일하러 가기 전에 점심 준비해야겠다."

엄마가 나가고 문이 닫혔다. 나는 루시 이모의 침대에 털썩 주저앉았다. 지난 몇 주간의 기억이 주마등처럼 지나갔다.

난 입고 나갈 드레스가 없어졌다. '남친인 듯 남친 아닌' 애랑은 당당하게 같이 다닐 수도 없는 상황이다. 우리가 나란히 서 있는 생각만 해도 몸이 움찔 움츠러드니까. 미치에게도 못 할 짓을 하고 있다. 게다가 엄마랑도, 엘렌과도 문제가 있다. 루시 이모는 세상에 없다.

루시 이모가 필요한데. 이모가 있어서 내가 어쩌면 좋을지 알려 줘야 하는데. 이모가 없다면 혼자서는 생각해 낼 수 없는 그런 해결

잭이 필요했다.

내가 할 수 있는 걸 떠올렸다.

저 드레스.

미인대회까지 양상추만 먹으면서 버티면 엄마가 상상했던 몸매가 돼 옷이 맞을지도 모른다. 하지만 그다음에는 어쩔 건데? 다이어트의 악순환에 빠질 뿐이겠지. 어렸을 때처럼. 저 드레스가 맞을 정도로 살이야 빼겠지만, 그다음에는? 아마 양상추 아닌 음식을 먹고 요요가 오겠지. 심지어 지금보다 더 찔지도 몰라.

매년 미인대회 시즌마다 엄마와 내가 같이 했던 다이어트들이 머릿속에 쭉 지나갔다. 2학년 때는 샐러드를 먹었다. 4학년 때는 단백질 바를 먹었다. 5학년 때는 웨이트워처스 다이어트 프로그램에 등록했다. 하지만 성공한 적은 없었다.

엄마가 이겼다. 그 말씀이 다 맞다. 이제까지 난 이게 엄마와 벌이는 일종의 경쟁이라는 사실도 몰랐다. 하지만 나는 지금 지고 있다. 드레스도 없고, 장기도 없다. 에스코트해 주겠다는 남자애의 마음을 갖고 놀고 있는데, 그 애는 아무것도 모른다.

내가 미인대회에 나간다면, 한 가지는 분명하다. 그 자리에 선 내 모습을 나는 평생 기억하고 싶지 않을 거다.

52

○

그날 밤이었다. 하피스의 직원 휴게실에 앉은 나는 손거울을 보며 목에 건 초록색 목걸이를 꼼꼼히 살펴봤다. 그리고 조개껍데기를 닫듯 거울을 탁 닫은 다음, 그 도금한 목걸이를 벗어서 탁자 위에 올려놨다. 금목걸이는 쇼핑몰 가판대에서 파는 꼬인 체인이었고, 펜던트에는 동글동글한 필기체로 돌리라고 써 있었다.

나는 루시 이모의 물건을 있는 대로 챙겨서 내 옷장에 넣었다. 이모의 돌리 굿즈들은 죄다 간직하려고 했다. 그중에는 라스베이거스 쇼에서 돌리가 신었던 반짝이 하이힐 한 켤레도 있었다. 구두 밑창에는 돌리 특유의 커다랗고 둥근 악필로 사인이 돼 있어서, 진품임을 증명했다.

보는 내 옆 의자에 털썩 앉았다.

"그게 뭐야?"

나는 검지로 목걸이를 들어 보여 줬다.

"우리 이모 유품이야."

○

보는 고개를 끄덕였다.

"엄마가 이모 방을 정리 중이야. 또 시작했어. 지난 몇 달간 불쑥불쑥 청소하려는 기미가 보였거든. 하지만 이번에는 진짜야."

보는 손가락으로 목걸이를 끌어당기며 말했다.

"정말 속상했겠다. 우리 엄마는 돌아가시기 전에 스스로 본인 방을 정리하셨어. 우리를 위해서. 병세가 악화된 걸 알자마자 사람들을 전부 초대해서 물건을 들려 보냈거든. 그래서 엄마가 임종을 맞이할 때, 남은 것이라고는 잠옷이랑 신발뿐이었어."

보는 입매를 딱딱히 굳히고 목걸이를 뚫어져라 바라봤다.

"난 그때 엄마가 그러는 게 너무 싫었어. 하지만 지금 생각해 보니까, 엄마가 정리하지 않았더라면 나는 혼자서 엄마 물건 정리 못했을 거야. 우리 아빠한테 정리하라고 시켰다면, 아직도 엄마 향수를 방향제로 쓰고 있었을걸."

보는 나를 지그시 지켜보다가 내 의자 다리를 확 잡아끌고 나를 자기 쪽으로 끌어당겨 품에 안았다. 나는 그 애의 품속에 안겨 들었다. 내 숨결이 살짝 거칠어졌다. 머릿속에서는 제발 이러지 말라고, 보가 만지게 두지 말라고 애원했지만 나는 귀담아듣지 않았다. 보의 입술이 내 머리에 닿자, 온몸에 차분한 진동이 퍼졌다.

"내가 지금 방해한 건가?"

미치가 문가에 서 있었다. 갈색 쇼핑백을 든 손은 주먹을 꽉 쥔 채였다.

나는 고개를 확 쳐들다가 그만 보의 턱을 치고 말았다.

"미안해."

지금 이게 누구한테 하는 사과인지도 알 수가 없었다. 머리부터 발끝까지 공포가 쫙 퍼져서 그대로 얼어붙었다.

"안녕, 저기, 너 여기에는 무슨 일이야?"

나는 미치에게 말했다.

보는 내 머리에 맞은 턱을 문지르며 일어섰다.

"나는 일하러 갈게."

그 목소리는 굳어 있었다.

둘 사이의 긴장감이 철조망을 흐르는 전기처럼 파지직거렸다.

미치는 문가에서 움직이지 않았기 때문에, 보는 그 애를 밀치고 지나가야 했다. 미치는 보를 지켜보다가 문 안으로 들어왔다.

"카운터에 있던 애가 말해 줬어. 네가 여기 있다고."

그 애는 탁자 위에 쇼핑백을 올려놨다. 무엇인지 모를 내용물이 잠시 바스락거렸다.

"너한테 마술 도구들을 주려고 가져왔어. 장기자랑 때 도움이 될까 해서."

나는 최대한 목소리를 밝게 하려고 노력했다.

"앉아 봐."

하지만 미치는 앉지 않았다.

"쟤 누구야?"

"보야. 나랑 같이 일해."

미치는 눈썹을 찌푸려 한데 모았다.

"너 쟤 좋아해?"

"뭐? 우리는 그냥 이야기 중이었어, 미치."

나는 반항적인 어조로 말했다. 실제로 내 마음도 그랬다. 그래, 우리는 한 번 키스했다. 손도 몇 번 잡았지. 그게 뭐 대수인가. 어쩌면 대수였을지도 모른다. 내가 보랑 더듬고 있거나 옷을 벗은 상태에서 남친인 미치에게 걸린 것도 아니지 않은가. 하지만 나는 그저 죄책감을 느꼈다.

"쟤 좋아하냐고."

미치가 다시 물었다. 나는 머리카락을 뒤로 넘기고는 오랫동안 머뭇거리다가 결국 말했다.

"좋아해."

그 애는 고개를 젓더니 쓰고 있던 야구 모자의 챙을 아래로 끌어내렸다.

"미인대회 잘해, 윌."

그리고 돌아서서 가장 가까이 있던 문으로 나갔다. 그곳은 직원용 출입구였다.

몇 안 되는 소중한 친구를 잃었다는 생각에 가슴이 너무 아팠다. 뼈저리게 느껴지는 사실은 단 하나였다. 이건 그 누구의 잘못도 아닌 바로 나의 잘못이었다.

그날 밤, 보는 아무 말 없이 나를 데려다줬다.

내가 차에서 내려 집으로 가고 있는데, 보가 차 문을 쾅 닫고서 말하는 소리가 들렸다.

"네가 나한테 대답해 주면 좋겠어."

보는 차 앞으로 걸어 나왔다.

"뭐라고? 그거 오늘 대답해야 하는 거였어?"

나는 보에게 돌아가면서 말했다.

"난 너랑 같이 있고 싶어. 하지만 네가 허락하지 않으면 그럴 수가 없어."

나는 가방을 길에 내려놓고 말했다.

"왜? 왜 이런 나랑 있고 싶은데?"

나는 내 몸을 가리켰다. 이 순간, 이런 몸뚱이인 내가 어찌나 싫었는지 모른다. 내 몸을 이렇게 만든 건 다름 아닌 바로 나니까.

"너를 좋아하니까. 너보다 내가 너를 훨씬 더 좋아하는 것 같아, 월로딘. 왜 그토록 내 마음을 못 믿겠는데? 내가 밤에 잠 못 자는 이유는 아르바이트도, 학교도 아니고 앰버나 베카 때문도 아니야. 바로 너 때문이라고. 난 네 생각만 하면 미치겠다고."

나는 고개를 저었다. 말 같지도 않은 소리야.

"사람들이 뭐라고 할지 생각해 본 적 있니? 우리가 손잡고 다니는 걸 보면 뭐라고 말할지?"

"다른 사람들이 뭐라고 생각하든 너는 신경 안 쓸 타입이라고 생각했는데."

보는 이를 꽉 악물었다가 낮은 목소리로 말했다.

"난 어디든 너랑 같이 가고 싶어. 너를 자랑스럽게 소개하고 싶다고. 그 웃긴 미인대회에서 싸구려 정장을 입고서 너를 에스코트하고 싶단 말이야."

턱이 시큰거렸다. 난 지금 있는 힘을 다해서 울지 않으려고 했다. 모든 게 그대로였으니까. 나는 보를 좋아해. 보는 나를 좋아해. 하지만 그것 이상의 문제가 있어. 내가 이런 걸 신경 쓰게 되다니, 나도 믿을 수가 없어. 하지만 나는 앞으로 금방 날씬해질 수가 없어. 몸매 따위 신경 쓰지 말아야 하는데 왜 이럴까. 아무 생각 없이 지금 당장 보에게 달려가 안길 수가 없는 내가 너무 화가 나.

하지만 나는 보를 싫어하지 않을 거야. 사람들이 보 때문에 나를 두고 숙덕거리더라도 어떻게 애를 싫어하겠어.

"난 안 되겠어. 내가 겁쟁이처럼 보일지도 모르겠지만⋯⋯."

아무리 참고 또 참아도, 지금은 눈물을 안 흘릴 수가 없었다.

보는 내가 서 있는 곳으로 다가왔다. 집으로 향하는 진입로는 경사면이었기에, 우리는 지금 서로 눈높이를 맞춘 채로 마주 봤다.

"윌로딘 오팔 딕슨. 넌 예뻐. 다른 놈들이 이제껏 뭐라 했든 상관없이 예쁘다고."

보는 숨을 몰아쉬었다.

"눈을 감으면 네가 떠올라. 너한테 말을 걸 수 있을 것만 같다고. 다른 애한테는 이런 거 느껴 본 적 없어."

보는 날 예쁘다 했다. 나는 날 뚱뚱하다 한다. 그럼 난 뚱뚱하면서도 동시에 예쁠 수는 없는 걸까? 손을 들어 그 애의 뺨을 만졌다. 그러자 보의 피부에서 이글거리던 긴장감이 누그러들었다. 나는 그 애 입술에 한 번 더 키스했다. 그리고 그 입술에 잠시 머물면서, 내게 허락되지 않을 그 모든 것을 하나하나 떠올렸다.

"난 못 하겠어."

나는 속삭였다. 이 말은 그저 나와 보 사이만이 아니라, 훨씬 더 많은 걸 의미하고 있었다.

돌아서서 가방을 들었다.

보는 내가 방의 불을 끌 때까지 그 자리에 그대로 서 있었다. 우리 집이 어두운 껍데기처럼 까맣게 변해 갈 때까지.

53

○

월요일이 됐다. 수업을 마치고 교실에서 나오려는데 미치가 내 팔을 붙잡았다. 크리스핀 선생님은 벌써 교사 휴게실로 달려가셨고, 다른 애들도 없었다. 교실에는 우리 둘뿐이었다.

"미인대회 때 널 에스코트해 줄 수가 없어. 이 말 하려고 했어."

나는 미치를 올려다봤다. 그 애는 곧 시선을 떨궜다.

"나도 미인대회 안 나갈 거야."

지금까지 이 말을 입 밖으로 낸 적은 없었다. 하지만 보를 우리 집 앞에 세워 뒀던 토요일 밤에 이미 결정을 내렸다.

미치의 표정을 보자 무슨 생각을 하는지 다 보였다. 나를 설득하려는 생각이구나. 좋은 쪽으로 생각해 보라는 거겠지. 하지만 그 애는 아무것도 말하지 않았다.

"그리고 미안해."

나는 한참 있다가 겨우 이렇게 덧붙였다.

"너한테 상처 줄 마음은 없었어."

○

"하지만 걔를 좋아하지?"

나는 고개를 끄덕였다.

"미안하다고 해서 나아질 건 없어. 난 너한테 정말 좋은 남자친구가 됐을 텐데."

"과분할 정도였겠지."

나는 말해 주고 싶었다. 넌 내 남친이 될 뻔했어. 내가 보를 만나지 않았더라면, 넌 내 남친이 됐을 거야. 하지만 난 보를 만나 버렸다. 그리고 이름만 들어도 마음이 무너질 것 같은 감정이 무엇인지를 알게 됐다.

미치는 재킷 주머니에 손을 넣은 채 교실을 나갔다.

나는 그 애가 떠나기를 조금 기다렸다가, 다음 수업이 있는 저편 교실로 향했다.

서두르지 않았다. 숨 가쁘게 걷느니 차라리 지각을 하는 편이 낫지. 뚱뚱한 여자애가 숨을 헐떡이는 꼴은 아무도 보고 싶어 하지 않는다. 이윽고 수업종이 울리고 복도가 텅 비었다.

그 순간, 엘렌이 오른쪽 저 끝 교실에서 불쑥 나왔다.

처음에 엘렌은 나를 보지 못했다. 그런 채로 눈을 훔쳤다. 지금 울고 있네. 무슨 일이 났구나. 하지만 그게 뭔지 나는 모르는구나.

그 애가 뒤를 힐끗 돌아봤다. 뒤에서 몇 미터 떨어진 채로 따라가다 눈이 마주쳤다. 엘렌이 멈춰 섰다. 뺨 위로 줄줄 흐르는 눈물을 구태여 닦지도 않았다. 혹시 팀이랑 깨진 걸까. 아니면 새로 사귄 친구들이랑 싸운 걸까. 어떤 과목 시험에 떨어진 걸까. 나는 모른다. 지금이야말로 나서야 한다. 어떻게 지냈는지 물어보고, 전부 사과하자.

하지만 엘렌은 돌아서더니 화장실로 쑥 들어가 버렸다. 나의 기회는 사라졌다.

더 이상 수업을 들을 수가 없었다. 오늘 하루, 망가져도 너무 많이 망가졌기 때문에 더는 위험을 감수할 수가 없었으니까. 집에 가자 밀리의 문자가 와 있었다. 다 같이 모여서 장기자랑 연습을 하자는 거였다. 미인대회도 집어치워. 더는 나랑 상관없어졌어. 나는 루시 이모를 위해 참가신청서를 냈었다. 그땐 엘렌도 나랑 함께였다. 하지만 지금 이모는 죽었고 엘렌은 영영 사라졌다.

나는 밀리와 해나, 아만다에게 문자를 했다.

나　　나 대회 안 나갈 거야. 갑자기 이런 말 해서 미안해. 난 빠질게. 너희는 분명 잘할 거야. 거기 나갈 자격 있어. 내가 관객석에서 응원할게.

그리고 하피스에는 아파서 오늘 못 가겠다고 연락했다. 그런 다음 핸드폰을 끄고 오늘 밤 내내 켜지 않기로 마음먹었다.

54

○

열이 난다는 핑계로 화요일과 수요일에 학교를 빠졌다. 그리고 식료품 저장소에서 지난 명절 때 사 뒀던 미니 초코 칩 한 봉지를 찾아서 먹어 댔다. 우리 집은 사탕 같은 걸 비치하고 사는 집이 아니다. (의외로!) 특히 엄마가 아직도 미인대회 드레스에 몸을 맞추려는 중이기 때문에 더더욱 그렇다.

내가 몸이 안 좋다고 말하자, 엄마는 두 번 묻지도 않고 내 방문을 닫았다.

"미안해, 애. 하지만 난 병이 옮으면 안 돼. 넌 오늘 쉬렴."

지금 엄마의 하루는 빠듯했다. 일하러 가거나 YMCA에서 연설을 늘어놓지 않으면 언제나 집을 잔뜩 어질러 놓고 뭔가를 만들었다. 우리 집은 지금 천 조각과 장신구와 어깨띠가 난무하는 전쟁터다. 하지만 이렇게 난장판이 된 집을 보자 어쩐지 마음의 평안이 느껴졌다.

나는 며칠간 완벽하게 게으름뱅이로 살고 싶었다. 아니, 그렇게

○

살아야 했다. 그래서 일요일부터 샤워도 안 했다. 내 어지러운 마음만큼 내 몰골도 말이 아니라는 걸 깨닫자 이상하게도 마음이 편했다. 론 아저씨가 미인대회 준비 기간 동안 나한테 휴가를 줬을 때는, 이런 꼴로 지내라는 의미는 아니었을 텐데.

그러나 수요일 밤이 되자 그간 만끽했던 자유도 서서히 시들해졌다. 침대에 엎드린 채로 정신을 놓고서 루시 이모의 레코드판을 들었다. 듣다 보니 이 곡들은 돌리 파튼의 앨범 중에서 제일 형편없는 거였다. 돌리가 이런 노래를 불렀다는 걸 내 기억에서 삭제하고픈 곡들이었다. 예를 들면 'Me and Little Andy'가 그랬다. 아, 돌리님, 이런 노래를 대체 왜 만드셨나요? 어린 소녀와 죽어 가는 반려견의 이야기였다. 대체 누가 이런 노래를 듣고 싶어 한다고?

그런데 울려 대는 현관 벨이 내 내면의 분노를 방해했다. 이불에 얼굴을 파묻고 미소를 지었다. 문 열 마음도 없지만, 열고 싶다 하더라도 지금 이 꼴로 나갈 수는 없었다.

벨은 계속 울렸다. 엄마는 집에 없나 보네. 그래도 벨은 계속 울렸다. 계속.

나는 억지로 몸을 일으키고 아주 느긋하게 아래층으로 내려갔다. 까치발을 하고서 문에 난 구멍으로 밖을 내다봤다.

'어휴.'

나는 문에 머리를 쾅 박았다.

"뭐 하러 왔어?"

내가 고함치자 해나가 대답했다.

"문 열어. 어서."

해나는 계속해서 초인종을 눌러 댔다. 아홉 번, 아니 열 번인가.

"뒤로 돌아와."

난 마침내 소리를 지르고 말았다.

해나는 왜 뒤로 오라는 건지 묻지 않았다.

나는 뒷문을 열어 놓고 기다렸다. 해나는 내 옆을 슥 지나 안으로 들어왔다. 라이엇은 잠깐 킁킁거리며 해나의 냄새를 맡다가 이내 도망쳤다.

"너한테 이번 주에 여든다섯 번 전화했어. 난 전화하는 거 좋아하지도 않는다고."

해나는 이렇게 말하며 플라스틱 용기에 담긴 스튜를 나에게 내밀었다.

"우리 엄마가 너 갖다주래. 산코초*야."

"너희 엄마가 나 주랬다고? 난 너희 엄마 만나 본 적도 없는데?"

나는 냉장고를 열고 오렌지 주스와 우유 통 사이에 산코초가 담긴 용기를 넣었다.

"음, 어쩌다 보니 우리 엄마는 널 아주 좋아하게 됐어. 그놈의 웃긴 미인대회 때문이지. 그러니 넌 스스로를 좋게 좀 봐 주라고."

해나는 식탁 앞에 털썩 앉았다. 걔가 앉은 자리는 우리 엄마 자리였다. 얘는 남의 집에 들어와도 편안하게 있는 타입의 인간인가 보

---

* Sancocho: 중남미 지역의 음식으로 야채와 고기를 넣고 향신료와 함께 끓인 스튜.

다. 사람들이 처음 가는 곳에서 으레 느끼는 조심스러움이 애한테는 전혀 없었다. 해나는 팔꿈치를 식탁에 얹고서 몸을 숙였다.

"너 대회 그만두면 안 돼. 아니, 근데 너 돌리 파튼 노래 듣고 있었니?"

나는 어깨를 으쓱였을 뿐이다.

해나는 나를 올려다보더니 내 꼴이 어떤지 파악했다.

"지금 네 꼴은 잘못돼도 한참 잘못됐네."

나는 차가운 커피를 잔에 붓고 전자레인지에 돌렸다.

"잘못됐다라. 그래. 내 꼴이 잘되진 않았지."

"너 샤워한 지 얼마나 됐어?"

전자레인지에서 땡 소리가 울렸다.

"샤워가 뭐야. 그거 먹는 거야?"

나는 어깨를 으쓱인 다음 덧붙였다.

"위층으로 올라가자."

"저 끔찍한 노래 끈다고 약속하면."

위층에 올라간 나는 레코드판에서 바늘을 치웠다. 해나는 내 침대에 사지를 뻗고 누웠다. 그러더니 협탁에 있던 매직 8볼을 잡고서 흔들며 물었다.

"월은 오늘 완전 맛이 갔습니까?"

그 애는 나온 대답을 읽었다.

"그렇습니다. 믿으세요."

나는 침대 발치에 앉아서 매트리스에 등을 턱 눕혔다. 그냥 천장

444

을 계속 쳐다보고 있는 편이 편하겠어.

"자, 너 이러는 거 보니까 그 화장실 남자애랑 무슨 일 있었구나?"

"걔 말고도 하나 더 있어. 남자가 둘이야. 그리고 난 이걸 애초에 왜 하고 싶었는지도 이젠 모르겠고."

나는 팔을 쭉 뻗어서 침대 바깥으로 늘어뜨렸다.

"어쩌면 다른 여자애들이 다 하는 거 나는 왜 하면 안 되냐고, 나도 할 거라고 생각했었나 봐. 모르겠어. 하지만 나는 다른 여자애들과는 다르니까. 그리고 남들 다 하는 거 나도 한다 해서, 나도 꼭 그만한 결과를 얻는다는 보장은 없으니까. 그 자리에 올라가서 다른 여자애들과 경쟁해 봤자, 난 안 된다는 것만 증명하겠지."

그러자 해나가 말했다.

"아니야. 뭔 헛소리야. 네가 열심히 노력하고 해 보지 않는 한, 너는 아무것도 못 얻고 대회에서도 이길 수 없는 건 당연한 거 아니야? 뚱뚱한 애나 다리 저는 애나 뻐드렁니 난 애가 미인대회에서 입상하지는 않지. 그게 일반적인 건 아니니까. 하지만 그걸 변화시키려면 일단 그 자리에 참여해야 한다고. 우리가 당당히 요구하기 전에는 다른 여자애들이 얻는 게 우리에게도 저절로 주어질 거라 예상해선 안 돼. 이쪽에서 말도 안 했는데, 우리한테 신경 써 주려고 먼저 기다리고 있는 사람은 없어, 뭘."

"너는 그런 말 쉽게 할 수도 있겠지. 나는 어딜 가든 사람들이 다 쳐다봐. 다른 애들이랑 비교해서 내가 얼마나 지랄맞게 덩치가 큰지 대번에 비교당한다고. 하지만 너는 그냥 입만 처닫고 있으면 아무도 너 이상한 거 모르잖아."

"이야. 너 진짜 싸가지네. 그래. 난 입 다물고 있으면 모르긴 해. 하지만 나도 말은 하고 살아야 할 거 아냐? 너도 한번 이 동네에서 도미니카계 흑인이자 뻐드렁니 난 레즈비언으로 살아 볼래?"

나는 고개를 저었다.

"미안해. 내가 지금 제정신이 아니야. 그리고……."

"게다가 넌 딴 데다 정신을 팔고 있지. 아직도 헛소리 중이고. 네가 스스로를 위해 대회에 나갈 마음이 없어졌으면, 아만다와 밀리를 위해서라도 좀 해 봐."

해나는 아랫입술을 꾹 깨물며 침대 앞에 놓인 거울을 노려봤다.

"그리고 날 위해서라도."

"너희는 나 없어도 잘할 거야."

"아냐. 사실 너 없으면 안 돼. 너 없이는 밀리도 나갈 수가 없다고."

나는 벌떡 일어나 앉았다.

"그게 무슨 말이야?"

해나는 태연하게 말했다.

"걔네 부모님이 대회에 대해 알아 버렸어. 밀리는 수도 없이 빌었지. 그리고 너희 어머니가 그 대회 위원장이라고 말했거든. 그래서 그분들은 네가 대회에 나가면 밀리도 나가도 된다고 허락했어."

그 애는 극적인 효과를 주려고 잠시 말을 멈췄다.

"그런데 네가 안 나가겠다고 하면 되겠냐."

마음속에 죄책감이 덜컥 들었다. 나는 부르튼 입술을 핥았다. 그

446

러자 사태가 천천히 파악됐다. 주말 내내 샤워도 안 하고 지내다니 정말 온몸이 더럽구나.

"있잖아, 그거 진짜 안됐지만 말이야……."

"안됐지만 뭐? 설마, 너 계속 이렇게 이기적으로 굴 거란 말은 아니겠지?"

해나 말이 옳다. 밀리에게 이건 장난이 아니었다. 걔는 평생을 이 미인대회에 참가하고 싶어서 동경하며 열심히 연구해 왔다. 그리고 마침내 그 자리에 설 수 있게 됐다. 나는 곰곰이 생각하며 나도 모르게 발을 위아래로 마구 떨었다. 내가 이런다고 나한테 선업이 쌓이지는 않겠지. 내가 너무 부정적으로만 생각하고 있는 건지도 모르고. 하지만 어쨌든 나는 밀리에게 마음의 빚을 졌다. 밀리처럼 열정적으로 대회에 참가할 마음은 없다고 해도, 최소한 밀리의 앞길을 막는 막돼먹은 짓은 하지 말아야 한다.

해나는 내 다리에 손을 뻗어서 떨지 못하게 잡았다.

나는 걔를 바라봤다.

"대회는 완전 대재앙이 될 거야."

내 말에 해나는 입을 아주 살짝 벌린 채 미소 지었다.

"나도 그럴 거라고 봐."

55

○

   남자애들은 학교에 나와서 미식축구 경기를 보러 떠났다. 그러니 대회 전 금요일에 미인대회 참가자들이 학교에 가지 않고 대회 준비를 하는 것도 그리 이상한 일은 아니어야 하겠지. 오늘은 인터뷰와 괴롭기 짝이 없는 드레스 리허설을 치르게 된다. 우리 발에는 물집이 잡히고 여기저기 고정용 테이프가 붙었다. 대회장 어디에서나 눈물을 흘렸다. 이건 저예산 학교 뮤지컬이 아니었다. 이건 클로버시티의 미스 틴 블루 보닛 미인대회란 말이다.

   어젯밤, 해나는 나를 커뮤니티센터에 태워다 줬다. 그래서 엄마가 보는 가운데 무대의상 승인을 모두 받을 수 있었다. 원래 입으려던 빨간 드레스를 입고 가 봤자 안 될 것 같아서, 루시 이모 방을 뒤졌다. 그러자 엄마가 기부하려고 둔 상자 안에서 까만 스팽글 드레스가 하나 나왔다. '결혼식에서 신부의 친정 엄마가 입을 것' 같은 옷이었고, 주름이 져 있었지만 그래도 태그가 달린 새 옷이었다. 엄마와 맬러리 버클리, 클로슨 씨는 토요일 전까지 그 옷을 반드시 다

○

림질하라고 했다. 입고 나갈 수영복의 선택지는 딱 두 가지뿐이었다. 하나는 까만색 원피스 수영복이었고, 다른 하나는 지난여름에 샀지만 입을 배짱이 없었던 하얀 물방울무늬가 있는 빨간색 수영복이었다. 나는 빨간색을 골랐다. 대박 아니면 폭망이지 뭐. 게다가 까만색 수영복은 엉덩이 부분에 온통 보풀이 났다고.

장기자랑 때 입을 옷도 문제였다. 방을 샅샅이 뒤져서 핼러윈 때 썼던 깃털 머리띠를 찾아냈다. 옷은 루시 이모의 장례식 때 입었던 까만 드레스면 되겠지. 엄마는 나에게 까만색 새틴 장갑을 빌려주겠다고 했다. 단, 드레스 심사 순서에서는 엄마가 껴야 하니까 그전에 돌려줘야 한다는 조건이 붙었다.

화요일 아침에 나갈 준비를 하고 있는데, 엄마가 오더니 내가 인터뷰 때 입을 의상을 봐 줬다.

"이 치마 마음에 드네. 여기다가 내가 네 생일 선물로 준 청록색 재킷을 걸치는 건 어떻겠니."

거울을 보며 엄마의 제안을 잠시 생각한 다음, 고개를 끄덕였다.

우리는 차를 타고 오늘 인터뷰 심사와 오찬이 열릴 실버 달러 뱅큇 홀로 향했다. 윙윙거리는 라디오 소음 위로 에어컨 바람 소리도 쉭쉭 들려왔다. 다음 주면 추수감사절이라 날씨는 꽤 쌀쌀했지만, 엄마는 지금 속눈썹을 붙인 상태라서 에어컨 바람으로 말려야 했다.

주차를 마치자, 엄마는 옅은 장밋빛 재킷을 간신히 끼어 입고서 말했다.

"만두야, 엄마가 사랑한다. 엄마를 자랑스럽게 하는 딸이 돼 줘."

나는 속이 울렁거렸다. 엄마를 쪽팔리게 하고 싶지 않았다. 진심으로.

그런데 엄마가 이렇게 덧붙였다.

"그렇다고 내가 너를 특별 대우한다는 말이 나오게 할 수는 없어. 그러니 대회가 열리는 토요일 밤까지는 서로 공과 사는 확실히 구분하자."

나는 중얼거렸다.

"그래. 공과 사는 확실히."

좋아, 그래서 이곳은 아주 공적인 자리라 이거지. 주최 측은 참가자들을 연회장 바깥에 한 줄로 세워 놨다. 인터뷰가 완료될 때까지 서로 아무런 이야기를 해서는 안 된다는 지시를 받았다. 하지만 그런 지시를 할 필요가 없었다. 이런 분위기에서 마음 편히 수다 떨 사람이 대체 누구란 말이야. 참가자들은 모두 엄청나게 긴 질문지 목록을 받았는데, 그중 어느 누구도 같은 질문을 받지 않는다고.

인터뷰가 끝나면 오찬이 있다. 그리고 오찬 후 참가자들은 분장실 공간을 배정받고 차릴 수 있게 된다. 바로 거기에서 진짜 짜증 나는 일이 생기기 시작한다. 내일은 드레스 리허설이다. 그리고 토요일 아침은 본식 전 최종 리허설이 있고, 본식은 오후 7시에 정확히 시작한다.

우리의 모습은 죄다 우스웠다. 다들 엄마의 폴리에스터 정장을 빌려 입고서 회사에 면접 보러 온 것 같았다.

성이 A, B, C로 시작하는 여자애들이 모두 일어나 인터뷰를 하러 들어갔다가 나오는 모습을 지켜봤다. 그중 몇몇은 어쩔 줄 몰라했다. 많지는 않지만 우는 애들도 있었다. 소름 끼칠 정도로 못된 마음이라는 건 알지만, 우는 여자애들을 보니까 쟤들은 경쟁에서 밀렸구나 하는 생각이 들었다. 난 이길 마음이 전혀 없긴 했다. 하지만 다른 애들이 떨어지는 걸 보며 이런 마음이 드는 건, 우리 모두의 마음속에 간직한 생존 본능이 탁 켜져서겠지. 그 생각에 혐오감이 들었다. 아, 이런 게 인간의 본성이구나.

순서는 성씨의 알파벳대로 정해졌기 때문에 엘렌과 나는 나란히 앉게 됐다. 내 성은 딕슨(Dickson)이고 엘렌은 드라이버(Dryver)니까. 우리의 어깨가 닿을 듯 말 듯 할 때마다, 엘렌은 전기에라도 감전된 것처럼 몸을 흠칫 피하곤 했다.

"딕슨? 윌로딘 딕슨?"

나는 살짝 놀란 나머지 본능적으로 엘렌을 바라봤다. 우리의 눈이 잠시 마주쳤다. 엘렌은 분명히 날 보고 슬그머니 미소 짓고 있었다. 물론 이내 정신을 차리고 고개를 돌려 버렸지만.

그럼 폭탄을 터뜨리러 가 볼까?

맬러리는 날 위해 문을 열어 주며 속삭였다.

"명심해. 첫인상이 아주 중요해. 다시는 되돌릴 수 없어."

"알겠어요. 기운이 나네요."

나는 중얼거리며 대답했다.

심사위원은 넷이었다. 이제껏 그들의 존재는 비밀이었다. 네 사람은 홀 앞에 놓인 긴 뷔페 테이블에 나란히 앉아 있었다.

각각 자신을 소개했다. 하지만 난 이미 이들이 누군지 정확히 알고 있었다.

첫 번째 분은 태비사 에레라 씨였다. 이분은 클로버시티에 미용실을 두 개나 갖고 있다. 태비사 본점 그리고 태비사 2호점. 태비사에서는 부분 염색부터 파마까지 모든 시술을 했다. 이분은 마인드 컨트롤에 일가견이 있는 헤어 드레서다. 이분의 손님용 의자에 앉으면 앞머리만 자르러 왔다가 단발머리를 하고 나가게 되는 기적이 일어난다. 게다가 태비사 씨의 마법은 그뿐이 아니다. 이분은 본인이 시키는 머리 모양이 사실은 손님의 의도였던 것처럼 사람을 홀리는 재주도 있다. 태비사 씨는 가슴이 엄청 컸고, 머리 모양은 가슴에 어울렸다. 북부 사람들이 텍사스라는 말을 들으면 머리에 떠올릴 법한 인물이 바로 태비사 씨다.

두 번째 인물은 멘데즈 선생님이었다. 이 동네 유일한 치과교정 전문의라는 것 외에는 이분에 대해 난 아무것도 모른다. 선생님은 필라델피아인가 보스턴인가, 하여튼 사람들이 언제나 고함을 질러대는 지역 출신이다. 이분은 항상 어딘가 살짝 불편해 보였다. 그렇겠지. 필라델피아인가 보스턴인가에서 살다가 이렇게 좁아터진 동네에서 있다 보면 나라도 초조해질 테니까.

다음은 버건디 맥콜 씨였다. 농담이 아니라 진짜 본명이 그렇다. 버건디라니, 확실히 이상한 이름이긴 하다.* 그렇다고 이분이 포르노 스타거나 연속극 여주인공인 건 아니다. 이분 부모님은 텍사스

A&M 대학을 졸업해서, 학교 상징색을 따다가 딸 이름을 붙였다. (엄밀히 말하자면, 학교 상징색은 밤색과 흰색이지만, '버건디'라는 말이 그때 떠올라 그랬던 게 아닐까.) 버건디 씨 역시 클로버시티 미스 틴 블루 보닛 우승자 출신으로, 지금은 유치원 선생님으로 일한다. 게다가 이분은 텍사스주 전체 미스 틴 블루 보닛 대회까지 출전해 2등을 했다. 당시 우리 엄마는 클로버시티 대회에만 나갔었다. 대회 후 얼마 안 있어 나를 임신했기 때문이다. 그래서 대놓고 버건디 씨를 싫어한다는 말은 한 번도 한 적이 없지만, 버건디 씨의 이름을 말할 때마다 너무 뜨거운 음식을 먹었다가 뱉어 버리는 것 같은 어조가 된다.

마지막 심사위원은 클레이 둘리 씨로, 정확한 이름은 클레이 둘리 포드다. 이분은 아마 클로버시티에서 제일가는 부자일 거다. 언제나 완벽하게 헤어스타일을 다듬고 엄청나게 꽉 끼는 청바지를 입는다. 조금만 더 끼면 다리에 피가 안 통할 거다. 바지에 찬 벨트의 버클은 커다란 금색이었다. 저 벨트 가격이 우리 집 대출금보다 높을 거 같군. 클레이 둘리 씨는 전형적인 텍사스 사람이었다. 아마 필라델피아인가 보스턴인가에 사는 멘데즈 선생님의 부모님이 봤다면 저런 사람이랑 놀지 말라고 말했을 거다. 사실 이분은 너무 돈이 많아서 이런 데 나와 심사위원을 할 여유가 있다. 본인이 직접 돈을 벌 필요 없이, 사람을 써서 돈을 벌도록 시킬 수 있으니까.

---

* 버건디(Burgundy)는 암적색이라는 뜻으로, 사람 이름으로는 좀처럼 쓰이지 않는 단어다.

나는 심사위원들 앞에 앉았다. 고개를 들어 나를 보는 사람은 멘데즈 선생님 말고는 아무도 없었다. 나머지 세 분은 종이를 앞뒤로 넘기면서 앞서 인터뷰했던 참가자에게 던졌던 곤란한 질문에 대해 뭐라고 중얼대고 있었다.

마침내 버건디 씨가 고개를 들었다가 놀라서 나를 자세히 바라봤다. 완벽하게 다듬은 눈썹을 확 치켜뜬 표정이었다. 클레이 씨와 태비사 씨 역시 똑같은 표정을 지었지만, 이분들은 표정 관리에 좀 더 능숙했다. 그러다 난 깨달았다. 아, 내가 처음으로 나왔군……. '예상치 못한 참가자'인 우리 넷 중 처음으로 말이다.

나는 이제껏 들었던 조언들을 죄다 떠올렸다. 대부분의 조언은 루시 이모가 해 준 거다. 하지만 이 상황에 딱 맞는 조언은 없었다. 이런 순간이 오리라고는 예상하지 못했으니까. 그래서 나는 이모 말고 엄마의 조언을 떠올렸다. 우리 엄마가 지금 이 방에 있다면 뭐라고 했을까? 엄마가 조직위원장이 아니라 그냥 내 엄마였다면, 어떤 조언을 해 줬을까?

아마 이렇게 말했겠지.

'미소를 지어. 그리고 한숨 같은 거 절대로 쉬지 마.'

그래서 난 미소를 지었다. 어찌나 활짝 미소를 지었던지 광대뼈가 다 아팠다. 그리고 한숨을 쉬지 않으려고 갖은 애를 다 썼다.

"윌로딘 딕슨 양?"

태비사 씨의 부름에 고개를 끄덕였다. 그리고 미소를 지었다. 계속. 웃어라. 계속.

454

"딕슨 양. 혹시 로지 씨의 따님 아닌가요?"

버건디 씨의 말에 나는 대답했다.

"네."

단답으로 대답하자 엄마의 목소리가 귓가에 스쳤다. '예의 바르게 굴어.' 그래서 덧붙였다.

"그렇습니다. 제가 딸입니다."

클레이 씨는 목을 가다듬고 말했다.

"좋아요. 그럼 질문을 시작하겠습니다, 월로딘 양."

그는 빳빳한 1달러 지폐를 들어 보여 주더니 이렇게 물었다.

"제가 월로딘 양에게 이 1달러를 준다면, 이걸로 뭘 하겠습니까?"

이건 함정이다. 계속 웃자. 1달러라. 저걸로 뭘 하지? 음, 노숙자에게 줄 수도 있겠지. 아니면 도넛을 하나 사거나. 그래요, 제발 저한테 1달러만 주세요. 저 도넛 먹고 싶다고요.

'아니, 아니야.'

생각은 창의적으로 해야지. 온정의 손길로 후원을 한다는 건 너무 식상하잖아.

"저는 1달러 스토어에 가서 연필 한 상자를 사겠습니다. 그리고 SATs* 날 아침 학교에 가서 기다렸다가, 지각생들에게 연필을 팔겠습니다. 분명히 펜도 안 가져온 사람이 있을 테니까요. 한 자루에 3달러씩 팔 겁니다."

---

* 미국의 수학능력시험.

잠시 침묵이 흘렀다. 마침내 클레이 씨가 한바탕 웃음을 터뜨렸다. 그분 옆에 있던 버건디 씨는 입을 꾹 다물더니 물었다.

"그럼 번 돈으로 뭘 할 겁니까?"

"연필을 더 살 겁니다."

내 대답을 들은 버건디 씨는 본인의 채점표에 뭐라 휘갈겨 쓰기 시작했다. 나는 말을 이었다.

"그리고 돈이 꽤 벌리면, 그걸 기부하겠습니다. 아니면 명절인데도 음식을 차릴 돈이 없는 가족에게 음식을 사 줄 수도 있겠지요."

창의적인가? 오케이. 대답에 요령이 있었나? 오케이. 이타적인가? 오케이.

태비사 씨는 슬그머니 웃었다. 내 생각에는 나한테 윙크도 해 준 것 같았다.

심사위원들이 평가를 다 적고 나자, 태비사 씨가 고개를 들었다.

"한 가지를 더 질문드리겠습니다. 신의(loyalty)란 무엇이라고 생각하시나요?"

갑자기 온몸에서 아드레날린이 싹 빠져나간 느낌이다. 나는 웃음기가 사라졌다.

"신의 말씀이신가요?"

나는 한 글자 한 글자를 천천히 발음했다. 대답을 하기 전에 최대한 시간을 벌어 보려는 의도였다.

"신의란…… 신의란 상대방의 편에 서는 것입니다. 이타적인 개념이지요. 나는 그리고 싶지 않다고 하더라도, 상대방의 처지를 이해하고 함께하는 것입니다."

엘렌. 지금 내 눈앞에는 엘렌의 모습만이 떠올랐다.

"왜냐하면 상대방을 사랑하기 때문입니다."

내가 엘렌과 함께 그 애 방 침대에 누워 있던 밤이 떠올랐다. 그때 엘렌은 첫 섹스 경험을 이야기해 줬다. 그때 난 너무 힘들었다. 배에 못이 콱콱 박히는 기분이었다. 그래도 엘렌과 함께 있었다. 난 엘렌의 절친이었기 때문에 그 애가 말하는 세세한 설명 하나하나를 다 들어 줬다. 지금 엘렌은 바깥 복도에 앉아서 내 생각을 하고 있겠지. 난 그걸 느낄 수 있다. 비록 엘렌은 나에게 무척 화가 났지만, 그래도 내가 심사위원 앞에서 잘하고 있는지 걱정하면서 앉아 있다는 걸 난 안다.

"신의란 맹목적이지는 않습니다."

차라리 맹목적인 개념이었다면 좋겠지만 그렇지 않다.

"신의란 상대방의 잘못을 지적해 줄 수 있는 용기이기도 합니다. 다른 사람은 하지 않을 충고까지도 해 주는 것입니다."

내가 엘렌에게 미인대회에 참가하면 안 된다고 말했던 기억에 그만 민망해졌다. 우리가 나란히 서서 경쟁하면 나의 의도를 망치는 것인 양 굴었었지. 하지만 사실 엘렌이 곁에 있어야 나는 더욱 강해질 수 있다. 엘렌 옆에서, 나는 가장 멋진 모습이 될 수 있으니까.

나의 삶이 산산조각 난다면, 그래서 한 번에 한 조각씩 도로 짜 맞춰야 한다면, 나는 맨 먼저 엘렌이라는 조각을 집어들 거다. 그 애는 언제나 나의 첫 번째니까.

56

○

점심 오찬은 바비큐였다. 이걸 보자 아마도 오찬 역시 최종 점수
에 반영되는 비밀 평가 항목일 것 같다는 생각이 들었다. 남부 여자
의 최고 덕목이란 옷에 얼룩 하나 남기지 않고 바비큐를 먹을 줄 아
는 능력이기 때문이다. 오찬 후에 우리는 모두 앉아서 루스 퍼킨스
씨의 기조연설을 들었다. 올해로 78세가 된 이분 역시 미스 틴 블루
보닛 우승자였는데, 글쎄 마이크 없이 연설하겠다는 게 아니겠는
가. 보청기에 소리가 울린다는 이유였다. 그래서 이분이 비밀 이야
기를 속삭이는 크기의 목소리로 연설하는 동안, 우리는 내용도 모
른 채 미소 띤 얼굴로 고개를 끄덕여 댔다.

잠시 후 어색한 순간이 다가왔다. 연설을 끝낸 퍼킨스 씨가 박수
를 기대하면서 기다리고 있는데, 아무도 연설이 끝났다는 걸 알아
채지 못했기 때문이다. 결국 우리는 박수 쳤고, 클로슨 씨는 무대로
올라와 감사를 표하며 꽃다발을 증정했다.

클로슨 씨가 마이크에 대고 말했다.

"자, 여러분. 신문에 실릴 사진을 찍을 때까지 자리에 앉아 계시기 바랍니다. 벽을 따라 의자가 준비돼 있으니, 오늘 했던 것처럼 이름 알파벳 순서대로 앉아 주세요. 화장 고칠 시간을 5분 드리겠습니다."

나는 옆에 앉은 해나를 돌아보며 이를 드러냈다.

"나 이빨에 뭐 꼈니?"

내가 묻자 해나는 고개를 저었다.

"나도 봐 줘."

"없어."

우리는 일어나서 각자의 자리로 갔다. 다른 애들은 모두 화장실로 몰려갔다. 나는 엘렌이 내 옆에 앉기를 기다렸다. 지금 무슨 말을 해야 할지 마음이 잡히지 않았지만, 그래도 나는 걔한테 말을 걸려고 한다. 꼭 말을 해야 한다.

엘렌은 내 옆자리에 털썩 앉아서 엄지손가락에 침을 묻혀 재킷 옷깃에 묻은 바비큐 소스 얼룩을 지우려 했다.

"사진사가 얼룩이 안 보이게 찍어줄 거야. 아니면 포토샵 처리하든가."

이렇게 말했지만, 엘렌은 대꾸 없이 얼룩을 계속 지웠다. 부지런히 손을 놀려 봤자 얼룩은 더 심해졌다.

호명에 따라 대기자가 하나씩 줄어들어서, 그때마다 우리는 의자를 한 칸씩 옮겨 앉았다.

앞에 대기자가 두 명밖에 남지 않았을 때 내가 다시 말했다.

"우리 이제 서로한테 그만 화 풀자."

엘렌의 대답을 기다렸다. 그러다 자리를 또 옮겨 앉았다. 아직 한 명이 더 있어.

"내가 잘못했어. 진짜 잘못했어. 난 더는 못 참겠어. 너랑 말도 못 하고 하루하루 지내기가 너무 힘들어. 제발 나한테 화 풀어 줘."

"월로딘."

맬러리가 내 이름을 불렀다.

엘렌을 슬쩍 돌아보며 일어섰다. 애는 입을 열 거야. 그래야 해.

"월로딘?"

"그게 쉽지가 않아."

엘렌의 목소리가 갈라져 나왔다. 마치 며칠 동안 한 마디도 안 했던 것처럼.

"우리는 다른 사람으로 변하고 있으니까."

"그렇다고 해서 서로에게 좋은 친구가 못 되는 건 아니잖아."

내 추억 중에서 제일 좋은 부분은 바로 엘렌과 함께 있었던 순간 이다.

"미안해. 내가 너무 고집을 부렸어."

나는 사진 배경 앞에 놓인 작은 걸상에 앉았다. 엄마는 사진사 뒤 에 서 있었다. 양쪽 검지로 입가를 당기며 웃으라는 손짓을 했다.

심호흡을 하고 애써 웃는 표정을 지었다. 웃어. 웃어. 웃으라고.

엘렌은 벽에 기댄 채로 앉아 아직도 둥근 바비큐 소스 자국을 지 워 대고 있었다.

난 결국 웃지 못했다.

사진 촬영이 끝나고 우리는 무대 뒤에 있는 분장실을 차리러 가도 좋다는 허락을 받았다. 시내에 자리 잡은 이 커뮤니티센터는 미인대회를 염두에 두고 설계됐다. 그래서 여자용 분장실이 남자용 분장실보다 내 배나 넓었다.

각 자리에는 이름표가 붙어 있었다. 자리마다 설치된 작은 거울에 붙은 종이에서 내 이름을 찾았다. 문제는 내 이름만 쓰여 있던 게 아니었다는 거다. 누가 까만색 마커로 내 이름 위에다 대문자로 큼직하게 만두라고 써 놨다. 급하게 쓴 걸 보니 누군지는 몰라도 내 이름을 보고 장난치고 싶어 건딜 수 없었나 보군. 혹시 범인을 찾을까 싶어서 좌우를 둘러봤다.

엘렌이 내 옆자리에다 소지품을 턱 내려놨다. 그 애의 이름이 거울에 붙은 게 보였다. 우리는 여기서도 이름순으로 앉았구나.

거울에 비친 엘렌의 눈빛과 내 눈빛이 맞닿았다. 그 애는 핸드백을 잠시 뒤지더니 펜을 하나 꺼냈다. 그리고 내 자리로 몸을 숙여 내 이름이 적힌 종이를 떼어 냈다. 엘렌이 종이 뒷면에 내 이름을 휘갈기는 모습을 지켜봤다. 걔는 테이프를 떼고서는 뒤집은 종이를 거울에 다시 붙였다.

"고마워."

내 말에 엘렌은 옆 의자에 앉으며 대답했다.

"이건 그냥 단어일 뿐이야. 네가 아무렇지 않게 생각하면 정말로 아무 의미 없다고."

그 애가 나를 돌아봤다. 나와 눈을 마주치지는 않았다.

"하지만 네가 속상하면, 나도 속상해."

온몸에 안도감이 돌았다. 하지만 내 턱은 덜덜 떨렸다.

"내가 정말 미안해."

"나도 미안해."

나는 고개를 저었다.

"아니. 아니, 내가 다 미안해."

엘렌은 고개를 들더니 덜덜 떨리는 내 턱을 보고서는 내 손을 잡았다.

이제 분장실에는 애들이 몰려들어 왁자지껄해지기 시작했다.

"이리 와."

엘렌이 가는 데로 나는 따라갔다. 걔는 내 손을 잡고 무대 매니저 책상에서 조금 떨어진 낡은 2인용 가죽 소파로 데려갔다.

우리는 소파에 주저앉았다. 엘렌은 대수롭지 않다는 듯이 내 다리 위에 자기 다리를 턱 얹고 흔들었다.

"자, 이제 말해 봐."

"그래. 나는 네가 미인대회에 참가한다고 해서 화가 났어. 너는 내가 너한테 화를 내서 화가 났지. 그래서 나는 너한테 계속 화를 냈어. 그러자 너도 나한테 계속 화를 냈고."

나는 고개를 저으며 덧붙였다.

"정말 오랫동안 끌었지. 우리는 어쩔 줄을 몰랐었고."

엘렌은 고개를 끄덕이고서 말했다.

"난 너무 무서웠어. 너랑 먼 사이가 되고 싶지 않았으니까. 하지만 우리가 모든 걸 다 같이 할 수는 없잖아? 우리에게도 떨어져 있을 때가 필요했던 거야."

나는 알맞은 말을 찾으려 애쓰며 대답했다.

"받아들이기 힘들지만 그렇지. 난 네가 행복했으면 좋겠어. 새 친구도 많이 사귀고. 캘리 같은 애라도 말이야. 너를 두고 질투하고 싶지 않아."

나는 이 마음을 한 번도 입 밖에 내 본 적이 없었다. 이런 생각을 한다는 자체가 너무 무서웠다. 하지만 이 말을 하자마자, 그게 사실이라는 걸 알게 됐다.

"내가 무슨 집착증인 것처럼 질투한다는 건 아냐. 하지만 가끔 이런 생각을 했어. 우리의 삶이 너무 다른 속도로 흘러가고 있어서 네가 날 두고 저 멀리 사라져 버릴 것 같다고."

그러자 엘렌은 딸꾹질을 하듯 웃었다.

"난 너를 두고 멀리 사라지지 않아. 그리고 혹시 그게 섹스 이야기라면……. 난 팀을 사랑해. 그건 알지? 하지만 사람마다 다 때가 있는 거잖아."

엘렌은 어깨를 으쓱이더니 또 이렇게 덧붙였다.

"실은 나도 너를 가끔 질투했던 것도 같아. 너라면 캘리나 우리 매장에 있는 애들 같은 부류한테 신경도 안 썼겠지. 하지만 나는 걔들이랑 잘 지내야 했어. 잘 지내지 못하면 마음에 걸려서 잠도 못

잔단 말이야. 나라고 걔들이 좋은 줄 아니. 나는 얼마나 많은 사람이 날 좋아해 줄까 너무 신경 쓰여서 매일 그런 생각이나 한다고. 그러고 싶지 않은데 어쩔 수가 없어."

나는 미소를 지었다. 마음에 응어리 맺힌 게 조금씩 풀려 갔다.

"나의 가장 친한 친구는 너야. 우리가 말없이 지낸 두 달간도 언제나 너였어. 너는 날 편견 없이 바라보잖아. 다른 사람들이 때때로 날 대하는 것과는 다르다고. 나는 있는 그대로인 나일 때가 좋다는 것도 알아. '이게 나라고. 날 인정할 거 아니면 꺼져 버려'라는 말도 서슴없이 한다고. 너도 알지? 그런데……."

헐. 생각해 보니 엘렌에게 못 했던 말이 너무 많았다. 그러니 처음부터 말해야겠지.

"나 올 여름에 남자애랑 썸이 있었어. 사립학교 다니는 보. 나랑 같이 일하는 애. 우리 키스했어."

그러자 엘렌은 내 팔을 철썩 때렸다.

"근데 너 나한테 아무 말도 없었어? 와 씨, 너 진짜 이럴래?"

나는 고개를 저었다.

"나도 알아. 미안해. 근데 한 번만 한 게 아니었어. 진도도 계속 나갔지."

"대박. 너 걔랑 섹스했구나. 좋았어? 나한테 어쩜 한 마디도 안 하다니, 나 완전 화났어."

나는 웃었다.

"아니, 아니야. 안 했어. 섹스 안 했다고. 하지만 걔랑 있는 느낌이 정말 좋아."

머릿속이 헝클어진 실타래처럼 어질어질한 채로, 말을 이었다.

"하지만 그게…… 넌 혹시 팀이 널 만질 때 기겁한 적 있어? 그러니까 처음에 만졌을 때 어땠어?"

엘렌은 내 어깨에 머리를 턱 기댔다.

"어우, 당연하지. 걔가 가끔 내 허리나 턱에 난 여드름 같은 거 만질 때마다 미친년처럼 정색한다고."

온몸에 따스한 안도감이 퍼졌다. 나만 그런 거 아니었구나.

"보가 날 만질 때마다 그런 느낌이 들어. 그러니까, 키스할 때는 완전 술에 취한 것 같다가도 걔가 내 등살이나 엉덩이 만지는 순간 완전 확 깬다니까."

엘렌은 부드러운 목소리로 대꾸했다.

"그런데 넌 여태 나한테 한 마디도 안 했다 이거지. 나 진짜 너한테 화내야 하는 거 아닌가."

"알아, 나도 다 알아. 미안해. 하여튼 일이 이렇게 된 거야. 알겠어? 그런데 나한테 넌 이제 팀이랑 섹스할 거라고 했잖아. 그래서 머리가 터질 것 같았다고. 질투해서 그런 건 아니야. 나는 아직도 애송이에다가 경험도 없다는 느낌에 울컥했던 거야. 게다가 난 상상이 안 됐었어. 누가 나랑 그런 걸 하고 싶다고 생각한다는 게. 사실은 지금도 안 돼."

"어머, 월."

"그런데 또 그렇게 생각하니 화가 나더라. 너를 잃어버릴 것만 같났어. 동시에 스스로가 너무 싱그럽기도 했고. 정말 미칠 뻔했어. 난 남자 때문에 자존감을 깎아 먹는 여자가 되고 싶지 않았거든."

엘렌은 자세를 고쳐 똑바로 앉았다. 내 머리를 엘렌 무릎에 대자, 걔는 손가락으로 내 머리를 빗겼다. 난 이제껏 있었던 일들을 남김없이 이야기했다. 쇼핑몰에서 보를 만났다고. 보는 나한테 전학 온다는 말을 안 했다고. 그리고 미치 이야기도 했다. 그 후로 댄스파티와 핼러윈 이야기도, 하피스에 돌아와서 보랑 있었던 진전도. 보에 대해서도 죄다 털어놨다. 넌 보를 정말 마음에 들어 했을 거라고. 그리고 지금 보는 내 남자친구가 되고 싶어 한다고.

"걔는 우리 사이를 공식적으로 만들고 싶어 해. 하지만 너도 알지. 우리가 커플이 된다면 학교 다니는 내내 놀림당할 거야. 근데 걔는 그걸 이해 못 하더라."

엘렌이 대답했다.

"들어 봐. 세상에는 등신 같은 놈들이 많아. 너도 알잖아? 까놓고 말해서 팀이랑 나를 보라고. 걔는 나보다 작아도 한참 작아. 사람들이 우리 보고 안 비웃을 것 같니? 비웃거든."

그건 사실이었다. 하지만 지금껏 엘렌이 이런 말을 하는 걸 들어 본 적이 없었다.

"하지만 마음 가는 대로 하고만 살 수도 없기는 하지. 나는 다시 선택하라 해도 팀을 선택할 거야. 그러니 너도 생각해 봐. 관계란 건 결국 두 사람 문제라고. 같은 학교 다니는 등신 같은 놈들은 그저 심심해서 그러는 것뿐이야. 하피스의 쓰레기 컨테이너 뒤에서 보와 너는 둘 다 진심이었잖아. 하지만 네가 보와 사귀고, 특별한 사이가 되는 건 또 다르겠지. 그건 네 이성이 생각하는 거잖아. 네 마음이 넘어갔다고 해서, 선택을 안 해도 되는 건 아니야. 그런데 네 말을 들어 보니까 보는 벌써 선택을 했네."

머릿속으로 생각하는 건 참 쉽다. 말을 하는 것도 쉽다. 하지만 행동으로 옮기는 건 다른 문제다. 보의 손을 잡고서 말할 수 있을까? '나도 이런 애 사귈 수 있어. 우리가 뭐 어때서.' 너무 무서웠다.

"나 지난번에 너희 깨졌을까 봐 얼마나 무서웠는지 아니. 너랑 팀 말이야. 너 그때 복도에서 울고 있었잖아."

엘렌의 손이 잠시 멈췄다. 그러더니 코를 훌쩍였다.

"엄마랑 아빠가 또 싸우는 중이야. 아빠는 집을 나가서 재러드 삼촌 집에서 잤어. 지금은 돌아왔지만, 모르겠어. 이젠 끝인 것도 같고."

"세상에. 엘, 정말 속상했겠구나."

"너한테 얼마나 말하고 싶었는지 몰라. 하지만 나도 고집이 셌어. 바보 같았고."

"아니야. 너 울고 있었을 때 내가 어떻게든 말을 걸었어야 했어."

"괜찮아. 이번이 처음도 아닌걸. 세상엔 되돌릴 수 없는 관계도 있나 봐. 영영 고칠 수 없는 거."

그 생각에 나는 가슴이 찔리는 것처럼 아팠다. 나는 똑바로 앉았고, 우리는 잠시 서로 몸을 맞대고 웅크린 두 고양이처럼 그대로 움직이지 않았다.

57

○

결국 오후 내내 엘렌과 팀이랑 놀았다. 그리고 다 같이 팀의 차를 타고 돌아오는데, 집 앞에 보의 트럭이 있는 게 아니겠는가.

"음, 쟤가 걔 맞지?"

엘렌이 물었다. 보는 지금 우리 집 현관문 바깥에 서 있다. 발밑에 커다란 공구 상자가 보였다.

팀이 우리 집 진입로에 차를 세웠다. 엘렌은 차 밖으로 내려 내가 지프차 뒷좌석을 비집고 나올 수 있게 했다.

마당을 가로질러 집으로 다가가는데, 엘렌이 뒤를 바짝 따라왔다. 나는 불쑥 돌아섰다.

"너 뭐 하러 와?"

"나도 이 상황을 보고 싶어서."

"안 돼. 절대 안 돼. 어서 집에 가."

"그럼 이따 전화해. 반드시. 꼭. 전화해."

"알았어."

○

엘렌은 나를 껴안았다. 나는 조금 오랫동안 걔를 품에 안았다. 내 피부에 엘렌이 한 조각 스며들기를 바라는 마음에서였다.

팀의 차가 떠나기를 기다렸다가 드디어 몇 걸음을 더 내디뎌 보에게 다가갔다.

"너 지금 우리 집 문 따고 들어오려는 거니?"

보는 휙 돌아섰다. 팀이 나를 데려다준 소리를 못 들은 것 같았다. 허리춤에는 갈색 가죽 공구 벨트가 헐겁게 걸린 모습이었다.

"보기에는 그래도, 소름 끼치는 일 하는 거 아니야."

"충분히 소름 끼치거든."

보는 계속 미소를 지었지만, 어딘가 초조해 보였다.

"아빠 일 좀 돕느라 같이 나왔는데, 주유소에서 우연히 너희 어머니를 만났어. 보니까 두 분, 고등학교 때 몇 번 데이트하셨나 봐."

나는 웃었다.

"왜 아니겠어."

"너희 어머니가 또 현관문 이야기를 하셨는데, 우리 아빠가…… 뭐, 솔직히 말하자면 내가 먼저 고쳐 드리겠다고 했어. 이상하게 생각하지 마."

나는 현관 계단에 앉았다. 보도 따라 앉았다.

"좀 이상하긴 해."

어떻게 말해야 할지 모르겠는 무언의 말이 가슴을 짓눌렀다.

"그래서 문은 고쳤어?"

"사실 고치기 정말 쉬웠어. 너희 가족이 문을 이토록 오랫동안 놔

두고 살았다니 믿기지 않을 성노야."

나는 무릎을 모아 가슴에 댔다.

"문이 고장 났으니 누가 와도 내다볼 필요 없잖아."

보는 내 뒤로 손을 뻗어 손잡이를 돌렸다. 문이 활짝 열렸다.

"이젠 변명거리가 없어졌네."

"그러게."

나는 보의 목을 가리키며 물었다.

"이 목걸이는 왜 차고 다녀?"

그러자 보는 티셔츠 아래에서 목걸이를 꺼내 작은 펜던트를 보여 줬다.

"성 안토니우스야. 잃어버린 물건을 찾게 도와주는 성인이시지."

"그래서 넌 뭘 찾고 있는데?"

보는 목걸이를 다시 옷 속으로 넣으며 말했다.

"모르겠어. 아마도 벌써 찾은 것 같아. 예전에 그게 날 이미 찾은 것도 같고."

나는 고개를 끄덕였다. 누군가 찾아주기를 바라는 사람에게는 반드시 그를 찾아주는 사람이 있는 법. 이 사실에 마음에 평화가 느껴지는 것도 같았다.

"윌로딘."

"응?"

보는 일어서서 공구 상자를 집어 들었다.

"너 그렇게 입으니까 보험 회사 직원 같아 보인다."

58

○

일어나 보니 바닥에 엄마가 문틈으로 밀어 넣은 신문 한 부가 보였다. 신문을 펼치고 내 얼굴을 찾았더니, 하필이면 반으로 접힌 신문 주름에 딱 걸려 있었다. 헤드라인은 이랬다. '클로버시티 미스 틴 블루 보닛 대회: 참가자 성명과 사진'. 1면 전체는 전날 찍은 우리의 얼굴 사진으로 가득했다. 사진 밑에는 이름과 나이, 좋아하는 음식과 더불어 각자가 클로버시티를 한마디로 표현한 말이 적혀 있었다.

엄마는 신문이 인쇄되고 나서야 이걸 처음 봤던 건가. 뭐, 미리 봤다 하더라도 달라질 건 없지. 내 사진은 웃고 있지 않았다.

리허설이 시작되자, 모두 강당에 앉아서 조명 설비가 완성되기를 오랫동안 기다렸다. 클로버시티 커뮤니티센터에는 하늘이 내린 선물 같은 분이 있다. 바로 미란다 솔로몬이다. 그분은 의자에서 몸을 돌리고 나와 엘렌, 해나와 아만다, 밀리에게 설명했다. 최종 리허설 순서는 여러 설비가 제대로 작동하기를 기다리면서 언제나 앉

○

아서 대기하는 법이라며, 그분은 어깨를 으쓱였다.

"비즈니스란 게 다 그렇단다."

그분이 일어서서 화장실에 가자, 엘렌은 나를 바라보며 어깨를 웅크리고는 목소리를 높여 흉내 냈다.

"비즈니스란 게 다 그렇단다."

캘리는 우리보다 몇 줄 뒤에 스위트 16에서 일하는 다른 여자애랑 앉아 있었다. 나는 우쭐하지 않으려고 꽤 애를 썼지만, 그래도 통쾌한 기색을 감추기 힘들었다.

그 밖에는 놀라울 정도로 모든 게 조용히 흘러갔다. 미인대회는 드라마로 써먹기 딱 좋다. 참가자는 외모가 완벽해야 한다. 내면도 완벽해야 한다. 그리고 완벽하다 못해, 최고로 완벽해야 한다. 이곳의 긴장감은 눈에 보일 정도였다. 특히 밀리가 그랬다. 걔가 다리를 어찌나 심하게 떨던지 세 자리나 떨어져 앉은 나한테도 진동이 느껴질 정도였다.

엘렌이 나를 돌아봤다.

"근데 너 정말 장기자랑 때 마술할 거야? 내가 너 진짜 사랑하는 마음에서 말하는 건데, 그거 하면 분위기가 진짜 싸해질 거야."

"뭐, 근데 이제 와서 다른 걸 또 뭘 하겠어."

"모르겠네. 하긴, 지금 다른 걸 한다면 실격당하겠지."

무언가 완전히 다른 걸 해야겠다는 생각이 이제껏 떠오르지도 않았었다.

"나 솔직히 장기랄 게 하나도 없잖아."

엘렌은 앉은 채로 머리카락을 잘근잘근 씹으며 골똘히 생각에 잠겼다. 그러다 갑자기 숨을 헉 몰아쉬더니 내 귀에 뭐라 속삭였다. 단 세 마디 만에 난 그만 사로잡혀 버렸다. 엘렌은 다시 몸을 의자에 기울이고는 내 대답을 기다렸다.

머릿속으로 너무나 완벽한 무대의 모습이 떠올랐다. 내가 이 대회에서 이길 방법은 전혀 없으니, 차라리 영광의 불길에 휩싸여 장렬히 산화하는 것도 나쁘지 않겠지.

"나 그런 생각을……."

"밀리 라네아 미챌첵!"

누군가 무대 설치 스태프들이 모인 뒤로 소리쳤다.

그러자 마치 밀리의 온몸이 얼어붙은 것처럼, 30분 내내 떨던 다리의 진동이 싹 멈췄다.

나는 목을 길게 빼고서 의자 사이를 쿵쿵거리며 다가오는 밀리의 엄마를 바라봤다. 걔 아빠도 뒤따라오고 있었다.

나는 몸을 휙 돌리고 해나의 배를 팔꿈치로 쳤다.

"이게 무슨 상황이야?"

나는 속삭이는 목소리로 그 애 귓가에 소리쳤다.

밀리는 우리를 헤치고 의자 통로 사이로 가서 엄마를 만났다. 얼굴을 똑바로 치켜든 밀리는 심호흡을 하면서 숨을 고르고 있었다.

잠시 후, 해나는 무슨 일인지 파악했다.

"아."

이렇게 말한 해나는 주먹을 입에 대고 숨죽여 웃었다.

"아가 뭐야?"

"내가 거짓말했어. 완전히 속였다고."

해나가 말하는 동안, 이제 모두는 밀리를 지켜봤다. 심지어 무대 장치 스태프들도 보고 있었다.

"너 나랑 장난해?"

내가 묻는 동안, 미챌척 부인이 입을 열었다.

"밀리, 넌 우리에게 거짓말을 했구나. 그것도 대놓고."

부인의 눈가에 눈물이 글썽였다. 눈물이 줄줄 흘러내리자, 안타깝게도 이분 마스카라가 방수가 아니라는 게 너무 드러났다. 밀리의 아빠는 팔짱을 낀 채로 부인 뒤에 버티고 섰다.

"우리가 신청서에 서명도 하지 않았는데, 이렇게 우리 몰래 일을 꾸미다니. 대체, 대체 왜 이러는 거니?"

"그게 정말입니까?"

갑자기 우리 엄마가 무대 위에 서서 클립보드를 옆구리에 낀 채 물었다.

밀리는 두 손을 꼭 쥔 채로 우리 엄마를 보며 말했다.

"저는 어머니 서명을 위조했어요."

그 얼굴은 잠시 울 것처럼 구겨졌다. 잠시 후, 밀리는 부모님을 다시 바라봤다.

"하지만 두 분의 생각은 틀렸어요. 엄마 아빠가 나를 보호하려는 거 알아요. 잘 안다고요. 하지만, 하지만…… 가끔은 그냥 내가 하고 싶은 걸 지지해 주셨으면 좋겠어요."

밀리의 목소리는 가냘팠다.

"잠깐 로비로 나와서 이야기하시죠."

우리 엄마는 눈살을 찌푸렸다.

나는 의자 사이 통로로 지나가는 밀리의 뒷모습을 바라봤다. 바로 뒤로 우리 엄마가 바짝 붙어 섰다. 나는 벌떡 일어서서 엘렌의 긴 다리를 성큼 넘었다.

"너 어디 가게?"

"밀리를 도와줘야 해."

이렇게 말한 나는 종종걸음으로 통로를 지나 강당 문을 활짝 열어젖혔다. 그래서 안에 있던 모든 사람이 우리 엄마 목소리를 다 들을 수 있었다.

"미안하지만 부모님 동의 없이는 이 대회에 참가할 수 없어."

내 등 뒤에서 문이 다시 닫혔다.

"밀리는 대회에 나가야 해요."

내 목소리에 밀리의 부모님이 돌아섰다. 나는 계속 말했다.

"밀리는 정말 열심히 노력했어요. 그리고 연약한 애가 아니라고요. 전혀 아니에요. 여러분이 예상도 못 했던 배짱이 있단 말이에요. 이 방 안에 있는 사람들은 다 알아요. 늘씬한 다리에다 머릿결 고운 저 여자애들도 놀림당하는 기분이 뭔지는 안다고요. 밀리랑 저는 그 기분 잘 알아요. 아만다와 해나도 알아요. 엘렌도 알고요."

나는 우리 엄마를 가리켰다.

"심지어 우리 엄마도 아시죠. 하지만 언제나 무서워하면서 살 수는 없어요. 그럴 수는 절대로 없난 날이에요."

밀리는 손을 뻗어 내 손을 잡아 꽉 쥐고서, 입을 열었다.

"나 정말로 대회에 나가고 싶어. 아주 어릴 때부터 이 대회에 나가기를 꿈꿔 왔어. 대회 규정에 뚱뚱한 애들이 나와서는 안 된다는 말은 없어."

밀리의 어머니는 뭐라 말하려다 입을 다물었다. 그리고 조심스럽게 눈물을 한 방울 닦았다.

"여기 나가지 말라고 말하는 건, 엄마뿐이야."

미챌척 부인은 강당 위에 걸린 거대한 미인대회 현수막을 바라보더니, 이윽고 우리 엄마 쪽으로 고개를 돌렸다. 엄마는 희미하게 웃어 보였다. 밀리의 아버지는 부인의 손을 잡았다. 미챌척 부인은 밀리를 돌아보며 고개를 끄덕였다.

우리는 나란히 서서 강당으로 돌아왔다. 죄다 우리 말을 엿듣고 있던 게 분명했다. 우리가 자리에 앉자, 참가자 중 몇 명이 밀리에게 용기를 내라는 식으로 웃어 줬다. 엘렌은 내 손을 잡더니, 다른 편에 앉은 밀리의 손을 잡았다. 밀리는 그 옆에 앉은 아만다와 손깍지를 꼈다. 나는 내 다른 편에 앉은 해나를 돌아보며 손바닥을 들어보였다. 그러자 걔는 한숨을 푹 쉬더니 내 손을 잡았다.

우리 다섯의 유대감이란 그 어떤 왕관보다도 더 크게 우리에게 다가왔다. 그리고 이 대회가 시작된 이래 처음으로, 난 알게 됐다. 난 지금 앞서가고 있어.

마침내 시작된 리허설은 엉망진창이었다. 우리는 장기자랑 리허설을 하지 못했다. 시간이 없었으니까. 캘리는 오프닝 댄스에서 경사면에 섰다가 미끄러졌다. 우리는 죄다 등장 순서를 놓쳤다. 물건이 쏟아지고, 누가 울었다. 심지어 피 나게 다친 사람도 있었다. 막판이 되자 내가 예상했던 그대로의 난장판이 됐다.

집에 오니 엄마는 싸구려 샴페인을 한 병 따 놓은 채 소파에 축 늘어져 있었다. 이제는 더 할 일이 없었다. 만약 있더라도 노력해서 나아질 일이 아니었다. 엄마는 "결과야 어찌 되든 어쩌겠어"라고 말할 뿐이었다. (내가 할 말 같겠지만, 엄연히 우리 엄마 말이다.)

나는 식탁에 앉았다. 식탁 위에는 커다란 마분지 상자와 미술용 물감 몇 병과 가위가 있었다. 어쨌든 난 내일 오프닝 댄스에 쓸 소품을 만들어야 하니까.

댄스 연습 첫날에 내가 배정받은 랜드마크인 캐딜락 랜치를 어떻게 할지, 그 후로 난 아무런 생각이 없었다. 보통 때였다면 이런 망할 놈의 미인대회용 소품 같은 건 거들떠보지도 않았을 거다. 하지만 솔직히 이건 좀 멋지긴 했다. 물론, 텍사스에는 누구나 알 만한 유명한 랜드마크가 잔뜩 있다. 하지만 알려지지 않은 보석 같은 곳도 많다. 예를 들어, 마파 라이츠*나, 제이콥스 웰**, 다이너소어 밸

---

*   Marfa lights: 텍사스주 마파시에 있는 외딴 도로를 지날 때, 밤중에 보이는 정체불명의 도깨비불.

** Jacob's Well: 텍사스주에 있는 세계에서 가장 큰 수중 동굴 중 하나.

리(Dinosaur valley) 주립공원도 있다. 여기서 몇 시간만 가면 프라다 마파*도 있지. 내가 보기에 캐딜락 랜치 역시 괴상한 랜드마크에 해당한다. 아주 텍사스다우면서도 스테레오 타입에서는 완벽하게 벗어났다는 점에서 그렇다.

캐딜락 랜치(Cadillac Ranch)는 애머릴로에 있는 공공 설치예술 작품이다. 고속도로 한쪽을 따라 낡은 캐딜락 승용차들이 반쯤 땅에 파묻힌 채로 줄지어 있는 형태다. 차체의 페인트가 오래전에 벗겨졌기 때문에, 이곳을 방문하는 관람객들은 그 차체에 스프레이 페인트를 뿌려 달라는 권유를 받는다. 자, 인정하자. '나는 어딜 봐도 캐딜락 랜치입니다'라고 딱 알아볼 수 있으면서도 대회에 어울릴 만한 소품을 어떻게 만들어야 할지 솔직히 하나도 모르겠어.

엄마는 얼음을 찾으려고 여기저기 헤매고 있었다. 그래, 엄마는 샴페인에 얼음을 넣어서 마시는구나.

"학교에서 무슨 만들기 숙제 시켰어? 내일이 대회이니 오늘은 일찍 자야 피부에 좋아, 만두야."

내가 이제야 소품을 만드는 걸 안다면 엄마는 날 죽일 텐데.

"이건 음, 내일 오프닝 댄스 때 가지고 나갈 소품이야."

그러자 엄마는 내 옆에 앉았다.

"세상에나."

---

* Prada Marfa: 패션 브랜드인 프라다 제품이 전시된 매장 형태의 설치예술 작품으로, 텍사스주의 황무지 위에 세워져 있다.

나는 고개를 끄덕였다.

"좋아, 그래, 우린 할 수 있어."

엄마는 이렇게 말하더니 내가 배정받은 주제를 봤다.

"캐딜락 랜치라."

나는 엄마가 일어나서 찬장에서 플라스틱 컵을 꺼내 드는 모습을 지켜봤다. 엄마는 샴페인을 조금 부어 나에게 내밀었다.

나는 컵을 받았지만 아무 말을 하지 않았다. 어쩐지 엄마가 마음을 바꾸지 않았으면 했으니까.

"네가 보기엔 그 상자가 허리에 맞을 것 같아?"

나는 상자를 잠시 바라보다가 샴페인을 한 모금 들이켰다. 가슴이 부글부글 끓었다.

"응."

"차고에 가서 넓은 고무 밴드랑 글루건이랑 스프레이 페인트 상자 좀 가져와."

나는 엄마가 말한 물건을 가지고 왔다. 엄마는 이미 상자를 잡고 공예용 칼로 자르는 중이었다.

"만두야, 내일 오프닝 댄스 때 제일 끝내주는 소품을 갖고 나가게 해 줄게."

샴페인을 한 모금 더 들이키자, 내 온몸이 만족감으로 부르르 떨렸다.

몇 시간 동안 샴페인 한 병을 다 비운 끝에, 나는 말했다.

"엄마."

"왜, 만두야."

"밀리를 대회 참가하게 해 준 거 잘했어. 걔가 거짓말을 하긴 했지만."

엄마는 잔을 비웠다.

"걔는 좋은 애야. 사랑스럽고. 웃는 모습이 좋더라."

난 엄마가 밀리의 몸매에 대해서 뭐라 더 말할 거라고 생각했다. 대회에서 불리할 텐데 안됐다는 말이 나올 줄 알았다. 하지만 엄마는 묵묵히 병을 하나 더 땄을 뿐이다.

우리는 말없이 상자를 하얗게 칠했다. 페인트가 거의 마르자, 내 뺨에 무언가 시원한 것이 찰싹 닿았다. 나는 손가락으로 뺨을 쓸었다. 페인트였다.

"아 뭐야. 왜 이래."

이렇게 말하며 내 손가락에 묻은 페인트를 엄마 코에 칠했다.

우리는 웃었다. 그것도 아주 정신 나간 듯이. 그렇게 웃으면 멈출수가 없는 것도 같았다. 너무 웃어서 배가 아팠다. 나 좀 취했나 보다. 엄마는 확실히 취했다. 하지만 기분이 좋았다. 샴페인을 마셨으면 됐지, 피부 좋아지라고 잠을 잘 필요가 뭐 있어?

마침내 새벽 1시에 작업이 끝났다. 우리는 페인트 묻은 신문지와 조각난 골판지 상자 조각을 식탁 위에 그대로 두고 자러 갔다. 라이엇이 식탁 위로 폴짝 뛰어올라 우리가 만든 작품의 냄새를 킁킁거리며 맡았다. 고양이의 꼬리가 휙 움직이더니, 스프레이 페인트를 뿌려 놓은 우리의 자그마한 골판지 캐딜락을 슬쩍 훑었다.

나는 그걸 입어 봤다. 캐딜락 상자에 달린 고무 밴드를 어깨끈에 걸었더니, 상자는 내 허리에 딱 맞게 걸렸다. 이거 진짜 웃긴다. 진짜 완벽해.

자기 전, 나는 현관문을 열었다. 거리는 어둡고 조용했다. 여기 전망 좋은 지점에 서서 바라보고 있자니, 우리 집 전체에서 새로운 가능성이 느껴졌다.

엄마가 내 뒤에서 현관 불을 껐다. 난 문을 닫고 걸쇠를 채웠다.

침대에 누워 엘렌에게 내일 있을 장기자랑 때 필요한 물건의 목록을 보냈다.

대박이겠다. 엘렌은 이렇게 대답했다.

샴페인이 아직도 내 혈관을 타고 돌며 나를 잠재웠다. 그래, 진짜로 대박이겠지.

59

○

엘렌   얘들아, 오늘은 우리가 무대에 서는 날이야. **드디어 오늘 우리가**
        무대에 선다고.

일어나자마자 엘렌의 문자를 받은 나는 미소를 지었다. 하지만
일어나자마자 아무것도 확실한 게 없는 상황이 무겁게 다가왔다.
어젯밤 일이 정말이었을까? 손을 내려다보자 말라붙은 페인트 얼
룩이 군데군데 보였다.

출발할 때까지는 아직 몇 시간이 남았다. 나는 온몸을 문질러 씻
고 머리에 실핀을 마구 꽂아서 올림머리를 만든 다음 앞머리를 내
렸다. 손톱에는 진한 보라색 매니큐어를 조심스럽게 발랐다.

이윽고 옷장을 연 나는 더 필요한 게 없는지 확인했다. 한가운데
에는 엄마가 사 준 빨간 드레스가 있었다. 비닐 커버를 벗기고 드레
스 솔기를 당겨서 광택이 괜찮은지 꼼꼼히 살펴봤다.

그때, 노크 소리가 들리더니 엄마가 안으로 들어왔다.

나는 옷장 문을 쾅 닫았다.

엄마는 머리부터 발끝까지 완벽하게 차려입고, 오늘의 매력적인 대회 위원장이 될 만반의 준비를 마쳤다.

"이제 가자. 난 먼저 차에 가 있을게."

이렇게 말한 엄마는 고개를 슬쩍 까딱거렸다.

"너 머리, 괜찮네."

내가 고맙다고 말할 새도 없이 엄마는 문을 닫았다.

나는 잠시 침대 가장자리에 앉아서 매직 8볼을 잡고 흔들었다.

분명히 잘될 거야.

나는 옷장 문을 열었다.

분장실은 헤어스프레이 분말로 혼탁했다. 거짓말이 아니라 정말로 코로 숨을 쉬지 않으면 그 분말을 입으로 들이마실 수밖에 없었다. 분장대 위로는 화장품과 꽃, 테디베어 인형, 바셀린과 에너지 드링크가 가득했다.

여자애들은 이곳에서 장기자랑 연습도 했다. 립스틱을 바르며 중얼중얼 노래하고, 머리에 스프레이를 뿌리면서 댄스의 동선을 되짚었다. 속눈썹에 마스카라를 바르며 독백 대사를 외우기도 했다.

나는 뭘 할 시간조차 없었다. 밀리가 분장실 뒤쪽에서 이리로 다가왔다. 와, 쟤 머리 보게. 진짜 거대하군. 저기다 태양계를 넣어도 될 정도로 크잖아. 거짓말이 아니라 저 머리를 하니까 적어도 15센티미터는 더 커 보였다. 거기다 하이힐까지 신었지. 밀리는 날 보고 미소 지으며 손을 흔들었다.

내 분장대 앞에 앉으니 얇은 부직포와 노끈으로 포장한 작은 해바라기 꽃다발이 보였다. 빨간 장미 한 송이와 스파클링 사과주 한 병도 있었다.

나는 꽃다발 안에 있는 카드를 집어 들었다.

행운을 빌어! — 보&로레인

장미 줄기에 붙은 포스트잇에는 이렇게 적혀 있었다.

사랑을 담아. 엄마가

마지막으로 사과주 병에 붙은 봉투를 열어 봤다.

너한테 진짜 도수 높은 애를 보내고 싶었는데, 데일이 안 된대. 얘 정말 분위기 확 깨지 않니. 오늘 전부 쓸어 버려. 사랑을 담아, 리(&데일)

루시 이모가 살아 있었다면 얼마나 좋았을까. 내가 경쟁하는 걸 보여 주려는 게 아니다. 지금을 보여 주고 싶다. 왜냐하면 지금 이 순간이야말로 나만큼이나 이모에게 큰 의미가 있었을 테니까.

그러다 겨우 화장을 하고 있는 참이었는데, 클로슨 씨가 문을 확 열더니 외쳤다.

"여러분, 10분 전입니다!"

엘렌은 핸드폰을 손에 쥐고서 내 옆에 앉았다. 볼터치가 완벽한 원형이었다. 지나치게 밝은 립스틱 색이 앞니에 번졌다.

"팀 그 새끼가 식중독에 걸렸대. 월, 나 에스코트해 줄 애가 없어졌어."

나는 이제껏 대회의 명분을 전부 잃어버렸었기 때문에 나 역시

에스코트가 없다는 사실을 미처 신경 쓰지도 못했었다. 나는 고개를 저었다.

"나도 에스코트 없어."

엘렌은 숨을 마구 몰아쉬었다. 이런 예상치 못한 걱정이 들면 엘렌이 얼마나 불안해하는지 잠시 잊고 있었군. 내가 말했다.

"자, 내 말 들어 봐. 에스코트 걱정하지 마. 응?"

나는 목소리를 낮춰 덧붙였다.

"우리는 서로의 에스코트가 되면 돼. 어떻게든 될 거야. 알았지?"

엘렌은 잠시 아랫입술을 씹다가 고개를 끄덕였다.

클로슨 씨가 소리쳤다.

"5분 남았습니다! 이제 일렬로 서세요, 여러분."

만약 저 위에 하나님이 계신다면, 분명히 그분은 엘렌과 나를 태아 시절부터 골라 놓고 이렇게 말씀하셨을 거다. "얘네 봐. 얘는 딕슨으로, 얘는 드라이버로 하자." 이보다 더 완벽할 수 있을까.

우리는 무대 뒤편에 이름 알파벳 순서대로 서서 등장 순서를 기다렸다. 엘렌은 댈러스 카우보이스 미식축구 팀을 골랐기 때문에 지금 파란색과 은색의 꽃술을 한 쌍 들고 그와 어울리는 카우보이 모자를 썼다. 나는 캐딜락 상자를 입었다. 우리는 손을 꼭 잡았다. 어찌나 세게 잡았던지 피가 안 통할 지경이었다.

나는 이제껏 계속 연습했던 댄스를 기억하려고 애썼다. 하지만 아무것도 제대로 떠오르지 않았다. 지금 내 머릿속은 미로 같고, 난 그 안에서 그림자를 하릴없이 쫓아가는 상태였다.

그때 베카 코터가 엘렌에게 바셀린 튜브를 건넸다.

"이거 이랑 잇몸에 발라. 웃을 때 좋아."

우리는 서로를 슬쩍 마주 보고서 어깨를 으쓱인 다음 손가락에 바셀린을 짜서 이와 잇몸에 발랐다. 맛이 참 역겨웠다.

"고마워."

나는 베카에게 대답했다.

맬러리는 검은색 헤드셋을 낀 채로 우리 앞에 조금 떨어져 섰다.

"지금이야. 나가. 어서."

우리는 맬러리 옆을 휙휙 지나갔다. 무대조명이 몸에 떨어지는 순간, 흩어졌던 기억이 다시 돌아왔다. 우리는 원형으로 빙빙 돌아서 모두 각각 2.5초간 자신의 이름을 말할 수가 있었다.

노래가 끝나고 조명이 꺼졌다. 우리가 얼마나 정신없이 지나갔는지 무대를 떠올릴 수조차 없었다. 음악을 3배속으로 켜 놓은 느낌이라, 모두의 목소리는 그저 다람쥐 찍찍대는 소리처럼 들렸다.

다음은 수영복 심사였다.

수영복으로 갈아입을 때, 남들 다 보는 앞에서 갈아입어야 한다는 생각은 꿈에도 해 보지 않았다. 하지만 지금 여기서는 프라이버시 따위란 없었다. 나는 최대한 전략적으로 옷을 벗었다. 일단 치마를 입은 채로 허벅지에다 수영복을 반쯤 끼어 올렸다. 그러다 잠시 분장실 안을 둘러본 그 순간, 난 깨달았다. 여기서 자기 할 일 안 하고 남 신경 쓰고 있는 건 나밖에 없구나. 그래. 아주 솔직하게 말하겠다. 여기선 애들이 다 자기 가슴 까고 있지만 아무도 서로에게 신경 쓰지 않았다.

나는 이를 악물고 셔츠를 확 벗었다. 팔을 허우적대며 나머지 몸을 수영복에 끼워 넣었다. 그리고 보가 몇 달 전 나에게 준 하트 모양 선글라스를 머리에 썼다. 그때 이후로 거들떠보지도 않다가 지난주에 옷장 정리를 하다 발견했다.

우리는 이제 대기 장소에 모여 섰다. 클로슨 씨가 대열 사이로 바삐 이동하면서 우리 엉덩이에 스프레이를 뿌리며 말했다.

"이러면 엉덩이에 수영복이 끼지 않지."

나는 무대로 나가는 엘렌을 바라봤다. 속으로는 무척 겁에 질려 있다는 걸 난 안다. 하지만 초록색 투피스 수영복과 에스파드리유 신발을 신은 엘렌은 어딜 봐도 자신감이 넘쳐 보였다.

이러지 말아야 한다는 걸 알지만, 어쩔 수 없이 나의 까만 샌들을 내려다봤다. 빨간 수영복을 둥실 부풀린 뱃살이 보였다. 하지만 이제는 이런 걸 봐도 괴롭지 않다.

사람이라면 누구나 자신의 모습에서 너무 싫은 점이 하나씩 있기 마련이다. 대충 말하자면 나는 온몸이 다 싫지만, 그래도 제일 싫은 것 하나를 꼽자면 바로 허벅지였다. 투실투실한 허벅지. 우둘투둘하고, 매끈하지 못하고, 커다란 덩어리 햄 같고, 타이어 같다. 뭐라고 표현하든 하나같이 다 싫었다. 내 다리는 솔직히 다리 같지도 않았다. 뱃살까지는 봐줄 수 있었다. 하지만 아주 가끔 거울 앞에 서서 아무것도 입지 않은 몸을 바라보면, 눈에 들어오는 것은 두 개의 거대한 셀룰라이트 기둥이었다. 이 다리로 여기저기 다니다 보면, 허벅지 살이 서로 비벼지면서 아주 짜증나는 피부 쓸림 현상이 일어난다. (살면서 제일 끔찍한 게 허벅지 안쪽 살 쓸림이라는 건, 뚱뚱한 여자애들만이 이해할 것이다.)

클로슨 씨가 내 어깨를 치면서 지금이 나갈 순서라고 알렸다.

나는 심호흡을 하고 미소를 지었다. 엄마의 목소리가 귓가에 선했다. '웃어, 만두야.'

마음이 불편할 수는 있다. 하지만 부끄러워하지는 않겠다.

관객이 보이지 않아서였을까. 아니면 무대에서 꺼지라고 소리치는 사람이 없어서였을까. 어쨌든 내 허벅지는 스포트라이트를 받는 순간에도 살아남았다. 나는 그날 수영장에서 허둥지둥 도망쳤던 것처럼 도망치지 않았다. 야유하는 사람은 없었다. 세상은 끝나지 않았다. 관객은 날 봐도 눈이 멀지 않는다고.

수영복을 보고 있자면, 어쩐지 이걸 입을 권리가 있는 사람은 따로 있는 것만 같다는 생각이 든다. 하지만 그건 잘못된 생각이다. 규칙은 단 하나뿐이 아니던가. 수영복을 입을 몸이 있어? 그럼 그 몸에 수영복을 입어.

아만다는 저 끝에서 나를 기다렸다.

"너 무대에서 완전 멀쩡해 보이더라!"

나는 그 애 팔을 꽉 잡았다.

"고마워. 너 이제 축구 묘기할 준비됐어?"

아만다는 고개를 끄덕였다. 그 애 뺨이 살짝 홍조를 띠었다.

"나 축구팀에 들어갔어."

"정말로?"

내 물음에 아만다는 씩 웃었다.

"내가 이 다리로 미인대회도 나가서 버텼는데, 축구팀에 못 들 이유가 뭐 있겠냐는 생각이 들더라."

"진짜 멋지다."

아만다에게 대답하고 있는데, 엘렌이 우리 옆에 와서 섰다.

무대 뒤편에서, 우리는 밀리가 무대로 나가는 모습을 봤다. 그 애는 스커트가 달린 깅엄 체크무늬 수영복을 입고 새빨간 립스틱을 발랐다. 심지어 옆구리에는 비치볼도 끼고 있었다.

"세상에나. 쟤는 정말 이 대회를 위해서 태어났구나. 저 귀엽고 깜찍한 뚱녀 속에 미인대회 퀸이 숨어 있었어."

엘렌이 말했다. 내 얼굴 위로 미소가 스르르 피어올랐다. 느릿하지만 만족스러운 미소였다.

"아니야. 저 귀엽고 깜찍한 뚱녀가 바로 미인대회 퀸이라고."

60

○

"아, 이놈의 가발 장난 아니네! 가발 쓰면 원래 이렇게 아픈 거야?"

지금 나의 뇌는 녹즙기에 빨려 들어가는 것처럼 죄이고 있다. 엘렌이 대답했다.

"이거 사이즈가 너무 작은가? 모르겠어. 그냥 엄마 옷 방에 있던 가발은 다 가져온 거라서."

우리는 지금 내 장기자랑 준비를 위해 무대 뒤편 화장실 한 칸을 차지했다. 엘렌은 머리를 양 갈래로 땋고 7학년 때 입었던 클로그 댄스 의상을 용케도 끼어 입었다. (물론 엘렌의 엄마가 바느질로 허리 부분에 고무줄 밴드를 넣어야 했다.)

"그래, 좋아."

나는 코로 숨을 쉬면서 엄청나게 커다란 내 머리의 긴장을 애써 누그러뜨리면서 눈을 감았다.

"가발 씌워 줘."

엘렌은 금발 가발을 내 어깨 위로 잡아당겼다. 그리고 마지막 실핀을 꽂은 다음 말했다.

"됐어. 이제 다 했어. 거울 봐."

나는 고개를 들었다. 거울 속에서 돌리 파튼이 나를 마주 봤다. 물론 뚱뚱한 10대 버전의 돌리 파튼이지만.

엘렌이 말했다.

"어머, 대박. 널 보니까 내 몸의 피가 끓는다."

나는 무대 밖에서 차례를 기다렸다. 엘렌은 그만 박자를 조금씩 놓치며 클로그댄스를 했고, 계속 눈을 데굴데굴 굴려 댔다. 내가 지금 엄청 긴장하지 않았더라면, 분명 입이 찢어져라 웃었을 텐데.

우리는 아무에게도 들키지 않도록 조심스럽게 무대 뒤로 숨어들었다. 특히 우리 엄마랑 클로슨 씨나 맬러리에게 들키면 안 되니까.

엘렌의 음악이 끝났다. 하지만 박자를 놓친 엘렌은 음악이 끝나도 클로그 스텝을 밟아야 했다. 그래도 어쨌든 춤을 다 추고 우아하게 인사까지 하고 난 엘렌은 무대 뒤로 달려왔다.

"좋아. 자, 이거 받아요."

우리는 음향 담당자에게 20달러를 주고 우리 부탁을 들어 달라 했다. 그러자 그는 말했다.

"오, 나야 좋지. 맥주 살 돈 벌었네."

우리 엄마는 관객과 가장 가까이 있는 대기석에서 걸어 나와 무대 반대편으로 향했다.

"멋진 공연이었어요, 엘렌. 그 춤을 보니 꽤 운동이 되겠던데요!"

그러자 관객이 조용히 웃었다.

"다음 순서는 월로딘 딕슨입니다. 우리에게 몇 가지 마술을 선보인다고 합니다."

그래. 내 머리에 이 가발을 씌운 건 어딜 봐도 대단한 마술이긴 하지.

나는 무대로 걸어 나와 스포트라이트 자리에 섰다. 바닥에 부츠 굽이 또각또각 울렸다. 술 달린 스웨이드 판초를 입은 내 그림자가 등 뒤로 길게 뻗어 나갔다.

엄마는 무대 끝에 서서 손가락으로 마이크를 잡은 채였다. 엄마는 온몸이 잔뜩 긴장한 모습으로 눈을 크게 떴다.

음악이 시작됐다. 전주 몇 소절이 흘렀다. 여기에 있는 모든 사람은 이 노래를 아주 잘 알고 있다. 불을 밝혀 놓은 탁자에 앉은 심사위원들이 서로 속삭이는 모습이 보였다.

나는 엄마에게 등을 돌리고 장난감 마이크를 입에 가져갔다. 돌리의 목소리가 노래했다.

"졸린, 졸린, 졸린, 졸린, 내가 이렇게 부탁할게. 내 남자를 뺏어 가지 마."

나는 가사마다 립싱크를 했다.

눈을 감고 이 노래를 들었던 그 모든 순간을 떠올렸다. 엄마와 루시 이모, 할머니와 함께 고속도로를 달리던 때였다. 차창을 모두 열었었지. 우리 모두는 손을 뻗어 바람을 맞았었다. 루시 이모의 방에 앉아 둘이서만 들었던 때도 있었다. 레코드플레이어에서는 'Jolene'

이 새된 소리로 흘러나왔었다. 엘렌네 집 주방의 시원한 타일 바닥에 누워 있었던 때, 엘렌의 엄마는 'Jolene'을 흥얼거리며 스파게티를 만들어 주셨었다. 루시 이모의 장례식에서도. 보의 트럭 안에서도. 하이드어웨이에서 리의 공연을 봤을 때도. 그리고 바로 지금 이 자리까지.

나는 'Jolene'을 불렀다. 어쩌면 내 상상일지도 모르지만, 관객석에서도 몇 사람이 따라 부르는 소리가 들렸다. 이 곡은 지역과 언어, 종교를 넘어서는 일종의 아이콘과 같다. 그게 바로 'Jolene'이다.

노래가 끝나자 관객은 박수 쳤다. 아주 잠깐 누군가가 "꿀꿀!"이라고 외치는 소리를 들은 것도 같지만, 곧 환호성에 파묻혀 버렸다.

내가 무대에서 내려가자, 엄마는 내 팔을 확 잡아당겼다.

"이게 뭐니?"

하지만 엄마는 내 대답을 듣기도 전에 서둘러 무대로 나가 다음 참가자 소개를 해야 했다.

"어머나, 좀 놀라운 무대였지요?"

엄마의 목소리가 낭랑하게 울려 퍼졌다.

나는 탈의실로 가는 동안 캘리를 마주쳤다.

"승인받지 않은 장기자랑을 하면 실격된다는 거, 알고 있겠지?"

"그걸 감수할 만한 무대였어."

나는 굳이 멈춰 서지도 않고 대꾸했다.

분장실에 들어간 나는 엘렌 옆에 털썩 앉았다. 장기자랑 시간이 끝날 때까지 우리는 여유 시간이 좀 있었다.

해나가 나가면서 내 옆을 지나갔다. 걔는 아무 말 없이 손을 들어 나와 하이 파이브를 했다.

장기자랑 시간이 끝나고, 드레스 심사까지는 휴식 시간이었다. 나는 엘렌이 드레스 입는 것을 도와줬다. 모조 다이아몬드로 장식한 산호색 홀터넥 드레스였다. 엘렌은 가발 때문에 납작해진 내 머리를 다시 뒤로 묶어 부풀려 줬다.

그때, 클로슨 씨가 고개를 빼꼼 들이밀고 말했다.

"지금까지 잘했어요, 여러분! 10분 남았습니다! 그리고 윌로딘, 네 어머니가 좀 보자신다."

난 그만 얼굴이 새빨개졌다. 내가 클로슨 씨를 따라 엄마의 개인 분장실로 가는 동안, 여자애들 몇이 "오오오오오"라고 낮게 소리를 냈다.

내가 분장실 문을 노크하자 이쪽에서 문을 당기기도 전에 엄마가 먼저 문을 확 열었다.

엄마는 고개를 저었다.

"네가 뭔가 꿍꿍이가 있을 줄 알았다."

"아냐, 엄마. 그런 거 아니야. 난 무슨 계획이 있었던 게 아니야. 적어도 어제까지는 아무 생각 없었다고."

엄마는 미스 틴 시절 드레스를 허리에 넣으며 말했다.

"넌 실격이야. 네가 끝까지 심사받게 할 수는 없어. 그건 공평하지 않으니까."

"끝까지 간다고 내가 이기는 것도 아니잖아. 왜 그냥 나가서 서 있는 것도 못 하게 해?"

"넌 규칙을 어겼어. 다른 사람이 그랬더라도 똑같이 적용했을 거야. 미안하지만, 넌 여기까지야."

바보 같다는 거 안다. 정말 등신 같지. 하지만 대회를 끝까지 나가지 못한다는 사실에 마음 한구석이 무너져 내리는 느낌이다. 이제껏 별의별 일이 다 있었는데, 이제 끝날 때까지 30분도 안 남았는데. 나는 놀라지 않았다. 적어도 놀라지 말아야 했다. 내가 했던 일이 실격에 해당한다는 걸 알고는 있었다. 하지만 내심 엄마가 나에게 선처해 줄 거라고 생각했나 보다.

엄마는 돌아서며 말했다.

"지퍼 좀 올려 줄래?"

지퍼는 지난번처럼 터질 것 같지는 않았다. 문제는 아예 올라가지 않았다는 거다.

"엄마, 여기까지밖에 못 올리겠어."

난 결국 말해 버렸다. 아직도 지퍼 끝까지는 10센티미터는 더 남았다. 최대한 열심히 지퍼를 끌어 올리고 싶어도 지퍼 자체가 꼼짝도 하지 않았다. 더 올리기는 과학적으로 불가능했다.

엄마는 휙 돌아서서 어깨 너머로 거울을 바라봤다.

"이럴 리가 없어. 아니, 안 돼. 이번 주까지 얼마나 노력했는데. 피'일'라테스랑 스피닝 교실도 다녔단 말이야."

이러다 엄마가 그만 주저앉아 버리는 건 아닐까? 만약 그렇다면 이 미인대회 자체가 주저앉아 버릴 텐데.

내가 말했다.

"좋아, 내 말 잘 들어. 어떻게든 해 보자."

"2분 남았습니다!"

클로슨 씨가 복도를 돌아다니며 외쳤다.

엄마의 관자놀이에서 땀방울이 송송 돋아났다.

"여기 있어 봐."

나는 달렸다. 무대 뒤편을 쭉 통과해 세트장을 만드는 목공실로
서둘러 갔다.

톱. 드릴. 못. 망치. 못. 드라이버. 나사. 사다리. 스패너. 지렛대.
도움이 될 만한 걸 죄다 챙겼다.

다시 탈의실로 달려왔을 때, 엄마는 히스테리를 일으키기 일보
직전이었다.

"만두야. 나 이 드레스 입어야 해. 우승한 이후부터 매년 입었단
말이야. 사람들은 이 드레스를 입은 나를 보고 싶어 해. 그게 전통
이야."

"뒤돌아서 봐."

나는 가져온 물건을 화장대에 올려놨다.

"다들 알아볼 거야."

엄마는 금방이라도 흐느낄 것 같았다. 나는 딱 잘라 말했다.

"아니야. 안 돼. 울지 마. 사실을 인정해. 엄마는 이제 이 옷 안 맞
아. 알겠어? 맞지 않을 거라고."

엄마는 끅끅댔다.

"하지만 맞게끔 보이도록 할 수는 있을 거야."

나는 마치 미용사가 머리핀을 달고 다니듯 전기 배선공 아저씨들이 반바지에 달고 다니던 커다란 악어 집게를 집어 들었다. 이건 원래 전선을 잇거나 나무를 접착제로 붙이고 고정시키는 신기한 일에 쓰는 것이다.

"잘 들어, 엄마. 무대에 올라가면 등을 돌리면 안 돼. 알았지? 한곳에 가만히 서 있어."

엄마는 고개를 끄덕였다.

나는 엄마의 끈 없는 브래지어에 집게를 밀어 넣고 그 아래에 드레스를 끼웠다. 그리고 반대쪽도 그렇게 했다.

거울로 어떻게 했는지 알아본 엄마는 숨소리가 잠시 누그러졌다.

"봤지? 보기엔 괜찮아."

엄마는 한숨을 쉬더니 완벽하게 스타일링한 머리에 왕관을 썼다.

"좋아, 만두야."

이렇게 말하고 돌아선 엄마는 머뭇거리는 얼굴이 됐다.

"너 이 별명 싫다고 했지?"

나는 웃었다.

"예전처럼 싫지는 않아."

"싫다면 그만 부를……."

"아냐. 나도 어느새 그 별명이 좋아진 것 같아."

엄마에게 대답했다. 때때로 내가 누구인지 알아내는 것. 그것은 우리가 다양한 경험으로 이루어진 모자이크 같은 존재라는 걸 아는 거다. 나는 만두 났다. 그리고 뭘이고 윌로딘이다. 나는 뚱뚱하다. 그리고 행복하다. 가끔은 불안정하지만, 또 가끔은 용기 있다.

"막 올라요!"

클로슨 씨가 소리쳤다.

엄마는 다시 거울을 돌아봤다.

"고마워. 고마워. 정말 고마워. 사랑해, 윌로딘."

엄마는 내 이마에 빨간 입술을 찍었다.

"우리 귀여운 만두야."

엄마는 급히 문으로 달려갔다. 엄마가 첫 번째 참가자와 에스코트를 소개하는 동안, 나는 분장실로 뛰어갔다.

화장대 아래에는 내 더플백이 있었다. 그 안에 돌돌 말린 것은 엄마가 내게 사 준 빨간 드레스였다. 나는 립스틱을 덧바르고 머리 위로 드레스를 뒤집어썼다. 그리고 힐을 신은 다음 발 뒤로 구두끈을 당겼다. 최대한 드레스 지퍼를 올린 나는 엘렌이 있는 곳으로 달려갔다. 걔 앞에는 베카 코터가 있었다.

"지퍼 올려 줘."

난 숨을 헐떡이며 말했다. 엘렌은 주저하지 않고 지퍼를 올렸다.

"너 진짜 멋있어 보여."

나는 숨을 애써 고르며 미소 지었다.

"나도 알아."

"엘렌, 네 에스코트는 어디 있니?"

맬러리는 클립보드를 재확인하며 물었다. 그리고 나를 돌아봤다.

"윌, 너는 실격……."

"제가 얘 에스코트예요."

"엘렌 드라이버."

엄마가 무대 위에서 이름을 불렀다.

내가 엘렌과 팔짱을 끼고 무대에 나서자 맬러리의 눈이 휘둥그레졌다.

"그리고 그녀의 에스코트는 티모시……."

우리는 경사로를 따라 무대 앞으로 당당하게 내려갔다. 나는 리가 가르쳐 준 대로 일직선 워킹을 멋지게 해냈다.

엄마는 잠시 입을 딱 벌렸다가 이내 희미한 미소를 지었다.

"그녀의 에스코트는 월로딘 딕슨입니다."

나는 엘렌의 팔을 풀었다. 엘렌은 무대 가장자리를 따라 한 바퀴 돌았고, 그런 다음 우리는 다시 무대 뒤로 들어갔다.

우리는 다른 참가자들이 차례대로 무대에 나가는 모습을 지켜봤다. 아만다는 자기 오빠랑 나왔다. 투박한 신발에 달린 레이스가 그 애가 입은 드레스와 잘 어울렸다. 그건 말할 것도 없이 밀리의 아이디어였다. 밀리와 팔짱을 끼고 같이 무대를 돌았던 말릭은 완벽한 신사 그 자체였다. 물론 해나도 빼놓을 수 없다. 해나의 에스코트는 코트니 간스였다. 코트니는 여자뿐만 아니라 남자에게도 붙일 수 있는 멋진 이름이다. 그래서 다들 남자라고 생각했건만, 해나는 여자를 데려왔다. 그 애의 에스코트인 코트니는 이 동네 사람이 아닌 것 같았다. 난 그녀를 예전에 본 적이 없었으니까. 코트니는 금발 머리를 매끄럽게 뒤로 묶어 단정하게 빗을 만들었다. 그 머리는 입고 있는 턱시도에 멋지게 어울렸다. 그리고 무엇보다도 해나가 아주 끝내줬다. 걔는 까만색 슬립 드레스를 입고 군화를 신은 차림으로 화장기 없이 나왔다. 하지만 미인대회 규정에는 하나도 어긋남이 없었다.

모두 당당하게 자신을 뽐내며 걸었다. 리가 가르쳐 준 그대로, 하이힐 앞꿈치가 먼저 나가 엉덩이를 이끄는 일직선 워킹으로 말이다.

해나가 무대에서 내려왔을 때, 우리는 모두 뒤에서 그 애를 기다렸다. 코트니는 해나의 뺨에 키스한 다음 말했다.

"이따 밖에서 만나."

코트니가 우리 말을 들을 수 없게 멀어지자, 엘렌은 마구 웃으면서 해나의 등을 탁 쳤다.

"이년 진짜 무대를 뒤집어 놨네!"

무대 뒤는 어두웠다. 그래서 확실히 봤다고 우길 수는 없지만, 그래도 맞게 본 것 같다. 놀랍게도 해나의 얼굴이 빨개졌다.

나는 구경꾼의 입장으로 대회 후반부를 지켜봤다. 질문과 답변 시간 동안 몇몇 아이들이 내놓은 심오하기까지 한 대답에 놀라기도 하고, 다른 애들이 말문이 막히는 걸 보기도 했다. 아만다는 '똑똑똑, 누구십니까?'로 시작하는 썰렁한 개그로 분위기를 싸하게 만들어서 심사위원들이 눈을 흘겼다. 밀리는 보고 있으면 같이 따라 웃게 되는 미소를 지으며 귀엽고 사랑스럽게 대답했다. 해나는 언제나처럼 딱딱한 말투였지만, 그 애의 대답을 들은 관객은 깊은 생각에 잠겼다.

오늘 도나 러프킨 아주머니는 정원용 클록스를 신고 오지 않았다. 진보라색 바지 정장을 차려입은 도나 아주머니는 내가 선 곳과 반대쪽인 무대 뒤편에 서서 왕관을 지키고 있었다.

엄마는 작은 스포트라이트를 받고 무대에 서 있었다. 꼼짝도 않는 모습이 목에 깁스를 한 것같이 뻣뻣했다. 그래도 엄마는 아름다웠다. 앞모습만 그런 게 아니다. 드레스를 잡아 주는 철물을 등에 주렁주렁 달고 있어도, 엄마는 예뻤다.

이 순간. 지금이야말로 내가 이제껏 본 엄마의 모습 중 가장 진실한 모습이었다. 우리가 때때로 다른 이들을 보며 완벽하다 느끼는 그 모습은, 알고 보면 완벽하지 못한 것들이 무수히 모여 이뤄 내는 건 아닐까? 때로는 그 망할 놈의 드레스 지퍼가 올라가지 않을 때도 있으니까.

61

○

밀리가 2등으로 당선되는 것까지 지켜보다 자리를 떴다. 우리 밀리가 해냈어요! 밀리는 장미 꽃다발을 안고서 우아한 퀸의 완벽한 몸가짐을 보여 줬다. 누가 1등 왕관을 쓸지 보지 않았다. 그럴 필요가 없었으니까.

리와 데일이 보내 준 스파클링 사과주를 손에 쥐고서 로비를 나오고 있는데, 저기에 미치가 보였다. 걔는 여러 명의 팀원과 같이 있었다. 미식축구 팀은 지난 경기에서 이겼기 때문에, 추수감사절에 주립대회에 나간다.

나를 먼저 알아본 건 패트릭 토머스였다.

"또 뭐 하러 왔어? 차여서 슬퍼 죽겠냐?"

그 애의 말에 미치는 체념한 표정으로 고개를 저었다.

"얘는 차인 게 아니라……."

나는 손을 들어 미치의 말을 막고서, 패트릭에게 대답했다.

"너 재미있다고 생각하는 사람 아무도 없어, 패트릭. 모르겠어?

○

아무도 안 웃잖아. 네 친구들도 안 웃는다고."

패트릭은 잠깐 눈살을 찌푸렸다가 어깨를 으쓱이고는 돌아섰다.

미치는 고개를 끄덕였다. 나는 잠시 기다렸다가 희미하게 미소를 지었다.

강당에서 관객들의 박수가 터져 나왔다. 나는 등을 돌리고 그곳을 떠났다.

드레스와 하이힐 차림으로 세 블록을 걸어갔다. 이 드레스 정말 맘에 들어. 언제나 옷장에 걸어 두고 보면서, 나만의 스포트라이트를 받던 11월의 오늘 밤을 기억해야지. 내가 사는 자그마한 동네 거리를 걷고 있는 동안, 바람이 내 등 뒤로 불어와 드레스를 풍성하게 주름 잡아 줬다.

하피스의 문을 열고 들어가자 머리 위로 종이 울렸다. 오늘 밤 대다수의 동네 사람들은 미인대회를 보러 갔지만, 거기 안 간 극소수의 사람들이 죄다 여기 모여들어 가게는 바빴다.

"우아, 너 이런 모습 처음이야, 윌."

마커스는 손님에게 영수증을 건네주며 말했다.

보는 내 이름을 듣고서 주방에서 나왔다. 입에 문 빨간 막대사탕 때문에 입술은 체리빛이었다.

나는 카운터에 스파클링 사과주를 올려놨다.

보는 목에서 앞치마 끈을 벗어 허리에 내려뜨렸다. 그리고 입을 벌려 커다랗게 웃으며 말했다.

"윌로딘."

나는 한숨을 쉬었다.

뚱뚱한 애들, 마른 애들, 키 큰 애들, 작은 애들 그리고 그 가운데 모든 아이들아. 우리 한 사람 한 사람이 다 달라서 난 정말 고마워. 안 그랬다면 세상은 참 재미없었을 테니까.

— 「작가의 말」 중에서

덤플링

펴낸날	초판 1쇄	2020년 2월 10일
	초판 2쇄	2020년 12월 17일

지은이	줄리 머피
옮긴이	심연희
펴낸이	심만수
펴낸곳	(주)살림출판사
출판등록	1989년 11월 1일 제9-210호

주소	경기도 파주시 광인사길 30
전화	031-955-1350　　팩스　031-624-1356
홈페이지	http://www.sallimbooks.com
이메일	book@sallimbooks.com

ISBN	978-89-522-4163-4　43840

※ 값은 뒤표지에 있습니다.
※ 잘못 만들어진 책은 구입하신 서점에서 바꾸어 드립니다.

이 도서의 국립중앙도서관 출판예정도서목록(CIP)은 서지정보유통지원시스템 홈페이지
(http://seoji.nl.go.kr)와 국가자료종합목록시스템(http://www.nl.go.kr/kolisnet)에서
이용하실 수 있습니다.(CIP제어번호: CIP2019042465)

책임편집	정명순